LA BÂTARDE D'ISTANBUL

ELIF SHAFAK

LA BÂTARDE D'ISTANBUL

roman

Traduit de l'anglais (Turquie) par
ALINE AZOULAY

Préface de
AMIN MAALOUF

PHÉBUS

Illustration de couverture :
La Mosquée bleue : reflets des minarets, Istanbul (détail)
Photo : Richard Hamilton Smith / CORBIS

Titre original de l'ouvrage :
The Bastard of Istanbul

© Elif Shafak, 2007

Pour la traduction française :
© Éditions Phébus, Paris, 2007
www.phebus-editions.com

PRÉFACE

de

AMIN MAALOUF

Ce n'est pas un hasard si la Turquie est aujourd'hui le terreau d'une grande littérature. Celle-ci naît toujours des fractures, des blessures, des déséquilibres et des incertitudes. Elle naît de l'illégitimité sociale ou culturelle, du porte-à-faux et du malentendu. Elle naît – pour reprendre le mot forgé par Pessoa – d'une intranquillité. Celle de la Turquie est intense, puisque le pays s'est détourné de son passé ottoman et qu'il a renoncé à sa primauté au sein du monde musulman pour s'identifier à l'Europe, alors que celle-ci ressasse encore et encore le souvenir des janissaires sous les murs de Vienne.

Que faire lorsqu'on a derrière soi l'abîme et devant soi une porte fermée, ou faussement entrouverte ? En quête d'une issue de secours, les écrivains de la moderne Constantinople multiplient les interrogations, parfois expressément formulées, souvent implicites. Comment desserrer l'étau de la religion sans dériver vers d'autres fanatismes ? Comment garder son équilibre, au siècle des civilisations jalouses, lorsqu'on a un pied posé à l'ouest du Bosphore et l'autre pied à l'est ? Comment survivre, à l'âge des inquisitions réciproques, lorsqu'on a été l'héritier majestueux et turbulent des califes arabes comme des empereurs romains ?

Elif Shafak assume l'ensemble de ces dilemmes, se refusant à être la femme d'un seul combat. À l'image de son pays, elle s'interroge constamment sur la mémoire, la tradition, la religion, la nation, la modernité, la langue, l'identité. Et elle apporte chaque fois des éclairages audacieux et subtils. Jamais elle ne s'écarte du récit pour assener un sermon, une démonstration, ou une profession de foi ; ses idées les plus fortes arrivent en leur temps, au gré de l'histoire, au fil des murmures, sous de sages déguisements et d'insolents sourires.

Son univers est celui des femmes éternelles et des hommes qui passent. Toutes portent le deuil d'un père, d'un mari, d'un amant ou d'un fils, mais elles s'accommodent de l'absence, on ne les imagine pas enveloppées de noir. Le gynécée est pour elles le pivot de la Terre et du Ciel, il est le lieu de la conformité comme de la transgression, des têtes voilées et des flancs tatoués, et l'on s'y installe soi-même avec ravissement, et l'on se laisse apprivoiser par ses habitantes espiègles, opiniâtres ou fantomatiques.

Sous le toit de la grande maison ottomane, les femmes devisent de tout. Quand les esprits s'animent, les tentures s'écartent et les interdits se dissolvent. En son pays, la jeune romancière a suscité l'émoi, et dans certains milieux la fureur, pour avoir osé aborder de front la question arménienne. Son livre met d'ailleurs en scène une famille de chaque origine, et même quelques personnages appartenant aux deux peuples à la fois. C'est là, pour les uns, à l'évidence une provocation, mais pour d'autres il s'agit d'une saine démarche iconoclaste, menée sans doute avec fougue, mais avec un constant souci de rassembler, de réconcilier et d'exorciser.

Si Elif Shafak décoche çà et là quelques flèches en direction d'un Arménien ou d'un Turc, c'est invariablement affectueux, quasiment maternel, et rarement immérité. Et si tel ou tel de ses personnages adopte quelquefois, par bravade, une posture de cynisme ou de nihilisme, ce n'est là qu'un écran, l'inspiration profonde est tout autre, elle est généreuse, elle est pacificatrice, et même rédemptrice.

Mieux que cela encore, elle est porteuse d'un vieux rêve

aujourd'hui malmené, celui d'un Orient aux langues et aux croyances multiples, celui de cette galaxie d'étoiles resplendissantes qui avaient pour noms Alexandrie, Salonique, Smyrne, Beyrouth, Bagdad, Sarajevo, et d'abord, à tout seigneur tout honneur, la sublime et millénaire Constantinople où se côtoyaient des Serbes, des Albanais, des Bulgares, des Polonais en rupture de ban, des chrétiens échappés de Mésopotamie et des Juifs chassés d'Espagne ; Constantinople où, au XIXe siècle, un député grec prenait quelquefois la parole au Parlement ottoman pour remercier son collègue du mont Liban d'avoir traduit en arabe l'Iliade ou l'Odyssée ; Constantinople où, trois siècles plus tôt, un architecte d'origine arménienne construisait les plus somptueuses mosquées.

À présent, chaque étoile de cette galaxie est ternie et souillée par une tragédie récente. En cent ans, le passé a été éviscéré, et l'avenir aboli. C'est dire la consolation qu'éprouvent les incurables rêveurs de ma génération trahie en retrouvant leur idéal intact, et même passionnément réhabilité, sous la plume fervente de celles et ceux qui feront la littérature du siècle qui commence.

Pour Eyup et Pehrazat Zelda

Il fut, et ne fut pas, un temps où les créatures de Dieu abondaient comme le grain, et où trop parler était un péché...

Préambule d'un conte turc
... et d'un conte arménien

I

CANNELLE

Qu'importe ce qui tombe du ciel, jamais nous ne devons le maudire. Pas même la pluie.

Qu'importe la violence de l'averse, la froideur de la neige fondue, jamais nous ne devons blasphémer contre ce que le ciel nous réserve. Personne n'ignorait cela. Pas même Zeliha.

Pourtant, en ce premier vendredi de juillet, elle filait sur le trottoir s'écoulant le long de la chaussée embouteillée, en retard à son rendez-vous, jurant comme un charretier et claquant des talons, furieuse contre l'homme qui s'était mis à la suivre, contre les automobilistes qui appuyaient frénétiquement sur leur klaxon alors que tout citadin savait que le bruit n'avait aucun effet sur le trafic, contre tout l'Empire ottoman, qui avait conquis Constantinople et persisté dans son erreur, et enfin, contre la pluie... cette foutue averse d'été.

La pluie, véritable torture dans cette partie du monde. Ailleurs, elle était sans doute considérée comme une aubaine pour les cultures, la faune et la flore, et − si l'on s'autorise une touche de romantisme − pour les amoureux. Mais pas à Istanbul. Pour nous, la pluie ne signifie pas tant finir trempé ou sale, que finir par fulminer de rage. Elle signifie plus de boue, plus de chaos, plus de fureur que d'ordinaire. Résister davantage. Elle est toujours synonyme de lutte. Nous devenons comme des chatons jetés dans un seau d'eau : dix millions d'individus tentant vainement d'esquiver les gouttes. D'ailleurs, nous sommes loin d'être les seuls à participer à l'empoignade : les rues en sont, elles aussi, avec leurs noms antédiluviens inscrits sur des plaques émaillées, leurs tombeaux de saints éparpillés un peu partout, leurs tas d'ordures à chaque intersection ou presque, leurs fondations béantes, hideuses, sur lesquelles se dresseront bientôt des immeubles tape-à-l'œil, et leurs mouettes... Tout Istanbul gronde de colère lorsque le ciel s'ouvre et crache sur nos têtes.

Puis, alors que les dernières gouttes s'écrasent au sol et que tant d'autres restent en suspens sur les feuillages lavés de leur poussière, dans ce moment de fragilité, alors que l'on se demande si l'averse est terminée, ce que l'averse elle-même ignore, *dans cet intervalle précis*, tout devient serein. Et l'espace d'une longue minute, les cieux paraissent s'excuser du désordre qu'ils ont causé. Quant à nous, les cheveux scintillants de gouttelettes, les poignets ruisselants d'eau glaciale, le regard las, nous fixons le ciel, plus céruléen que jamais. Nous levons les yeux, et malgré nous, nous lui retournons son sourire. Nous lui pardonnons, comme toujours.

Mais pour le moment, il pleuvait encore et Zeliha n'avait guère le cœur au pardon. Elle ne possédait pas de parapluie, estimant que si elle était assez bête pour en acheter un autre à un vendeur des rues à seule fin de l'oublier ici ou là dès que le soleil reparaîtrait, alors elle mériterait d'être trempée jusqu'aux os. Et de toute façon, il était trop tard. Elle était déjà mouillée. Sa seule consolation : on avait beau faire son possible pour rester sec et se mettre à l'abri, on finissait toujours par envisager davantage le problème en termes d'éclaboussures répétées qu'en termes de gouttes, alors à quoi bon lutter ?

Ses boucles noires gouttaient sur ses épaules carrées. Comme toutes les femmes de la famille Kazanci, Zeliha était née avec des cheveux crépus aile de corbeau, mais à la différence des autres, elle aimait les laisser flotter librement autour de son visage. Parfois, ses grands yeux vert jade, qui brillaient d'une vive intelligence, se plissaient pour former deux lignes exprimant la profonde indifférence que l'on observe chez trois catégories d'individus : les désespérément naïfs, les désespérément réservés, les désespérément optimistes. N'appartenant à aucune d'elles, il était difficile d'interpréter cette indifférence, si fugitive fût-elle.

Tout à coup, son esprit semblait insensibilisé, comme par l'effet d'un narcotique ; la minute suivante c'était terminé et elle redevenait elle-même.

C'est ainsi qu'elle se sentait, ce vendredi-là : désensibilisée, comme anesthésiée ; humeur d'une puissance corrosive pour une femme de sa trempe. Était-ce pour cette raison qu'elle répugnait tant à lutter contre la ville et la pluie ? L'indifférence montait et redescendait en elle, tel un yo-yo capricieux, la faisant pencher d'un extrême à l'autre : de la froideur glaciale à la fureur.

Elle fonçait parmi les marchands de parapluies, d'impers et de capuches en plastique aux couleurs chatoyantes, qui lui jetaient des œillades amusées. Elle parvint à les ignorer, comme elle réussissait à ignorer les hommes qui la déshabillaient du regard avec convoitise. Manifestement, ils n'approuvaient pas l'anneau qui scintillait à sa narine, preuve de son immodestie, et donc de sa *concupiscence*. Zeliha était particulièrement fière de ce piercing qu'elle s'était fait elle-même. Ça avait été douloureux, mais désormais, il faisait partie intégrante de sa personnalité, au même titre que son style. Ni le harcèlement des hommes, ni les reproches des autres femmes, ni les pavés, ni l'impossibilité de sauter dans les ferries, ni même les remarques continuelles de sa mère... aucune puissance au monde ne pourrait empêcher Zeliha (plus grande que la plupart des femmes de la ville) de porter des minijupes aux couleurs vives, des chemisiers ajustés mettant en valeur sa poitrine généreuse, des bas de nylon satiné et, oui, des talons aiguilles.

Elle posa le pied sur un autre pavé descellé. La vase qui stagnait dessous l'éclaboussa et moucheta sa jupe lavande de taches sombres. Zeliha lâcha un chapelet de jurons. Consciente d'être la seule femme de sa famille, et l'une des rares Turques, à user d'un langage si grossier avec une telle véhémence, chaque fois qu'elle se mettait à jurer, elle le faisait copieusement, comme pour compenser la retenue des autres. Pressant le pas, Zeliha pesta contre la municipalité, passée et présente. Depuis son enfance, elle n'avait jamais vécu un jour de pluie sans pavés descellés. Elle s'apprêtait à éructer davantage quand elle s'arrêta net, leva la tête comme si elle avait entendu appeler son nom et adressa une moue au ciel brumeux. Les yeux plissés, elle soupira et poussa un autre juron, destiné à la pluie cette fois : véritable blasphème si l'on se référait aux règles tacites et immuables de Petite-Ma, sa grand-mère. On avait tout à fait le droit de ne pas apprécier la pluie, mais on ne devait sous aucun prétexte jurer en direction du ciel ; parce que tout ce qui en tombe n'en tombe jamais seul, parce que c'est là que se trouve Allah le Tout-Puissant.

Zeliha avait beau connaître les règles tacites et immuables de Petite-Ma, ce vendredi-là, elle était trop excédée pour s'en préoccuper. Et puis, ce qui était dit était dit, de même que tout ce qui était fait appartenait désormais au passé. Pas de temps à perdre en regrets. Elle était en retard à son rendez-vous chez le gynécologue et courait le risque non négligeable de renoncer à s'y rendre.

Un taxi jaune à l'aile arrière couverte d'autocollants s'arrêta. Le chauffeur, un type basané avec une moustache à la Zapata et une dent de devant en or, le genre truand en congé, écoutait « Like a Virgin » à plein volume, toutes vitres baissées. Son apparence ultratraditionnelle offrait un contraste saisissant avec ses goûts musicaux peu conventionnels. Il pencha la tête dehors, siffla et aboya :

– Mmm, on en mangerait !

Ses paroles suivantes furent étouffées par celles de la jeune femme.

– C'est quoi ton problème, espèce de tordu ? Une femme n'a pas le droit de marcher en paix dans cette ville ?

– Pourquoi marcher quand je pourrais te conduire ? Tu ne voudrais pas qu'un corps aussi séduisant que le tien soit tout mouillé, n'est-ce pas ?

Tandis que Madonna beuglait « *My fear is fading fast, been saving it all for you* », Zeliha se mit à jurer, ignorant une autre règle tacite et immuable, qu'on ne devait pas à Petite-Ma mais au bon sens féminin. *Ne jamais insulter son harceleur.*

Règle d'Or de la Prudence Féminine Stambouliote :
Ne jamais répondre lorsqu'on est harcelée dans la rue. Une femme qui répond à son harceleur, a fortiori une femme qui insulte son harceleur, ne fait qu'attiser l'enthousiasme de ce dernier !

Cette règle n'était pas étrangère à Zeliha, et elle savait qu'il valait mieux éviter de la transgresser, seulement ce vendredi-là n'était pas un vendredi ordinaire : elle avait le sentiment qu'une autre femme était aux commandes, une femme moins prudente, plus agressive, hors d'elle. C'était cette Zeliha déchaînée qui prenait les décisions. Raison pour laquelle elle continua à insulter le chauffeur de taxi à pleins poumons, couvrant la voix de Madonna. Des piétons et des vendeurs de parapluies approchèrent pour voir ce qui se passait. Découragé par l'esclandre, l'homme qui la suivait renonça à aller plus loin, il préférait éviter de traîner dans les parages d'une folle. Ni aussi prudent ni aussi timide, le chauffeur de taxi accueillit le tapage avec un grand sourire. Zeliha remarqua ses dents blanches impeccables et ne put s'empêcher de se demander s'il ne s'agissait pas de façades en porcelaine. Sentant une nouvelle poussée d'adrénaline lui baratter l'estomac et accélérer son rythme cardiaque, elle songea que, de toutes les femmes de la famille, elle était la seule qui pourrait finir par tuer un homme un jour.

Par chance, le conducteur de la Toyota stationnée derrière le taxi perdit patience et klaxonna. Comme si elle sortait d'un mauvais rêve, Zeliha retrouva ses esprits et frissonna en découvrant dans quelle situation elle s'était mise. Son penchant pour la violence l'avait toujours effrayée. Calmée, elle fit un pas de côté et essaya de fendre la foule. Dans sa hâte, elle coinça son talon entre deux pavés. Elle tenta de se dégager, exaspérée, et finit par libérer sa chaussure mais non son talon. Une autre règle qu'elle n'aurait jamais dû oublier lui revint à la mémoire.

Règle d'Argent de la Prudence Féminine Stambouliote :
Ne jamais perdre son sang-froid lorsqu'on est harcelée dans la rue. Une femme qui perd son sang-froid face à son harceleur est perçue comme excessive, ce qui ne fait qu'aggraver sa situation !

Le chauffeur de taxi s'esclaffa, le conducteur de la Toyota klaxonna une deuxième fois, la pluie s'intensifia et plusieurs piétons sifflèrent entre leurs dents pour marquer leur désapprobation – difficile de dire envers qui. Au beau milieu de ce tumulte, Zeliha remarqua un autocollant pailleté qui scintillait sur l'aile arrière du taxi : NE ME TRAITEZ PAS D'ÉPAVE ! LES ÉPAVES ONT AUSSI UN CŒUR. Elle fixa les mots, l'air absent, envahie d'une fatigue incommensurable, une fatigue trop écrasante et trop déconcertante pour être seulement due au quotidien d'une Stambouliote. C'était comme un message codé conçu tout spécialement pour elle par quelque esprit, que, simple mortelle, Zeliha n'arrivait pas à décrypter. Bientôt, le taxi et la Toyota s'éloignèrent et les piétons reprirent leur marche, l'abandonnant sur place. Elle posa un regard affligé sur son talon cassé, qu'elle tenait tendrement dans le creux de sa main, tel un oiseau mort.

Oui, il y avait de la place pour les oiseaux morts dans son univers chaotique, mais pas pour la tendresse, pas pour l'affliction. Certainement pas. Elle se redressa et fit de son mieux pour marcher avec un seul talon. Bientôt, elle fendit la foule auréolée de parapluies, boitant sur ses jambes magnifiques, telle une note dissonante sur une portée, ou tel un fil couleur lavande dans une tapisserie toute en nuances de brun et de gris. Et néanmoins, le flot était bien assez tumultueux pour gommer sa disharmonie et lui imposer sa cadence. La foule n'était pas un conglomérat de centaines de corps douloureux respirant à leur propre rythme et exhalant leur propre odeur, mais un seul et unique corps suant et haletant sous la pluie. Qu'il pleuve ou que le soleil brille n'y changeait d'ailleurs rien. Marcher dans Istanbul signifiait se laisser porter par la foule.

En passant devant les dizaines de pêcheurs burinés alignés le long du vieux pont Galata, armé chacun d'un parapluie dans une main et d'une canne à pêche dans l'autre, elle se prit à envier leur aisance immobile, cette habilité à attendre pendant des heures un poisson imaginaire, ou un poisson si minuscule qu'on l'utiliserait pour en appâter un autre qui ne mordrait jamais. Elle était impressionnée par cette faculté d'accomplir autant pour si peu, et de rentrer chez soi les mains vides, mais satisfait de sa journée. Elle soupçonnait que, dans ce monde, la sérénité était mère de la chance et la chance mère de la félicité. Le soupçonner, c'est tout ce qu'elle pouvait faire, n'ayant jamais goûté à ce genre de sérénité – et doutant de jamais pouvoir y goûter un jour ; en tout cas, sûrement pas aujourd'hui.

En dépit de son retard, elle ralentit son allure aux abords du Grand Bazar et décida d'y entrer. Juste pour jeter un œil, se promit-elle, en s'approchant des vitrines. Elle alluma une cigarette et regarda les volutes de fumée s'élever de sa bouche, apaisée, presque détendue. Elle savait qu'une femme qui fumait dans la rue faisait mauvais genre à Istanbul, et après ? Elle haussa les épaules. N'avait-elle pas déjà déclaré la guerre à une société tout entière ? Elle gagna la partie la plus ancienne du bazar.

Certains marchands la connaissaient par son prénom. Les bijoutiers surtout. Zeliha avait un faible pour les accessoires scintillants. Pinces à cheveux en cristal, broches en strass, boucles d'oreilles étincelantes, boutonnières en nacre, foulards à rayures, pochettes en satin, châles en mousseline, pompons en soie, et chaussures à talons aiguilles, bien sûr. Elle n'était jamais rentrée dans ce bazar sans s'arrêter dans quelques magasins, marchander avec leurs vendeurs et en ressortir avec des choses qu'elle n'avait pas prévu d'acheter, mais qui lui avaient coûté bien moins cher que le prix annoncé. Cette fois, cependant, elle se contenta de faire du lèche-vitrines.

Elle passait devant un stand de bocaux, de coupelles et de flacons remplis d'herbes et d'épices de toutes les couleurs, lorsqu'elle se remémora que l'une de ses sœurs – elle ne se rappelait plus laquelle – lui avait demandé de lui rapporter de la cannelle, ce matin. Elle était la benjamine d'une fratrie de quatre sœurs qui n'arrivaient jamais à se mettre d'accord et étaient toutes persuadées d'avoir toujours raison, de n'avoir rien à apprendre des autres mais d'avoir beaucoup à leur enseigner.

Avec elles, on avait sans cesse l'impression de perdre au loto à un numéro près : on pouvait envisager la situation sous n'importe quel angle, on ne parvenait jamais à se débarrasser du sentiment d'être l'objet d'une injustice perpétrée en toute impunité. Zeliha acheta néanmoins la cannelle ; en bâtonnets, pas en poudre. Le vendeur lui offrit du thé, une cigarette et sa conversation. Elle accepta le tout. Alors qu'ils discutaient, son regard vagabonda sur les étagères du stand et se fixa sur un service de verres à thé : également sur la liste des articles qu'elle achetait compulsivement. Des verres à thé gravés de fines étoiles dorées, assortis de cuillères délicates et de soucoupes fragiles dont le centre était ceint d'un filet d'or. Il devait y avoir une trentaine de services différents à la maison, tous achetés par elle. Mais ils se cassaient si facilement, un de plus ou un de moins…

– Ces foutus trucs sont si fragiles… marmonna-t-elle.

C'était la seule Kazanci à pouvoir se mettre en colère devant un verre cassé. Petite-Ma, sa grand-mère de soixante-dix-sept ans, avait une tout autre réaction.

– Encore le mauvais œil ! s'exclamait-elle lorsqu'un verre à thé se brisait en morceaux. Tu as entendu ce bruit sinistre ? *Crac !* Ça a résonné dans mon cœur ! C'est le mauvais œil. On nous jalouse, on nous veut du mal. Puisse Allah nous protéger toutes !

À chaque bris de verre ou de miroir, Petite-Ma poussait un soupir de soulagement. Puisqu'on ne pouvait débarrasser cette folle terre tourbillonnante de tant d'êtres malveillants, mieux valait savoir leur mauvais œil coincé dans la fissure d'un verre brisé que fiché au plus profond d'esprits innocents d'Allah pour y faire des ravages.

Vingt minutes plus tard, quand Zeliha entra au pas de course dans un joli cabinet médical du quartier chic de la ville, elle tenait un talon de chaussure dans une main et un nouveau service de verres à thé dans l'autre. Ce n'est qu'à cet instant qu'elle s'aperçut consternée qu'elle avait oublié les bâtonnets de cannelle enveloppés au Grand Bazar.

Trois femmes, toutes très mal coiffées, et un homme, presque chauve, patientaient dans la salle d'attente. De leur posture, Zeliha déduisit, non sans un certain cynisme, que la plus jeune, qui feuilletait négligemment un magazine sans se donner la peine d'en lire les articles, était la moins tendue. Elle venait probablement pour renouveler son ordonnance de pilules contraceptives. À côté, assise près de la fenêtre, une blonde replète d'une trentaine d'années, dont les racines noires imploraient la coloration, balançait le pied, perdue dans ses pensées. Certainement une visite de routine et son frottis annuel. La troisième, une épouse voilée accompagnée de son mari, avait l'air anxieux, comme en témoignaient le pli amer de sa bouche et ses sourcils froncés. Problèmes de fécondité. Oui, *ça* pouvait se révéler fâcheux ; question de point de vue. Pour Zeliha, l'infertilité n'était pas la pire chose qui pût arriver à une femme.

– Bonjour, vous ! gazouilla l'assistante médicale, avec un rire forcé si bien rodé qu'il ne paraissait ni idiot ni forcé. Vous êtes le rendez-vous de trois heures ?

Elle semblait éprouver des difficultés à prononcer les *r* et se donnait un mal fou pour compenser cette lacune en haussant le ton et en glissant un sourire à son interlocutrice chaque fois qu'elle butait sur la lettre malfaisante. Pour l'épargner, Zeliha hocha aussitôt la tête avec une vigueur un tantinet factice.

– Et quelle est la raison de votre visite, mademoiselle de Trois-Heures ?

Zeliha tâcha d'ignorer au mieux le ton idiot de la question. Elle savait trop bien que c'était précisément cette gaieté féminine inconditionnelle et à toute épreuve qui lui faisait défaut. Garder le sourire quoi qu'il advienne, tout en manifestant un sens du devoir spartiate. Comment pouvait-on faire une chose si artificielle avec un tel naturel ? Elle repoussa l'énigme dans un coin de son esprit et répondit :

– Un avortement.

Les mots planèrent un instant dans la salle avant de retomber. L'assistante plissa les yeux, puis les rouvrit en grand. Zeliha fut soulagée de constater qu'elle ne souriait plus. En fin de compte, la gaieté féminine inconditionnelle et à toute épreuve avait tendance à attiser son agressivité.

– J'ai rendez-vous... reprit-elle, coinçant une boucle derrière son oreille – le reste de sa chevelure flottait librement sur ses épaules comme une épaisse burqa noire.

Elle releva le menton, exposant davantage son nez aquilin, et répéta un brin plus fort que prévu (ou peut-être pas) :
– Je souhaite subir un avortement.

Déchirée entre son désir d'inscrire la patiente et celui de la tancer du regard pour son insolence, l'assistante médicale demeura quelques secondes figée devant son gros registre en cuir avant de se mettre à écrire. Zeliha profita de ce bref silence pour murmurer :
– Désolée pour le retard... (l'horloge murale l'informa qu'elle avait dépassé l'heure de son rendez-vous de quarante-six minutes)... c'est à cause de la pluie.

Un peu injuste envers l'averse, attendu que le trafic, les pavés, la municipalité, son poursuivant, le chauffeur de taxi et son détour par le bazar avaient leur part de responsabilité ; cependant elle préféra s'en tenir à cette explication. Elle avait peut-être transgressé la Règle d'Or, et sans doute aussi la Règle d'Argent, de la Prudence Féminine Stambouliote, mais elle mettrait un point d'honneur à respecter la Règle de Cuivre.

Règle de Cuivre de la Prudence Féminine Stambouliote :
Si on vous a harcelée dans la rue, reprenez votre chemin et oubliez l'incident au plus vite ; le garder en mémoire toute la journée ne fera que vous user les nerfs !

Pas besoin d'être très futée pour deviner qu'au vu des circonstances, loin de se montrer compatissante, son interlocutrice se serait autorisé un jugement péremptoire sur sa *sœur* harcelée. Mieux valait rester laconique et ne blâmer que la pluie.
– Quel âge avez-vous, mademoiselle ?

Question désagréable et totalement superflue. Elle dévisagea l'assistante les yeux plissés, comme si la lumière avait subitement baissé. Une fois de plus, la triste réalité de sa jeunesse s'imposa à elle. Comme beaucoup de femmes habituées à adopter les airs d'un âge qu'elles n'avaient pas encore atteint, elle n'aimait pas devoir se rappeler qu'elle était bien plus jeune qu'elle ne l'eût souhaité.

– J'ai dix-neuf ans, avoua-t-elle, se sentant soudain nue devant tous ces gens.

– Dans ce cas, il nous faut le consentement de votre mari, reprit l'assistante, son ton enjoué en moins, enchaînant sur une autre question dont elle devinait d'avance la réponse : Puis-je vous demander si vous êtes mariée, mademoiselle ?

Du coin de l'œil, Zeliha remarqua que la blonde replète et l'épouse voilée se tortillaient sur leurs chaises. Sentant tous les regards peser sur sa personne, elle troqua sa grimace contre un sourire béat : la petite voix enfouie en elle venait de lui souffler de ne pas se soucier de leur opinion, elle ne changerait rien à l'affaire. Dernièrement, elle avait décidé d'éradiquer certains termes de son vocabulaire, pourquoi ne pas commencer par le mot « honte » ? Elle n'eut toutefois pas le courage de dire à voix haute ce que tout le monde avait parfaitement compris : il n'y avait pas de père. À la place de BABA[1] il n'y avait RIEN.

Par chance, son statut de célibataire simplifiait grandement les formalités administratives. Elle n'avait plus besoin d'autorisation écrite. Les lois se souciaient moins de sauver les bébés nés hors mariage que ceux des couples légitimes. Un bébé sans père n'était qu'un bâtard de plus, et un bâtard une dent descellée parmi tant d'autres dans la mâchoire édentée d'Istanbul.

– Votre lieu de naissance ?
– Istanbul !
– Istanbul ?

Zeliha haussa les épaules. D'où pouvait-elle venir ? De quel autre coin de la planète ? Bien sûr qu'elle était d'Istanbul. Ça ne se lisait donc pas sur son visage ? Elle était stambouliote jusqu'au bout des ongles. Pour punir l'assistante d'avoir manqué de noter une telle évidence, elle pivota sur son unique talon et alla s'asseoir à côté de la femme voilée sans attendre qu'on l'y eût invitée. Ce

---

1. Signifie « père » en turc. *(Sauf mention contraire, toutes les notes sont de la traductrice.)*

n'est qu'à cet instant qu'elle remarqua le mari, figé, quasi paralysé par l'embarras. Il semblait avoir choisi de se vautrer dans sa gêne d'être le seul homme sur ce territoire si résolument féminin, plutôt que de condamner Zeliha sans appel. L'espace d'une seconde, elle eut pitié de lui. Elle songea à lui proposer d'aller fumer une cigarette sur le balcon, mais eut peur d'être mal interprétée. Une femme célibataire n'était pas censée proposer ce genre de chose à un homme marié, et un homme marié se devait de manifester de l'hostilité à l'égard des autres femmes en présence de son épouse. Pourquoi était-il si difficile de lier amitié avec les hommes ? Pourquoi fallait-il qu'il en fût encore ainsi ? Pourquoi ne pouvait-on pas fumer une cigarette sur un balcon, échanger quelques mots et se séparer en toute simplicité ? Zeliha demeura immobile un long moment ; non parce qu'elle était claquée (même si elle l'était), ni parce qu'elle en avait assez d'être le centre de l'attention générale (même si c'était le cas), mais parce qu'elle avait soif des bruits de la ville qui arrivaient de la fenêtre ouverte. Une voix rauque s'éleva :

– Tangerines ! Tangerines fraîches et parfumées !

– Vas-y, continue à crier, marmonna-t-elle.

Elle n'aimait pas le silence. En fait, elle le détestait. On pouvait la toiser dans la rue, au bazar, dans une salle d'attente ou ailleurs, jour et nuit ; la dévisager bouche bée, les yeux écarquillés comme si elle venait d'une autre planète : elle finissait toujours par trouver une parade. Ce contre quoi elle ne pouvait rien, c'était le silence.

– Tangeriniste ! Tangeriniste ! Combien pour un kilo ? hurla une femme depuis une fenêtre de l'immeuble d'en face.

La facilité avec laquelle les habitants de cette ville inventaient les noms les plus improbables aux professions les plus ordinaires l'avait toujours amusée. Il suffisait d'adjoindre un *-iste* à presque chaque produit vendu sur le marché, et aussitôt le mot allait s'ajouter à la liste infinie des professions urbaines. Ainsi, en fonction de votre spécialité, vous deveniez « tangeriniste », « boissoniste », « bageliste » ou… « avortiste ».

Zeliha n'avait plus aucun doute ni aucune envie de partager sa certitude avec quiconque. Elle avait effectué le test dans une nouvelle clinique du quartier. Le jour de son inauguration, ils avaient donné une réception tape-à-l'œil pour une poignée d'invités triés sur le volet, et décoré la porte de bouquets et de guirlandes destinés à attirer l'attention des passants. Zeliha s'était présentée à la réception dès le lendemain. La plupart des fleurs étaient déjà fanées, mais les prospectus toujours aussi pimpants annonçaient, en capitales fluorescentes : un test de grossesse gratuit pour un test de glucose ! Elle ignorait la corrélation entre les deux tests, qu'elle avait subis tous les deux. Son taux de sucre était normal et elle était enceinte.

– Vous pouvez entrer, mademoiselle ! lui lança l'assistante médicale postée dans l'encadrement de la porte, parée à affronter un autre *r*, celui-là inévitable. Le docteu*r*... vous attend.

Zeliha attrapa sa boîte de verres à thé et son talon cassé et bondit sur ses pieds, consciente des regards qui enregistraient chacun de ses gestes. En temps normal, elle aurait traversé la salle aussi vite que possible, mais cette fois, elle se prit à marcher lentement, de manière presque provocante. Juste avant de sortir, elle se tourna vers le visage amer, au milieu de la pièce. Ses yeux marron assombris par la rancœur, les traits crispés, la femme voilée remua les lèvres pour maudire le médecin et la jeune écervelée sur le point d'interrompre une grossesse – c'est à elle qu'Allah aurait dû accorder cet enfant.

Le médecin était un homme solidement campé sur ses jambes et de qui irradiait une force communicative. Son regard ne portait pas de jugement et aucune question malvenue ne lui brûlait la langue, contrairement à son assistante. Tout en lui était avenant. Il lui fit signer une série de documents, puis une autre au cas où la procédure ne se déroulerait pas comme prévu. Devant tant de gentillesse, Zeliha sentit ses nerfs se relâcher et sa carapace se fissurer. Or, chaque fois que ses nerfs se relâchaient et que sa carapace se fissurait, elle devenait aussi fragile qu'un verre à thé ; et quand elle devenait aussi fragile qu'un verre à thé, les larmes n'étaient jamais loin. Et s'il était une chose qu'elle détestait par-dessus tout depuis l'enfance, c'était bien les pleureuses. Elle s'était fait la promesse de ne jamais devenir une de ces pleurnicheuses ambulantes qui fondaient en larmes et geignaient pour un rien, bien assez nombreuses dans son entourage. Et bon an mal an, elle s'était jusqu'à ce jour débrouillée pour respecter cette promesse. Comme toujours dans ces moments, elle inspira profondément et releva le menton. Seulement, ce vendredi-là, quelque chose dérailla et elle expira un sanglot.

Le médecin ne manifesta aucune surprise. Les femmes pleuraient toujours.

– Allons, allons, la consola-t-il, enfilant une paire de gants en latex. Tout va bien se passer, ne vous inquiétez pas. Ce n'est qu'une petite anesthésie. Vous allez dormir, rêver, et vous n'aurez pas terminé votre rêve que je vous réveillerai. Vous pourrez rentrer chez vous aussitôt. Vous ne vous souviendrez de rien.

À présent, on pouvait lire à livre ouvert sur le visage de Zeliha. Ses joues s'étaient creusées, mettant en valeur son trait le plus distinctif : son nez ! Ce remarquable nez aquilin que, tout comme le reste de la fratrie, elle avait hérité de son père – à la différence près que le sien était plus aigu et plus long.

Le médecin lui tapota l'épaule et lui tendit un mouchoir en papier, puis toute la boîte. Il en avait toujours sur son bureau. Les laboratoires pharmaceutiques les distribuaient gratuitement, ainsi que des stylos, des carnets et d'autres articles estampillés de leur label. Ces mouchoirs étaient destinés aux patientes émotives.

– Figues ! De délicieuses figues bien mûres !

Était-ce le même vendeur ou un autre ? Comment l'appelaient ses clients ? Figuiste ?! se demanda Zeliha, allongée sur une table, dans la salle d'une blancheur intimidante. Ni les équipements ni les scalpels ne l'effrayaient tant que cette blancheur immaculée. Elle lui évoquait le silence. L'absence de vie.

Elle se laissa distraire par un point noir au plafond. Plus elle le fixait, plus il ressemblait à une araignée. Qui d'abord lui parut immobile. Puis qui se mit à avancer. Et à grossir, grossir encore à mesure que se diffusait dans ses propres veines la drogue qu'on lui injectait. Tout à coup, Zeliha se sentit lourde au point d'être incapable de remuer le doigt. Elle tenta de résister à l'engourdissement, mais éclata à nouveau en sanglots.

– Vous êtes certaine que c'est ce que vous voulez ? Vous ne préférez pas y réfléchir encore un peu ? s'enquit le médecin d'une voix de velours, comme par crainte, s'il parlait trop fort, de la voir se disperser tel un amas de poussière. Il n'est pas trop tard pour reconsidérer votre décision.

Si, il était trop tard. Cela se ferait maintenant, il le fallait. Ce vendredi-là, ou jamais.

– Il n'y a rien à reconsidérer. Je ne peux pas la mettre au monde.

Le médecin hocha la tête. Soudain, comme si elle attendait cette autorisation, la prière du vendredi s'éleva d'une mosquée des alentours. Quelques secondes s'écoulèrent, et une deuxième voix se joignit à la première, puis une troisième, et une quatrième. Zeliha grimaça : elle détestait les rugissements déshumanisés crachés par des enceintes. Les prières étaient faites pour être récitées d'une voix pure, sans artifices. Bientôt, le bruit lui devint si insupportable qu'elle soupçonna tous les micros des mosquées du voisinage d'être défaillants. Ou alors, ses oreilles étaient devenues extrêmement sensibles.

– Ça va s'arrêter dans une minute, détendez-vous.

Zeliha leva un regard interrogateur vers le médecin. Son aversion pour les prières électroniques était-elle si visible ? Bah, c'était sans importance. De toutes les Kazancı, elle était la seule à se montrer ouvertement irréligieuse. Enfant, elle considérait un peu Allah comme sa meilleure amie ; une idée amusante quand on observait que sa deuxième meilleure amie était une pipelette couverte de taches de rousseur qui fumait depuis l'âge de huit ans. C'était la fille de leur femme de ménage, une Kurde rondelette qui ne se donnait pas toujours la peine de raser sa moustache. À cette époque, elle venait trois fois par semaine, invariablement accompagnée de sa fille. Zeliha et la fillette avaient lié amitié. Elles s'étaient même entaillé l'index pour devenir sœurs de sang. Après ça, elles avaient porté un bandage au doigt pendant huit jours. En ce temps-là, chaque fois que Zeliha priait, elle repensait à ce foutu bandage : si seulement Allah pouvait devenir sa sœur de sang, Lui aussi...

Pardonne-moi, pardonne-moi, pardonne-moi, s'excusait-elle aussitôt ; car lorsqu'on réclamait le pardon d'Allah, il fallait s'exécuter trois fois de suite.

C'était un péché. Elle savait qu'on ne devait pas personnifier Allah, qu'Il n'avait ni doigts ni sang, qu'il fallait se retenir de Lui attribuer des qualités humaines. Mais comment résister quand ses (non, *Ses*) quatre-vingt-dix-neuf noms évoquaient des qualités que l'on accorde généralement aux êtres humains ? Celui qui peut tout voir mais n'a pas d'yeux ; Celui qui peut tout entendre mais n'a pas d'oreilles ; Celui qui peut tout toucher mais n'a pas de mains… La petite Zeliha en avait déduit qu'Allah nous ressemblait, mais que nous ne pouvions pas Lui ressembler. Ou l'inverse ? Quoi qu'il en soit, il fallait apprendre à penser à lui (ou à *Lui*) sans se Le représenter comme Lui.

Elle ne se serait sans doute pas posé toutes ces questions si, un après-midi, elle n'avait remarqué que sa sœur aînée arborait un pansement ensanglanté à l'index. Apparemment, la fillette kurde avait choisi Feride comme autre sœur de sang. Se sentant trahie, Zeliha avait compris que son véritable problème avec Allah n'était pas qu'il (ou qu'*Il*) n'avait pas de sang, mais qu'il avait trop de sœurs de sang pour s'occuper de chacune d'elles, si bien qu'Il finissait par ne s'occuper de personne.

Son amitié n'avait pas fait long feu, après ça. La *konak* était si grande, et leur mère si têtue et grognon, que la femme de ménage avait fini par démissionner. Zeliha s'était retrouvée sans meilleure amie, et avec le sentiment étrange d'en vouloir à quelqu'un, mais sans savoir vers qui diriger sa rancœur : la femme de ménage, pour avoir démissionné ? sa mère, pour l'avoir poussée à le faire ? sa meilleure amie, pour avoir joué un double jeu ? Feride, pour lui avoir volé sa sœur de sang ? ou vers Allah ? Le plus simple fut d'en vouloir à Allah. S'étant sentie infidèle à un âge si tendre, elle n'avait eu aucune peine à le demeurer une fois adulte.

Un autre appel s'éleva d'une cinquième mosquée. Les prières se multiplièrent, dessinant des cercles phoniques autour d'eux. Bizarrement, elle craignit soudain d'être en retard pour le dîner, se demanda ce qu'on servirait à table et laquelle de ses trois sœurs aurait cuisiné. Elles avaient toutes une recette qu'elles réalisaient à la perfection, si bien que, selon la cuisinière du jour, Zeliha pouvait espérer tel plat plutôt que tel autre. Elle mourait d'envie de

manger des poivrons verts farcis – désir particulièrement confus dans la mesure où personne ne les préparait de la même manière. *Des poivrons... verts... farcis...* Sa respiration s'apaisa et l'araignée se mit à descendre. Les yeux au plafond, Zeliha eut l'impression d'être séparée des autres personnes présentes dans la pièce. Dans un espace à elle. Puis elle entra dans le royaume de Morphée.
La lumière était trop brillante, presque aveuglante. Lentement, d'un pas prudent, elle emprunta un pont où pullulaient voitures, piétons et pêcheurs immobiles tenant des cannes au bout desquelles se tortillaient des vers. Elle suivit le flot, surprise de ne poser les pieds que sur des pavés descellés et n'entrevoyant que du vide en dessous. Elle leva alors les yeux pour découvrir avec horreur qu'au-dessus, c'était exactement comme en dessous, et qu'il pleuvait des pavés. Chaque fois qu'un pavé tombait du ciel bleu, un autre se détachait de la chaussée sous son pied. Et derrière, la même chose : le VIDE.
Le précipice s'élargissait. Elle se mit à paniquer à l'idée d'être bientôt avalée par les abysses affamés. « Non ! » hurla-t-elle, tandis que les pierres continuaient à se dérober sous ses pieds. « Non ! » ordonna-t-elle aux véhicules qui arrivaient à toute vitesse dans sa direction. « Non ! » lança-t-elle suppliante aux piétons qui la bousculaient.
« Pitié, non ! »

Zeliha se réveilla seule et nauséeuse dans une pièce qu'elle ne reconnaissait pas. Elle ne chercha pas à comprendre comment elle était arrivée là. Elle ne ressentait ni douleur, ni tristesse, ni rien d'autre. L'indifférence avait fini par l'emporter, se dit-elle. En avortant sur la table immaculée de la pièce blanche, elle avait à la fois fait disparaître son bébé et ses sensations propres. Peut-être qu'une doublure argentée brillait quelque part dans le ciel. Peut-être qu'à présent elle pourrait aller pêcher, rester debout pendant des heures sans se sentir frustrée ou laissée pour compte, peut-être qu'elle n'aurait plus le sentiment que la vie est un lièvre trop rapide pour qu'elle puisse l'attraper.
– Ah, vous voilà enfin de retour !

L'assistante médicale se tenait dans l'encadrement de la porte, les poings sur les hanches.

– Bonté divine ! Quelle peur vous nous avez faite ! Avez-vous seulement une idée des cris que vous avez poussés ? C'était affreux !

Zeliha ne cilla pas.

– Les passants ont dû penser qu'on vous torturait... Je suis étonnée que la police n'ait pas frappé à la porte !

On est à Istanbul, pas dans un film américain, songea Zeliha, s'autorisant un clignement d'yeux. Elle ignorait en quoi elle avait dérangé l'assistante, mais ne voyant pas l'intérêt de l'ennuyer davantage, elle lui offrit la première excuse qui lui passa par la tête :

– J'ai dû crier parce que j'avais mal...

– Impossible... le docteur ne vous a pas opérée. Il ne vous a même pas touchée !

– Quoi ?... Vous voulez dire que... vous n'avez pas... balbutia-t-elle, plus troublée d'avoir à poser la question qu'intéressée par la réponse.

– Non, nous n'avons pas...

L'assistante médicale soupira en se massant le front, comme pour se débarrasser d'une migraine.

– Le docteur n'a rien pu faire, vous hurliez à pleins poumons. Vous ne vous êtes pas endormie, jeune demoiselle. Vous avez commencé par délirer, puis vous vous êtes mise à hurler et à jurer. C'est la première fois que je vois ça en quinze ans de métier. Vous avez mis deux fois plus de temps que la moyenne à réagir à la morphine.

Zeliha soupçonna quelque exagération dans ces propos, mais renonça à discuter. Ces deux dernières heures, elle avait eu tout le temps de comprendre qu'entre ces murs, on était censé se taire à moins d'être interrogé.

– Et quand vous avez fini par sombrer, on a eu tellement peur que vous vous remettiez à hurler sans crier gare, que le docteur a dit : « Attendons qu'elle ait les idées claires. Si elle souhaite toujours avorter, il sera encore temps. » Nous vous avons transportée ici et laissée dormir. Et pour dormir, vous avez dormi !

– Vous voulez dire que je n'ai pas...

Elle n'arriva pas à articuler le mot qu'elle avait un peu plus tôt prononcé si hardiment devant des étrangers. Elle posa la main sur son ventre et quémanda la compassion de la dernière personne au monde à pouvoir lui en offrir.
– Alors elle est toujours là...
– Ce n'est peut-être pas une fille. Qu'est-ce que vous en savez ?
Mais Zeliha savait. Tout simplement elle savait.

Dehors, l'obscurité commençait à recouvrir les rues, mais on avait l'impression que le jour venait de se lever. Il ne pleuvait plus et la vie paraissait magnifique, presque docile. En dépit des embouteillages, l'odeur fraîche de l'après-orage conférait à la ville une aura sacrée. Ici et là, des enfants piétinaient les flaques de boue, se délectant de ce petit péché. Car s'il y avait jamais eu de bons moments pour pécher, celui-là en était un. C'était un de ces rares moments où Allah semblait veiller sur chacun et où chacun se sentait proche de Lui.

Au cours d'un instant fugace, Istanbul était devenue une métropole bienheureuse, d'un romantisme pittoresque, comme Paris, songea Zeliha, qui n'y était pourtant jamais allée. Une mouette lui cria un message codé qu'elle se sentit sur le point de décrypter. Et là, pendant quelques secondes, elle eut l'impression d'être à la frontière d'un nouveau commencement.

– Pourquoi Tu ne m'as pas laissée faire, Allah ? murmura-t-elle, se reprenant aussitôt pour implorer le pardon de Zeliha l'athée : *Pardonne-moi, pardonne-moi, pardonne-moi.*

Toute petite sous l'immense arc-en-ciel, elle rentra chez elle en boitillant, serrant contre elle sa boîte de verres à thé et son talon cassé, un peu moins découragée qu'elle ne l'avait été ces dernières semaines.

C'est vers huit heures du soir, ce vendredi-là, que Zeliha pénétra dans la grande konak ottomane légèrement décrépite et entourée d'immeubles d'habitation modernes cinq fois plus hauts. Elle monta l'escalier en courbe d'un pas lourd et trouva les Kazanci réunies autour de la grande table de la salle à manger. Visiblement, personne n'avait cru bon de l'attendre pour dîner.

– Salut, étrangère ! Viens donc partager notre souper, s'exclama Banu, penchée sur une aile de poulet rôti bien croustillante. Le prophète Mohammed nous encourage à partager nos repas avec les étrangers.

Son visage luisait, comme si elle l'avait tartiné de graisse de poulet, et ses petits yeux noisette aussi. Avec ses douze années et ses quinze kilos de plus que Zeliha, elle ressemblait davantage à sa mère qu'à sa sœur. À l'en croire, Banu était victime de son système digestif mystérieux qui stockait tout ce qu'elle ingérait et transformait en graisse l'eau qu'elle buvait. On ne pouvait donc ni la tenir pour responsable de son poids, ni l'encourager à se mettre au régime.

– Devine ce qu'il y a au menu, ce soir ? poursuivit-elle gaiement en attrapant une autre aile de poulet. Des poivrons verts farcis !

– C'est mon jour de chance ! répondit Zeliha.

La vue des plats familiers la ravit. En plus de l'énorme poulet, il y avait de la soupe de yaourt, des *karniyarik*[1], du *pilak*[2], les *kadin budu köfte*[3] de la veille, du *turflu*[4], des *çörek*[5] fraîches, un bocal d'*ayran*[6], et, oui, des poivrons verts farcis. Zeliha tira immédiatement une chaise, sa faim l'emportant sur son manque d'enthousiasme à l'idée d'assister au dîner familial un soir comme celui-ci.

– Où étais-tu, jeune demoiselle ? grommela Gülsüm, sa mère, que l'on soupçonnait d'avoir été Ivan le Terrible dans une vie antérieure.

Les épaules raides, le menton relevé, elle sonda le visage de sa benjamine, comme pour lire dans ses pensées.

La mère et la fille s'affrontèrent du regard, la mine sévère, redoutant le conflit mais prêtes à y faire face. Ce fut Zeliha qui céda la première : laisser sortir sa colère devant Gülsüm eût été une erreur. Elle s'efforça de sourire et répondit :

---

1. Aubergines farcies à la viande d'agneau.
2. Haricots blancs à l'huile.
3. Boulettes d'agneau panées, dites « boulettes cuisses de femme ».
4. Légumes en saumure (concombres sauvages, piments, poivrons, choux, etc.).
5. Petites brioches.
6. Mélange de yaourt, d'eau et de sel.

— Aujourd'hui, il y avait des réductions intéressantes au bazar. J'ai acheté un service à thé. Il est sublime ! Avec des étoiles dorées sur les verres et les petites cuillères assorties.

— Ils sont si fragiles, hélas, murmura Cevriye, la cadette, professeur d'histoire nationale turque dans un lycée privé.

Elle ne se nourrissait que de plats sains et équilibrés et arborait un chignon bas impeccable dont aucune mèche ne dépassait.

— Tu es allée au bazar et tu ne m'as pas rapporté de bâtons de cannelle ?! Je t'ai prévenue ce matin que nous allions faire un gâteau de riz et qu'il ne restait plus de cannelle pour en saupoudrer dessus, bougonna Banu entre deux bouchées de pain.

L'aînée des Kazanci avait également une théorie sur le pain, qu'elle adorait leur exposer et mettre en application à la moindre occasion. Selon elle, si l'on ne fournissait pas une certaine quantité de pain à l'estomac à chaque repas, il *ignorait* qu'il était plein et continuait à réclamer de la nourriture. Consommer des portions décentes de pain avec chaque aliment lui permettait de *comprendre* qu'il était saturé. De sorte que Banu mangeait toujours du pain avec ses pommes de terre, son riz, ses pâtes, ses *börek* [1], et, lorsqu'elle voulait transmettre un message plus clair à son estomac, avec son pain. Un dîner sans pain constituait un grave péché qu'Allah pouvait peut-être pardonner, mais Banu certainement pas.

Zeliha se mordit les lèvres en se remémorant le destin des bâtons de cannelle et déposa un poivron farci dans son assiette. Elle arrivait toujours à deviner qui les avait préparés. Ceux de Banu regorgeaient de toutes sortes d'ingrédients jugés par elle indispensables, telles les cacahuètes, les noix de cajou ou les amandes. Ceux de Feride étaient si gonflés de riz qu'ils finissaient souvent par se fendre. Et, quand sa tendance à trop farcir ses *dolma* s'alliait à sa passion pour les aromates, ils exhalaient toutes sortes de parfums – et pouvaient se révéler délicieux ou immangeables. Ceux de Cevriye étaient très doux, sa sœur ne pouvant se retenir d'ajouter du sucre à toutes ses

---

1. Sortes de quiches ou de friands farcis au fromage, à la viande ou aux légumes.

préparations, comme pour compenser l'amertume de son univers. C'était elle qui avait préparé les dolmas du jour.

— J'étais chez le docteur… finit par murmurer Zeliha, séparant soigneusement la farce de son manteau vert pâle.

— Ah, les docteurs ! grogna Feride, pointant sa fourchette en l'air comme pour indiquer une chaîne de montagnes à des étudiants.

Feride avait du mal à regarder les gens dans les yeux. Plus à l'aise avec les objets, elle adressa ses paroles suivantes à l'assiette de Zeliha :

— Tu n'as pas lu le journal, ce matin ? Ils ont opéré un enfant de neuf ans de l'appendicite et ils ont oublié une paire de ciseaux à l'intérieur. As-tu la moindre idée du nombre de médecins qu'on devrait faire enfermer pour erreur médicale, dans ce pays ?

Feride se tenait très informée des pratiques médicales en vigueur. Au cours des six dernières années, on lui avait diagnostiqué huit maladies, toutes plus étranges les unes que les autres. Impossible de déterminer s'il s'agissait d'une même affection difficile à identifier ou de maladies diverses que Feride se fabriquait sans répit. Pour elle, la santé était une terre promise, le Shangri-La dont elle avait été déportée à l'adolescence et auquel elle ne cessait d'aspirer. Chemin faisant, elle s'autorisait des escales aux noms sophistiqués qui exigeaient des traitements contraignants.

Feride avait toujours été un peu bizarre. Enfant, elle ne s'intéressait qu'aux cours de géographie physique, et plus particulièrement aux couches de l'atmosphère. Ses sujets préférés : les trous dans la couche d'ozone stratosphérique et la corrélation entre les courants océaniques et les courants atmosphériques. Elle absorbait toutes les informations qu'elle pouvait glaner sur la stratosphère, la mésosphère, les vents terrestres et marins, les cycles solaires, les zones tropicales, la forme et la taille de la Terre, dont elle pimentait les conversations familiales avec un zèle toujours renouvelé, semblant évoluer loin au-dessus des nuages, sautant d'une couche atmosphérique à l'autre. Un an après l'obtention de son diplôme de fin d'études, les signes d'excentricité s'étaient multipliés.

Si son intérêt pour la géographie ne s'était jamais démenti, il avait inspiré à Feride une nouvelle passion pour les accidents et les désastres en tous genres. Elle ne manquait jamais de lire la troisième page des journaux à sensation : carambolages, meurtres en série, ouragans, tremblements de terre, incendies, inondations, maladies mortelles, épidémies, virus inconnus... elle les passait tous en revue. Sa mémoire sélective était capable d'absorber chaque calamité locale, nationale et internationale qu'elle resservait à ses sœurs aux moments les moins opportuns. Elle n'avait pas son pareil pour assombrir une conversation, elle qui depuis sa plus tendre enfance avait développé un tel penchant pour la misère du monde qu'elle allait jusqu'à l'inventer là où elle n'était pas.

Quoi qu'il en soit, les nouvelles qu'elle colportait avaient peu d'impact sur ses sœurs, lesquelles avaient depuis bien longtemps renoncé à la prendre au sérieux et décidé d'ignorer sa folie pour la mettre sur le compte de son imagination débordante.

La première maladie qu'on lui diagnostiqua fut un « ulcère à l'estomac provoqué par le stress », que tout le monde jugea fantaisiste dans la mesure où le mot « stress » était devenu une sorte de leitmotiv à Istanbul. Sitôt introduit dans la culture turque, le terme avait été accueilli avec une telle euphorie qu'un nombre incalculable de Stambouliotes s'étaient découverts atteints de ce fléau. Dès lors, Feride n'avait cessé de voguer d'une maladie liée au stress à l'autre, surprise par l'immensité de ce territoire – tous les maux connus et inconnus pouvant être mis sur le compte d'un excès de stress. Puis elle entreprit d'explorer le monde des troubles obsessionnels compulsifs, de l'amnésie dissociative et de la dépression psychotique. Un jour, elle réussit même à s'intoxiquer. De tous les diagnostics, c'est celui de l'empoisonnement aux solanacées qu'elle savoura le plus.

À chaque étape de son voyage vers la folie, Feride changeait de couleur de cheveux et de coiffure. Dans l'espoir de mieux suivre l'évolution de ses psychoses, les médecins avaient fini par dresser un catalogue de ses métamorphoses capillaires. Cheveux courts, mi-longs, tressés, agrémentés de barrettes, de gemmes, ou de rubans, taillés en crête, relevés en chignon de ballerine, méchés de reflets plus clairs, teintés de toutes les couleurs imaginables ; chaque coiffure était un nouvel épisode de sa maladie qui, elle, demeurait immuable et indéracinable.

Après un séjour prolongé en « trouble dépressif majeur », Feride s'était installée en « état limite », terme interprété de manière assez libre par les divers membres de la famille. À Gülsüm, le mot « limite » évoquait la police, les officiers des douanes, l'illégalité. Elle en déduisit que sa fille était possédée par une sorte de « criminel » dont il valait mieux se méfier – de toute façon elle n'avait jamais fait confiance à cette folle de Feride. À l'inverse, pour ses sœurs, le concept de « limite » induisait l'idée d'un précipice et convoquait la vision d'un accident mortel. C'est pourquoi, à cette période, elles se mirent à la traiter avec une grande douceur, comme s'il s'agissait d'une somnambule évoluant au bord d'une falaise. À Petite-Ma, le mot « limite » évoquait la bordure d'un treillage, aussi couvait-elle sa petite-fille d'un regard empreint de curiosité et d'une profonde affection.

Dernièrement, on lui avait diagnostiqué une maladie aussi imprononçable que mystérieuse : la « schizophrénie hébéphrénique ». Depuis, elle demeurait fidèle à cette nouvelle nomenclature qui répondait enfin à son besoin de clarification terminologique. Mais qu'importait le diagnostic, Feride vivait selon les règles d'un monde fantaisiste en dehors duquel elle n'avait jamais mis le pied.

En conséquence, ce premier vendredi de juillet, Zeliha choisit d'ignorer la fameuse haine de sa sœur pour les médecins et se mit à manger, découvrant qu'elle était affamée depuis le matin. De manière quasi mécanique, elle mâcha une bouchée de çörek, se remplit un verre d'ayran et planta sa fourchette dans un autre dolma, qu'elle déposa dans son assiette en déclarant :

– Je suis allée chez le gynécologue, aujourd'hui…

– Le gynécologue ! s'exclama Feride.

La gynécologie était la spécialité dans laquelle elle avait le moins d'expérience.

– Je suis allée chez le gynécologue pour me faire avorter, termina Zeliha sans lever les yeux.

Banu lâcha son aile de poulet et regarda ses pieds, Cevriye se mordit les lèvres, Feride poussa un cri aigu suivi d'un drôle de gloussement, leur mère se massa le front, sentant monter une migraine, et Petite-Ma... Petite-Ma continua à déguster sa soupe de yaourt, soit parce qu'elle devenait sourde depuis quelques mois, soit parce qu'elle vivait les premières phases de sa propre démence, soit parce qu'elle ne voyait pas de raison d'en faire tout un fromage. Avec Petite-Ma, on ne savait jamais à quoi s'en tenir.

– Comment as-tu pu assassiner ton bébé ? s'indigna Cevriye.

– Ce n'est pas un *bébé* ! À ce stade, le terme le plus scientifique serait plutôt une *gouttelette* !

– Scientifique ! Tu n'es pas une scientifique. Tu es impitoyable ! riposta Cevriye, fondant en larmes. Impitoyable ! Voilà ce que tu es !

– Eh bien, dans ce cas, j'ai de bonnes nouvelles. Je ne l'ai pas tué ! (Elle se tourna vers sa sœur.) Ce n'est pas l'envie qui m'a manqué. Je voulais le faire ! J'ai essayé d'avorter, d'évacuer la *gouttelette*, mais quelque chose m'en a empêchée.

– Que veux-tu dire ? s'enquit Banu.

– Allah m'a envoyé un message, répondit Zeliha d'une voix plate, lucide de ce que ses propos avaient de provocateur. J'étais allongée, anesthésiée. Flanquée d'un médecin et d'une infirmière. L'opération était sur le point de débuter. On allait m'enlever ce bébé. M'en débarrasser une fois pour toutes ! Mais juste au moment où je glissais dans l'inconscience, la prière de l'après-midi s'est élevée d'une mosquée voisine... Une prière douce comme du velours qui m'a enveloppée des pieds à la tête. Et quand le silence est revenu, une voix m'a murmuré à l'oreille : « Tu ne tueras point cette enfant ! »

Cevriye frissonna, Feride toussota dans sa serviette de table, Banu déglutit, et Gülsüm fronça les sourcils. Seule Petite-Ma demeura dans son univers paisible, attendant sagement l'arrivée du plat suivant. Zeliha poursuivit :

– Soudain, la voix mystérieuse a grondé : « Oooh, Zeliha ! Oooh, toi, coupable parmi les vertueuses ! Laisse vivre cette enfant ! Elle est destinée à régner. Cette petite deviendra reine ! »

– Impossible ! coupa Cevriye. Nous ne sommes plus une monarchie. Nous sommes une nation moderne.
– « Oooh, toi, pécheresse, ton enfant régnera un jour ! Ce pays, le Moyen-Orient et les Balkans, le monde entier connaîtra son nom. Ta fille gouvernera les masses et apportera la paix et la justice sur la terre. »
Zeliha marqua une pause et soupira.
– Bref, bonne nouvelle, je suis toujours enceinte ! Il y aura bientôt une assiette de plus à cette table.
– Un bâtard ! s'exclama Gülsüm. Tu vas donner naissance à un enfant hors mariage. À un *bâtard !*
Le mot ricocha comme un galet jeté sur un lac lisse.
– Tu es la honte de cette famille ! Tu ne nous as apporté que le déshonneur, éructa-t-elle de plus belle. Cet anneau à ton nez… tout ce maquillage, ces jupes révoltantes, et ces talons ! Voilà ce qui arrive lorsqu'on s'habille comme… une pute ! Tu devrais remercier Allah jour et nuit. Tu devrais Lui être reconnaissante d'appartenir à une famille sans hommes. Ils t'auraient tuée.

Ce n'était pas tout à fait exact. Certes, si elles avaient été entourées d'hommes, Zeliha aurait pu craindre pour sa vie ; cependant, la famille Kazanci ne se composait pas uniquement de membres féminins, même si les femmes étaient plus nombreuses que les hommes. Frappés par une sorte de malédiction, ces derniers étaient presque tous morts subitement avant d'avoir atteint l'âge de la vieillesse. Le mari de Petite-Ma, Riza Selim Kazanci, avait tout bonnement cessé de respirer à soixante ans. Plus tard, suivant les traces de son père et du père de son père, Levent Kazanci avait succombé à une crise cardiaque avant son cinquante et unième anniversaire. L'espérance de vie semblait même diminuer à chaque nouvelle génération.

Un grand-oncle s'était enfui avec une prostituée russe, qui l'avait dépouillé de toute sa fortune, et avait été retrouvé mort de froid à Saint-Pétersbourg. Un autre Kazanci avait poussé son dernier soupir après avoir été renversé par une voiture alors qu'il traversait une *autobahn* en état d'ébriété avancée. Et il y avait celui qui s'était noyé en nageant sous la pleine lune, par une nuit bien arrosée ; celui qui avait été atteint à la poitrine par une balle tirée par un hooligan fêtant la victoire de son équipe ; le neveu tombé dans un fossé de deux mètres creusé par la municipalité lors de la rénovation des caniveaux de la ville ; et le cousin Ziya, qui s'était tiré une balle dans la tête sans raison apparente.

Génération après génération, obéissant à une mystérieuse loi de la nature, les hommes de la famille Kazanci étaient morts à la fleur de l'âge. Les derniers en date n'avaient pas réussi à passer le cap des quarante et un ans. Déterminé à échapper à ce destin, un autre grand-oncle s'était astreint à mener une existence saine, s'interdisant les excès alimentaires, les relations sexuelles avec des prostituées, les contacts avec des hooligans, l'alcool et toutes les substances nocives ; il avait fini écrasé par un bloc de béton tombé d'un chantier de construction alors qu'il marchait dans la rue. Et Celal, un cousin éloigné. Le grand amour de Cevriye, le mari qu'elle avait perdu au cours d'une bagarre. Dans des circonstances demeurées obscures, Celal avait été condamné à deux ans de prison pour corruption. Durant cette période, sa présence au sein de la famille s'était limitée à de rares lettres envoyées de la maison d'arrêt, si vagues et si distantes que lorsque la nouvelle de sa mort était arrivée, personne (en dehors de son épouse) n'avait eu le sentiment de perdre davantage qu'un troisième bras jamais utilisé. Il était tombé au cours d'une bagarre : il avait marché sur un câble électrique à haute tension alors qu'il cherchait le meilleur endroit pour observer un combat entre deux autres prisonniers. Inconsolable, Cevriye avait vendu leur maison et regagné le domicile Kazanci pour y mener l'existence d'un professeur d'histoire sans humour, maîtresse de ses émotions et au sens de la discipline spartiate. En guerre contre le plagiat à l'école, à la maison elle conduisait une croisade contre la spontanéité, l'imprévu et la fantaisie.

Il y avait Sabahattin, un homme doux mais effacé, doté d'une santé de fer, que Banu avait épousé et avec lequel elle n'avait vécu que durant la brève période qui avait suivi leur lune de miel, avant de réintégrer la konak familiale. Ils paraissaient si étrangers l'un à l'autre que lorsque Banu avait annoncé qu'elle attendait des jumeaux, tout le monde s'était amusé à invoquer l'impossibilité technique de cette grossesse. Néanmoins, les jumeaux étaient nés et avaient été frappés par l'odieux destin des hommes Kazanci.

Une maladie infantile les avait enlevés à Banu qui s'était alors installée dans la maison maternelle de manière définitive. Davantage par acquit de conscience que par amour, elle continuait à rendre des visites sporadiques à son mari pour vérifier qu'il se portait bien.

Et bien sûr, il y avait Mustafa, l'unique fils issu de la dernière génération. L'inestimable joyau. Le don d'Allah. Levent Kazanci avait tant souhaité un fils à qui transmettre son nom que ses quatre filles avaient grandi comme des invitées indésirables en sa demeure. Banu, Cevriye et Feride s'étaient toutes senties comme des brouillons avant le chef-d'œuvre, et Zeliha comme une tentative de renouveler le miracle d'Allah.

Dès le premier jour, Mustafa avait été considéré comme un trésor. Bébé, on l'avait couvert de perles et d'amulettes contre le mauvais œil. Petit garçon, il avait été maintenu sous une surveillance constante. Il avait gardé les cheveux longs jusqu'à l'âge de huit ans, ses parents espérant le faire passer pour une fille et tromper Azrail, l'ange de la mort. « Petite ! » l'interpellait-on régulièrement dans la rue. Bon élève, Mustafa n'avait cependant jamais brillé en raison de son incapacité à s'intégrer socialement. Traité comme un roi chez lui, il semblait éprouver des difficultés à trouver sa place au sein de la communauté lycéenne. Il était si impopulaire que lorsque Gülsüm voulut lui organiser une fête pour célébrer l'obtention de son diplôme de fin d'études, elle ne trouva personne à inviter.

Craignant un peu plus chaque année que la malédiction des Kazanci ne finît par le frapper, sa mère décida d'envoyer Mustafa à l'étranger. La vente des bijoux de Petite-Ma permit de réunir la somme nécessaire pour payer au jeune homme de vingt ans un billet d'avion à destination de l'Arizona, où il deviendrait ingénieur agronome et, avec un peu de chance, vivrait vieux.

Voilà pourquoi Gülsüm ne disait pas tout à fait la vérité lorsqu'elle affirmait qu'il n'y avait pas d'hommes dans la famille. Préférant s'abstenir de tout commentaire, Zeliha se leva de table et se rendit à la cuisine pour nourrir le seul mâle encore présent sous leur toit : un chat tigré vorace, ayant un penchant insolite pour l'eau et présentant toutes sortes de symptômes révélateurs d'un stress social que l'on pouvait, au mieux, imputer à une farouche indépendance et, au pire, à une quelconque névrose. Il se prénommait Pasha III.

Des générations de chats s'étaient succédé dans la konak Kazanci. Tous avaient été aimés et, à la différence de leurs maîtres, tous sans exception étaient morts de vieillesse. Même si chacun avait démontré son caractère propre, on pouvait dans cette « dynastie » repérer deux gènes dominants et deux lignées distinctes : la lignée « noble », issue du chat persan blanc à poils longs et à la truffe écrasée que Petite-Ma avait apporté avec elle dans les années 1920 (« Sa dot ! » s'étaient gaussées les femmes du quartier); et la lignée « roturière », issue du chat de gouttière avec lequel le persan blanc s'était commis lors d'une de ses escapades. Se pliant à la généalogie féline qui voulait qu'un noble succédât à un roturier de manière quasi systématique, les Kazanci avaient fini par cesser de s'embêter à chercher des noms à leurs animaux de compagnie. Ainsi, les chats blancs à poils longs et à truffe écrasée étaient baptisés Pasha I, Pasha II, Pasha III... et les chats tigrés, Sultan I, Sultan II, Sultan III – nom qui rendait hommage à leur supériorité, les chats de gouttière étant considérés comme des esprits libres qui n'avaient besoin de flatter personne.

Cette distinction s'était toujours reflétée dans la personnalité des félins de la maison. Les nobles se remarquaient invariablement par leurs manières distantes, leur dépendance, leur calme, et leur tendance à passer des heures à se lécher avant et après tout contact humain ; et les roturiers par leur curiosité, leur vigueur, et leur goût pour certaines denrées rares, tel le chocolat.

Noble typique, Pasha III avait une démarche pompeuse qui donnait l'impression qu'il se déplaçait sur du verre brisé. Ses deux occupations favorites : ronger les fils électriques et observer les oiseaux et les papillons que sa paresse l'empêchait de prendre en chasse. De la deuxième, il lui arrivait de se lasser ; de la première, jamais. Presque tous les fils électriques de la maison avaient été mâchonnés, griffés, mordillés et endommagés à un moment ou un autre. C'est sans doute aux nombreuses décharges électriques qu'il avait reçues que Pasha III devait son âge canonique.

– Tiens, Pasha, bon chat, lui dit Zeliha en lui tendant des miettes de feta, son fromage préféré.

Puis elle passa un tablier et s'attaqua à une montagne de marmites, de casseroles et d'assiettes. Quand elle fut venue à bout de la vaisselle et de ses nerfs, elle retourna à la salle à manger pour découvrir que le mot « bâtard » flottait toujours dans l'air et que sa mère ne s'était pas décrispée.

Elles restèrent assises en silence jusqu'à ce que l'une d'elles se souvînt du dessert. Une odeur sucrée réconfortante envahit bientôt la pièce et Cevriye versa l'entremets au riz d'un gros chaudron dans de petits ramequins que Feride saupoudra expertement de paillettes de noix de coco.

– Ça aurait été bien meilleur avec de la cannelle, ronchonna Banu. Tu aurais pu penser à en acheter…

Bien carrée dans sa chaise, Zeliha inspira comme pour tirer une taffe d'une cigarette imaginaire, puis expira lentement sa fatigue et son indifférence. Soudain, elle se sentit écrasée sous le poids de cette journée infernale. Elle laissa glisser son regard sur la table et, gagnée par une culpabilité grandissante à la vue de chaque nouveau ramequin de riz au lait sans cannelle, elle murmura d'une voix si douce qu'elle semblait appartenir à quelqu'un d'autre :

– Je suis désolée… Je suis désolée.

II

POIS CHICHES

    Les supermarchés sont des lieux pleins de dangers pour le faible et l'impressionnable, songea Rose en se dirigeant vers le rayon des couches-culottes, déterminée à n'acheter que ce dont elle avait vraiment besoin. Sans compter que ce n'était pas le moment de traîner : elle avait laissé sa fillette dans la voiture, ce qui, avec du recul, ne lui paraissait pas très sage. Ce n'était pas la première fois qu'elle agissait sans réfléchir et le regrettait aussitôt ; à vrai dire, de tels incidents se multipliaient de manière alarmante depuis quelques mois. Trois mois et demi, exactement. Trois mois et demi d'enfer au cours desquels elle avait lutté, pleuré, supplié et refusé d'admettre que son mariage touchait à sa fin, qu'une union pouvait se révéler une folie éphémère, un miroir aux alouettes, au lieu de l'engagement à vie auquel on aspirait. Difficile d'apprécier l'ironie de la chose quand c'est l'autre qui y met un terme. Et comme la dégradation est un long processus, on se prend à compter sur le temps pour améliorer la situation, on garde espoir jusqu'à ce qu'on finisse par comprendre que ce n'est pas l'espoir d'un mieux qui nous porte, mais celui que la souffrance s'arrête enfin et que chacun puisse poursuivre son chemin. Poursuivre sa route, c'était ce que Rose avait décidé de faire, à présent. Si c'était une épreuve que Dieu lui imposait, elle ramperait jusqu'au bout de ce tunnel d'angoisse et en ressortirait plus forte qu'elle ne l'avait jamais été.

Elle ponctua cette résolution d'un petit rire forcé qui s'étrangla dans sa gorge. Approchant de l'allée qu'elle voulait éviter, Rose laissa échapper un soupir un peu trop angoissé à son goût. Les sucreries et les barres chocolatées. Elle commença par accélérer, puis s'arrêta net devant les tablettes de chocolat noir allégé à la crème de vanille. Elle en prit une... deux... cinq. Elle ne surveillait pas vraiment son poids, mais aimait l'idée de pouvoir faire attention à quelque chose, à n'importe quoi.

Elle tourna prestement dans l'allée suivante : les bonbons et les biscuits. Où diable se trouvaient donc les couches-culottes ? Ses yeux tombèrent sur des marshmallows grillés à la noix de coco ; la seconde suivante il y en avait un, deux... six paquets dans son Caddie. *Non, Rose, non... Tu as englouti deux litres de glace Cherry Garcia cet après-midi... Tu as déjà tellement grossi...* La voix était faible mais elle suffit à réveiller sa culpabilité et à convoquer son reflet dans un miroir imaginaire – elle qui avait si adroitement évité celui du rayon des légumes bio. Le cœur serré, elle détailla mentalement ses hanches et ses fesses bien rondes. Elle sourit néanmoins à la vue de ses pommettes hautes, de ses cheveux blond doré, de ses yeux bleu clair, et de ses oreilles parfaites. Chères oreilles, si loyales. La prise de poids n'avait aucun effet sur elles.

On ne pouvait pas en dire autant du reste du corps humain. Celui de Rose était si incontrôlable qu'elle n'arrivait même pas à le faire entrer dans l'une des catégories du magazine *Bonne Santé*. Elle n'était ni une « femme poire », aux hanches plus larges que les épaules, ni une « femme pomme », plus en chair au niveau du ventre et de la poitrine, même si elle avait des caractéristiques des deux. Peut-être existait-il une troisième catégorie non mentionnée par l'article : les « femmes mangues », des femmes rondes de partout avec une tendance à s'empâter davantage au niveau des hanches. Et puis zut ! Elle finirait bien par perdre ses kilos superflus. À présent que cet horrible divorce était prononcé, elle allait pouvoir devenir une tout autre femme. *Parfaitement*, se dit-elle. « Parfaitement » était le mot que Rose utilisait à la place de « oui ». De même qu'elle préférait « certainement pas » à « non ».

Rassérénée à l'idée de la surprise qu'occasionnerait à son ex-mari et à son imposante famille la vue de la nouvelle Rose, elle parcourut le rayon des yeux, envoya plusieurs sachets de bonbons, de toffees allégés sans beurre, de Skittles et de rouleaux de réglisse dans son Caddie, et s'éloigna comme si elle était poursuivie. De s'être ainsi abandonnée à son penchant pour les sucreries dut attiser son sentiment de culpabilité car elle fut aussitôt tenaillée par le remords. Comment avait-elle pu laisser sa petite fille toute seule dans la voiture ? Pas un jour ne se passait sans qu'elle entendît à la radio des histoires d'enfants kidnappés devant chez eux et de mamans accusées de négligence... La semaine dernière, à Tucson, une mère de famille avait mis le feu à sa maison et failli tuer ses deux petits qui dormaient dans leurs chambres. Sa belle-mère serait trop contente que Rose commît une telle folie. Shushan, la matriarche toute-puissante, l'attaquerait immédiatement en justice pour obtenir la garde de sa petite-fille.

Rose frissonna. D'accord, elle se montrait un peu plus distraite ces derniers temps, elle oubliait des choses élémentaires ; mais personne, absolument personne ne pouvait l'accuser d'être une mauvaise mère. Certainement pas ! Rose était une bonne mère, et elle allait le prouver à son ex-mari et à sa gigantesque famille arménienne. Cette famille qui vivait dans un monde où les gens portaient des noms imprononçables et gardaient des secrets profondément enfouis. Chez eux, elle s'était toujours sentie exclue. Elle avait toujours eu conscience de n'être qu'une *odar*. Ce mot gluant s'était collé à elle dès le premier jour.

C'était si affreux d'être encore mentalement et émotionnellement attachée à un être dont on était physiquement séparée. Un an et huit mois de mariage, et tout ce qu'il lui restait, à présent que le nuage de poussière était retombé, c'était une profonde rancune et un bébé.

– C'est tout... murmura Rose.

Un des effets secondaires le plus courant de l'amertume chronique postmaritale : se parler à voix haute. Non seulement elle faisait les questions et les réponses, mais en plus, elle était intarissable. Au cours des dernières semaines, Rose s'était disputée en imagination avec chacun des membres de la famille Tchakhmakhchian. Déterminée, éloquente, elle avait réussi à s'imposer et à formuler tous les arguments qui, à son grand regret, lui avaient fait défaut durant le divorce.

Enfin ! Les couches-culottes sans latex superabsorbantes. Elle en déposait un paquet dans son Caddie lorsqu'elle remarqua qu'un homme – la quarantaine, barbiche et cheveux légèrement grisonnants – la regardait en souriant. Elle répondit à son sourire. Flattée d'avoir un public attendri par ses préoccupations maternelles, elle tendit joyeusement le bras vers une énorme boîte de lingettes à la vitamine E parfumées à l'aloe vera. Dieu merci, certaines personnes étaient capables d'apprécier son dévouement à son bébé. Enhardie par sa soif de reconnaissance, elle parcourut toute l'allée, piochant çà et là trois bouteilles de lotion adoucissante antibactérienne, un joli petit thermomètre-alarme de bain, six amortisseurs de portes pour protéger les petits doigts de bébé, un sac-poubelle de voiture *Max le singe* et un anneau dentaire congelable en forme de papillon. Qui oserait la traiter de mère irresponsable et l'accuser de ne pas prendre les besoins de sa petite fille en considération ? N'avait-elle pas abandonné ses études universitaires pour se consacrer à son bébé ? N'avait-elle pas fait tout ce qui était en son pouvoir pour sauver son mariage ? Elle pensait souvent à la Rose qu'elle aurait pu être ; encore étudiante, encore vierge, encore mince. Depuis qu'elle s'était dégotté ce job à la cafétéria de l'université, son premier rêve était redevenu accessible. Pour le deuxième, rien à faire.

Elle fit une moue dégoûtée en découvrant le rayon suivant. Les produits régionaux et internationaux. Elle coula un regard hostile aux pots de crème d'aubergine et aux conserves de feuilles de vigne farcies. Terminés les *patlijan*[1] ! Terminés les *sarma*[2] ! Terminés tous ces trucs bizarres ! La simple vue du hideux *khavourma*[3] lui souleva l'estomac. Désormais, elle cuisinerait ce qui lui chanterait. Elle pré-

---

1. Aubergines tranchées, trempées dans de l'œuf et sautées à la poêle.
2. Feuilles de vigne ou de chou farcies.
3. Agneau braisé à l'arménienne.

parerait des bons plats du Kentucky à sa fille ! Elle se creusa la tête pour trouver un exemple de menu idéal. Des hamburgers ! Parfaitement. Et des œufs au plat, des pancakes dégoulinants de sirop d'érable, des hot-dogs à l'oignon et du mouton au barbecue. Oui, surtout ça : du mouton au barbecue. Et à la place de ce yaourt liquide gluant qui la rendait malade, elles boiraient du cidre ! À partir de maintenant, leurs menus quotidiens se composeraient de plats du Sud; chili épicé, bacon fumé, ou... pois chiches. Elle préparerait à manger de bon cœur. Tout ce qu'il lui fallait, c'était qu'un homme s'assît devant elle à la fin de la journée. Un homme qui l'aimerait sincèrement et qui apprécierait sa cuisine. Parfaitement. Un amant sans bagage culturel encombrant, avec un nom simple à prononcer et une famille de taille normale ; un amant tout neuf qui aimerait les pois chiches – voilà ce dont Rose avait besoin.

Et pourtant, Barsam et elle s'étaient aimés. À l'époque, il se moquait totalement de la nourriture qu'elle déposait sur la table. Il avait l'esprit ailleurs, il n'avait d'yeux que pour elle. Rose rougit au souvenir de ces moments sensuels, mais se rembrunit aussitôt en se rappelant la phase suivante. Hélas, son effroyable famille n'avait pas tardé à entrer en scène et à s'y installer pour de bon, ce dont leur affection avait beaucoup souffert. Si les Tchakhmakhchian n'avaient pas fourré leurs nez aquilins dans son mariage, elle serait toujours mariée. « *Pourquoi faut-il que vous vous mêliez sans cesse de nos affaires ?* » lança-t-elle à Shushan, qu'elle se représenta assise dans son fauteuil à compter les mailles d'une nouvelle couverture destinée à sa petite-fille. N'obtenant pas de réponse, elle répéta la question ; deuxième effet secondaire courant de la rancune chronique postmaritale : non seulement vous vous parlez à voix haute, mais en plus vous vous entêtez vainement, alors même que vous vous sentez dangereusement proche du point de rupture. « *Pourquoi ne nous laissez-vous pas tranquilles ?* » reprocha-t-elle aux sœurs de son mari, tante Surpun, tante Zarouhi et tante Varsenig, tout en fixant des bocaux de *babaganoush* [1].

Submergée par la mélancolie et par la colère, elle quitta le

---

1. Caviar d'aubergine à la purée de sésame, parfumé à l'ail, à la menthe et au citron.

rayon des produits du monde après un brusque demi-tour sur les chapeaux de roues. Elle remontait l'allée des conserves et des légumes secs lorsqu'elle faillit percuter un jeune homme absorbé par les différentes variétés de pois chiches alignées sur une étagère. Comme descendu du ciel, il semblait avoir pris forme juste devant elle. Mince, le teint clair, bien de sa personne, des yeux noisette et un nez pointu lui donnant l'air studieux. Ses cheveux noirs étaient coupés court. Rose avait l'impression de l'avoir déjà vu quelque part.

– Délicieux, n'est-ce pas ? Malheureusement, tout le monde n'est pas capable de les apprécier à leur juste valeur...

Le jeune homme sursauta et se tourna vers la femme replète au visage rose qui se tenait près de lui, une boîte de pois chiches dans chaque main. Il rougit, trop surpris pour se retrancher derrière sa réserve masculine.

– Désolé... dit-il, penchant la tête sur le côté – un tic nerveux que Rose prit pour un signe de timidité.

Elle lui répondit par un sourire puis se mit à le dévisager presque sans ciller, ce qui accrut encore sa nervosité. En plus de l'expression coquine de petit lapin qu'elle arborait en ce moment, Rose disposait de trois autres moues inspirées par Mère Nature dont elle usait lors de ses échanges avec la gent masculine : son air de chien loyal, lorsqu'elle voulait afficher un dévouement total ; son air de félin espiègle, lorsqu'elle voulait séduire, et son air de coyote pugnace, lorsqu'elle se sentait attaquée. Tout à coup, son visage se fendit d'un grand sourire.

– Mais je vous connais ! s'exclama-t-elle. Je me creusais la cervelle en me demandant où j'avais bien pu vous rencontrer. Je me rappelle, maintenant ! Vous êtes étudiant à l'université d'Arizona, pas vrai ? Je parie que vous adorez les quesadillas au poulet !

Le jeune homme jeta un coup d'œil dans l'allée, comme s'il cherchait à repérer le meilleur chemin pour s'esquiver.

– Je travaille à temps partiel au *Cactus Grill*, précisa Rose. Le grand restaurant, au deuxième étage de la Maison des Étudiants. Vous me remettez ? En général, je m'occupe du comptoir des plats chauds : omelettes, quesadillas, ce genre de chose. Ça ne rapporte pas tellement, mais il faut bien vivre. C'est du provisoire. En fait, j'aimerais reprendre des études pour devenir professeur des écoles.

Le jeune homme la dévisagea, comme pour mémoriser ses traits en cas de rencontre future.

– Bref, c'est là que j'ai dû vous voir.

Elle plissa les yeux, se passa la langue sur la lèvre inférieure et troqua son expression de petit lapin contre sa moue féline.

– J'ai laissé tomber mes études quand j'ai eu mon bébé, l'année dernière, mais je compte les reprendre bientôt...

« Ah oui ? » fut la seule réponse qu'elle obtint.

Si Rose avait eu plus d'expérience en matière d'étrangers, elle aurait détecté chez lui le *complexe du premier contact*, caractérisé par la crainte d'engager une conversation avec les mauvais mots et la mauvaise prononciation.

De son côté, Rose, qui depuis l'adolescence avait une attitude paranoïaque vis-à-vis du monde extérieur (soit pour, soit contre elle), interpréta ce silence comme un signe de sa propre incapacité à se présenter correctement. Décidée à rectifier son erreur, elle tendit la main :

– Pardonnez-moi. Je m'appelle Rose.

– Mustafa...

Le jeune homme déglutit. Sa pomme d'Adam monta et redescendit dans son cou.

– D'où venez-vous ? le questionna Rose.

– D'Istanbul, répondit-il sèchement.

La panique assombrit le regard de la jeune femme. Si Mustafa avait eu plus d'expérience en matière de provinciaux, il aurait détecté chez elle le *complexe d'ignorance*, caractérisé par la crainte d'avoir à révéler ses lacunes en histoire et en géographie mondiales. Rose tenta de se rappeler où se trouvait Istanbul. N'était-ce pas la capitale de l'Égypte ? ou une ville d'Inde...? Elle fronça les sourcils, perplexe.

De son côté, Mustafa, qui depuis l'adolescence était angoissé à l'idée de perdre son emprise sur le temps et son pouvoir sur les femmes, interpréta le silence gêné de Rose comme un signe de son ennui et s'empressa de mettre un terme à cet échange.

– Enchanté, Rose, dit-il en accentuant légèrement ses voyelles. Il faut que j'y aille...

Il reposa prestement les deux boîtes de pois chiches, jeta un œil à sa montre, prit son panier à provisions et s'éloigna en marmonnant un « salut » auquel elle répondit sur le même ton.

Abandonnée par son mystérieux compagnon, Rose se rendit soudain compte du temps précieux qu'elle venait de dilapider dans le supermarché. Elle attrapa quelques boîtes de pois chiches, y compris celles que Mustafa avait reposées, et se précipita vers les caisses. Elle remontait le rayon journaux et livres quand son regard fut attiré par quelque chose dont elle aurait eu grand besoin : un *Grand Atlas mondial – Un atlas mondial avec des drapeaux, des informations pratiques et des cartes, pour les parents, les étudiants, les professeurs et les voyageurs*, précisait le sous-titre. Elle s'empara du livre, chercha Istanbul dans l'index et localisa la ville sur la carte indiquée.

Sur le parking, la Jeep Cherokee 1984 bleu outremer étincelait sous le soleil de l'Arizona, avec dans son habitacle surchauffé le bébé qui dormait.

– Armanoush, réveille-toi, mon cœur. Maman est là !

L'enfant remua un peu, sans pour autant ouvrir les yeux. Rose couvrit son visage de baisers, mais elle n'obtint pas davantage de succès. Le duvet châtain de la fillette était retenu par un nœud doré presque aussi gros que sa tête et elle portait un dors-bien en peluche vert à rayures saumon et à boutons violets. On aurait dit un sapin de Noël miniature décoré par une personne surexcitée.

– Tu as faim ? Ce soir, maman va te cuisiner un vrai repas américain ! s'exclama Rose, déposant tous ses sacs sur la banquette arrière, moins le paquet de marshmallows à la noix de coco qu'elle se réservait pour la route.

Elle vérifia l'état de ses cheveux dans le rétroviseur, enclencha sa cassette favorite du moment et saisit une pleine poignée de marshmallows avant de démarrer le moteur.

– Tu sais que le garçon que j'ai rencontré tout à l'heure au supermarché vient de Turquie ? lança-t-elle à sa fille, en lui adressant un clin d'œil par-dessus son épaule.

Elle était si parfaite, avec son nez retroussé, ses mains dodues et ses petits pieds. Il n'y avait que son nom qui clochait. La famille de son mari avait résolu qu'elle porterait celui de son arrière-grand-mère. Rose s'en voulait tellement de ne pas avoir insisté pour qu'on lui donnât un prénom moins bizarre, comme Annie, Katie ou Cyndie. Armanoush n'était pas un nom d'enfant. Ça faisait si... mature, si froid. C'était un prénom d'adulte. Dire qu'il lui faudrait patienter jusqu'aux quarante ans de sa fille pour pouvoir l'appeler sans tiquer... Elle leva les yeux au ciel et avala un marshmallow. Soudain, elle eut une révélation. « Amy »! Oui, à partir de maintenant, c'était ainsi qu'elle appellerait son bébé. En guise de cérémonie de baptême, elle lui envoya un baiser via le rétroviseur.

Elle s'arrêta à un feu et, dans l'attente du passage au vert, tapota sur le volant en accompagnant Gloria Estefan.

No modern love for me, it's all a hustle
What's done is done, now it's my turn to have fun[1]...

Mustafa déposa les quelques articles qu'il avait sélectionnés devant la caissière : des olives Kalamata, des épinards surgelés, une pizza à la feta, une boîte de soupe aux champignons, une boîte de soupe à la crème de poulet et une autre boîte de soupe au poulet et aux nouilles. Avant de s'installer aux États-Unis, il n'avait jamais eu à cuisiner de sa vie. Chaque fois qu'il s'affairait dans la kitchenette de son deux-pièces d'étudiant, il se faisait l'effet d'un souverain exilé. L'époque révolue où il était nourri et servi par sa grand-mère, sa mère et ses sœurs dévouées n'était plus qu'un souvenir. Depuis, le linge, le ménage, le repassage et surtout les courses constituaient un fardeau d'autant plus lourd à porter qu'il n'arrivait pas à se défaire de l'idée que ce n'était pas à lui d'accomplir ces tâches. Il ne s'habituait ni aux corvées ni à la solitude.

Mustafa partageait l'appartement avec un étudiant originaire

---

1. « Fini l'amour moderne pour moi, ce n'est qu'une escroquerie/ Ce qui est fait est fait, à mon tour de m'amuser... »

d'Indonésie, un garçon peu loquace et bosseur, qui écoutait de drôles de cassettes intitulées *Chants des torrents des montagnes* ou *Chants des baleines* pour s'endormir. Et Mustafa qui avait espéré que cette compagnie l'aiderait à se sentir moins seul en Arizona... c'était tout le contraire. La nuit, seul dans son lit, à des milliers de kilomètres de sa famille, il tentait de faire taire les voix qui lui demandaient des comptes et lui reprochaient sa situation ; puis, renonçant au sommeil, il passait des heures à regarder de vieilles comédies à la télé ou à surfer sur Internet. Ça l'aidait à oublier. Cependant, ses préoccupations revenaient avec la lumière du jour. L'image d'Istanbul s'imposait sans cesse, sur le chemin du campus, entre deux cours, au déjeuner. Il aurait tant voulu pouvoir l'effacer de sa mémoire, remettre le compteur à zéro.

L'Arizona était censé le préserver de la malédiction qui frappait tous les hommes Kazanci. Des bêtises. Davantage par instinct que par choix conscient, Mustafa avait toujours maintenu une saine distance entre lui et ces superstitions, les amulettes contre le mauvais œil, le marc de café, et les cérémonies familiales de divination. Pour lui, ce sombre domaine était un territoire féminin.

D'ailleurs, à ses yeux, les femmes avaient toujours été un mystère ; ce qui pouvait paraître singulier, quand on considérait qu'il avait grandi entouré de quatre sœurs.

Seul garçon dans une famille où les hommes mouraient prématurément de manière imprévisible, il avait connu ses premiers émois sexuels dans un cadre où tout fantasme était tabou. Habitué à refouler ses pensées inavouables, il ne s'amourachait alors que de filles qui le rejetaient. Terrifié à l'idée d'être ridiculisé et vilipendé, il avait fini par se contenter de les désirer de loin. Durant l'année qui venait de s'écouler, il avait feuilleté furieusement les pages de magazines où s'étalaient des mannequins sur papier glacé, inaccessibles pour un homme tel que lui.

Mustafa n'oublierait jamais le regard cruel de Zeliha lorsqu'elle l'avait traité de « précieux phallus ». Un instant de honte tel qu'il en ressentait encore la brûlure dans ses entrailles. Zeliha connaissait son secret. Elle avait compris que cette masculinité lui avait été imposée toute son enfance, qu'il avait été bichonné et nourri à la petite cuillère par une mère abusive et intimidé et battu par un père autoritaire.

« Résultat : tu es narcissique et mal dans ta peau », avait-elle conclu.

Est-ce que sa relation avec Zeliha aurait pu être différente ? Pourquoi se sentait-il si rejeté et si mal-aimé, lui qui avait été entouré de sœurs et choyé par sa mère ?

Humilié par Zeliha, encensé par sa mère ; alors qu'il voulait juste être un garçon ordinaire, avec ses qualités et ses défauts. Il ne sollicitait rien d'autre qu'un peu de compassion et une chance de devenir meilleur. Avec une femme aimante à ses côtés, tout pourrait changer. Il devait absolument réussir dans ce pays, se dit-il, non par ambition, mais parce que c'était le seul moyen de se débarrasser de son passé.

– Comment allez-vous ?

La caissière lui sourit.

Une chose à laquelle Mustafa n'arrivait pas à s'habituer : cette manière de s'enquérir de l'humeur de parfaits inconnus. Il comprenait que c'était davantage une forme de salut qu'une demande exigeant d'être renseigné, mais il ne parvenait pas à y répondre avec la même aisance.

– Ça va, merci. Et vous ?

La fille sourit à nouveau.

– Vous venez d'où ?

Un jour, pensa Mustafa, *je parlerai si bien cette langue que personne ne songera plus à me poser cette question grossière.* Il attrapa son sac de provisions et sortit.

Un couple de Mexicains-Américains passa à côté de la voiture de Rose. Envieuse, elle les regarda marcher d'un pas tranquille, la femme manœuvrant une poussette, l'homme tenant la petite main du bébé installé à l'intérieur. Depuis qu'elle était divorcée, tous les couples semblaient nager dans le bonheur.

– Tu sais quoi ? J'aurais bien aimé que ta sorcière de grand-mère me voie flirter avec ce Turc. Tu imagines sa mine horrifiée ?

Le pire cauchemar des fiers Tchakhmakhchian ! Fiers et bouffis…

Une vilaine pensée l'empêcha de terminer sa phrase. Le feu passa au vert, puis le klaxon de la camionnette stationnée derrière elle retentit, mais, paralysée par sa vision délicieuse, Rose ne bougea pas. Le regard brillant de malveillance, elle savoura son petit scénario mental. Troisième effet secondaire courant de la rancune chronique postmaritale : non seulement vous vous parlez à voix haute, vous vous entêtez vainement, mais en plus vous pouvez vous montrer passablement irrationnelle. Pour une femme blessée dont le monde est soudain sens dessus dessous, raison et déraison tiennent aisément un rôle interchangeable.

Ô douce revanche ! La guérison était un lent processus, un investissement à long terme qui finissait par porter ses fruits ; mais la vengeance s'avérait bien plus rapide à mettre en place et à savourer. Et son instinct premier la poussait à agir, à faire n'importe quoi pour tourmenter son ex-belle-mère. Or, il existait des êtres en ce monde que les Tchakhmakhchian réprouvaient encore plus que les odars : les Turcs !

Comme il serait amusant de flirter avec l'ennemi héréditaire de son ex-mari… Rares étaient les Turcs au beau milieu du désert de l'Arizona. Ils ne poussaient pas sur les cactus. Tout à coup, le visage de Rose s'éclaira. Quelle jolie coïncidence… Ou alors était-ce le destin qui avait aujourd'hui placé ce jeune homme sur sa route ?

Elle se remit à chantonner, passa la première vitesse, se rabattit sur la gauche, exécuta un demi-tour complet et accéléra dans la direction opposée.

Primitive love, I want what it used to be [1]…

Quelques secondes plus tard, la Jeep Cherokee 1984 bleu outremer pénétra à nouveau sur le parking du supermarché.

---

1. « L'amour primitif, je veux être aimée comme avant… »

I don't have to think, right now you've got me at the brink
This is good-bye for all the times I cried [1]...

Rose contourna les allées de voitures, puis traça une diagonale pour gagner la sortie principale de la grande surface. Elle était sur le point de perdre tout espoir de retrouver le jeune homme, lorsqu'elle le remarqua qui attendait patiemment à l'arrêt de bus, un sac de provisions posé à ses pieds.
– Ohé, Mostapha ! l'interpella-t-elle, penchée par sa vitre à demi ouverte. Je te dépose ?
– Avec plaisir, merci – il accompagna ses mots d'un signe de tête affirmatif, avant de corriger : C'est Mus-ta-fa...
– Mustafa, je te présente ma fille, Armanoush... lança Rose gaiement, quand il se fut installé à côté d'elle. Mais je l'appelle Amy. Amy, je te présente Mustafa !
Tandis qu'il souriait au bébé endormi, Rose sonda son visage à la recherche d'une réaction. En vain. Elle décida de lui donner un indice plus révélateur.
– Ma fille s'appelle Amy Tchakhmakhchian.
Aucune réaction négative. Peut-être n'avait-il pas bien entendu :
– Armanoush Tchakh-makh-chi-an ! articula-t-elle.
Enfin une étincelle dans les yeux noisette du jeune homme.
– Chak-mak-chi-an... Çak-mak-çi...! Hé, ça sonne turc ! s'exclama-t-il joyeusement.
– Euh, en fait, c'est *arménien*, rectifia Rose d'une voix mal assurée. Son père... euh, mon ex-mari, était... (elle déglutit)... je veux dire, *est* arménien.
– Ah oui ?
C'est tout ? s'étonna Rose en se mordillant l'intérieur de la joue. Elle retint un instant son souffle, comme pour réprimer un hoquet, puis laissa échapper un petit gloussement amusé. *Qu'importe, il est si mignon... Il sera ma douce vengeance !*
– Dis-moi, reprit-elle. Je ne sais pas si tu aimes l'art mexicain,

---

1. « Pas besoin de réfléchir, tu m'as mise au pied du mur / C'est un au revoir pour toutes les larmes que j'ai versées... »

mais demain soir il y a le vernissage d'une exposition consacrée à plusieurs artistes du Sud. Si tu n'as pas d'autre projet, on pourrait y aller et grignoter quelque chose après.
— L'art mexicain…?
— On m'a rapporté qu'elle avait eu du succès dans d'autres villes, argumenta Rose. Alors, qu'en penses-tu ? Ça te tente ?
— L'art mexicain… Pourquoi pas ? C'est d'accord ! se décida Mustafa.
— Génial ! Je suis ravie de t'avoir rencontré, Mostapha, dit-elle, écorchant à nouveau son prénom.

Mais cette fois, il ne chercha pas à la corriger.

III

SUCRE

« Non mais c'est pas vrai ! Par pitié, que quelqu'un me dise que c'est pas vrai ! » s'exclama l'oncle Dikran Stamboulian, ouvrant la porte d'un coup de poing puis fonçant dans le salon à la recherche de son neveu, ou de ses nièces, ou de n'importe qui, ses yeux noirs légèrement exorbités. Sa longue moustache naturellement bouclée aux extrémités donnait l'impression qu'il souriait même lorsqu'il était enragé.

– Calme-toi et assieds-toi, s'il te plaît, oncle Dikran, murmura tante Surpun, la plus jeune des sœurs Tchakhmakhchian, sans oser croiser son regard.

À la différence de ses sœurs, elle avait soutenu sans réserve le mariage de Barsam et de Rose, et maintenant elle se sentait coupable, chose à laquelle elle n'était pas habituée. Professeur de sciences humaines à l'université de Californie à Berkeley, Surpun était une féministe érudite persuadée que chaque problème sur cette planète pouvait se résoudre par le dialogue et la raison. Cette conviction l'avait souvent marginalisée au sein d'une famille aussi passionnée.

Mâchonnant les pointes de sa moustache, Dikran Stamboulian se traîna vers une chaise libre. Tout le monde était réuni autour de l'antique table en acajou couverte de mets qui ne semblaient intéresser personne. Les jumelles de tante Varsenig dormaient sagement sur le canapé. Kevork Karaoglanian, un cousin éloigné, venait d'arriver de Minneapolis pour assister à une réunion organisée par la Jeune Communauté arménienne de Bay Area. Ces trois derniers mois, Kevork n'avait manqué aucun des événements au programme de l'association – concert de charité, pique-nique annuel, fête de Noël, Fête des Lumières, gala hivernal, brunch dominical et course de rafting en faveur de l'écotourisme à Erevan. L'oncle Dikran le soupçonnait de s'être amouraché d'une fille du groupe.

Dikran Stamboulian regarda longuement les plats disposés sur la table avant de tendre la main vers le broc de yaourt liquide, américanisé par une trop grande quantité de glaçons. Des coupelles en terre de toutes les tailles et de toutes les couleurs contenaient un bon nombre de ses plats préférés : *fassoulye pilaki* [1], *kadin budu köfte*, *karmyarik* [2], *churek* frais, et le délicieux *bastirma* [3], dont la vue lui réchauffa le cœur. Sa colère disparut presque totalement lorsque ses yeux se posèrent sur les inégalables *burma* [4].

Son épouse avait beau surveiller de près son régime alimentaire, oncle Dikran s'épaississait d'une nouvelle couche de graisse chaque année – tout comme les troncs d'arbre gagnent un anneau. C'était un être trapu et porcin indifférent au regard des autres. Deux ans auparavant, il s'était vu offrir un rôle dans une publicité pour une marque de pâtes. Il avait incarné un cuisinier jovial qui se remet du départ de sa fiancée en se préparant joyeusement des spaghetti. À la ville comme à l'écran, oncle Dikran était si enjoué que tous ses proches citaient son nom pour illustrer le vieil adage affirmant que les gros étaient des compagnons bien plus agréables que les minces. Mais, aujourd'hui, c'était un autre homme.

– Où est Barsam ? demanda-t-il en prenant une köfte. Est-ce qu'il est au courant de ce que sa femme mijote ?

– Son ex-femme ! corrigea tante Zarouhi.

1. Salade de haricots blancs.
2. Aubergines farcies à la viande d'agneau, aux pignons de pin et aux raisins de Corinthe.
3. Sorte de carpaccio de bœuf. Pastrami turc.
4. Pâtisserie feuilletée au miel fourrée à la pistache ou à la noisette.

Institutrice dans une école primaire depuis peu, elle ne pouvait s'empêcher de reprendre les adultes comme ses élèves indisciplinés.
— Ouais, ex! Mais elle n'a pas l'air de s'en être rendu compte. Cette femme est folle, croyez-moi. C'est de la provocation. Je veux bien changer de nom si quelqu'un arrive à me prouver le contraire!
— Tu n'auras pas à changer de nom, l'apaisa tante Varsenig. Évidemment qu'elle veut nous provoquer...
— Il faut sauver Armanoush, coupa grand-mère Shushan, la matriarche.
Elle quitta la table et s'installa dans son fauteuil. C'était une cuisinière formidable, mais elle n'avait jamais eu grand appétit. Ces derniers temps, ses filles craignaient même qu'elle n'eût réussi à trouver le moyen de subsister en n'avalant que la valeur d'une tasse à thé de nourriture par jour. En dépit de sa petite taille et de sa silhouette osseuse, elle possédait une force extraordinaire qui lui permettait d'affronter des situations bien pires que celle-là. Ses traits fins trahissaient une détermination inébranlable. Pour elle, la vie n'était qu'une lutte et être arménien signifiait que vous deviez affronter trois fois plus d'épreuves que le commun des mortels. Elle ne renonçait jamais, ce qui impressionnait plus d'un membre de la famille.
— Rien n'est plus important que le bien-être de la petite, murmura-t-elle en caressant la médaille de saint Antoine qui ne quittait jamais son cou — le saint patron des causes perdues l'avait si souvent aidée à supporter la perte d'êtres chers, au cours de son existence.
Elle prit ses aiguilles et se mit à tricoter. Les premiers écheveaux d'une couverture pour bébé d'un bleu céruléen pendaient sur ses genoux. Les initiales « A. K. » apparaissaient sur la bordure. Il y eut un silence. Tous regardaient ses mains gracieuses manier les aiguilles, et tous se laissaient porter par la cadence régulière à laquelle elle exécutait chaque point, soudain apaisés, comme par l'effet d'une thérapie de groupe : tant que grand-mère Shushan tricoterait, tout irait bien, il n'y avait rien à craindre.

— Oui, tu as raison. Pauvre Armanoush, admit Dikran, qui savait plus sage de se ranger du côté de l'omnipotente mater familias en toutes circonstances. Que va-t-il advenir de ce petit agneau innocent ?

La sonnerie de l'entrée et le cliquetis d'une clef pénétrant dans la serrure le privèrent de réponse. Barsam entra dans le salon, livide, ses yeux inquiets cerclés de montures en acier.

— Ah ! Regardez qui arrive ! M. Barsam. Un Turc va élever ta fille et tu ne bouges pas le petit doigt… *Amot*[1] *!*

— Que puis-je faire ? répondit tristement Barsam Tchakhmakhchian à son oncle.

Ses yeux glissèrent de Dikran à une immense reproduction, accrochée au mur, de *La Nature morte aux masques* de Martiros Saryan, sur laquelle il s'attarda, comme si elle recelait la réponse qu'il cherchait. Quête apparemment infructueuse, car c'est dans le même état d'abattement qu'il poursuivit :

— Je n'ai pas le droit d'intervenir là-dedans. Rose est sa mère.

— *Aman*[2] *!* Quelle mère ! s'esclaffa l'oncle.

Il avait un rire étrangement strident pour un homme de sa corpulence — particularité qui ne lui avait pas échappé et qu'il était capable de corriger lorsqu'il n'était pas en proie au stress.

— Que dira ce petit agneau à ses amis, plus tard ? « Je suis la fille de Barsam Tchakhmakhchian, la petite-nièce de Dikran Stamboulian, fils de Varvant Istanboulian, je m'appelle Armanoush Tchakhmakhchian, mon arbre généalogique est plein de Trucmuchian, je suis la petite-fille de survivants d'un génocide, mes ancêtres ont été assassinés par des bouchers turcs en 1915, mais j'ai subi un lavage de cerveau afin de pouvoir nier ce génocide, parce que j'ai été élevée par un Turc répondant au nom de Mustafa ! » Il y a de quoi hurler de rire. Ah, *marnim khalasim*[3] *!*

L'oncle Dikran se tut pour juger de l'effet de ses paroles. Voyant que Barsam ne réagissait pas, il tonna :

---

1. Signifie « Honte » en arménien.
2. Signifie « Mon Dieu » en arménien.
3. Signifie « que je devienne poussière » en arménien.

— File, Barsam ! Saute dans le premier avion pour Tucson et mets un terme à cette comédie avant qu'il ne soit trop tard. Parle à ta femme. *Haydeh* [1] *!*
— Ex-femme ! s'entêta tante Zarouhi en déposant un burma dans son assiette. Je ne devrais pas. Il y a trop de sucre là-dedans. Beaucoup trop de calories. Pourquoi tu n'utilises pas plutôt de l'édulcorant, maman ?
— Parce que je ne veux rien d'artificiel dans ma cuisine. Mange tout ce dont tu as envie et attends d'être vieille et diabétique pour te priver. Il y a un temps pour chaque chose.
— Dans ce cas, je dirais que je suis toujours dans le temps du sucre, conclut sa fille en lui adressant un clin d'œil.
Toutefois, elle décida de ne s'autoriser qu'un demi-burma. Mâchant toujours, elle se tourna vers son frère.
— Que fait Rose en Arizona, d'abord ?
— Elle y a trouvé un emploi.
— Un emploi, mon œil ! s'emporta tante Varsenig. Farcir des enchiladas comme si elle n'avait ni argent ni nom, tu appelles ça travailler ? Du cinéma, voilà ce que c'est. Elle veut que le monde entier nous tienne pour responsables et s'imagine que nous ne lui versons pas de pension. Une mère courage seule dans la tourmente ! Voilà le rôle qu'elle s'amuse à jouer !
— Tout ira bien pour Armanoush, murmura Barsam, essayant de ravaler sa détresse. Rose est partie en Arizona parce qu'elle veut reprendre ses études. Son travail actuel n'est que temporaire. Ce qu'elle souhaite réellement, c'est devenir professeur des écoles. Elle a envie de passer son temps avec des enfants. C'est plutôt une bonne chose. Tant qu'elle se montre correcte et qu'elle s'occupe bien d'Armanoush, quelle différence ça fait, avec qui elle sort ?
— Tu n'as pas tort, mais tu n'as pas raison non plus, intervint tante Surpun, une étincelle de cynisme dans le regard. Dans un monde pur et parfait, tu pourrais affirmer que c'est sa vie et que nous n'avons pas à nous mêler de ses affaires. Si tu ignorais tout

---

1. Signifie « Allez » en arménien.

de l'histoire de nos ancêtres, si tu ne te sentais pas responsable vis-à-vis d'eux, si tu ne vivais que dans le présent, tu aurais certainement raison. Seulement, le passé est inscrit dans le présent, nos ancêtres respirent par les poumons de nos enfants, et tu le sais. Tant que Rose élève ta fille, tu as tous les droits d'intervenir dans sa vie. Surtout si elle décide de sortir avec un Turc !

Mal à l'aise avec les discours philosophiques, tante Varsenig préféra une tactique plus frontale :

– Barsam chéri, montre-moi un Turc, un seul, qui parle arménien.

Barsam coula un regard oblique à sa grande sœur.

– Tu n'en trouveras aucun ! poursuivit-elle. Pourquoi nos mères nous ont-elles enseigné leur langue et que la réciproque n'est pas vraie ? Qui a dominé qui ? Juste une poignée de Turcs d'Asie centrale, c'est ça ? Et tout à coup, ils sont partout ! Qu'est-il arrivé aux millions d'Arméniens qui vivaient déjà là ? Assimilés ! Massacrés ! Rendus orphelins ! Déportés ! Et oubliés ! Comment peux-tu laisser ta chair et ton sang à ceux qui ont fait de nous un peuple si diminué et si meurtri ? Mesrop Mashtots [1] se retournerait dans sa tombe !

Barsam secoua la tête, impuissant. Cherchant à atténuer la peine de son neveu, oncle Dikran lui raconta une histoire :

– Un Arabe se rend chez le barbier pour se faire couper les cheveux. Au moment de payer, le barbier lui dit : « Non, je ne peux pas accepter votre argent. C'est un service communautaire. » Agréablement surpris, l'Arabe quitte la boutique. Le lendemain, lorsque le barbier ouvre son échoppe, il trouve un panier rempli de dattes devant sa porte, et une carte qui dit juste « Merci ».

L'une des jumelles remua sur le canapé, sembla sur le point de pleurer, puis s'apaisa.

– Le surlendemain, un Turc se rend chez le même barbier pour se faire couper les cheveux. Au moment de payer, le barbier lui dit :

---

1. Mesrop Mashtots (v. 361-440) inventa les caractères arméniens afin de permettre à l'Arménie de conserver son identité culturelle, alors en danger. La création de l'alphabet arménien remonte aux environs de 405.

« Non, je ne peux pas accepter votre argent. C'est un service communautaire. » Agréablement surpris, le Turc quitte la boutique. Le lendemain, lorsque le barbier ouvre son échoppe, il trouve une boîte de loukoums devant sa porte, et une carte qui dit juste « Merci ».

Réveillée par les mouvements de sa sœur, l'autre jumelle se mit à pleurer. Tante Varsenig se précipita vers le canapé et apaisa le bébé d'une simple caresse.

– Le jour suivant, un Arménien entre chez le barbier pour se faire couper les cheveux. Au moment de payer, le barbier lui dit : « Non, je ne peux pas accepter votre argent. C'est un service communautaire. » Agréablement surpris, l'Arménien quitte la boutique. Le lendemain, lorsque le barbier ouvre son échoppe... devine ce qu'il trouve devant sa porte ?

– Une boîte de burma ? suggéra Kevork.

– Non ! Une douzaine d'Arméniens attendant leur coupe de cheveux gratuite !

– Tu veux dire que nous sommes un peuple de grippe-sous ?

– Non, jeune ignorant. Je veux dire que nous prenons soin les uns des autres. Quand nous découvrons une occasion intéressante, nous en faisons immédiatement profiter nos parents et amis. C'est ce sens de la solidarité qui a permis au peuple arménien de survivre.

– On dit aussi que « quand deux Arméniens se rencontrent, ils créent trois églises différentes », objecta Kevork.

– *Das' mader's mom'ri, noren koh chi m'nats*[1], grogna Dikran Stamboulian, passant à l'arménien, comme chaque fois qu'il tentait en vain d'inculquer une leçon à un jeune.

Habitué à l'arménien parlé à la maison mais non à celui qu'on lisait dans les journaux, Kevork gloussa nerveusement pour masquer le fait qu'il n'avait pas compris la seconde moitié de la phrase.

– *Oglani kizdirmayasin*, rétorqua grand-mère Shushan en turc, comme chaque fois qu'elle voulait transmettre un message à un ancien sans être comprise des jeunes.

---

1. Signifie « J'ai transformé mes doigts en cierges, et tu n'en as pas été satisfait » en arménien.

Oncle Dikran soupira comme un enfant tancé par sa mère et retourna à son burma. Un silence s'ensuivit, qui recouvrit tout : les trois hommes, les trois générations de femmes, la myriade de tapis qui ornaient le sol, l'argenterie antique rangée dans la vitrine, le samovar trônant sur le chiffonnier, *La Couleur des grenades* diffusée par le magnétoscope, les nombreux tableaux sur les murs, l'icône de La Prière de sainte Anne, le poster du mont Ararat auréolé d'une neige pure. L'espace d'un instant, tout ne fut que silence, alors que la lumière somnolente d'un réverbère pénétrait dans la pièce. Les fantômes du passé étaient parmi eux.

Une voiture se gara devant la maison. Ses phares illuminèrent les mots mis en valeur par un cadre doré accroché au mur : EN VÉRITÉ JE VOUS LE DIS, TOUT CE QUE VOUS LIEREZ SUR LA TERRE SERA LIÉ DANS LE CIEL, ET TOUT CE QUE VOUS DÉLIEREZ SUR LA TERRE SERA DÉLIÉ DANS LE CIEL. SAINT MATTHIEU 18.18. Un tramway, qui transportait des enfants surexcités et des touristes de Russian Hill au parc aquatique, au musée de la Marine et à Fisherman's Wharf, fit tinter ses cloches, les tirant tous de leur rêverie. C'était l'heure de pointe à San Francisco.

– Rose n'a pas un mauvais fond, tenta Barsam. Ça n'a pas été facile pour elle de s'adapter à notre manière de vivre. C'était une jeune fille timide du Kentucky quand nous nous sommes rencontrés.

– Les chemins de l'enfer sont pavés de bonnes intentions, répliqua sèchement oncle Dikran.

– Imaginez-vous que là-bas, on ne trouve même pas d'alcool ! C'est interdit ! Vous savez quel est l'événement le plus populaire à Elizabethtown ? Un festival annuel où les gens se déguisent en pères fondateurs. (Il leva les mains comme pour invoquer Dieu.) Et ils défilent jusqu'au centre-ville pour aller à la rencontre du général George Armstrong Custer !

– Raison pour laquelle tu n'aurais jamais dû l'épouser, conclut l'oncle en souriant, incapable de rester fâché bien longtemps contre son neveu préféré.

– Ce que j'essaie de dire, c'est que le passé de Rose n'a rien de multiculturel. Elle est la fille unique d'un gentil couple qui tient la même quincaillerie depuis toujours. Elle ne connaissait que la vie que l'on mène dans une petite ville, quand elle s'est trouvée parachutée dans une grande famille catholique de la diaspora arménienne. Une famille unie par un passé traumatisant. On ne peut pas s'y faire du jour au lendemain.

– Ça n'a pas été facile pour nous non plus, objecta Varsenig, pointant sa fourchette sur son frère avant de la planter dans une autre köfte.

À la différence de sa mère, elle avait excellent appétit. C'était un miracle qu'elle fût si mince vu la quantité de nourriture qu'elle avalait chaque jour, sans compter qu'elle venait de donner naissance à des jumelles.

– Dire qu'elle était incapable de nous cuisiner autre chose que cet affreux mouton au barbecue servi sur du pain ! On y avait droit à tous les coups. Chaque fois qu'on vous rendait visite, elle passait son tablier crasseux et se collait devant son barbecue.

Seul Barsam n'eut pas le cœur à rire.

– Cela dit, il faut reconnaître qu'elle faisait l'effort de varier les sauces de temps en temps, reprit sa sœur, enhardie par l'enthousiasme de son public. Mouton au barbecue sauce épicée Tex-Mex, mouton au barbecue crème Ranch... La cuisine de ton épouse était un monde de saveurs !

– Ex-épouse ! grogna tante Zarouhi.

– Avouez que vous lui avez donné du fil à retordre, allégua Barsam, le regard perdu dans le vague. C'est vrai, le tout premier mot qu'elle ait appris en arménien, c'est « odar ».

– Mais c'est ce qu'elle est, se défendit oncle Dikran, en gratifiant son neveu d'une tape dans le dos. Et si c'est une odar, pourquoi ne pas l'appeler ainsi ?

Plus secoué par la tape que par la question, Barsam ajouta :

– Certains membres de cette famille la surnommaient « Épine ».

– Où est le problème ? repartit tante Varsenig, entre ses deux dernières bouchées de churek, se sentant visée. Rose n'est pas un prénom approprié pour une femme comme elle. C'est un nom trop doux pour un être si plein d'amertume. Si ses pauvres parents avaient pu deviner la femme qu'elle deviendrait, crois-moi, cher frère, ils l'auraient baptisée Épine !

– Assez plaisanté !

Ce n'était ni vraiment un reproche ni vraiment une menace, et pourtant les mots de Shushan Tchakhmakhchian suffirent à mettre un terme à la polémique. Le crépuscule ayant cédé la place à la nuit, la pièce s'était assombrie au cours des dernières minutes. La matriarche se leva et alluma le lustre en cristal.

– Il faut protéger Armanoush, c'est tout ce qui importe, déclara-t-elle d'une voix douce.

Les rides qui parcheminaient son visage et les veinules violettes qui traversaient ses mains étaient soulignées par la lumière vive.

– Cet agneau innocent a besoin de nous, tout autant que nous, nous avons besoin d'elle.

La résignation assombrit son regard.

– Seul un Arménien peut comprendre ce que c'est que de voir son peuple être violemment réduit à une poignée d'âmes. Nous avons été élagués comme un arbre... Rose peut voir, et même épouser, qui elle veut, mais Armanoush est arménienne et elle doit être élevée en Arménienne.

Sur ce, elle se pencha vers sa fille aînée et lui demanda en souriant :

– Donne-moi cette moitié de burma, veux-tu ? Diabète ou pas, comment résister ?

IV

NOISETTES GRILLÉES

Asya Kazanci ignorait ce qui réjouissait tant les gens dans les anniversaires. Pour sa part, elle les avait toujours détestés. Sans doute parce que, depuis sa plus tendre enfance, chaque année, sans exception, elle avait droit au même gâteau aux pommes caramélisées à trois étages (extrêmement sucré) avec son glaçage à la crème de citron (extrêmement acide). Comment ses tantes espéraient-elles encore lui faire plaisir en le lui préparant, alors que leur nièce l'accueillait toujours avec une litanie de protestations ? Sans doute un problème de mémoire. Peut-être que le souvenir de l'anniversaire précédent s'effaçait à l'approche du suivant. C'était sans doute ça. Les Kazanci n'oubliaient jamais les histoires des autres, mais avaient tendance à avoir la mémoire courte lorsqu'il s'agissait des leurs.

À chacun de ses anniversaires, Asya Kazanci mangeait le même gâteau à la même heure et découvrait un nouvel aspect de sa propre personnalité. À l'âge de trois ans, par exemple, elle découvrit qu'elle pouvait obtenir presque tout ce qu'elle voulait à condition de hurler assez fort. À six ans, elle décida d'arrêter ses crises, comprenant que, si elles obligeaient les adultes à accéder à ses demandes, elles avaient pour fâcheuse contrepartie de prolonger son enfance. À huit ans, une certitude vint remplacer un vague pressentiment : elle était née bâtarde. Elle ne revendiquait pas le mérite de cette découverte puisque, sans sa grand-mère Gülsüm, elle aurait mis bien plus longtemps à deviner la vérité.

Ce jour-là, elles étaient seules dans le salon. Sa grand-mère arrosait ses plantes sous le regard d'Asya, qui coloriait distraitement un clown.

– Pourquoi tu parles à tes plantes ? s'étonna la fillette.

– Parce qu'elles fleurissent mieux si tu leur parles.

– C'est vrai ?!

– Oui. Si tu leur expliques que la terre est leur mère et que l'eau est leur père, elles prennent des forces et fleurissent.

Satisfaite par cette réponse, la fillette retourna à son clown, dont elle coloria le costume en orange et les dents en vert. Elle était sur le point d'appliquer un rouge foncé aux chaussures quand elle eut l'idée d'imiter sa grand-mère.

– Tu sais, ma belle, la terre est ta mère et l'eau est ton père, chantonna-t-elle.

Voyant que grand-mère Gülsüm ne réagissait pas, Asya décida de hausser le ton.

C'était au tour du saintpaulia d'être arrosé, la plante favorite de sa grand-mère.

– Comment vas-tu, ma belle ? roucoula la vieille dame.

– Comment vas-tu, ma belle ? roucoula l'enfant.

Grand-mère Gülsüm pinça les lèvres.

– Quel magnifique violet !

– Quel magnifique violet !!

C'est alors que la bouche de sa grand-mère se durcit et qu'elle marmonna : « Bâtarde. » Elle avait prononcé le mot si doucement qu'Asya ne comprit pas immédiatement qu'il s'adressait à elle et non à la plante.

Ce n'est qu'aux alentours de son neuvième anniversaire, lorsqu'un garçon de l'école la traita de bâtarde, qu'elle saisit la signification de ce terme. À l'âge de dix ans, elle se rendit compte qu'à la différence des autres filles de sa classe, elle n'avait pas de repère masculin dans son cercle familial. Il lui fallut trois ans de plus pour prendre conscience que cette absence aurait un effet durable sur sa personnalité. À quatorze, quinze et seize ans, elle découvrit trois autres vérités fondamentales sur sa vie : que toutes les familles n'étaient pas comme la sienne, certaines personnes avaient des familles *normales*; que son arbre généalogique comportait trop de femmes et beaucoup d'hommes morts prématurément dans des conditions mystérieuses ; et que, quoi qu'elle fît, elle ne deviendrait jamais belle.

Lorsqu'elle atteignit l'âge de dix-sept ans, Asya Kazanci avait plus ou moins compris qu'elle n'était pas plus attachée à Istanbul que les panneaux ROUTE EN CONSTRUCTION ou IMMEUBLE EN RESTAURATION que la municipalité déposait un peu partout, ou que le brouillard qui tombait sur la ville les soirs moroses, pour s'évaporer au lever du jour, sans laisser de trace.

Deux jours avant son dix-huitième anniversaire, Asya pilla l'armoire à pharmacie de la maison et goba tous les comprimés qu'elle contenait. Lorsqu'elle rouvrit les yeux, elle se trouvait dans son lit entourée de toutes ses tantes, de Petite-Ma et de grand-mère Gülsüm. Non contentes de l'avoir forcée à vomir le contenu de son estomac, elles l'avaient contrainte à boire plusieurs tasses d'une mixture aux plantes boueuse. Le jour de ses dix-huit ans, elle ajouta une nouvelle découverte à sa liste : que dans ce monde étrange, le suicide était un privilège aussi rare que les rubis, et qu'avec une famille comme la sienne, elle ne serait sans doute jamais en mesure de se l'offrir.

Difficile de dire s'il existe un lien entre cette déduction et ce qui suivit, mais c'est plus ou moins à cette époque que débuta sa passion pour la musique. Pas pour la musique en général, non, ni même pour un genre musical. Une passion exclusive virant à l'obsession pour un seul et unique chanteur : Johnny Cash.

Elle savait tout de son parcours de l'Arkansas à Memphis, de ses compagnons de beuveries, de ses mariages, de ses hauts et de ses bas, avait vu toutes ses photos, connaissait sa gestuelle et, bien sûr, toutes les paroles de ses chansons. Elle fit de *Thirteen* l'hymne de sa vie, comprenant qu'elle aussi était née dans l'âme de la misère et que peu importe où elle irait, elle ne sèmerait que des ennuis.

Aujourd'hui, jour de son dix-neuvième anniversaire, elle se sentait plus mature, consciente d'une autre singularité de sa vie : elle venait d'atteindre l'âge auquel sa mère lui avait donné naissance. Elle ne savait trop que faire de ce constat, mais sentait qu'elle ne pouvait plus accepter d'être traitée comme une gamine.

— Je vous préviens ! Je ne veux pas de gâteau cette année ! aboya-t-elle à ses tantes, le dos raide et les bras croisés, oubliant que cette posture faisait ressortir ses gros seins.

Si elle l'avait remarqué, elle se serait immédiatement voûtée pour masquer ce qu'elle considérait comme un autre fardeau génétique transmis par sa mère.

Parfois, elle avait l'impression de ressembler à la créature cryptique du Coran. *Dabbet-ul Arz*. L'ogre composé d'organes de toutes sortes d'animaux, censé apparaître le Jour du Jugement. À l'instar de ce monstre hybride, son corps était un assemblage de membres hétéroclites hérités des femmes de sa famille. Plus grande que la plupart des Turques, comme sa mère Zeliha – qu'elle appelait également « tante » –, elle avait les doigts osseux, parcourus de fines veinules, de tante Cevriye, le menton en galoche de tante Feride et les oreilles éléphantines de tante Banu. Quant à son nez résolument aquilin, il ne connaissait que deux rivaux dans l'histoire de l'humanité : celui du sultan Mehmet le Conquérant et celui de tante Zeliha. Cette dernière avait cependant une personnalité si affirmée et un corps si séduisant que nul n'aurait eu l'idée de considérer son nez comme une imperfection. Dépouillée de pedigree impérial et dénuée de charme, Asya ne savait que faire du sien.

Par chance, elle avait également hérité de sa parentèle certains traits plaisants. À commencer par sa crinière noire, qu'elle devait théoriquement à toutes les femmes de la famille, mais que seule tante Zeliha n'avait pas cherché à dompter. Fidèle à son image de professeur strict, tante Cevriye arborait toujours un chignon serré. Tante Banu était disqualifiée puisqu'elle ne se séparait presque jamais de son foulard. Tante Feride, elle, changeait de couleur de cheveux et de coiffure au gré de ses lubies. Grand-mère Gülsüm avait les cheveux blancs comme du coton depuis qu'elle avait décidé qu'il n'était pas correct pour une vieille dame de se les colorer. Quant à Petite-Ma, elle demeurait attachée au roux. Son Alzheimer galopant avait beau rayer de sa mémoire une foultitude de choses, à commencer par les noms de ses enfants, elle n'avait encore jamais oublié de se teindre les cheveux au henné.

À ajouter à la liste des traits avantageux : ses yeux en amande (tante Banu), son front haut (tante Cevriye) et son tempérament explosif qui, étrangement, la maintenait en vie (tante Feride). Elle détestait constater qu'elle leur ressemblait un peu plus chaque année. Heureusement, il était une chose qui la distinguait de toutes les femmes Kazanci : sa rationalité. Elle s'était promis de ne jamais s'écarter du chemin tracé par son pragmatisme et son esprit analytique.

Ce jour-là, le désir d'affirmer son individualité était si bien ancré en elle qu'Asya se sentait capable de tenir tête au monde entier.

– Finis les gâteaux stupides pour mes anniversaires ! répéta-t-elle avec une ferveur redoublée.

– Trop tard, mademoiselle. Il est déjà fait, répondit tante Banu, lui jetant un coup d'œil par-dessus le Huit de Pentacles qu'elle venait de retourner.

Si les trois prochaines cartes ne se révélaient pas extrêmement prometteuses, son tirage n'augurerait rien de bon.

– Sois gentille, fais comme si c'était une surprise, ta pauvre maman sera triste, sinon.

– Comment une chose aussi prévisible pourrait-elle encore me surprendre ? grommela Asya.

S'entendre professer l'alchimie de l'absurdité, voir le non-sens converti en une sorte de logique omnipotente grâce à laquelle on pouvait convaincre n'importe qui, voire soi-même : voilà ce qu'il en coûtait d'appartenir à cette famille.

Sa tante lui adressa un clin d'œil.

– C'est moi qui suis supposée prédire l'avenir dans cette maison, pas toi !

C'était vrai. Dans une certaine mesure. Au fil des ans, tante Banu avait développé des talents de voyante qui lui permettaient aujourd'hui de recevoir des clientes à la maison et de tirer un petit profit de cette activité. On pouvait se faire un nom à une vitesse fulgurante dans ce domaine à Istanbul. Si la chance était de votre côté et que vos prédictions se révélent justes au moins une fois, le succès était garanti : avec l'aide du vent et des mouettes, la cliente impressionnée répandait si vite la nouvelle qu'une semaine plus tard, vous trouviez une longue file d'attente devant votre porte.

C'était de cette manière que Banu avait gravi les échelons de cet art et établi sa renommée. Ses clientes affluaient des quatre coins de la ville : vierges, veuves, jeunes filles, mamies édentées, pauvres, riches, toutes unies par le même désir dévorant de découvrir ce que la Fortune – cette puissance inconstante – leur réservait. Elles arrivaient des questions plein la bouche et repartaient de nouvelles questions plein la tête. Certaines lui versaient des sommes copieuses par pure gratitude, ou dans l'espoir d'influencer le destin, d'autres ne lâchaient pas un centime. Elles étaient toutes très différentes, mais c'étaient toutes des femmes. Le jour où elle s'était autoproclamée devineresse, tante Banu avait prêté serment de ne jamais recevoir de clients hommes.

Beaucoup de choses changèrent quand elle commença à exercer cette activité. En premier lieu, son apparence. Au début, elle paradait dans la maison, des châles brodés écarlates jetés sur les épaules. Puis des écharpes en cachemire, toujours rouges, avaient succédé aux châles, des pashminas aux écharpes, et enfin, des turbans en soie, qu'elle nouait de manière lâche autour de sa tête, aux pashminas. Après cela, tante Banu annonça soudain une décision qu'elle avait mûrie pendant Allah seul savait combien de temps : se retirer du monde matériel et trivial pour se consacrer uniquement à Dieu. D'une voix solennelle, elle se déclara prête à faire pénitence et à renoncer à toutes les vanités humaines, comme les derviches d'antan.

– Tu n'es pas un derviche ! répondirent ses sœurs à l'unisson.

Déterminées à la dissuader de commettre ce sacrilège inédit dans les annales de la famille Kazancı, elles se relayèrent pour élever des objections pleines de zèle.

– Les derviches étaient vêtus de sacs de laine tissée, pas d'écharpes en cachemire, glissa tante Cevriye, la plus maussade de toutes.

Tante Banu déglutit, soudain mal à l'aise dans ses vêtements et dans son corps.

– Les derviches dormaient sur du foin, pas sur des matelas de plume extra-larges, ajouta tante Feride, la plus lunatique.

Tante Banu détourna les yeux. Était-ce sa faute si elle souffrait atrocement du dos quand elle ne dormait pas dans un lit adapté ?

— Sans compter que les derviches n'avaient pas de *nefs*[1]. Regarde-toi ! (Ça, c'était le grain de sel de tante Zeliha, la plus anticonformiste.)

— Moi non plus ! Je n'en ai plus, se défendit sa sœur. Cette époque est révolue – d'une voix vibrante elle ajouta : J'irai au combat avec mes nefs et je vaincrai !!!

Chaque fois qu'un membre de la famille avait l'aplomb de se lancer dans une aventure personnelle, la réponse des autres était unanime : « C'est ça, cause toujours. » Constatant qu'on ne la prenait pas au sérieux, Banu retourna dans sa chambre et claqua la porte, ne la rouvrant plus, au cours des quarante jours qui suivirent, que pour faire de brèves incursions dans la cuisine et aux toilettes, ou pour y accrocher une pancarte qui disait : ABANDONNE TON *INDIVIDUALITÉ*, TOI QUI ENTRES ICI !

Au début, Banu tenta de garder Pasha III (qui vivait alors ses derniers jours) à ses côtés, afin qu'il lui tînt compagnie dans sa pénitence solitaire – même si les derviches ne possédaient pas d'animaux domestiques. Mais tout antisocial qu'il était parfois, ce chat, qui avait tant misé sur les plaisirs matériels, à commencer par la feta et les cordons électriques, ne supporta pas la vie d'ermite. Il n'avait pas passé une heure dans la chambre qu'il se mit à pousser des miaulements aigus et à gratter la porte si désespérément qu'elle le laissa sortir. Abandonnée par son unique compagnon, tante Banu s'enfonça dans sa solitude, cessa de parler et devint sourde au monde. Dans sa lancée, elle renonça également à se doucher, à se coiffer et même à regarder son feuilleton préféré : *La Malédiction du lierre de la passion*, drame brésilien où une top-modèle au grand cœur endurait toutes les trahisons de la part des êtres qu'elle aimait le plus au monde.

Le véritable choc vint néanmoins de ce que cette femme à l'appétit insatiable s'arrêta de manger pour ne subsister que de pain et d'eau. Certes, on la savait friande de glucides, et de pain tout particulièrement, mais de là à s'imaginer qu'elle pourrait se contenter de cet aliment...

Ses trois sœurs tentèrent d'assouplir pareilles résolutions en

---

[1]. Se prononce « neufch », signifie « colères », « nerfs », en arabe.

mijotant des plats variés et en remplissant la maison d'odeurs délicieuses de desserts, de poisson frit et de viande rôtie généreusement beurrée. Mais tante Banu demeura inflexible. Elle n'en parut que plus attachée auxdites résolutions et à son pain sec. Quarante jours et quarante nuits durant, elle fut inaccessible à son entourage. Laver la vaisselle et le linge, regarder la télé, cancaner avec les voisines : toutes ses activités du quotidien se changèrent en impiétés auxquelles elle refusa de se livrer. Chaque fois que ses sœurs venaient prendre de ses nouvelles, elles la trouvaient en train de réciter le Saint Coran. Elle était si profondément abîmée dans sa béatitude qu'elle en devint méconnaissable. Puis, au matin du quarante et unième jour, alors que la famille était attablée devant du *sucuk*[1] grillé et des œufs au plat, Banu sortit de sa chambre d'un pas traînant, un sourire radieux aux lèvres, une étincelle troublante dans le regard et voilée d'un foulard rouge cerise.

– Quelle est cette chose pitoyable que tu as sur la tête ? fut la première réaction de grand-mère Gülsüm, un brin adoucie en dépit de nombreuses années passées à cultiver sa ressemblance avec Ivan le Terrible.

– Désormais, je me couvrirai la tête ainsi que l'exige ma foi.

– D'où te viennent ces idées absurdes ? Les femmes turques ont abandonné le voile il y a quatre-vingt-dix ans. Aucune de mes filles ne renoncera aux droits que le grand commandant en chef Atatürk[2] a accordés aux femmes de ce pays.

– Nous avons obtenu le droit de vote en 1934, renchérit Cevriye. Au cas où tu l'ignorerais, l'histoire marche en avant, et pas en arrière. Enlève ça immédiatement !

Banu refusa et, ayant résisté à l'épreuve des trois P – pénitence, prostration et piété –, se déclara devineresse.

À l'instar de son apparence, ses méthodes de divination furent grandement influencées par son parcours psychique. Si au début elle n'utilisait que le marc de café pour lire l'avenir, elle se mit progressivement à employer de nouvelles techniques peu conventionnelles nécessitant l'usage de cartes de tarot, de haricots secs,

---

1. Saucisson turc, épicé ou non, parfumé à l'ail.
2. Mustafa Kemal Pacha, dit Kemal Atatürk – « père des Turcs » (1881-1938).

de pièces d'argent, de chapelets, de sonnettes, de fausses perles, de perles véritables, de galets, bref, de tout ce qui pouvait l'aider à entrer en relation avec le monde paranormal. Il lui arrivait même de se lancer dans de grandes conversations animées avec ses épaules, sur lesquelles étaient assis ses deux *djinn* [1]. Le bon sur l'épaule droite et le mauvais sur l'épaule gauche. Elle les avait rebaptisés Mme Douce et M. Amer, pour n'avoir pas à prononcer leurs véritables noms à voix haute.

– S'il y a un mauvais *djinni* sur ton épaule gauche, pourquoi ne pas le jeter à terre ? lui demanda un jour Asya.

– Parce qu'il arrive que nous ayons besoin de la compagnie du mauvais.

La jeune fille tenta une moue cynique, puis leva les yeux au ciel, échouant dans les deux cas à perdre sa mine enfantine. Elle se rabattit sur Johnny Cash, et chantonna un air qui s'imposait chaque fois qu'elle passait un moment avec une de ses tantes : « *Why me, Lord, what have I ever done* [2]... »

– C'est quoi cette chanson ?

Banu ne comprenait pas un traître mot d'anglais et se méfiait de toutes les langues étrangères, d'une manière générale.

– Une chanson qui dit qu'en tant que tante aînée tu devrais être un exemple pour moi et m'apprendre à distinguer le bien du mal, au lieu de me donner des leçons sur la nécessité du mal.

– Bon, écoute-moi bien : il existe des choses en ce monde dont les gens de bonne volonté, bénis soient-ils, n'ont absolument aucune idée. Ce qui n'est pas grave du tout, car leur ignorance est une preuve de leur bonté.

Asya acquiesça. Johnny Cash aurait sans doute été du même avis.

– Seulement, quand tu te retrouves nez à nez avec le mal, ce ne sont pas ces personnes-là qui peuvent te venir en aide.

– Et tu crois que le méchant djinni m'aiderait, lui ?

– Peut-être que oui. Mais espérons que tu n'auras jamais à lui demander de le faire.

---

1. Esprits de l'air, bons ou mauvais génies dans les croyances arabes (des *djinn*, un *djinni* – notre « génie » ne serait qu'une version occidentale de ce singulier).
2. « Pourquoi moi, Seigneur, qu'ai-je donc fait... »

Ce fut le mot de la fin. Elles ne reparlèrent jamais plus des limites du bien et de la nécessité du mal.

C'est à cette époque que tante Banu révisa ses méthodes de divination et fit appel aux noisettes grillées. Pour ses sœurs, cette innovation – comme toutes les autres – était le fruit du hasard. Une cliente l'avait sûrement surprise en train d'en gober pendant une séance, et Banu lui avait offert la seule explication qui lui était passée par la tête : les noisettes l'aidaient à lire l'avenir. La rumeur interpréta la chose différemment. Le bruit courut dans Istanbul que la sainte femme refusait d'être payée en argent et ne réclamait qu'une poignée de noisettes en échange de ses services. Les noisettes devinrent bientôt le symbole de son grand cœur et cette lubie ne fit qu'augmenter sa renommée. On se mit à la surnommer Mère Noisette, et même *Sheikh* Noisette, titre respecté réservé aux hommes.

Va pour le mauvais djinni et les noisettes grillées, Asya n'en était plus à une excentricité près, mais que « tante Banu » pût se métamorphoser en « Sheikh Noisette » était tout simplement inconcevable. Aussi préférait-elle l'éviter chaque fois qu'une de ses clientes était dans la maison, ou qu'elle étalait ses cartes de tarot sur la table. Raison pour laquelle Asya préféra ignorer la sortie de sa tante sur son statut d'augure de la famille. Et elle aurait feint l'ignorance bienheureuse si tante Feride n'avait pas choisi d'apparaître à ce moment précis, un énorme plat, sur lequel trônait son gâteau d'anniversaire, entre les mains.

– Qu'est-ce que tu fais ici ? Tu ne devrais pas être à ton cours de danse classique ?

Un autre boulet que se traînait Asya. Comme beaucoup de Turques moyennes aspirant à voir leur progéniture exceller dans tous les domaines où les enfants issus de familles moyennes étaient supposés exceller, ses tantes l'inscrivaient à toutes sortes d'activités qui ne l'attiraient absolument pas.

– Une vraie maison de dingues ! marmonna la jeune fille, phrase qui ces derniers temps était devenue son mantra – puis elle lança à voix haute : Pas d'affolement ! J'étais sur le départ.

– C'est trop tard, maintenant. Ce ne sera plus une surprise, fit Feride, dépitée.

– Elle ne veut pas de gâteau cette année, signala tante Banu en retournant la première des trois dernières cartes étalées sur la table.

Il s'agissait de La Grande Prêtresse. Symbole du savoir inconscient : un accès à l'imagination, à des talents cachés ou à l'inconnu. Banu pinça les lèvres et retourna la carte suivante : La Tour. Symbole des changements brutaux, des émotions fortes et des chutes soudaines. Elle réfléchit, puis retourna la dernière carte : l'annonce d'une visite inattendue. D'une personne vivant par-delà les océans.

– Qu'est-ce que ça veut dire, elle n'en veut pas ? C'est son anniversaire, au nom du ciel ! s'emporta Feride.

Tout à coup, une étincelle alluma son regard.

– Tu as peur que quelqu'un ait empoisonné ton gâteau, c'est ça ?

Asya la dévisagea, sidérée. Elle avait beau pratiquer sa tante au quotidien depuis des années, elle n'avait toujours pas réussi à s'immuniser contre ses accès de colère. Dernièrement, Feride avait renoncé à sa schizophrénie hébéphrénique pour sombrer dans la paranoïa. Plus on tentait de la ramener à la réalité, plus elle délirait.

– Si elle a peur que quelqu'un ait empoisonné son gâteau ? Bien sûr que non ! Tu divagues, ma pauvre !

Tous les regards convergèrent alors sur tante Zeliha, qui se tenait dans l'encadrement de la porte, une veste en velours côtelé sur les épaules et ses éternels talons aiguilles aux pieds. Avec son expression interrogatrice, elle était belle à couper le souffle. Soit elle les écoutait depuis un moment, soit elle s'était matérialisée comme par magie. Le temps n'avait eu aucun impact sur la longueur de ses jupes ni sur la hauteur de ses talons. Son style vestimentaire était toujours aussi flamboyant et les années n'avaient fait qu'ajouter à sa beauté, choisissant de prélever leur tribut sur ses sœurs. Consciente de son charisme, Zeliha observait tranquillement ses ongles manucurés. Elle prenait grand soin de ses mains : ses instruments de travail. Peu attirée par les institutions bureaucratiques et les rapports hiérarchiques, et trop encline à manifester son exaspération et sa colère, elle avait compris très tôt qu'il lui faudrait exercer une profession où elle serait à la fois indépendante et créative – et qui lui permettrait d'infliger un minimum de douleur à son prochain, si possible.

Voilà pourquoi, dix années auparavant, elle avait ouvert un salon de tatouage. Au début, en plus des grands classiques – roses écarlates, papillons iridescents, cœurs gonflés d'amour – et de l'habituel assortiment d'insectes poilus, de loups féroces et d'araignées géantes, elle avait proposé à ses clients sa propre collection inspirée par une idée-force : la contradiction. Parmi ses motifs originaux, on trouvait des visages mi-masculins mi-féminins, des corps mi-humains mi-animaux et des arbres mi-fleuris mi-dénudés. Cependant, il fallait reconnaître que ses créations n'étaient pas très populaires. Ses clients voulaient des tatouages exprimant une idée claire, et non l'une des nombreuses ambiguïtés de leurs existences déjà pleines d'incertitudes ; une émotion simple, et non une pensée abstraite. Ayant bien retenu la leçon, Zeliha avait alors lancé un nouveau concept intitulé « Gérer une douleur persistante ».

Ses motifs uniques et personnalisés s'adressaient à une seule catégorie d'individus : les largués. Les quittés, les déprimés, les blessés et les furieux, incapables de se détacher de l'être aimé. Tante Zeliha leur demandait une photo de leur ex, puis l'étudiait jusqu'à ce qu'elle lui évoque un animal. La suite était relativement simple. Elle dessinait l'animal en question et le tatouait sur le corps du malheureux, s'inspirant de la logique chamanique ancienne qui voulait qu'un totem fût simultanément intériorisé et extériorisé. Pour être capable d'affronter l'ennemi, on devait l'accepter, l'accueillir en son sein, puis le transformer. En injectant l'encre sous la peau du client, elle intériorisait l'ex-amante, tout en l'extériorisant sous la forme d'un animal. De sorte que le rapport de pouvoir entre le largué et la largueuse basculait, le tatoué ayant le sentiment de détenir la clef de l'âme de l'être cher, qui perdait aussitôt sa capacité d'attraction, puisque l'amour aime le pouvoir. C'est pourquoi nous pouvons aimer d'un amour suicidaire, mais rarement payer de retour ceux qui nous vouent un tel amour.

Istanbul étant une ville de cœurs brisés, tante Zeliha n'avait pas tardé à prospérer, et même à devenir une sorte de légende dans les milieux bohèmes.

Asya détourna les yeux de celle qu'elle avait choisi d'appeler « tante » au lieu de « maman », sans doute pour la maintenir à distance. Quelle impardonnable injustice de la part d'Allah, se lamenta-t-elle, d'avoir fait la fille bien moins belle que la mère.

– Tu n'as pas compris pourquoi Asya ne voulait pas de gâteau cette année ? dit tante Zeliha, quand elle eut terminé d'examiner ses ongles. Parce qu'elle a peur de prendre du poids !

– C'est faux ! s'indigna la jeune fille, sachant pourtant qu'elle ne gagnait jamais rien à tenir tête à sa mère.

– D'accord, mon chou, si tu le dis... répliqua Zeliha, une étincelle maligne dans le regard.

C'est alors que la jeune fille remarqua que tante Feride venait de rapporter de la cuisine un autre plateau, sur lequel étaient disposées une grosse boule de viande hachée et une boule de pâte, un peu plus volumineuse. Il y aurait des *manti* [1] au dîner.

– Combien de fois faudra-t-il que je vous répète que je n'aime pas les mantis ? Vous savez bien que je ne mange plus de viande !

– Je vous dis qu'elle surveille sa ligne, insista tante Zeliha, écartant une mèche noire de son visage.

– Tu as déjà entendu le mot « végétarienne » ? répliqua Asya, résistant à la tentation d'écarter la mèche qui lui barrait le front, pour ne pas avoir l'air d'imiter sa mère.

– Évidemment. Sauf que tu n'en es pas une, tu es une Kazanci ; or nous adorons tous la viande rouge dans la famille ! Plus elle est rouge, plus elle est grasse et plus nous l'aimons ! Tu n'as qu'à demander à Sultan V, si tu ne me crois pas. Pas vrai, Sultan ?

Le chat obèse vautré sur son coussin en velours près de la porte du balcon leva ses yeux bigleux, en signe d'approbation.

– Il y a des gens si pauvres dans ce pays qu'ils ne connaîtraient même pas le goût de la viande sans les aumônes que leur font les musulmans bénévoles durant la Fête du Sacrifice, bougonna tante Banu en mélangeant son tarot. C'est le seul moment où ils peuvent consommer un repas décent. Demande-leur s'ils savent ce que le mot « végétarien » signifie. Tu devrais remercier Allah

---

1. Boulettes de viande d'agneau enveloppées de pâte à base de farine de blé.

pour chaque morceau de viande qu'on dépose dans ton assiette. La viande est le symbole de l'opulence.

— C'est une maison de dingues ! Nous sommes toutes cinglées. Il n'y en a pas une pour rattraper l'autre, lâcha Asya, découragée. Je sors, mesdames. Mangez ce que vous voulez, moi, je suis en retard à mon cours de danse classique !

Personne ne remarqua qu'elle avait craché le mot « classique » comme pour se débarrasser du goût amer qu'elle avait à la bouche.

V

VANILLE

Le *Café Kundera* se trouvait dans une ruelle sinueuse de la partie européenne d'Istanbul. C'était le seul café de la ville où l'on ne perdait pas son temps et son énergie en vaines conversations et où on laissait des pourboires aux serveurs pour les encourager à se montrer désagréables. Pourquoi portait-il le nom du célèbre écrivain ? Personne ne le savait de source sûre. D'autant qu'il n'y avait rien dans ce lieu qui pût évoquer, même vaguement, Milan Kundera ou l'une de ses œuvres.

Des centaines de cadres de toutes tailles et de toutes formes tapissaient l'endroit. À tel point qu'on pouvait se demander s'ils cachaient vraiment des murs ou si l'édifice reposait sur eux. Tous, sans exception, contenaient des photos, des tableaux ou des croquis de routes. Des highways américaines, d'interminables routes australiennes, des autobahns embouteillées d'Allemagne, de grands boulevards parisiens illuminés, des ruelles surpeuplées de Rome, des sentiers du Machu Picchu, des routes oubliées des caravanes d'Afrique du Nord, des cartes anciennes de la route de la Soie tracée par Marco Polo ; des routes du monde entier. Les clients appréciaient beaucoup ce décor qu'ils considéraient comme une alternative agréable aux conversations qui ne menaient nulle part. Chaque fois qu'ils se sentaient las de discuter, ils choisissaient le tableau qui correspondait le mieux à leur humeur du moment, y plongeaient leur regard brumeux et se laissaient pénétrer par l'atmosphère de cet ailleurs auquel ils aspiraient.

Mais ces images avaient beau vous transporter au bout du monde, une chose était certaine : aucune ne vous rapprochait de Milan Kundera. Peu de temps après l'ouverture du café, une première hypothèse avait circulé quant à son nom. Au cours d'un voyage, le romancier aurait fait escale à Istanbul et bu un cappuccino dans ce petit bistro. Il aurait peu apprécié la boisson et détesté le biscuit à la vanille qui l'accompagnait, mais aurait commandé un autre café et se serait même mis à écrire un peu, n'étant ni dérangé ni reconnu. Ce jour-là, on avait donné son nom à l'endroit. Une autre hypothèse vint bientôt s'ajouter à la première : le propriétaire du lieu, fan de Kundera, aurait dévoré tous ses livres après les avoir fait dédicacer et donné le nom de son auteur favori à son café. Cette théorie aurait été la plus plausible si l'homme ne s'était pas révélé être un chanteur musclé et bronzé d'une quarantaine d'années, lequel détestait tant lire qu'il ne se donnait même pas la peine d'apprendre les paroles des chansons que son groupe jouait tous les vendredis soir.

La véritable raison pour laquelle ce bistro portait le nom de Kundera était, selon certains, que cet endroit était un débris de l'imagination du grand auteur. Un lieu tout aussi fictif que ses habitués. Kundera aurait commencé à écrire un livre sur ce café respirant la vie et le chaos, puis, distrait par des projets plus importants – invitations, jurys, prix littéraires –, il aurait oublié ce trou minable d'Istanbul qu'il avait inventé. Si bien que, depuis, les clients et les serveurs du *Café Kundera* luttaient contre un sentiment de vide, s'échinant sur de tristes scénarios futuristes, grimaçant devant leurs cafés turcs servis dans des tasses à espresso, espérant tenir un rôle dans un quelconque drame intellectuel qui donnerait un sens à leur vie. De toutes les théories, la dernière était la plus largement acceptée. Et pourtant, de temps à autre, un nouveau client, ou un habitué en quête d'attention, avançait une nouvelle explication que chacun s'amusait à croire jusqu'au moment où la lassitude s'emparait à nouveau de lui, qui les ramenait à son silence marécageux.

Ce jour-là, lorsque le Dessinateur Dipsomane voulut les distraire d'une nouvelle théorie, ses amis, et même sa femme, se sentirent obligés de lui accorder leur attention pour lui témoigner leur soutien. Il avait fini par trouver le courage de faire ce que tous lui conseillaient chaudement depuis des lustres : s'inscrire aux Alcooliques anonymes.

Ils avaient une autre raison de se montrer plus complaisants que d'ordinaire envers lui. Aujourd'hui, le dessinateur avait été inculpé pour avoir insulté le Premier ministre dans un de ses dessins. C'était sa deuxième inculpation. S'il était reconnu coupable lors de son audition devant le juge, il encourrait une peine pouvant aller jusqu'à trois ans de prison. Le Dessinateur Dipsomane était célèbre pour sa série de dessins satiriques mettant en scène un troupeau de moutons, censé représenter le cabinet ministériel, et le chef du gouvernement en loup déguisé en mouton. Depuis qu'on lui avait interdit de filer sa métaphore, il envisageait de dessiner une meute de loups menée par un chacal déguisé en loup. En cas de nouvelle censure, il avait une idée de rechange : représenter tous les membres du Parlement déguisés en pingouins !

– J'ai une nouvelle théorie ! déclara-t-il, un peu surpris de l'intérêt qu'il suscitait – même chez son épouse.

C'était un homme bien en chair, au nez aristocratique, aux pommettes hautes et au regard d'un bleu intense. Habitué au malheur et à la mélancolie, il ne se départait jamais de sa vilaine moue cynique, qui s'était accentuée depuis qu'il était tombé secrètement amoureux de la femme la plus inaccessible qui fût.

À le voir, on avait du mal à croire qu'il gagnait sa vie grâce à son humour, et que des blagues hilarantes pouvaient jaillir de cet individu morose. Gros buveur depuis toujours, ces derniers temps, sa consommation d'alcool était montée en flèche, et il avait commencé à traîner dans des lieux douteux. La goutte d'eau qui avait fait déborder le vase : un matin, on l'avait retrouvé dans le jardin d'une mosquée, endormi sur la pierre plate qui servait à la toilette des morts. Apparemment, il s'était évanoui alors qu'il organisait son propre enterrement. Lorsqu'il avait ouvert les yeux, à l'aube, un jeune imam en route pour aller réciter la prière du matin se tenait devant lui, choqué. Alarmés par cette mésaventure, ses amis – et même sa femme – l'avaient poussé à chercher une aide professionnelle pour tenter de se reprendre en main. Aujourd'hui, au cours de sa première réunion avec les Alcooliques anonymes, il avait promis de cesser de s'imbiber.

– En fait, le mot « Kundera » est un code, expliqua-t-il. Le secret ne réside pas tant dans le nom que dans ce qu'il suggère !

– Et que suggère-t-il ? questionna le Scénariste Internationaliste de Films Ultranationalistes, un petit homme décharné qui se teignait la barbe en gris cendre depuis qu'il avait découvert que les femmes préféraient les hommes mûrs.

Il était le créateur et l'auteur d'une série télé populaire intitulée *Timur Cœur de Lion*, dont le héros, une légende nationale, était capable de transformer des bataillons entiers d'ennemis en purée sanglante. Quand on attaquait ses films et ses séries racoleuses, il prétendait qu'il était nationaliste de profession, mais nihiliste par conviction. Il était accompagné d'une nouvelle petite amie. Le genre de beauté attirante mais sans profondeur qu'on qualifiait d'« amuse-gueule » dans les cercles masculins qu'il fréquentait : pas aussi intéressant qu'un plat de résistance, mais plaisant comme une mise en bouche. Il goba une poignée de noix de cajou, passa un bras autour de la jeune femme et lança jovialement :

– Allez, dis-nous ! c'est un code pour quoi ?

– L'ennui, répondit le dessinateur, rejetant une bouffée de sa cigarette qui rejoignit l'épais nuage gris en suspens au-dessus de leurs têtes.

Tous fumaient, à l'exception du Chroniqueur Crypto Gay. Il détestait l'odeur du tabac. Le soir, sitôt rentré chez lui, il se débarrassait de ses vêtements empuantis par l'atmosphère du *Café Kundera*. Ce qui ne l'empêchait pas d'y retourner et de laisser les autres fumer comme des cheminées. Parce qu'il aimait appartenir à ce groupe bigarré. Et parce qu'il était attiré par le Dessinateur Dipsomane.

Pas physiquement, loin de là. La seule pensée de son corps nu suffisait à lui hérisser les poils. Non, cela ne relevait pas du domaine sexuel, mais de celui des âmes sœurs, se persuadait-il. Car de toute façon, deux obstacles se dressaient sur son chemin. Premièrement, le satiriste était un hétérosexuel convaincu.

Deuxièmement, il en pinçait pour Asya, cette fille morose qui était la seule à ne pas s'en être aperçue.

Le chroniqueur ne nourrissait aucun espoir d'avoir un jour une liaison avec le dessinateur. Être en sa compagnie lui suffisait. Et s'il lui arrivait de ressentir un petit frisson lorsque leurs mains ou leurs épaules se touchaient accidentellement, il s'appliquait tant à masquer ce trouble particulier, et ses penchants en général, qu'il affichait une certaine froideur envers l'humoriste et se permettait même de dénigrer ses opinions. C'était une histoire compliquée.

– L'ennui, répéta le Dessinateur Dipsomane, reposant son café *latte*. C'est à cela que se résument nos vies. Jour après jour, nous nous vautrons dans l'ennui. Pourquoi ? Parce que nous répugnons à quitter ce terrier de lapin par crainte de faire une rencontre traumatisante avec notre propre culture. Pour les politiciens occidentaux, il existe un fossé culturel entre la civilisation orientale et la civilisation occidentale. Si c'était aussi simple ! Le vrai choc des cultures, c'est celui qui oppose les Turcs aux Turcs. Nous sommes un groupe de citadins cultivés cernés de ploucs et de péquenauds. Ils ont conquis toute la ville.

Il jeta un œil vers les fenêtres, comme s'il craignait qu'un troupeau de paysans, à grand renfort de massues et de boulets de canon, n'enfonçât soudain la porte du café.

– Les rues leur appartiennent, les places leur appartiennent, et les ferries aussi. Même le ciel est à eux. Peut-être que, dans quelques années, ce café sera tout ce qui nous restera. Notre dernier espace de liberté. Nous nous réfugions ici, chaque jour, pour nous protéger d'*eux*. Dieu me préserve de mon propre peuple !

– Tu parles en poète, commenta le Poète Singulièrement Médiocre, qui avait tendance à tout rapporter à la poésie.

– Nous sommes piégés. Nous sommes coincés entre l'Est et l'Ouest. Entre le passé et l'avenir. Entre des modernistes si fiers du régime séculier qu'ils ont instauré que la moindre critique est inacceptable, et des traditionalistes si infatués de l'histoire de l'Empire ottoman que la moindre critique est inacceptable. Ils ont l'opinion publique et l'autre moitié de l'État de leur côté. Que nous reste-t-il ?

Il plaça une cigarette entre ses lèvres pâles et gercées, avant de reprendre :

– Les modernistes nous disent d'aller de l'avant, mais nous n'avons pas foi en leur conception du progrès. Les traditionalistes nous disent de regarder en arrière, mais nous refusons leur ordre idéal. Nous sommes pris en sandwich. Nous faisons deux pas en avant et un pas en arrière, comme la fanfare de l'armée ottomane, en son temps. Sauf que nous n'avons pas d'instruments de musique ! Que pouvons-nous faire ? Nous ne sommes même pas une minorité. Si encore nous étions une minorité ethnique ou un peuple indigène, nous pourrions nous placer sous la protection d'une charte des Nations unies et revendiquer des droits élémentaires. Mais nous autres nihilistes, pessimistes et anarchistes ne sommes pas considérés comme des minorités, bien que nous soyons des espèces en voie d'extinction. Nous sommes un peu moins nombreux chaque jour. Combien de temps pourrons-nous encore survivre ?

La question resta un instant suspendue au-dessus de leurs têtes sous le nuage de fumée. L'épouse du dessinateur, une femme nerveuse aux grands yeux sombres pleins de colère refoulée, meilleure dessinatrice que son mari mais bien moins appréciée, grinça des dents, déchirée entre son envie de le contredire et son devoir de le cautionner, même dans ses délires, comme le ferait une compagne idéale. Ils se détestaient cordialement, et pourtant, voilà douze ans qu'ils s'accrochaient à ce mariage, elle dans l'espoir qu'elle finirait par prendre sa revanche, lui dans celui que tout finirait par s'arranger. Ainsi semblaient-ils s'exprimer avec des mots et des gestes qu'ils s'étaient dérobés l'un à l'autre. Même leurs caricatures se ressemblaient. Tous deux dessinaient des créatures aux corps déformés et inventaient des dialogues tordus décrivant des situations déprimantes avec cynisme.

– Vous savez ce que nous sommes ? La lie de ce pays. Un triste tas de boue. Nous sommes les seuls à ne pas être obsédés par notre entrée dans l'Union européenne, par le désir de faire des profits, d'acheter des stocks, d'échanger nos voitures, nos petites amies...

Le Scénariste Internationaliste de Films Ultranationalistes se tortilla sur sa chaise, mal à l'aise.

– C'est ici que Kundera entre en scène, poursuivit le Dessinateur Dipsomane, inconscient de sa bévue. Nos vies sont d'une légèreté insoutenable, elles reposent sur un vide absurde. Nous menons des existences en toc. Tout cela n'est qu'un beau mensonge qui nous aide à défier la réalité de notre nature mortelle. C'est précisément ce...

Il fut interrompu par un tintement de cloches. La porte du *Café Kundera* s'ouvrit à la volée sur une jeune femme furieuse qui paraissait trop lasse pour son âge.

– Hello, Asya! s'exclama le scénariste, ravi de voir enfin se présenter l'occasion de mettre un terme à cette conversation idiote. Par ici!

Asya Kazanci lui adressa une moue sceptique que l'on pouvait interpréter comme un : *D'accord, je vais vous tenir compagnie un moment, mais quelle différence ça fera ? C'est une vie de merde, de toute façon.* Elle s'approcha de la table d'un pas lourd, comme lestée de sacs de plomb, lança un salut laconique à la cantonade, s'assit et se roula une cigarette.

– Qu'est-ce que tu fais ici à cette heure ? Tu ne devrais pas être à ton cours de danse classique ? l'interrogea le dessinateur, oubliant son monologue.

Ses yeux brillaient d'une tendresse qui n'échappa à personne – sauf à son épouse.

– Si. Et j'y suis, en ce moment même. (Elle disposa le tabac sur le papier.) J'exécute l'un des sauts les plus difficiles. Mes mollets doivent se rencontrer en plein vol et former un angle de quarante-cinq à quatre-vingt-dix degrés... *Cabriole**[1]*!*

– Bravo! fit le dessinateur.

– À présent, un « tour en l'air ». Pied droit en appui, *demi-plié**, et hop, tour complet!

Elle brandit la poche de tabac et la fit tourner sur elle-même, faisant pleuvoir des copeaux bruns sur la table.

– Atterrissage sur le pied gauche!

La poche tomba à côté du bol de noix de cajou.

---

1. En français dans le texte, comme tous les mots ou expressions *en italique* suivis d'un astérisque (*).

– On répète l'enchaînement avant de reprendre la position initiale. *Emboîté*!*

– Danser, c'est écrire un poème avec son corps, murmura le Poète Singulièrement Médiocre.

Ils replongèrent tous dans leur torpeur morose. Au loin, la ville ressassait son brouhaha de sirènes, de klaxons, d'insultes, de rires et de cris de mouettes. Une poignée de clients entra, une poignée de clients sortit. Un serveur s'étala par terre avec son plateau de verres. Un de ses collègues le rejoignit muni d'un balai et rassembla les morceaux sous le regard absent des consommateurs. Ici, les serveurs ne restaient jamais longtemps en poste. De trop longues heures de travail pour une paie pas géniale, et pourtant, aucun n'avait démissionné à ce jour. Ils étaient virés. C'était la logique du *Café Kundera* qui voulait ça. Une fois que vous y aviez mis le pied, vous vous sentiez lié à lui jusqu'au moment où il vous rejetait.

Au cours de la demi-heure qui suivit, certains commandèrent du café, d'autres de la bière ; puis les premiers passèrent à la bière et les seconds au café. Et ainsi de suite. Seul le dessinateur s'en tint à son café latte, dans lequel il trempait ses biscuits à la vanille, l'air de plus en plus frustré. Quoi qu'on fît, rien ne respirait l'harmonie en ce lieu. Mais c'était justement cette dissonance, cette disharmonie ridicule, qui lui donnait cette atmosphère singulière qu'Asya aimait tant : cette indolence comateuse. On s'y sentait hors du temps et de l'espace. Alors qu'Istanbul était en perpétuel mouvement, au *Café Kundera*, c'est la torpeur qui prévalait. Dehors, les passants restaient groupés pour masquer leur solitude et feignaient une intimité qu'ils étaient loin de ressentir. Ici, le détachement était de rigueur. Cet endroit était l'antithèse de toute la ville. Asya tira une taffe de sa cigarette, savourant l'inaction. Le dessinateur regarda sa montre et se tourna vers elle.

– Sept heures quarante, ma chère. Ton cours est terminé.

– Tu dois déjà rentrer ? Ta famille est tellement vieux jeu, laissa échapper la Petite Amie. Pourquoi t'obliger à prendre des cours de danse classique alors que ça ne t'intéresse clairement pas ?

C'était le problème avec toutes ces petites amies qui traversaient la vie du scénariste comme des papillons. Désireuses de s'intégrer au groupe, elles posaient trop de questions et s'autorisaient trop de commentaires personnels, incapables de comprendre que, justement, c'était le peu d'intérêt réel que chacun accordait à la vie privée de l'autre qui réunissait les membres dudit groupe.

— Comment peux-tu supporter tes tantes ? reprit bêtement la Petite Amie, sans remarquer l'expression d'Asya. Toutes ces femmes qui veulent jouer le rôle de mère... Je ne tiendrais pas une minute.

Là, elle allait trop loin. Ce groupe obéissait à des règles tacites que personne ne pouvait violer impunément. Asya se raidit. Étant elle-même une femme, elle éprouvait des difficultés à gérer sa misogynie. Ses deux attitudes les plus courantes lorsqu'elle se trouvait en présence d'une femme qu'elle ne connaissait pas : soit elle attendait de la détester, soit elle la détestait d'emblée.

— Ça n'a rien d'une famille au sens normal du terme, rétorqua-t-elle avec condescendance, espérant dissuader l'autre de poursuivre sur ce terrain glissant.

Son regard fut attiré par le cadre argenté qui brillait au-dessus de l'épaule droite de la Petite Amie. Il s'agissait d'une photo de la route de la Laguna Colorada, en Bolivie. Comme elle aurait aimé se trouver sur cette route en ce moment même ! Elle termina son café, écrasa sa cigarette, et se mit à en rouler une autre.

— Nous sommes une meute de femelles obligées de vivre sous le même toit, marmonna-t-elle. Ce n'est pas ce que j'appelle une famille.

— C'est pourtant exactement ce en quoi consiste une famille, ma chère, objecta le Poète Singulièrement Médiocre.

Dans des moments comme celui-là, il se souvenait qu'il était le doyen du groupe, autant en nombre d'années qu'au regard des erreurs commises. Il s'était marié trois fois, et avait divorcé trois fois. Ses ex avaient quitté Istanbul, une à une, pour mettre un maximum de distance entre elles et lui. Elles lui avaient toutes donné des enfants, qu'il ne voyait que rarement, mais dont il revendiquait toujours fièrement la paternité.

— N'oublie pas : « Toutes les familles heureuses se ressemblent, mais toutes les familles malheureuses le sont à leur propre manière », pontifia-t-il.

– C'était tellement facile pour Tolstoï de postillonner ce genre d'idioties, commenta l'épouse du Dessinateur Dipsomane. Sa femme a élevé seule les douzaines de marmots qu'ils ont eus ensemble, géré tous les tracas du quotidien et travaillé comme une esclave pour que Sa Majesté le grand Tolstoï puisse écrire ses romans en paix !
– À quoi tu t'attendais ? lui demanda le Dessinateur Dipsomane.
– À de la reconnaissance, voilà à quoi je m'attendais. À ce que le monde entier admette que si elle en avait eu l'opportunité, l'épouse de Tolstoï aurait pu être un meilleur écrivain que lui.
– Pourquoi ? Parce que c'était une femme ?
– Non, parce que c'était une femme très talentueuse opprimée par un homme très talentueux.
– Ah... fit-il déconcerté.

Sur quoi, il appela le serveur et commanda une bière, sous les regards attristés de ses amis. Lorsqu'on lui apporta sa boisson, sans doute tiraillé par la culpabilité, il changea de sujet pour se lancer dans un discours sur les bienfaits de l'alcool.

– Ce pays doit sa liberté à cette petite bouteille que je peux brandir si librement. (Il haussa la voix pour couvrir le hululement d'une sirène d'ambulance.) Pas aux réformes sociales et politiques. Ni même à la guerre d'Indépendance[1]. C'est cette bouteille qui distingue la Turquie de tous les autres pays musulmans. (Il la leva pour porter un toast.) Cette bière est le symbole de la liberté et de la société civile.

– Ah oui ? Et depuis quand l'ivrognerie est-elle le symbole de la liberté ? le semonça vertement le scénariste, tandis que, renonçant à perdre leur temps en vains bavardages, les autres observaient chacun une des routes qui constellaient les murs.

– Depuis que l'alcool est proscrit et diabolisé dans tous les pays musulmans du Moyen-Orient. Depuis toujours. Regarde l'histoire de l'Empire ottoman. Toutes ces tavernes, tous ces *meze*[2] pour accompagner chaque verre... Ces gars-là se payaient déjà du bon temps. Nous sommes une nation d'amateurs d'alcool, pourquoi le

---

1. 1919-1923, menée par Mustafa Kemal (dit Atatürk).
2. Assortiment d'entrées froides servies à l'apéritif.

nier ? Nous nous imbibons onze mois de l'année, puis, pris de panique, nous nous repentons par le jeûne pendant le ramadan dans le seul but de nous remettre à boire le mois saint terminé. S'il n'y a jamais eu de charia chez nous, si les fondamentalistes n'ont pas réussi à s'imposer ici comme ils l'ont fait ailleurs, crois-moi, c'est grâce à cette tradition tordue. C'est à l'alcool que nous devons notre semblant de démocratie.

– Parfait ! Mais alors, comment expliques-tu que nous ne buvions pas, nous ? releva son épouse, un sourire las aux lèvres. Et pourquoi aurions-nous plus de raisons de nous soûler que le type des pointes... je ne me rappelle plus son nom... Cecche...?

– Cecchetti, termina Asya, maudissant le jour où, particulièrement ivre, elle les avait gratifiés d'un cours d'histoire de la danse classique, glissant le nom de Cecchetti au passage – depuis, il ne se passait pas un jour sans que l'un d'eux levât son verre à la santé de l'inventeur des pointes.

– Sans lui, les danseuses ne marcheraient pas sur leurs orteils, pas vrai ? gloussait-on ici.

– Quelle idée ! se gaussait-on là.

Chaque jour, quand le Poète Singulièrement Médiocre, le Scénariste Internationaliste de Films Ultranationalistes, sa petite amie du moment, le Dessinateur Dipsomane, l'épouse du Dessinateur Dipsomane, le Chroniqueur Crypto Gay et Asya Kazanci se retrouvaient au *Café Kundera*, la tension couvait sous l'atmosphère désinvolte, jusqu'à ce qu'un sujet de conversation remontât à la surface. Seuls, ou accompagnés d'amis, de collègues ou de parfaits étrangers, ils formaient une sorte d'organisme autogéré au sein duquel les différences individuelles se manifestaient sans jamais chercher à s'imposer ni à prendre le pouvoir ; comme si le groupe était plus fort que les personnalités qui le composaient.

Asya Kazanci se sentait sereine parmi eux. Le *Café Kundera* était devenu son sanctuaire. Dans la demeure familiale, elle était toujours consciente de ses faits et gestes, on exigeait d'elle un comportement d'une perfection insensée. Ici, elle était considérée comme un humain parmi tant d'autres, imparfait et non perfectible par essence.

Ses compagnons n'avaient rien des amis idéaux dont ses tantes auraient voulu la voir entourée, et certains étaient assez vieux pour être ses parents, mais il y avait quelque chose de réconfortant à observer leurs comportements infantiles et à constater que rien ne s'arrangeait vraiment avec le temps : un adolescent morose devenait un adulte morose. Pas moyen d'en réchapper. Un peu triste, certes, mais au moins, ça prouvait qu'on ne pouvait pas devenir quelqu'un d'autre et que ses tantes l'enquiquinaient en vain. Pourquoi lutter contre sa morosité puisqu'elle était là pour rester ?

— C'est mon anniversaire aujourd'hui, annonça-t-elle à sa propre surprise.

— Ah oui ?

— Quelle coïncidence ! fit le poète. C'est également celui de ma benjamine.

— Ah ouais ?

— Tu es née le même jour que ma fille ! Tu es Gémeaux ! s'exclama-t-il avec une allégresse théâtrale.

— Poissons, corrigea Asya.

Personne ne chercha à l'étouffer de baisers ni à la gaver de gâteau. Le poète lui récita un poème effroyable, le dessinateur but trois bières à sa santé, son épouse dessina sa caricature sur une serviette de table — une jeune femme revêche avec des cheveux électriques, des seins énormes et un nez pointu surmonté d'une paire d'yeux pétillants de malice —, et les autres lui commandèrent un autre café et l'empêchèrent de payer ses consommations. En toute simplicité. Et pourtant, elle n'eut pas l'impression qu'ils accordaient peu de valeur à l'événement. Bien au contraire, ils lui en accordaient tellement qu'ils se mirent à réfléchir à voix haute sur le temps, leur condition de mortels et sur l'éventualité d'un au-delà.

— S'il existe une vie après la mort, et si elle est pire que celle-ci, on a intérêt à savourer chaque jour qu'il nous reste à vivre, conclurent-ils.

Certains continuèrent à cogiter sur la question, d'autres choisirent une nouvelle route pour un nouvel ailleurs, comme si rien ne les attendait, comme si le monde extérieur n'existait pas. Peu à peu, leurs moues cyniques se muèrent en demi-sourires et, las de discuter, ils s'enfoncèrent un peu plus profondément dans les eaux boueuses de l'apathie, se demandant pour quelle raison on avait bien pu appeler cet endroit le *Café Kundera*.

À huit heures, ce soir-là, après avoir terminé son repas sans surprise, Asya Kazanci souffla les bougies de son gâteau aux pommes caramélisées (extrêmement sucré) et à la crème de citron (extrêmement acide) dans l'obscurité, encouragée par les chants et les applaudissements de sa famille. Elle réussit à en éteindre cinq ou six avant que ses tantes, sa grand-mère et Petite-Ma ne se missent à souffler de toutes parts pour l'aider.

– Comment s'est passé ton cours de danse ? s'enquit tante Feride, rallumant les lumières.

– Bien. J'ai un peu mal au dos à cause des étirements, mais j'ai appris des tas de nouveaux pas...

– Ah oui ? s'éleva la voix soupçonneuse de tante Zeliha. Lesquels ?

Asya mordit dans sa part de gâteau.

– Voyons voir... Le *petit jeté* *, la *pirouette* *, la *glissade* *.

– On fait d'une pierre deux coups avec ces cours, fit remarquer tante Feride. Non seulement elle apprend à danser, mais en plus elle apprend le français. C'est plutôt économique !

Tante Zeliha fut la seule à ne pas approuver. Une lueur sceptique au fond de son regard vert jade, elle se pencha vers sa fille et murmura :

– Montre-nous !

– T'es dingue ! Je ne peux pas faire ce genre de chose au milieu du salon ! Il me faut une salle de danse... un professeur... On commence toujours par s'échauffer et par se concentrer. Et il y a de la musique... Tu sais ce que c'est, une *glissade* * ? Tu as déjà vu quelqu'un glisser sur un tapis ? !

Zeliha passa la main dans ses boucles noires, un petit sourire aux lèvres. Elle ne dit rien, semblant plus attirée par son gâteau que par une querelle avec sa fille. Mais son sourire suffit à faire enrager Asya qui repoussa sa chaise et se leva de table.

À neuf heures quinze, ce soir-là, dans le salon d'une konak d'Istanbul ayant perdu sa splendeur d'antan, une jeune fille de dix-neuf ans se mit à danser sur un tapis turc, les bras écartés, les majeurs sur les pouces, une expression romantique au visage, alors qu'à l'intérieur, elle n'était que rage et rancœur.

VI

PISTACHES

Armanoush Tchakhmakhchian regarda le caissier de la librairie empiler dans son sac à dos, pendant qu'ils attendaient l'acceptation de son paiement par carte de crédit, les douze romans qu'elle venait d'acheter. Quand il lui donna le reçu, elle le signa en évitant de regarder le montant total de ses achats. Elle avait encore dépensé un mois d'économies en livres ! C'était une véritable papivore ; un trait de caractère qui ne lui valait rien de bon, puisqu'il était sans intérêt pour les garçons et qu'il contrariait sa mère qui espérait la voir mariée à un homme fortuné. Ce matin, quand elles s'étaient parlé au téléphone, cette dernière lui avait fait promettre de ne pas dire un mot de ses lectures à l'ami avec lequel elle devait dîner dans quelques heures. Armanoush sentit son estomac se nouer en songeant à ce rendez-vous. À vingt et un ans, elle venait de passer toute une année en solitaire – découragée par son célibat persistant ponctué de rendez-vous galants désastreux. Aujourd'hui, elle avait décidé de retenter sa chance.

Si sa passion pour la lecture était une cause majeure de son incapacité à entretenir une relation durable avec un représentant du sexe opposé, deux autres facteurs attisaient les flammes de son échec. Le premier : Armanoush était belle, trop belle. Sa silhouette harmonieuse, ses traits délicats, ses cheveux blond foncé ondulés, ses immenses yeux gris-bleu, son nez fin relevé d'une petite bosse – qu'on aurait pu considérer comme un défaut, mais qui lui ajoutait une pointe de caractère –, associés à son esprit, intimidaient d'emblée ses prétendants. Ils avaient beau apprécier la beauté et l'intelligence, ils ne savaient pas vraiment dans quelle catégorie la faire entrer : celle des femmes qu'ils brûlaient de posséder (les poupées), celle des confidentes (les copines), ou celle des femmes qu'ils se verraient bien épouser (les fiancées). Assez sublime pour être à la fois poupée, copine et fiancée, elle finissait par n'être rien du tout.

Le second facteur était bien plus complexe mais tout aussi incontournable : sa famille. Les Tchakhmakchian et sa mère avaient des conceptions radicalement opposées de l'homme idéal. Ayant grandi cinq mois de l'année à San Francisco (vacances d'été, de printemps, et week-ends) et les sept mois restants en Arizona, elle avait eu tout loisir de comprendre qu'elle ne pourrait jamais répondre aux attentes des deux camps en même temps. Satisfaire les uns revenait à affliger les autres. Au début, pour ne contrarier personne, Armanoush avait tenté de sortir exclusivement avec des Arméniens à San Francisco et avec tout sauf des Arméniens en Arizona. Mais, victime des caprices du destin, elle ne s'était sentie attirée que par des non-Arméniens à San Francisco, et avait eu le béguin pour trois Américains-Arméniens en Arizona – au grand dam de sa mère.

Son sac à dos alourdi par le poids de ses angoisses, elle traversa l'Opera Plaza balayée par un vent violent qui lui hurlait d'étranges complaintes à l'oreille. Son regard se posa sur un jeune couple, assis au *Max's Opera Cafe*. Soit ils étaient déçus par la pile de sandwiches au corned-beef qu'on avait déposée devant eux, soit ils venaient de se disputer. *Dieu merci, je suis célibataire*, se dit-elle, à moitié convaincue, avant de prendre la direction de Turk Street. Quelques années auparavant, quand elle avait fait visiter la ville à une New-Yorkaise d'origine arménienne, la fille s'était exclamée :

– Turk Street ! Mais ils sont partout !

Surprise par sa réaction, Armanoush lui avait expliqué que la rue portait le nom de Frank Turk, avocat et alcade adjoint qui avait joué un rôle important dans l'histoire de San Francisco.

– Ouais, si tu veux, avait répondu son amie. N'empêche qu'ils sont partout. Pas vrai ?

Si, c'est vrai. Même qu'il y en a un chez moi, s'était-elle abstenue de répondre.

D'une manière générale, elle évitait de parler de son beau-père à ses amis arméniens. Elle n'en parlait pas plus à ses amis non arméniens, d'ailleurs – pas même à ceux qui se foutaient totalement de l'histoire du conflit turco-arménien. Sage pour son âge, elle savait que les secrets se répandaient plus vite que la poussière dans le vent, et qu'en taisant l'extraordinaire, elle laissait supposer le banal. Sa mère était une odar, quoi de plus normal pour elle que d'épouser un odar ? Ses amis pensaient que son beau-père était américain, sans doute du Midwest.

Elle passa devant le Bed & Breakfast « gay-friendly » de Turk Street, longea une épicerie spécialisée dans les produits du Moyen-Orient, traversa un petit marché thaï et se promena au milieu de la foule hétéroclite avant d'attraper un tramway pour Russian Hill. Le front contre la vitre poussiéreuse de son wagon, elle réfléchit à « l'alter ego » des *Labyrinthes* de Borges en regardant le fin brouillard s'élever vers l'horizon. Elle aussi avait un double qu'elle maintenait à quai en permanence.

Elle aimait cette ville, son dynamisme dont elle ressentait chaque pulsation dans ses propres veines. Depuis sa plus tendre enfance, elle adorait les moments qu'elle passait chez sa grand-mère Shushan. À la différence de sa mère, son père ne s'était pas remarié. Armanoush savait qu'il avait eu des petites amies par le passé, mais il ne lui en avait présenté aucune ; soit parce qu'il n'avait pas jugé ces relations sérieuses, soit parce qu'il avait craint de contrarier sa fille. La deuxième raison lui paraissait la plus probable. La plus conforme au caractère de Barsam Tchakhmakhchian. C'était l'être le moins égoïste et l'homme le moins phallocrate qu'on pût trouver sur terre. Elle se demandait encore à ce jour ce qui avait pu l'attirer chez une femme aussi résolument égocentrique que Rose. Armanoush avait beau aimer sa mère, il lui arrivait de se sentir étouffée par ses trop grandes attentes et son éternelle insatisfaction. Dans ces moments, elle était contente d'avoir la possibilité de se réfugier chez les Tchakhmakhchian, dont l'amour était tout aussi exigeant, mais plus facile à satisfaire.

Elle descendit du tramway et hâta le pas. Matt Hassinger devait passer la prendre à sept heures trente. Elle avait moins d'une heure et demie pour se préparer, à savoir pour prendre une douche et enfiler une robe. La turquoise, sans doute. Tout le monde lui disait qu'elle la mettait en valeur. Ni maquillage ni bijoux. Pas question de se pomponner ni d'attendre trop de ce dîner. Elle serait contente que tout se passe bien, mais était prête à essuyer un nouveau fiasco. Progressant d'un pas vif sous le ciel brumeux, elle ne tarda pas à arriver devant l'appartement de sa grand-mère, situé dans Russian Hill, un quartier animé bâti sur l'une des collines les plus raides de San Francisco.

– Bonjour, ma chérie, bienvenue à la maison! – c'est sa tante Surpun qui lui ouvrit la porte. Tu m'as manqué. Où as-tu passé la journée? Tu t'es bien amusée?

– Oui, répondit-elle, étonnée d'être accueillie par sa tante cadette à la place de sa grand-mère, un mardi soir.

Surpun habitait Berkeley où elle enseignait depuis toujours – ou d'aussi loin que remontaient les souvenirs de sa nièce. Elle venait à San Francisco le week-end, mais il était très rare qu'elle fît le trajet durant la semaine.

– Je me suis acheté de nouveaux livres, reprit Armanoush guillerette, sans s'attarder davantage sur la question.

– ... Livres? Est-ce qu'elle a encore dit le mot « livres »? cria une voix familière, à l'intérieur.

Sûrement tante Varsenig...! Armanoush accrocha son imper dans l'entrée et lissa ses cheveux ébouriffés par le vent, tout en se demandant ce que son autre tante faisait également là. En effet, ses filles – les jumelles – devaient rentrer le soir même de Los Angeles, où elles avaient disputé un tournoi de basket-ball. Varsenig était si excitée par cette compétition qu'elle n'avait pas dormi des trois dernières nuits et avait passé ses journées pendue au téléphone avec l'une ou l'autre de ses filles, ou avec leur entraîneur. Et voilà qu'au lieu d'aller les attendre à l'aéroport avec plusieurs heures d'avance, comme à son habitude, elle était ici, en train de dresser le couvert du dîner.

– Oui, j'ai bien dit « livres », confirma Armanoush, jetant son sac sur son épaule avant d'entrer dans l'immense salon.

– Ne l'écoute pas. Elle devient grincheuse avec l'âge, plaisanta Surpun dans son dos. Nous sommes toutes fières de toi, ma chérie.
– Bien sûr que nous sommes fières d'elle ! N'empêche qu'elle pourrait se comporter comme une demoiselle de son âge, répliqua Varsenig, disposant la dernière assiette en porcelaine sur la table avant d'aller serrer sa nièce dans ses bras. À ton âge, les filles ne pensent qu'à se faire belles. Je ne dis pas que tu en aies besoin, mais de là à lire, lire, lire…
– Tu sais, le mot FIN n'apparaît jamais quand tu termines un livre. Ce n'est pas comme au cinéma. Quand je referme un roman, je n'ai pas l'impression d'avoir terminé quoi que ce soit, si bien que j'ai besoin d'en ouvrir un autre, la taquina Armanoush, inconsciente de sa beauté exaltée par la lumière du soleil couchant.

Elle déposa son sac sur le fauteuil de sa grand-mère et le vida, telle une fillette impatiente d'admirer ses nouveaux jouets : *L'Aleph* de Borges, *La Conjuration des imbéciles* de John Kennedy Toole, *Agonie d'Agapè* de William Gaddis, *Gérer la douleur* de Bharati Mukherjee, *Fictions* de Borges, *Narcisse et Goldmund* de Herman Hesse, *Les Mambo Kings* d'Oscar Hijuelos, *Paysage peint avec du thé* de Milorad Pavic, *La Femme jaune* de Leslie Marmon Silko, et deux textes de Milan Kundera, son auteur préféré, *Le Livre du rire et de l'oubli* et *La vie est ailleurs*. Certains étaient des découvertes, d'autres des romans qu'elle voulait relire depuis longtemps.

Dans le fond, elle avait l'intuition que les réticences des Tchakhmakhchian à l'égard de sa passion avaient une origine plus lointaine et plus profonde que leur crainte de la voir se détourner des activités des filles de son âge. Elle devinait que c'était à son identité arménienne, plus qu'à sa condition de femme, qu'elle devait leur tendance à refréner ses pulsions bibliophiles. Elle sentait que les objections constantes de tante Varsenig à ses lectures cachaient une inquiétude existentielle. Qu'il s'agissait pour elle d'une question de survie. Qu'elle avait peur que sa nièce ne sortît trop du lot. Les écrivains, les poètes, les artistes et les intellectuels arméniens avaient été les premières victimes du gouvernement ottoman. On s'était débarrassé des « cerveaux » avant de s'attaquer au peuple.

Comme de trop nombreuses familles de la diaspora, rescapées mais traumatisées à jamais, la sienne était à la fois fière et inquiète de son attirance pour la littérature. Il n'était jamais bon de s'écarter du chemin des gens ordinaires.

Sans compter que, si les livres étaient potentiellement nocifs en général, les romans étaient les plus dangereux de tous. Car la fiction pouvait facilement vous attirer dans des univers simplistes, chevaleresques, aussi propices aux surprises qu'une nuit sans lune dans le désert. Vous pouviez être transporté au point de perdre tout contact avec la réalité – cette vérité rigoureuse et sans relief dont aucune minorité ne devrait trop s'éloigner, au cas où le vent viendrait à tourner. Le naïf se mettait en danger en s'imaginant que rien de mal ne pouvait arriver, car le mal survenait toujours. La magie envoûtante de l'imagination était périlleuse pour celui qui se devait de vivre dans le monde réaliste, et pour les êtres condamnés au silence, les mots pouvaient se transformer en poison. Un enfant de survivants avait bien sûr le droit de lire et de méditer, mais il devait le faire sans bruit, avec une certaine appréhension, et toujours choisir l'introspection plutôt qu'une manifestation passionnée de ses goûts littéraires. Et s'il ne pouvait se retenir d'avoir de hautes aspirations, il devait au moins réprimer ses désirs et sa fougue, étouffer son surplus d'énergie, afin de ne garder que la force nécessaire à vivre comme le commun des mortels. Héritière du destin de sa famille, Armanoush avait dû apprendre à camoufler ses talents et à ne pas briller trop fort.

Une odeur épicée lui chatouilla les narines, la tirant de sa rêverie.

– Alors ? lança-t-elle à la plus bavarde de ses trois tantes. Tu restes pour dîner ?

– Pas longtemps, mon chou. Je dois bientôt partir pour l'aéroport. Les jumelles rentrent aujourd'hui. Je suis juste passée vous déposer des mantis [1] faits maison. Et devine quoi ? Nous avons du bastirma d'Erevan !

---

1. Le lecteur se souvient des mantis turcs (chap. « Noisettes grillées »). Ce sont ici les mantis arméniens, ravioli farcis de viande d'agneau, de pois chiches et de cannelle, cuits à la vapeur.

— Pas pour moi. Impossible. Je ne peux pas sortir avec une haleine qui empeste l'ail.

— Aucun problème. Tu n'auras qu'à te brosser les dents et mâcher un chewing-gum à la menthe juste après, intervint tante Zarouhi, qui apparut avec un plat de *musaqqa* [1] joliment décoré de persil et de tranches de citron.

Elle le déposa sur la table et ouvrit les bras à sa nièce. Armanoush alla l'embrasser, cette fois gagnée par la perplexité : que faisait donc *aussi* sa tante Zarouhi ici ? Elle commençait à comprendre ce qui se tramait. Tout le monde avait beau avoir un prétexte différent pour justifier sa présence, cette réunion familiale, le soir où elle s'apprêtait à sortir, n'avait rien d'une coïncidence. Elles voulaient voir et jauger ce Matt Hassinger, le jeune homme qui allait avoir la chance d'emmener la prunelle de leurs yeux dîner dehors.

Armanoush regarda ses tantes, avec ce qui n'était pas loin de ressembler à du désespoir. Que faire ? Comment se ménager un minimum d'espace intime ? Comment les convaincre qu'il n'y avait aucune raison de s'inquiéter à ce point pour elle, alors qu'elles avaient des objets de préoccupation bien plus importants dans leurs vies ? Comment se libérer du joug familial alors qu'elle leur était si attachée ? Comment repousser la gentillesse de personnes qu'elle adorait ? Était-il possible de repousser la bonté ?

— Aucun dentifrice, aucun chewing-gum, ni aucun de ces trucs abominables à la menthe forte qu'on se met sur la langue ne peut vaincre l'odeur du bastirma. Il faut une semaine pour s'en débarrasser totalement. Quand on mange du bastirma, on exhale son odeur pendant des jours. On sue du bastirma, on pisse du bastirma !

— Qu'est-ce que la pisse vient faire dans cette histoire de rendez-vous galant ? grommela tante Varsenig, sitôt qu'Armanoush eut le dos tourné.

Peu disposée à se chamailler, la jeune fille gagna la salle de bains où elle découvrit son grand-oncle, à quatre pattes, la tête dans le placard du lavabo.

---

1. Version arménienne de la moussaka grecque. Plat à base d'aubergines sautées, de tomates, de poivrons verts, d'oignons et de viande hachée.

– Tonton ? s'étonna-t-elle d'une voix suraiguë.
– Bonjour ! s'exclama Dikran Stamboulian, sans sortir de son placard.
– Cette maison est pleine de personnages tchekhoviens...
– Si tu le dis...
– Qu'est-ce que tu fais ici ?
– Ta grand-mère se plaint sans cesse de ses robinets qui fuient. Alors, je me suis dit : Pourquoi ne pas fermer la boutique plus tôt et m'arrêter chez Shushan pour réparer ces satanés tuyaux ?
– Ouais, je vois... Où est grand-mère, d'ailleurs ?
– Elle fait une sieste, répondit Dikran en s'extirpant du placard le temps de prendre la pince à cintrer. C'est la vieillesse... qu'est-ce que tu veux... le corps a besoin de davantage de repos. Mais elle sera debout avant sept heures et demie, ne t'en fais pas.

Sept heures et demie. Ils étaient tous réglés sur l'heure d'arrivée de Matt Hassinger !

Une voix frustrée parvint jusqu'à elle :
– Donne-moi la pince-étau, veux-tu ? Celle-là n'a pas l'air de marcher.

Armanoush se baissa sur la sacoche ouverte qui contenait une centaine d'outils de toutes les tailles. Elle lui tendit une clef à griffes, un taraud et une pompe hydrostatique HTP 300 avant de tomber sur la pince-étau, qui malheureusement ne « marchait pas » non plus. Voyant qu'il lui serait impossible de prendre une douche avant de partir, elle se dirigea vers la chambre de sa grand-mère. Elle en entrouvrit la porte et jeta un œil à l'intérieur. La matriarche dormait d'un sommeil léger mais arborait le visage serein des vieilles dames qui se savent entourées de leurs enfants et de leurs petits-enfants. Ses épaules avaient toujours paru trop larges pour sa silhouette d'elfe. Elle s'était tassée et amincie avec l'âge. Et elle dormait de plus en plus durant la journée. La nuit, en revanche, elle était tout à fait éveillée. La vieillesse n'avait en rien atténué l'insomnie de Shushan. Son passé ne lui avait guère offert de répit ; ces petites siestes éphémères seules lui avaient été accordées pour se reposer un peu. Armanoush referma la porte.

Lorsqu'elle retourna au salon, la table était dressée, et il y avait une assiette pour elle. Comment pouvaient-ils imaginer qu'elle mangerait avec eux alors qu'elle avait rendez-vous pour dîner dans moins d'une heure ? Elle préféra repousser la question. Se montrer trop raisonnable dans cette famille pouvait paraître grossier. Elle grignoterait un petit quelque chose, et tout le monde serait content. Et puis, elle adorait ces plats que sa mère avait bannis de sa cuisine et qu'elle prenait un malin plaisir à critiquer devant ses voisins et amis. Rose aimait particulièrement s'attaquer à deux mets de la gastronomie arménienne : la jambe de veau et les intestins farcis. Armanoush se souvenait de la fois où sa mère les avait décrits à leur voisine.

– Quelle horreur ! s'était exclamée Mme Grinnell. Ils mangent vraiment des intestins ?

– Oh que oui ! Ils les assaisonnent avec de l'ail et des épices, ils les farcissent avec du riz et ensuite ils les dévorent.

Les deux femmes avaient échangé une grimace écœurée et auraient sans doute continué leurs mimiques si le beau-père d'Armanoush n'était pas intervenu :

– Où est le problème ? Ça ressemble à notre *mumbar*. Vous devriez essayer, c'est très bon.

– Il est arménien, lui aussi ? avait murmuré Mme Grinnell, lorsque Mustafa avait quitté la pièce.

– Bien sûr que non ! C'est juste qu'ils ont des choses en commun, avait expliqué Rose.

Un coup de sonnette strident arracha Armanoush à sa rêverie et déclencha un mouvement de panique dans la maison. Il n'était pas encore sept heures. La ponctualité ne semblait guère être la qualité première de Matt Hassinger. Les trois tantes bondirent comme des ressorts, galopèrent jusqu'à la porte et s'arrêtèrent net devant. Oncle Dikran se cogna la tête au lavabo et grand-mère Shushan ouvrit les yeux. D'un pas volontairement mesuré, Armanoush gagna l'entrée pour se charger de l'accueil du visiteur.

– Papa !!! Je croyais que tu avais une réunion, ce soir. Comment se fait-il que tu rentres si tôt ?

Barsam Tchakhmakhchian lui adressa son doux sourire à fossettes et la serra dans ses bras. Dans ses yeux on lisait une fierté mêlée d'anxiété.
— Ça n'a pas collé, il a fallu la repousser.
Dès que sa fille ne fut plus à portée de voix, il murmura à ses sœurs :
— Il est arrivé ?
La demi-heure suivante s'écoula dans la frénésie générale. On fit essayer à Armanoush plusieurs robes et elle dut parader au salon dans chacune jusqu'au moment où tomba la décision unanime : ce serait la robe turquoise. On lui conseilla de porter ses boucles d'oreilles assorties, et tante Varsenig insista pour qu'elle prît sa pochette bordeaux brodée de perles, qui ajouterait une touche de féminité à l'ensemble, et son gilet à poils longs bleu marine, au cas où. Un autre détail qu'Armanoush eut la sagesse de ne pas discuter. Bizarrement, hors de la maison familiale, le monde revêtait un caractère polaire aux yeux des Tchakhmakhchian. « Dehors » signifiait « dans les terres glaciales », et il valait mieux se munir d'un gilet pour les visiter, d'un gilet tricoté main de préférence. Ayant passé ses jeunes années sous les couvertures duveteuses brodées de ses initiales tricotées par sa grand-mère, elle avait tôt fait de comprendre combien il était important de se protéger du moindre courant d'air. Dormir sans se couvrir était impensable, et sortir sans gilet une hérésie. Tout comme une maison avait besoin d'un toit, les êtres humains avaient besoin d'une peau additionnelle pour se protéger du monde, du froid et du danger.

Quand elle fut fin prête, on l'invita à s'asseoir à table et à manger un peu, histoire de prendre quelques forces pour affronter son dîner — rien de paradoxal là-dedans pour les Tchakhmakhchian.

— Tu picores comme un oiseau, ma chérie. Ne me dis pas que tu ne vas pas goûter à mes mantis ? gémit tante Varsenig, qui en tenait une pleine cuillère, parée pour le ravitaillement.

— Non, merci. Tu as déjà rempli mon assiette de *khadayif*[1]. Laisse-moi finir ça, c'est plus qu'assez.

---

1. Cheveux d'ange à la noisette ou à la pistache trempés dans du sirop.

– Tu ne voulais pas sentir la viande et l'ail, lui reprocha tante Surpun. On t'a servi des *ekmek khadayif* pour que ton haleine sente la pistache.
– Qui veut sentir la pistache ? demanda grand-mère Shushan, qui avait manqué le premier épisode du débat.
– Je ne *veux* pas sentir la pistache, répondit la jeune fille, quêtant l'aide de son père du regard.
Barsam était sur le point d'intervenir quand le portable d'Armanoush égrena la « Danse de la fée Dragée » de Tchaïkovski. Elle le sortit et regarda le petit écran, les lèvres pincées. Pas de numéro affiché. Ça pouvait être n'importe qui. Même Matt Hassinger, pour invoquer une excuse quelconque et annuler leur dîner. Elle hésita, mal à l'aise, et finit par décrocher à la quatrième sonnerie, priant pour que ce ne fût pas sa mère.
C'était sa mère.
« Ils te traitent bien, ma chérie ? » fut sa première question.
– Oui, maman, marmonna-t-elle d'une voix atone.
Elle était rodée : depuis son enfance, chaque fois qu'elle séjournait dans la famille de son père, sa mère se comportait comme si sa vie était en danger.
– Ne me dis pas que tu es encore à la maison, Amy...
À cela aussi elle était habituée. Plus ou moins. En se séparant de Barsam, Rose s'était également séparée d'une partie de sa fille. De son prénom. Elle l'avait rebaptisée Amy, comme si c'était le seul moyen de continuer à l'aimer. Armanoush s'était abstenue d'en informer les Tchakhmakhchian. Un petit secret parmi tant d'autres.
– Pourquoi tu ne me réponds pas ? Tu ne devais pas sortir, ce soir ?
Armanoush hésita, gênée par la présence de tant de témoins.
– Si, maman. Pourquoi ton numéro ne s'est-il pas affiché ?
– Pour la bonne raison que tu ne réponds pas toujours quand tu sais que c'est moi qui appelle, dit Rose d'un ton de reproche avant de reprendre, inquiète : Tu vas leur présenter Matt ?
– Oui.
– C'est la pire des bêtises ! Ils vont lui faire une peur bleue. Tu ne connais pas tes tantes. Tu as trop bon cœur. Tu ne vois pas le

mal où il se trouve. Elles vont tétaniser ce pauvre garçon avec leurs questions indiscrètes.

Armanoush entendit des petits bruits de frottement. Sa mère devait sans doute se coiffer en lui assenant ces perfidies.

– Ma chérie ? Pourquoi tu ne dis rien ? Tu es toujours là ?

Un autre bruit étouffé lui parvint : un objet spongieux tombant dans un liquide... non, une louche de pâte à crêpes lâchée sur du beurre frémissant.

– Oh, je me demande pourquoi je m'entête à poser des questions idiotes. Bien sûr qu'elles sont là. Elles sont toutes là, je parie. Elles me détestent toujours autant, pas vrai ?

Incapable de fournir une réponse, la jeune fille se représenta Rose dans la cuisine aux placards stratifiés saumon clair, dont elle comptait changer les façades depuis des lustres, son chignon lâche, le téléphone sans fil dans une main, sa spatule dans l'autre, préparant une montagne de crêpes, comme si elle avait une armée d'enfants, qu'elle finirait par manger seule avant la fin du jour. Son beau-père était sûrement là, lui aussi. Assis à la table, remuant son café en feuilletant l'*Arizona Daily Star*.

Son diplôme à peine en poche et tout frais marié avec Rose, Mustafa avait alors décroché un emploi dans une compagnie minière de la région. Ce n'était pas un mauvais bougre. Juste un peu ennuyeux. À la connaissance d'Armanoush, en dehors de sa passion pour les rochers et les pierres, rien ne l'intéressait beaucoup dans la vie. Il n'était pas retourné à Istanbul depuis des années, alors qu'il y avait toute sa famille. Par moments, Armanoush le soupçonnait d'avoir voulu rompre avec son passé, pour une raison obscure. Elle avait tenté de lui parler des événements de 1915 à deux reprises.

« Je ne sais pas grand-chose sur le sujet, lui avait-il répondu, gentiment mais fermement. Ça remonte à très loin. Tu devrais t'adresser à des historiens. »

– Tu vas répondre, oui ou non, Amy ? s'impatienta Rose.

– Il faut que je te laisse, maman. Je te rappelle plus tard.

Il y eut un drôle de chuintement. Soit sa mère versait une autre louche de pâte dans la poêle, soit elle étouffait un sanglot. Armanoush préféra s'en tenir à la première possibilité.

Elle retourna s'asseoir à table, s'empara de sa cuillère et, les yeux baissés sur son assiette, se mit à engloutir tout ce qui se trouvait dedans. Soudain, elle se figea entre deux bouchées.
— Je rêve ou je suis en train de manger des mantis!?
Tante Varsenig la dévisagea, sidérée.
— Je t'en avais juste mis quelques-uns au cas où tu voudrais y goûter...
Au bord des larmes, elle quitta la table et fila se laver les dents dans la salle de bains, regrettant amèrement d'avoir accepté ce rendez-vous. Elle se posta devant le miroir, un tube de dentifrice à demi écrasé dans la main. Elle avait le regard d'un être sur le point de renoncer à la société humaine pour se réfugier au sommet d'une montagne oubliée de Dieu. Que pouvait Colgate Totale Blancheur contre d'infâmes mantis! Il était peut-être encore temps d'appeler Matt pour annuler... Tout ce qu'elle voulait, à présent, c'était s'allonger sur son lit et cuver son désespoir en lisant ses romans un à un, jusqu'à s'user les yeux.
— Tu aurais dû rester au lit à lire, reprocha-t-elle à son reflet.
— Sottises!
Tante Zarouhi venait d'apparaître à côté d'elle, dans le miroir.
— Tu es une jeune fille magnifique qui mérite le meilleur homme du monde. Allez, on va ajouter une touche de glamour à tout ça. Mets-toi un peu de rouge à lèvres, mademoiselle!
Elle accepta le tube de GLAMOUR CERISE et s'en appliqua une couche généreuse avant de se tamponner les lèvres d'une petite serviette de toilette pour en faire disparaître la quasi-totalité. Et c'est à cet instant précis qu'on sonna. Sept heures trente-deux! La ponctualité semblait finalement être l'une des qualités premières de Matt Hassinger.
Une minute plus tard, Armanoush souriait à un jeune homme élégant, un brin mal à l'aise mais visiblement enthousiaste. Il avait trois ans de moins qu'elle — un petit détail trivial qu'elle avait dissimulé, mais que trahissait clairement son expression. Avec sa coupe en brosse lissée, son blazer en peau d'agneau marron foncé et son pantalon Ralph Lauren couleur tabac, on aurait dit un adolescent déguisé en adulte. Il entra, un énorme bouquet de tulipes pourpres dans la main gauche, et se figea aussitôt en

remarquant le comité d'accueil qui se dressait comme un mur derrière Armanoush.

– Entrez, jeune homme, l'encouragea Varsenig, intimidante malgré elle.

Sentant la brûlure des regards inquisiteurs sur son visage, Matt Hassinger offrit une poignée de main à chaque membre du clan Tchakhmakhchian et accepta qu'on le débarrassât de son bouquet et de son blazer. Aussi à l'aise qu'un paon plumé, il se glissa dans le salon et se précipita sur la première chaise qu'il rencontra sur son parcours. Les autres formèrent un demi-cercle autour de lui et l'on échangea quelques propos sur le temps avant de l'interroger sur sa formation (il étudiait le droit – point qui pouvait se révéler bon comme mauvais), ses parents (tous deux avocats – idem), ses connaissances sur les Arméniens (faibles – mauvais point –, mais il brûlait d'en apprendre davantage à ce sujet – bon point). Puis on en revint brièvement au temps et un silence lourd s'abattit sur la pièce. La « Danse de la fée Dragée » mit un terme à cinq minutes de raclements de gorge accompagnés de sourires crispés. Armanoush jeta un coup d'œil à l'écran : aucun numéro affiché. Elle mit son téléphone sur vibreur et adressa une moue à Matt, que ni lui ni personne ne sut interpréter.

À sept heures quarante-cinq, enfin libres, les deux jeunes gens filaient dans Hyde Street à bord d'une Suzuki Verona rouge, en direction de *La Fenêtre tordue*, un restaurant dont Matt avait entendu dire qu'il était sympa et romantique.

– J'espère que tu aimes la cuisine asiatique avec une touche d'influence caribéenne, pouffa Matt, amusé par sa formule pompeuse. Cet endroit m'a été chaudement recommandé.

Le label « chaudement recommandé » avait le don de susciter la méfiance d'Armanoush, en particulier quand il était accolé à certains best-sellers. Elle avait d'autres critères de sélection. Cependant elle décida de faire un effort pour museler son cynisme jusqu'à la fin de la soirée.

Ce qui se révéla impossible. QG branché des intellectuels et des artistes du coin, *La Fenêtre tordue* se trouvait dans un ancien entrepôt décoré de lustres Art déco et d'œuvres d'art contemporain. C'était tout sauf un restau sympa et romantique. Des serveurs stylés, vêtus de noir de la tête aux pieds, galopaient partout, telle une colonie de fourmis sur une butte de sucre en poudre, déposant des plats artistiquement présentés devant des clients dont ils espéraient un pourboire généreux ou un départ rapide. Quant à la carte, elle était tout simplement incompréhensible. Non seulement les noms des plats étaient déroutants, mais en plus chaque mets était organisé, sculpté et garni de sorte à évoquer un tableau expressionniste abstrait.

Le chef néerlandais du restaurant avait trois aspirations dans la vie : devenir philosophe, devenir peintre, et devenir chef cuisinier. Ayant lamentablement échoué en philosophie et en art, il avait décidé de concentrer tous ses talents sur sa cuisine, et s'enorgueillissait d'être capable de matérialiser l'abstrait et d'insérer dans le corps humain des œuvres extériorisant l'état émotionnel d'un artiste. Dîner à *La Fenêtre tordue* était moins une expérience culinaire que philosophique, et l'acte de se nourrir, loin d'être tenu pour une nécessité physiologique, devait se concevoir comme l'aboutissement d'une danse cathartique.

Après moult hésitations, Armanoush opta pour le « Tartare de thon ahi en croûte de sésame et son foie gras yakiniku », et Matt pour une « Entrecôte à la crème de moutarde chaude sur lit de fruits de la passion vinaigrette et jicama ». Soucieux de produire une bonne impression, Matt étudia longuement la carte des vins, puis, ainsi qu'il le faisait toujours quand il était perdu, s'en remit aux prix indiqués. Le cabernet sauvignon 1997 semblait parfait : cher mais dans ses moyens. Ayant indiqué leur commande au serveur, ils essayèrent de lire sur son visage une quelconque appréciation de leurs choix, mais se retrouvèrent comme face à une page blanche d'une politesse toute professionnelle.

Ils parlèrent un peu. Lui de la carrière qu'il envisageait, elle de l'enfance dont elle voulait se libérer. Lui de ses projets d'avenir, elle du poids du passé. Lui de ses espoirs, elle de ses souvenirs. La fée Dragée se remit à danser alors qu'ils étaient sur le point d'entamer un nouveau sujet de conversation. Armanoush vérifia fiévreusement le numéro affiché. Ça ne lui disait rien. Elle répondit.

– Amy ? Où es-tu ?

– Ma…man ? bégaya-t-elle, sidérée. Comment… Ce n'est pas ton numéro…

– Oh, je t'appelle du portable de Mme Grinnell. Je ne me donnerais pas tout ce mal si tu répondais à mes appels, vois-tu.

Armanoush regarda le serveur déposer devant elle son plat composé de nuances de rouge, de beige et de blanc. Trois cercles de thon cru et un jaune d'œuf brillant posés sur une sauce qui semblait avoir été étalée à la brosse à cheveux. L'ensemble évoquait un visage triste aux yeux creux. Elle se demandait comment elle pourrait trouver le courage de manger cette chose quand une voix lui cria dans l'oreille :

– Amy ? Réponds-moi, à la fin ! Je suis ta mère. J'ai au moins autant de droits que les Tchakhmakhchian.

– Maman, s'il te plaît, soupira Armanoush, les épaules voûtées, comme si son corps était deux fois trop lourd pour elle.

Pourquoi était-il si difficile de communiquer avec sa mère ? Avec une excuse rapide et la promesse de la rappeler sitôt qu'elle rentrerait à la maison, elle raccrocha et éteignit son téléphone. Elle coula un regard gêné à Matt, mais se détendit en voyant qu'il inspectait toujours son plat. Son assiette était rectangulaire, et les aliments y étaient organisés de sorte à former deux zones partagées par une ligne droite de crème de moutarde. Il semblait impressionné par la parfaite rectitude de la composition, qu'il n'osait pas déranger.

Il s'agissait des répliques de deux tableaux expressionnistes. Le plat d'Armanoush s'inspirait d'un Francesco Boretti intitulé *La Pute aveugle*, et celui de Matt, d'un Rothko justement intitulé *Sans titre*. Ils étaient tous deux si absorbés par leurs assiettes qu'ils n'entendirent pas le serveur leur demander si tout allait bien.

La soirée fut plaisante, guère plus. Le repas se révéla délicieux et ils s'habituèrent si bien à dévorer des œuvres d'art que lorsque leurs desserts arrivèrent, Matt n'eut aucun mal à bouleverser les rangées de myrtilles de l'*April Blues Bring May Yellows* de Peter Kitchell, et Armanoush n'hésita pas à enfoncer sa cuillère dans la crème pâtissière veloutée figurant la *Shimmering Substance* de Jackson Pollock. Cependant, leur conversation progressait bien moins vite que leurs couverts. Matt était un compagnon agréable et séduisant, mais il manquait quelque chose. Ce petit plus qui eût évité à l'ensemble de se désagréger. Vraisemblablement à cause de cette nourriture trop philosophique, Armanoush comprit bientôt qu'elle ne pourrait jamais tomber amoureuse de Matt Hassinger. Délivrée de ses doutes par cette découverte, elle put alors éprouver une réelle sympathie pour le jeune homme.

Sur le chemin du retour, ils arrêtèrent la voiture pour se promener le long de Colombus Avenue, pensifs et silencieux. Humant l'odeur piquante et salée de la brise marine, Armanoush eut soudain envie de se trouver au bord de la mer, de fuir ce moment. Mais son attention fut bientôt attirée par la librairie City Lights. Il y avait un de ses textes préférés dans la vitrine : *Un tombeau pour Boris Davidovich*, de Danilo Kis.

– Tu as lu ce livre ? lança-t-elle à Matt. Il est fantastique !

Son « Non » définitif l'encouragea à s'engager dans le récit de la première nouvelle du recueil, et des six suivantes. Puis, croyant sincèrement qu'on ne pouvait pas juger pleinement de l'intérêt de ce texte sans avoir une idée, même vague, des grands axes de la littérature d'Europe orientale, elle employa les minutes suivantes à combler les lacunes de son compagnon en la matière, oubliant la promesse qu'elle avait faite à sa mère le matin même.

Plus tard, devant l'immeuble de Russian Hill, ils se tinrent un instant face à face, désireux de se séparer le mieux possible, pour compenser la soirée qui venait de s'écouler. Par un vrai baiser, brûlant et impatient, donc. Celui qu'ils échangèrent fut tendre, empreint de compassion d'un côté, d'admiration de l'autre, mais dénué de passion.

– Tu sais, je me suis retenu de te dire ça toute la soirée, mais… Tu as une odeur incroyable… inhabituelle et exotique… Tu sens un peu…

– Quoi ? fit la jeune fille, livide, revoyant son assiette de mantis.

Matt lui passa un bras autour des épaules et murmura :

– La pistache… Oui, c'est ça, tu sens la pistache.

À onze heures et quart, Armanoush sortit son trousseau de clefs et ouvrit les nombreux verrous de la porte de sa grand-mère, craignant de trouver toute la famille assise dans le salon à parler politique devant du thé et des fruits, en attendant son retour.

Elle fut soulagée de trouver la pièce éteinte. Son père et sa grand-mère étaient allés se coucher, et ses tantes et son oncle avaient regagné leurs pénates. Une assiette avec deux pommes et deux oranges soigneusement pelées l'attendait sur la table. Elle prit l'une des pommes brunies et la grignota le cœur serré, savourant l'étrange sérénité de la nuit. Elle devrait bientôt rentrer en Arizona. L'idée de retrouver l'univers maternel étouffant n'avait rien de réjouissant. Elle pouvait prendre un semestre de congé et le passer à San Francisco avec son père et sa grand-mère ; mais elle ressentait comme un vide, ici aussi. Il lui manquait une part de son identité. Or, sans cette part, elle ne pourrait pas commencer à vivre sa vie. Sa soirée avec Matt l'avait aidée à prendre conscience de sa situation, seulement la sagesse se payait souvent par la tristesse.

Elle se débarrassa de ses chaussures et fila dans sa chambre, emportant la pomme avec elle. Là, elle s'attacha les cheveux, ôta sa robe turquoise et se glissa dans le pyjama de soie qu'elle s'était acheté à Chinatown. Puis, elle alla fermer la porte et alluma son ordinateur. Il ne lui fallut que quelques minutes pour gagner son seul refuge possible en de tels moments : le *Café Constantinopolis*. Un cybercafé conçu par un groupe d'Américains d'origines grecque, séfarade et arménienne, ayant pour point commun fondamental d'être des descendants de Stambouliotes. Le site s'ouvrait sur l'air familier :

> *Istanbul was Constantinople*
> *Now it's Istanbul, not Constantinople*
> *Been a long time gone, Constantinople*
> *Now it's Turkish delight on a moonlight night* [1]...

ainsi que sur la silhouette de la ville auréolée des lueurs du couchant, tels des voiles améthyste, jaune et noir. Au milieu de l'écran, une flèche clignotante indiquait où cliquer pour entrer dans la chat room. Tout comme de nombreux cafés réels, celui-ci

---

[1]. « Istanbul était Constantinople/Avant de devenir Istanbul et de cesser d'être Constantinople/Disparue depuis si longtemps, Constantinople/À présent c'est un délice turc sous le clair de lune... »

était ouvert à tout le monde en théorie, mais réservé aux habitués en pratique. Si bien que des nouveaux intervenaient en permanence, sans pour autant modifier le noyau dur. Dès que le visiteur s'était identifié, la ville se séparait en deux, comme un rideau de velours de théâtre, et disparaissait graduellement. Une cloche tintait, et la mélodie s'élevait à nouveau :

> *Even old New York was once New Amsterdam*
> *Why they changed it I can't say*
> *People just liked it better that way*[1]...

Une fois à l'intérieur, Armanoush glissait sur « Arméniens célibataires », « Grecs célibataires », et « Tous célibataires », pour cliquer sur « L'Arbre Anoush », un forum d'habitués un brin intellos. Elle avait découvert ce groupe dix mois auparavant. Depuis, elle se joignait presque quotidiennement à leurs discussions. Le soir, surtout ; les échanges les plus intéressants ayant lieu après le coucher du soleil. Elle aimait se représenter ce forum comme un troquet enfumé dans lequel elle s'arrêtait sur le chemin de la maison. Une sorte de sanctuaire à l'entrée duquel elle pouvait laisser tomber son Moi austère, comme on abandonne un imper trempé dans un vestibule.

L'Arbre Anoush se composait de sept membres permanents : cinq Arméniens et deux Grecs. Ils ne s'étaient jamais rencontrés et n'en éprouvaient pas le besoin. Ils venaient des quatre coins du pays, exerçaient des professions différentes et se présentaient sous des noms d'emprunt. Celui d'Armanoush était «Âme en Exil». Elle l'avait choisi pour rendre hommage à Zabel Yessaian, seule romancière que les Jeunes-Turcs avaient mise sur leur liste noire en 1915. Une personnalité fascinante. Née à Constantinople, elle avait vécu la plus grande partie de sa vie en exil et mené l'existence tumultueuse d'une romancière chroniqueuse. Armanoush avait une photo de la grande dame sur son bureau. Zabel Yessaian portait un chapeau et fixait pensivement un objet hors cadre.

---

1. « Même cette vieille New York fut jadis New Amsterdam/Pourquoi l'ont-ils changée, je l'ignore/Les gens la préfèrent ainsi... »

Âme en Exil n'avait jamais interrogé les autres membres du groupe sur leurs surnoms. Chaque semaine, ils choisissaient un nouveau sujet de discussion. Si les thèmes étaient très variés, ils tournaient toujours autour de leur histoire et de leur culture communes, et donc de leurs « ennemis communs » : les Turcs. Rien n'unissait plus vite et plus sûrement les êtres qu'un ennemi commun.

Le sujet de la semaine était « Les Janissaires ». Elle fut heureuse de lire le nom de Baron Baghdassarian sur la liste des membres récemment connectés. Elle ne savait pas grand-chose de lui, sinon qu'il était descendant de survivants (tout comme elle) et qu'il était habité d'une haine féroce (ce qui n'était pas son cas). Il pouvait se montrer terriblement dur et sceptique. Au cours des derniers mois, en dépit de la nature virtuelle du cyberespace – et peut-être grâce à elle –, Armanoush s'était peu à peu attachée à lui. La journée lui paraissait incomplète tant qu'elle n'avait pas lu ses messages. Et, amitié, tendresse, ou pure curiosité, elle savait que le sentiment était partagé.

> Ceux qui s'imaginent que le règne ottoman fut juste ignorent tout du Paradoxe Janissaire. Les Janissaires étaient les enfants chrétiens capturés et convertis par l'État ottoman pour leur offrir une *chance* de se hisser en haut de l'échelle sociale. Ce qu'ils ont payé du mépris des leurs et de l'oubli de leur passé. Le Paradoxe Janissaire est aussi vrai aujourd'hui pour toutes les minorités qu'il l'était hier. En tant que descendants d'expatriés, nous avons le devoir de nous poser cette question encore et encore : Vais-je accepter le rôle de Janissaire ? Abandonnerai-je ma communauté pour faire la paix avec les Turcs ? Les laisserai-je effacer mon passé pour que, comme ils le prétendent, nous allions *de l'avant* ?

Armanoush mordit un morceau de pomme et le mâcha nerveusement. Elle n'avait jamais éprouvé une telle admiration pour aucun homme – en dehors de son père, bien sûr, mais c'était différent. Il y avait quelque chose chez Baron Baghdassarian qui la captivait et l'effrayait à la fois. Ses paroles la touchaient si profondément qu'elle avait la sensation qu'elles étaient capables d'atteindre l'autre Armanoush, l'être énigmatique assoupi en elle. Baron Baghdassarian réussissait si bien à la titiller de ses mots acérés qu'elle craignait qu'il ne parvînt à la réveiller et à la faire bondir vers la lumière.

Un long message la tira de ses pensées. C'était Dame Paon/Siramark, une œnologue d'origine arménienne qui travaillait pour une cave californienne. Elle se rendait souvent à Erevan et était appréciée pour ses comparaisons truculentes de l'Amérique avec l'Arménie. Il s'agissait d'un test censé mesurer l'importance de votre identité arménienne.

1. Si vous avez dormi sous des couvertures tricotées main ou que vous vous êtes rendu à l'école avec des gilets tricotés main durant toute votre enfance

2. Si on vous a offert un abécédaire arménien à chaque anniversaire jusqu'à votre sixième ou septième année

3. S'il y a une photo du mont Ararat accrochée à un mur de votre maison, de votre garage, de votre bureau

4. Si vous avez l'habitude d'être choyé et consolé en arménien, réprimandé en anglais et ignoré en turc

5. Si vous servez à vos amis de l'houmous avec des nachos et du caviar d'aubergine avec des galettes de riz

6. Si le goût des mantis, l'odeur du *sudjuk* [1] et la malédiction du bastirma vous sont familiers

7. Si vous pestez et vous exaspérez pour des détails triviaux mais que vous vous débrouillez pour rester calme dans des situations qui méritent vraiment qu'on s'affole ou qu'on panique

8. Si vous avez subi (ou envisagez de subir) une opération du nez

9. Si vous avez un pot de Nutella dans votre frigo et un tablier de *tavla* [2] dans un placard

10. Si vous adorez l'un des tapis qui se trouvent dans votre salon

1. Saucisse sèche de bœuf.
2. Backgammon turc.

11. Si vous ne pouvez pas vous empêcher d'être triste lorsque vous dansez « Lorke Lorke [1] », même si la mélodie est entraînante et que vous ne comprenez pas les paroles

12. Si vous réunir pour manger un fruit après chaque repas est une habitude profondément ancrée et si votre père pèle toujours vos oranges (qu'importe votre âge)

13. Si vos parents continuent à vous gaver sans tenir compte de vos « je n'ai plus faim »

14. Si le son du *duduk* vous fait frissonner et que vous ne pouvez pas vous empêcher de vous demander comment une flûte en bois d'abricotier peut émettre une plainte si mélancolique

15. Si au plus profond de votre être votre passé tient une place immense considérant le peu que vous en savez

Ayant répondu « Oui » à toutes les questions, Armanoush regarda plus bas pour lire le résultat :

0-3 points : Désolé, l'ami(e), mais tu n'es pas des nôtres.
4-8 points : Tu sembles plus ou moins être des nôtres. Tu es sans doute marié(e) à un(e) Arménien(ne).
9-12 : Tu es certainement arménien(ne).
13-15 points : Pas de doute, tu es arménien(ne) et fier (fière) de l'être.

Armanoush sourit. L'espace d'un instant elle eut pleinement conscience de ce qu'elle avait toujours pressenti. Une porte dérobée dans les profondeurs de son cerveau s'ouvrit, libérant des pensées fulgurantes. Elle devait y aller. Il lui fallait absolument entreprendre ce voyage.

Son enfance fragmentée l'avait empêchée de s'inscrire dans une lignée, de trouver son identité. Elle devait retourner vers le passé pour pouvoir commencer à vivre. Cette révélation la poussa à taper un message qui s'adressait surtout à Baron Baghdassarian :

---

1. Danse de la diaspora arménienne.

Le Paradoxe Janissaire consiste à être déchiré entre deux modes d'existence incompatibles. D'un côté, les débris du passé s'accumulent pour former un cocon de tendresse et de tristesse qui laisse un arrière-goût d'injustice et de discrimination ; de l'autre, miroitent les promesses du futur, un refuge orné de tralalas, les pièges du succès, un avant-goût d'une sécurité nouvelle, du confort de se retrouver au sein de la majorité, d'être enfin considéré tel un individu comme les autres.

Salut, Âme en Exil ! Content de te lire à nouveau. C'est bon de voir s'exprimer la poétesse qui sommeille en toi.

C'était Baron Baghdassarian. Armanoush ne put s'empêcher de relire ses derniers mots à voix haute : *C'est bon de voir s'exprimer la poétesse qui sommeille en toi.*

Je crois que je comprends ce qu'est le Paradoxe Janissaire. Je suis fille de parents divorcés issus de deux cultures différentes et pleins de rancune l'un envers l'autre.

Elle marqua une pause, mal à l'aise à l'idée de dévoiler son histoire intime. Elle poursuivit néanmoins :

Mon père est arménien, fils de survivants, et ma mère originaire d'Elizabethtown, Kentucky. Je sais ce que c'est d'être déchiré entre deux camps opposés, de ne se sentir chez soi nulle part, d'aller et venir d'un mode de vie à un autre.

Elle n'avait jamais rien écrit d'aussi personnel. Son cœur battait à tout rompre. Elle reprit son souffle. Qu'allait-il penser d'elle ? Allait-il lui parler à cœur ouvert, lui aussi ?

Ça ne doit pas être facile. Pour la plupart des Arméniens de la diaspora, le Hai Dat [1] est le seul point d'ancrage psychologique qui

---

1. Lutte pour la reconnaissance du génocide.

permette de préserver notre identité. Ta situation est différente, mais dans le fond, nous sommes tous américains et arméniens, cette pluralité est bénéfique tant que nous ne perdons pas notre point d'ancrage.

C'était Triste Coexistence, l'épouse malheureuse du rédacteur en chef d'un magazine littéraire réputé de Bay Area.

Pluralité signifie être plus d'un. Pour ma part, j'ai toujours été seule. Je n'ai jamais réussi à être arménienne. J'ai besoin d'aller à la recherche de mon identité. Vous savez ce dont je rêve secrètement ? D'aller voir la maison de ma famille en Turquie. Grand-mère parle sans cesse de leur magnifique demeure d'Istanbul. Il faut que je la voie de mes propres yeux. Que je retourne dans le passé des miens pour pouvoir enfin me tourner vers mon avenir. Le Paradoxe Janissaire continuera de me hanter tant que je n'aurai rien fait pour découvrir mon passé.

Attends un peu, tapa Dame Paon/Siramark. Qu'est-ce que c'est que cette histoire ? Tu veux aller en Turquie toute seule ? Tu as perdu la raison ?

Je peux prendre contact avec des gens. Ça ne sera pas difficile.

Et jusqu'où penses-tu aller avec ce nom sur ton passeport, Miss Âme en Exil ? insista Dame Paon/Siramark.

Autant te rendre directement au poste de police d'Istanbul et demander qu'on t'arrête gentiment ! ironisa Anti-Khavurma, un étudiant en histoire du Proche-Orient de l'université de Columbia.

Armanoush sentit qu'il était temps de confesser une autre vérité fondamentale de son existence.

Je ne devrais pas avoir trop de mal à me faire des relations, parce que ma mère s'est remariée avec un Turc.

Aucun mot n'apparut sur l'écran pendant une longue minute.

Il s'appelle Mustafa, il est géologue. C'est un type bien. Il ne s'intéresse absolument pas à l'histoire. Depuis qu'il est arrivé aux États-Unis, il y a vingt ans, il n'a jamais remis les pieds chez lui. Il n'a même pas invité sa famille à son mariage. C'est louche. Je ne sais pas ce que ça cache, il n'en parle jamais. Mais je sais qu'il a de nombreux parents à Istanbul. Quand je lui ai demandé comment ils étaient, il m'a répondu : « Oh, ce sont des gens ordinaires, comme toi et moi. »

Ça n'a pas l'air d'être l'homme le plus sensible de la planète – si tant est, bien sûr, que les hommes puissent avoir des sentiments, intervint Fille de Sappho, une barmaid lesbienne qui travaillait depuis peu dans un bar reggae miteux de Brooklyn.

Ça paraît clair, approuva Triste Coexistence. Il a un cœur ?

Évidemment. Il aime ma mère, et ma mère l'aime, répondit Armanoush.

C'était la première fois qu'elle portait un regard extérieur sur le lien qui unissait sa mère et son beau-père.

Bref, sa famille pourra sans doute m'héberger. Je suis sa belle-fille, après tout. Je me demande comment on reçoit chez les Turcs ordinaires. Chez les vrais Turcs, pas ces étudiants américanisés.

Qu'est-ce que tu entends par « Turcs ordinaires » ? s'enquit Dame Paon/Siramark. Même un Turc instruit est soit nationaliste soit ignorant. Tu penses que ces gens ordinaires seront prêts à accepter des vérités historiques ? Tu penses qu'ils te diront : *Oh, oui, nous sommes désolés de vous avoir massacrés et déportés, et d'avoir tout nié sans scrupule. Pourquoi chercher à t'attirer des ennuis ?*

Je comprends ton point de vue. Mais essaie de me comprendre, toi aussi, plaida Armanoush, gagnée par le découragement. Révéler ses secrets les uns après les autres avait aiguillonné son sentiment d'être isolée dans ce vaste monde. Vous êtes tous nés au sein de la communauté arménienne, vous n'avez jamais eu à prouver que vous en faisiez partie. Alors que moi, je suis coincée sur son palier depuis ma naissance. Je navigue d'une famille arménienne fière mais traumatisée à une mère hystérique qui hait les Arméniens. Pour pouvoir devenir comme vous tous, il faut que j'aille à la recherche de mon patrimoine arménien. Que je fasse un voyage vers le passé, coûte que coûte, qu'importe ce que diront ou feront les Turcs.

Et tu penses que tes parents te laisseront partir ?

C'était Alex le Stoïque, un Grec-Américain de Boston, satisfait de sa vie tant qu'il faisait beau, qu'il mangeait bien et qu'il était entouré de jolies femmes. Fidèle disciple de Zénon, il estimait que les gens devaient faire de leur mieux pour éviter de se pousser dans leurs retranchements et se contenter de ce qu'ils avaient.

Et ta famille de San Francisco ? Tu ne crois pas qu'elle risque de s'inquiéter ?

Armanoush fit la grimace en imaginant les têtes de ses tantes et de sa grand-mère. Oui, elles se feraient un sang d'encre.

Je ne leur dirai rien. Les vacances de printemps approchent, je pourrais passer ces dix jours à Istanbul. Papa croira que je suis en Arizona avec ma mère, et ma mère pensera que je suis encore à San Francisco. Ils ne se parlent jamais. Et mon beau-père n'appelle jamais sa famille d'Istanbul. Personne n'en saura rien.

Elle plissa les yeux, relisant ce qu'elle venait d'écrire, perplexe.

Si j'appelle ma mère tous les jours et mon père tous les deux ou trois jours, j'arriverai à maîtriser la situation.

Magnifique ! Une fois à Istanbul, tu pourras nous envoyer des rapports quotidiens, suggéra Dame Paon/Siramark.

Super, tu seras notre reporter de guerre, s'enthousiasma Anti-Khavurma.

Armanoush s'adossa à sa chaise. Dans le silence nocturne, elle entendit la respiration régulière de son père et sa grand-mère se retourner dans son lit. Elle se laissa glisser sur le côté. Une part d'elle avait envie de rester assise à savourer une nuit d'insomnie et l'autre voulait aller se coucher et dormir comme une masse. Elle mâcha son dernier morceau de pomme, sonnée par la poussée d'adrénaline qu'avait provoquée sa folle décision, et éteignit sa lampe de bureau. Auréolée de la lumière brumeuse de l'écran, elle allait quitter le *Café Constantinopolis* quand une ligne apparut sous ses yeux.

Où que ton voyage introspectif te mène, prends soin de toi, chère Âme en Exil. Ne laisse pas les Turcs te faire de mal.

C'était Baron Baghdassarian.

VII

BLÉ

Asya était réveillée depuis plus de deux heures, mais elle traînait sous sa couette en duvet d'oie, écoutant les milliers de sons que seule Istanbul était capable de produire, tout en élaborant mentalement son Manifeste Nihiliste Personnel.

Article un : Si tu n'arrives pas à trouver une raison d'aimer ta vie, ne cherche pas à te convaincre que tu l'aimes.

Elle réfléchit un instant et décida que ce décret lui plaisait suffisamment pour en faire l'exergue de son manifeste. Elle s'attaquait à l'article deux quand elle entendit un crissement de freins, suivi des éructations d'un conducteur mécontent : il venait d'éviter un piéton qui traversait sauvagement un carrefour alors que le feu était vert. Ses cris finirent par se mêler au brouhaha urbain.

Article deux : La majorité écrasante de la population ne pense jamais, et la minorité pensante ne devient jamais une majorité écrasante. Alors choisis ton camp.

Article trois : Si tu n'arrives pas à choisir ton camp, contente-toi d'exister, comme un champignon ou une plante.

— Je rêve ! Tu es exactement dans la position où je t'ai trouvée il y a une demi-heure ! Qu'est-ce que tu fais encore au lit, espèce de fainéante ?

Tante Banu venait de passer la tête dans sa chambre, sans avoir éprouvé le besoin de s'annoncer avant. Elle portait un voile d'un rouge si lumineux que, de loin, on aurait dit une grosse tomate bien mûre.

— Nous avons vidé tout un samovar en t'attendant, princesse. Allez, viens. Haut les cœurs ! Tu sens cette odeur de sucuk grillé ? Ça ne te donne pas faim ?

Elle referma la porte sans attendre de réponse.

Asya grommela entre ses dents, remonta la couette jusqu'à son nez et se tourna de l'autre côté.

> Article quatre : Si les réponses ne t'intéressent pas, ne pose pas de questions.

Au milieu de l'effervescence caractéristique d'un petit déjeuner du week-end, elle entendit le thé s'écouler du robinet du samovar, les sept œufs bouillir dans la marmite, les tranches de sucuk grésiller dans la poêle à frire, et les émissions défiler sur l'écran de la télé : dessins animés, clips vidéo, nouvelles locales, informations internationales. Asya n'avait pas besoin d'aller jeter un œil au salon pour savoir que grand-mère Gülsüm régnait sur le samovar, que tante Banu — qui avait retrouvé son appétit après ses quarante jours de pénitence soufie — grillait le sucuk, et que tante Feride zappait, incapable de choisir un programme et suffisamment schizophrène pour en absorber plusieurs en même temps ; tout comme elle brûlait de se consacrer à tant d'activités différentes qu'elle finissait par ne rien faire du tout.

> Article cinq : Si tu es incapable d'accomplir quoi que ce soit, et que tu n'as pas de raison de le faire, apprends à devenir.

> Article six : Si tu es incapable d'apprendre à devenir, et que tu n'as pas de raison de le faire, contente-toi d'être.

— Asya !!!
La porte s'ouvrit à la volée et tante Zeliha fit irruption dans la pièce, ses yeux luisant comme deux billes de jade.
— Combien d'émissaires faudra-t-il envoyer à ton chevet pour que tu finisses par te joindre à nous ?

Article sept : Si tu es incapable et n'as aucune raison d'être : endure.

— Asya !!!
— Quoi ?!!!
Une boule furieuse de boucles noires émergea de sous la couette. La jeune fille bondit sur ses pieds et shoota dans ses pantoufles. Elle réussit à en envoyer une voler sur la commode où elle heurta le miroir avant de s'écraser à terre. Puis elle remonta son pantalon de pyjama taille basse, ce qui, à vrai dire, ne conféra guère à la scène l'effet dramatique souhaité.
— Pour l'amour du ciel, n'ai-je pas droit à un moment de paix, même le dimanche matin ?
— Malheureusement, aucun moment ne dure deux heures en ce monde, rétorqua tante Zeliha, les yeux sur la pantoufle malmenée. Tu cherches à me taper sur les nerfs, ou quoi ? Si c'est ta crise d'adolescence que tu fais, tu es en retard de cinq ans au moins. Tu as dix-neuf ans, ne l'oublie pas.
— Ouais, l'âge où tu as donné naissance à la bâtarde que je suis, croassa Asya, incapable de refouler son agressivité.
Debout dans l'encadrement de la porte, Zeliha la dévisagea avec l'expression d'une artiste qui a passé une nuit éthylique à peaufiner son œuvre avant de sombrer comme une masse, et qui ouvre les yeux sur l'horreur sans nom qu'elle a créée. Un sourire désabusé aux lèvres, elle observa cette figure si différente de la sienne. Et pourtant, le caractère était là. En dépit des apparences, sa fille était sa réplique fidèle.
Elle possédait son scepticisme, son insolence et son amertume. Sans s'en rendre compte, Zeliha avait transmis à son enfant son propre statut de mouton à cinq pattes de la famille. Par chance, Asya ne semblait ni trop désabusée ni trop tourmentée. Elle était

encore trop jeune pour cela. Mais la tentation de l'autodestruction, ce penchant dont souffraient les âmes sophistiquées et ténébreuses, assombrissait déjà son regard.

Tante Zeliha la détailla de la tête aux pieds. Non, décidément, sa fille ne serait jamais une beauté. Et pourtant, il n'y avait rien de disgracieux dans son visage. Elle avait le bon poids, la bonne taille, les mêmes cheveux noirs frisés, le même menton qu'elle. C'est juste qu'il y avait quelque chose qui clochait dans l'ensemble. Elle n'était pas laide. Elle était même agréable à regarder. Mais sans plus. Son visage était si banal que la plupart des gens qui la rencontraient pour la première fois se demandaient s'ils ne l'avaient pas déjà croisée quelque part. « Mignonne » était le meilleur compliment qu'elle pouvait espérer à ce stade de son existence. Ce qui aurait été acceptable si elle ne traversait pas cette période ingrate de la vie où tout ce qui est mignon vous fait horreur. Dans vingt ans, elle en viendrait sans doute à voir les choses sous un autre angle. Asya était une de ces femmes qui, bien que n'ayant pas été jolies dans leur jeunesse, pouvaient devenir des quadragénaires très séduisantes – si elles tenaient le coup jusque-là.

Malheureusement, Asya n'avait pas été gratifiée de la moindre prédisposition à espérer en l'avenir. Elle était trop ironique pour se fier au temps. Le feu qui la consumait de l'intérieur ne laissait aucune place à la foi en la justice divine. À cet égard aussi, elle ressemblait à sa mère. Ce tempérament ne l'inclinait pas à attendre, le cœur zélé, que le temps la dotât d'un physique avantageux, même si son apparence ordinaire la minait – ce qui était le cas, Zeliha l'avait clairement constaté. Elle aurait tellement voulu dire à sa fille que les beautés attiraient la lie des hommes. Qu'elle avait de la chance de n'être pas née trop jolie. Que les hommes comme les femmes lui manifesteraient davantage de bienveillance. Que la vie se montrait plus clémente envers les femmes dans son genre.

Sans un mot, elle se dirigea vers la commode, ramassa la pantoufle, la déposa à côté de sa jumelle devant les pieds nus d'Asya et fit face à sa fille rebelle, qui pointa aussitôt le menton avec l'air de défi d'une prisonnière de guerre renonçant à se battre mais non à sa dignité.

– Allons-y !
Et c'est en silence que la mère et la fille prirent le chemin du salon.

La table pliante du petit déjeuner était dressée depuis longtemps. En dépit de son humeur grognon, Asya ne put s'empêcher de noter que, lorsqu'elle était ainsi parée, cette table s'harmonisait parfaitement avec l'immense tapis couleur brique dont les motifs floraux intriqués étaient mis en valeur par une belle bordure corail. Il y avait des olives noires, des poivrons rouges farcis aux olives vertes, du fromage frais, du fromage tressé, du fromage de chèvre, des œufs durs, des gâteaux au miel, de la sauce buffalo, de la confiture d'abricots et de la confiture de fraises faites maison et des tomates à la menthe et à l'huile d'olive, présentés dans de jolies coupes en porcelaine. Le fumet délicieux des böreks, ces délicats feuilletés fondants au fromage frais, aux épinards, au beurre et au persil, arrivait de la cuisine.

À quatre-vingt-seize ans, Petite-Ma trônait en bout de table, une tasse encore plus fragile qu'elle dans la main. L'air songeur, elle observait le canari qui gazouillait dans sa cage, près du balcon, comme si elle le remarquait pour la première fois. Depuis qu'elle était entrée dans la troisième phase de la maladie d'Alzheimer, elle commençait à confondre les visages, même les plus familiers, et à mélanger les événements de sa vie.

La semaine précédente, à la fin de la prière de l'après-midi, elle s'était penchée pour poser le front sur son petit tapis au moment de l'*As-Sajda* [1], et avait soudain oublié ce qu'elle était censée dire. Les paroles rituelles s'étaient mêlées pour former une longue chaîne de lettres, sorte de mille-pattes velu à la fois proche et hors de portée, à la fois distinct et mystérieux. Désemparée, Petite-Ma était restée figée, tournée vers la *Qibla*, son front voilé posé sur le tapis, son chapelet de perles d'ambre à la main, jusqu'à ce qu'une tante s'aperçût de son trouble et vînt la relever.

– J'ai oublié la suite, avait-elle déclaré paniquée, une fois allongée sur le canapé, la tête posée sur des coussins moelleux. Je

---

1. La prosternation.

sais qu'il faut dire *Subhana rabbiyal-ala*. Il faut le dire au moins trois fois. C'est ce que j'ai fait. Je l'ai dit trois fois : *Subhana rabbiyal-ala, Subhana rabbiyal-ala, Subhana rabbiyal-ala*. Mais après ? Qu'est-ce qui vient après ?

Le hasard voulut que Petite-Ma adressât cette question précisément à celle qui n'avait aucune expérience du *namaz*, ni d'aucune autre pratique religieuse : Zeliha. Laquelle, néanmoins désireuse d'apaiser la vieille dame, alla chercher le Saint Coran et le feuilleta consciencieusement, en quête d'un verset susceptible de lui offrir quelque consolation :

– Tiens, écoute ça : « Lorsque l'appel à la prière du vendredi se fait entendre, hâtez-vous d'y répondre toutes affaires cessantes !... Une fois la prière achevée, répandez-vous sur la Terre, à la recherche des bienfaits de votre Seigneur, sans oublier d'en invoquer souvent le Nom ! Peut-être y trouverez-vous une source de bonheur [1] » [62 : 9-10].

– Qu'est-ce que ça veut dire ? demanda Petite-Ma, clignant les yeux.

– Ça veut dire que, puisque la prière est terminée, tu peux arrêter d'y penser. C'est écrit noir sur blanc, là. Allez, viens, Petite-Ma, viens à la recherche des bienfaits du Seigneur... C'est l'heure de dîner.

Ça avait marché. Petite-Ma s'était calmée et elles avaient dîné tranquillement. Ces derniers temps, ce type d'incident avait tendance à se produire à une fréquence alarmante. Souvent docile et distraite, il lui arrivait d'oublier les choses les plus élémentaires, comme où elle se trouvait, quel jour on était, qui étaient les personnes assises autour d'elle. À d'autres moments, elle avait les idées aussi claires que du cristal vénitien. Difficile de dire comment elle se sentait, ce matin-là. Il était encore trop tôt.

– Bonjour, Petite-Ma ! lança Asya, traînant ses pantoufles lavande jusqu'à la table, après s'être lavé la figure et brossé les dents.

Elle lui déposa un baiser sur chaque joue. Depuis les plus jeunes

---

1. Nouvelle traduction en français du Saint Coran par le professeur Mohammed Chiadmi.

années d'Asya, son arrière-grand-mère avait toujours occupé une place privilégiée dans son cœur. À la différence des autres femmes du clan, elle savait aimer sans étouffer, ne cherchait pas la petite bête et ne lui envoyait jamais de piques. Elle était protectrice sans être possessive. De temps à autre, elle glissait quelques grains de blé bénits dans ses poches pour la préserver du mauvais œil, contre lequel elle menait de véritables croisades. Elle avait toujours beaucoup ri. Asya adorait leurs fous rires : Petite-Ma égrenait un long chapelet de gloussements mélodieux, tandis que son rire à elle explosait d'un coup, riche en tonalités. C'était avant sa maladie. Mais elle avait beau se soucier de la santé de la vieille dame, elle ne pouvait s'empêcher d'éprouver une certaine satisfaction à la voir dériver vers le royaume autonome de l'amnésie, elle qui avait toujours dépendu des autres. Aussi, plus elle s'éloignait, plus Asya se sentait proche d'elle.

– Bonjour, ma jolie arrière-petite-fille, répondit-elle, à la surprise générale.

– La princesse grognon a fini par se lever ! dit tante Feride d'une voix flûtée, la télécommande à la main et la mine joviale.

Elle s'était teint les cheveux, ce matin. Elle avait choisi une nuance de blond plus claire, un bond cendré. Asya savait que c'était le signe d'un changement radical d'humeur. Elle dévisagea sa tante : en dehors du fait qu'elle se délectait de la vision d'un piètre chanteur exécutant des pirouettes ridicules, elle ne paraissait pas plus folle que de coutume.

– Il faut te dépêcher de t'habiller, notre invitée arrive aujourd'hui, déclara tante Banu, entrant dans le salon chargée d'un plateau de böreks et visiblement ravie d'être sur le point de consommer sa ration de glucides quotidienne. On doit faire un peu de ménage avant qu'elle soit là.

Sultan V était posté sous le petit robinet du Samovar qui gouttait. Asya le poussa du pied et se servit un verre de thé.

– Pourquoi êtes-vous toutes si excitées à l'idée d'accueillir cette Américaine ?

Elle but une gorgée de la boisson chaude, fit la grimace, y ajouta un sucre, deux... puis deux de plus.

– Parce que c'est une invitée ! Parce qu'elle a traversé tout le globe pour venir à Istanbul, répondit tante Feride, exécutant une sorte de salut nazi pour figurer la distance qui séparait l'Amérique de la Turquie. Sa voix vibrait et ses yeux brillaient, alors qu'elle se représentait le planisphère mondial des vents et des courants océaniques. Ce que tout le monde ignorait : la dernière fois qu'elle l'avait étudié, elle était au lycée. Mais elle l'avait appris par cœur et il demeurait gravé dans sa mémoire dans ses moindres détails.

– Et surtout, c'est une invitée envoyée par ton oncle, intervint grand-mère Gülsüm, que l'on soupçonnait toujours d'être la réincarnation d'Ivan le Terrible.

– Mon *oncle*? Quel oncle? Celui que je n'ai jamais vu de ma vie? Elle goûta son thé. Il était toujours amer. Elle y jeta un autre sucre.

– Ohé, réveillez-vous, mesdames! L'homme dont vous parlez ne nous a pas rendu visite une seule fois depuis qu'il a mis le pied sur le territoire américain. Sans ses rares cartes postales des paysages de l'Arizona, nous ne saurions même pas s'il est encore de ce monde. Cactus sous le soleil, cactus au crépuscule, cactus à fleurs violettes, cactus et oiseaux rouges… Ce type ne se donne même pas la peine de varier les plaisirs.

– Il nous a aussi envoyé des photos de sa femme, précisa tante Feride.

– Ah oui, les photos : sa blonde dodue et souriante plantée devant leur maison en briques d'argile séchées, où nous n'avons jamais mis les pieds ; sa blonde dodue et souriante à Grand Canyon ; sa blonde dodue et souriante coiffée d'un énorme sombrero ; sa blonde dodue et souriante devant un coyote mort sur leur porche ; sa blonde dodue et souriante préparant des pancakes… Vous n'êtes pas gavées de recevoir des photos de cette poseuse? On ne la connaît même pas, pour l'amour d'Allah !

Asya but une grande gorgée de thé brûlant.

– C'est dangereux de voyager, de nos jours, commenta tante Feride, ne sachant où poser les yeux et finissant par opter pour l'olive qui trônait dans son assiette. Les routes sont pleines de périls. Les avions sont détournés, il y a des accidents de voiture, des trains qui déraillent… Hier, huit personnes sont mortes dans un accident, sur la côte égéenne.

Un silence irrité suivait toutes ses interventions macabres. Mais celui-ci dura d'autant plus longtemps que grand-mère Gülsüm était contrariée qu'on eût osé dénigrer son fils. Tante Banu tira sur les bords de son voile. Tante Cevriye tenta de se souvenir à quoi ressemblait un coyote – ses vingt-quatre années d'enseignement l'avaient rendue maîtresse dans l'art d'apporter des réponses, mais elle était incapable de poser une question. Petite-Ma s'arrêta de grignoter sa tranche de sucuk. Tante Feride fouilla sa mémoire, à la recherche d'autres accidents rapportés par les journaux à sensation, puis, à défaut d'en trouver de plus sinistres, elle repensa au sombrero bleu qu'arborait la femme de Mustafa sur l'une des photos. Si elle avait pu se dégotter un tel chapeau à Istanbul, elle l'aurait porté jour et nuit. Personne ne remarqua la mine sombre de tante Zeliha.

– Ouvrez les yeux, mince ! reprit Asya. Pendant des années, vous chouchoutez et adulez oncle Mustafa, le membre le plus précieux de cette famille, et sitôt qu'il quitte le nid, il vous raye de la carte. Ça ne suffit pas à vous convaincre que nous ne comptons pas pour lui ? Pourquoi devrait-il continuer à représenter quoi que ce soit pour nous ?

– Il a beaucoup de travail, argua grand-mère Gülsüm. Ce n'est pas facile de vivre à l'étranger. C'est très loin, l'Amérique.

– Ouais, c'est très loin quand il faut traverser l'océan Atlantique à la nage et parcourir toute l'Europe à pied pour venir voir les siens.

Asya mordit dans une tranche de fromage frais pour refroidir sa langue brûlée par le thé.

Tante Banu profita de l'accalmie pour leur raconter une fable, comme elle le faisait toujours dans les moments de tension. Cette fois, elle leur conta l'histoire de l'homme qui avait décidé de parcourir le monde pour échapper à sa destinée de mortel. Il gagna le Nord, puis le Sud, l'Est, puis l'Ouest, erra çà et là, jusqu'au jour où, séjournant au Caire, il croisa Azrail. L'ange de la mort ne lui adressa pas la parole, mais son regard étrange suffit à lui remuer les entrailles. L'homme quitta Le Caire sur-le-champ, et poursuivit sa route qui finit par le mener dans un village endormi des profondeurs de la Chine. Épuisé et assoiffé, il se rua dans la première taverne qu'il trouva sur son chemin. Il tourna alors la tête, et découvrit qu'Azrail était assis à la table voisine. L'ange de la mort parut content de le voir. « J'étais surpris de te rencontrer au Caire, lui dit-il d'une voix râpeuse, alors que ta destinée t'attendait ici, en Chine. »

Asya connaissait cette histoire par cœur, comme toutes celles que l'on racontait continuellement sous ce toit. Elle ne comprendrait jamais le plaisir que prenaient ses tantes à rabâcher les mêmes fables, encore et encore. Le salon avait pris cette atmosphère douillette et renfermée des moments familiers. Elle avait le sentiment que la vie n'était qu'une longue répétition de scènes où tous les personnages connaissaient leur texte par cœur. Une histoire en rappelant une autre, elle se laissa porter par ce rituel qui, à sa propre surprise, finit par avoir raison de sa mauvaise humeur. Elle se trouvait si lunatique, parfois. Comment pouvait-elle s'en prendre ainsi aux êtres qu'elle aimait le plus au monde ? Elle se faisait l'effet d'un yo-yo, allant et venant de la révolte à la plénitude. À cet égard aussi, elle ressemblait à sa mère.

La voix monotone d'un vendeur de *simit* s'infiltra par la fenêtre ouverte. Tante Banu se leva et pencha sa tête voilée de rouge vers la rue.

– Simitiste ! Simitiste ! Par ici ! C'est combien ?

C'était une question machinale, dont elle connaissait parfaitement la réponse, aussi poursuivit-elle sans attendre :

– D'accord, donne-nous-en huit.

Tous les dimanches matin, elles achetaient huit simits. Un pour chacune d'elles, et un en plus pour le frère absent.

– Mmm, ils sentent merveilleusement bon ! s'extasia Banu lorsqu'elle revint à table avec quatre anneaux de pain au sésame à chaque bras, telle une acrobate de cirque.

Faisant pleuvoir des graines de sésame sur la table, elle intercalait joyeusement les simits avec les böreks, quand son visage s'assombrit soudain – comme lorsqu'elle lisait un mauvais présage sur une carte de tarot.

– Tout est une question de point de vue, déclara-t-elle songeuse, les sourcils froncés, avant de raconter : Il fut, et ne fut pas, un temps... À l'époque ottomane vivaient deux vanniers. Tous deux travaillaient dur, mais l'un avait la foi et l'autre non. Un jour, le sultan vint au village et leur dit : « Je vais remplir vos paniers de blé. Si vous en prenez bien soin, ces grains se changeront en pièces d'or. » Le premier vannier accepta l'offre avec joie et tendit ses paniers. Le second vannier, tout aussi bougon que toi, Asya chérie, refusa le don du grand sultan. Sais-tu ce qu'il advint ?

– Bien sûr que je le sais. J'ai entendu cette histoire une bonne centaine de fois. Mais ce que tu ignores, toi, ce sont les ravages que peuvent produire de telles fables sur l'imagination d'une enfant. Quand j'étais à la maternelle, je dormais avec un brin de blé sous mon oreiller, en espérant trouver une pièce d'or à la place, à mon réveil. Et puis je suis entrée à l'école primaire et j'ai raconté aux autres enfants comment j'allais devenir riche avec mon blé. Je suis vite devenue la risée de mes camarades de classe. Grâce à toi, je suis passée pour une imbécile.

De toutes les humiliations de son enfance, celle-là demeurait la plus cuisante, dans son souvenir. C'était à cette époque qu'elle avait entendu pour la deuxième fois le mot qui la poursuivrait pendant les années à venir : « Bâtarde ! » Avant l'incident du blé, Asya ne l'avait entendu qu'une seule fois, et comme elle ignorait ce qu'il signifiait, elle l'avait vite oublié. Mais ses camarades de l'école primaire n'avaient pas tardé à l'éclairer sur la question.

Elle se servit un autre verre de thé brûlant.

– Écoute, grogne-nous dessus tant que tu voudras, mais essaie de te montrer gentille avec notre invitée, quand elle sera là. Tu sais que ton anglais est meilleur que le mien, meilleur que celui de toutes les personnes ici présentes.

Ça n'avait rien d'un accès de modestie de la part de tante Banu qui, en réalité, ne parlait pas un traître mot d'anglais. Il ne lui restait rien de ses cours de langue du lycée et, l'art de la divination n'exigeant pas de connaissances linguistiques particulières, elle s'était accommodée de cette lacune. Tante Feride, qui avait préféré l'allemand à l'anglais, et la géographie physique à tout le reste, n'était pas non plus très douée en langues. Petit-Ma et grand-mère Gülsüm étaient disqualifiées d'office. Seules tante Zeliha et tante Cevriye pouvaient revendiquer un niveau moyen ;

mais la première parlait l'anglais quotidien tissé d'idiomes et d'argot qu'elle pratiquait presque chaque jour avec les étrangers qui fréquentaient son salon de tatouage, alors que la deuxième s'exprimait dans l'anglais grammatical, figé dans le temps, qu'on enseignait au lycée – elle était capable de décomposer des phrases simples, complexes, ou des subordonnées, d'identifier un adverbe, un adjectif, une proposition, et même de trouver des modificateurs mal placés dans une structure syntaxique, mais de parler, pas vraiment.

– Aussi, c'est toi qui nous serviras d'interprète. Tu seras une sorte de pont entre nos deux cultures. Tu relieras l'Est et l'Ouest.

Asya plissa le nez, comme si elle venait de renifler une odeur pestilentielle.

– Ben voyons !

Personne n'avait remarqué que Petite-Ma s'était levée et s'approchait du piano, resté fermé depuis des années. Il ne servait guère que comme desserte, lorsque la table se révélait trop petite pour recevoir tous les plats.

– C'est magnifique que vous ayez quasiment le même âge, toutes les deux ! continua tante Banu sur sa lancée. Je suis sûre que allez devenir amies.

Asya la dévisagea en se demandant si Banu cesserait un jour de la traiter comme une fillette. Quand elle était petite, chaque fois qu'un enfant entrait dans la maison, ses tantes les réunissaient avec cette injonction : « Jouez ! Soyez amis ! »

Elles n'envisageaient pas que l'on pût appartenir à la même classe d'âge et ne pas s'entendre ; comme si chaque génération était une pièce d'un même puzzle harmonieux.

– Oui, et quand elle retournera dans son pays, vous deviendrez des correspondantes. Comme c'est excitant ! gazouilla tante Cevriye.

Camarade enseignante du régime républicain, elle croyait dur comme fer que chaque citoyenne turque, si modeste fût-elle, avait le devoir de présenter avec fierté sa mère patrie au monde entier. Et quelle meilleure manière de le faire qu'en entretenant une correspondance ? Elle n'imaginait d'ailleurs pas qu'une correspondance pût avoir d'autre but.

– Des lettres voyageant entre San Francisco et Istanbul... Notre problème, vois-tu, c'est que nous sommes constamment mal interprétés et mal compris. Il faut montrer aux Occidentaux que les Turcs n'ont rien de commun avec les Arabes. Que notre État est moderne, sécularisé.

Soudain, tante Feride augmenta le volume de la télé, qui diffusait un nouveau clip vidéo. Asya trouva que la coiffure de la chanteuse lui était singulièrement familière, et même très familière. Son regard naviga de l'écran à sa tante, et elle comprit pourquoi.

– Malheureusement, la plupart des Américains ont subi un lavage de cerveau. Les Grecs et les Arméniens sont arrivés aux États-Unis avant les Turcs, et ils ont encouragé tout le monde à croire que la Turquie se résumait à *Midnight Express*. Tu vas faire découvrir notre beau pays à cette jeune Américaine. Tu vas promouvoir l'amitié entre les nations et la compréhension interculturelle.

Asya soupira, exaspérée.

– Sans compter qu'elle t'aidera à faire progresser ton anglais et que tu pourras lui enseigner le turc, renchérit l'aînée des sœurs. Quelle magnifique amitié ce sera.

La coupe était pleine. Asya se leva, rangea sa chaise, attrapa ce qui restait de son simit et décida d'aller retrouver ses véritables amis.

– Où vas-tu ainsi, mademoiselle ? Le petit déjeuner n'est pas terminé, dit tante Zeliha, qui ouvrait la bouche pour la première fois depuis qu'elles étaient à table.

Six jours par semaine, de midi à neuf heures, elle travaillait au milieu du va-et-vient incessant de son salon de tatouage. Elle savourait la torpeur des petits déjeuners dominicaux plus que quiconque.

– Il y a un festival du Cinéma chinois, répondit Asya, faisant un effort pour paraître sérieuse. Une de nos profs nous a demandé d'aller voir un film et d'en faire l'analyse critique.

– Étrange, comme genre de devoir, commenta tante Cevriye, qui n'appréciait guère les méthodes d'enseignement non conventionnelles.

Zeliha céda.

— Bien, va voir ton film chinois. Mais je veux que tu sois rentrée avant cinq heures pour que nous allions chercher notre invitée à l'aéroport.

Asya attrapa son sac hippie et fila. Elle était sur le point de refermer la porte derrière elle lorsque le bruit le plus inattendu résonna dans la maison. Le piano. Des notes s'enchaînaient, timides et hésitantes, en quête d'une mélodie oubliée.

Son visage s'éclaira et elle murmura : « Petite-Ma ! »

Née à Thessalonique, Petite-Ma était encore très jeune lorsque sa mère, veuve, avait émigré à Istanbul. C'était en 1923. Impossible d'oublier cette date, car c'était l'année où l'on avait proclamé la République moderne de Turquie.

— Toi et la République, vous êtes arrivées dans ma vie en même temps, alors que je vous attendais désespérément, lui avouera son mari, Riza Selim, des années plus tard. Vous avez mis un terme définitif aux anciens régimes : celui de mon pays et celui de ma demeure. Quand tu es venue à moi, mon existence s'est illuminée.

— Quand je suis venue à toi, tu étais triste, mais fort. Je t'ai apporté ma joie et tu m'as donné ta force, répondra-t-elle alors.

Petite-Ma était si jolie, et d'une nature si gaie, qu'à seize ans, elle attirait une file de prétendants aussi longue que le vieux pont Galata. De tous les candidats, le seul qui avait éveillé sa sympathie, lorsqu'il lui était apparu de l'autre côté du paravent en treillis, était un homme massif et de haute taille répondant au nom de Riza.

Il avait une barbe épaisse, une fine moustache, de grands yeux noirs, et trente-trois ans de plus qu'elle. Il avait déjà été marié. À en croire la rumeur, son épouse, une femme cruelle, les avait abandonnés, leur fils et lui. Après cette trahison, il avait longtemps refusé de se remarier et s'était occupé seul de son nourrisson. Vivant reclus dans son manoir, il avait continué à bâtir sa fortune, qu'il partageait avec ses amis, et à cuver sa colère, qu'il réservait à ses ennemis. Cet homme d'affaires autodidacte, ancien artisan chaudronnier, avait eu la sagesse de se lancer dans la fabrication de drapeaux au bon moment. Dans les années 1920, l'enthousiasme envers la nouvelle République turque était à son comble et l'artisanat, quoique glorifié par la propagande gouvernementale, ne rapportait plus. Le nouveau régime avait besoin de professeurs pour faire des patriotes de ses étudiants, de financiers pour favoriser l'émergence d'une bourgeoisie, et de fabricants de drapeaux pour orner tout le pays de la bannière nationale. Mais de chaudronniers, point.

Et pourtant, en dépit de la fortune et des amis influents amassés grâce à cette activité, lorsqu'il dut, en 1925, se choisir un patronyme, ainsi que l'exigeait la loi sur les noms de famille, Riza Selim opta pour *Kazanci*, en souvenir de son premier métier.

Tout séduisant et nanti qu'il était, son âge et le mystère qui entourait son premier mariage (nul ne savait pourquoi sa femme l'avait abandonné ; c'était peut-être un homme pervers, disaient les commères) faisaient de Riza Selim Kazanci le dernier homme sur terre que la mère de Petite-Ma eût souhaité pour sa fille adorée. D'autant qu'il y avait de bien meilleurs candidats en lice. Mais Petite-Ma s'entêta et refusa d'écouter une autre voix que celle de son cœur. Sans doute parce qu'elle se fiait à son intuition et qu'elle décelait dans le regard sombre de Riza Selim Kazanci une qualité qui faisait défaut à tous ses autres prétendants : la capacité d'aimer son prochain plus que lui-même. Quoiqu'elle fût jeune et inexpérimentée, son bon sens lui dictait qu'il serait doux d'être adulée et choyée par un homme possédant un tel don. Riza Selim Kazanci avait un regard affable et une voix veloutée qui vous enveloppaient comme un cocon douillet même au cœur du tumulte. Cet homme n'était pas de la race des déserteurs.

Cependant, pour être parfaitement honnête, elle avait été attirée par son histoire bien avant de succomber à son charme. Elle avait senti combien son âme était meurtrie depuis le départ de son épouse et se sentait capable de panser ses blessures – les femmes aiment prendre soin des victimes d'autres femmes. Sa décision prise, rien ne put l'en détourner : c'était le destin qu'elle s'était choisi.

De son côté, Riza Selim Kazanci allait se révéler digne de sa confiance jusqu'à son dernier soupir. Cette blonde épouse aux yeux bleus, qui vint à lui avec pour seule dot un chat à poils longs blanc comme la neige, fut la joie de sa vie, et il accéda à toutes ses demandes, même les plus fantasques. Complaisance qui fut loin d'être partagée par son fils de six ans. Levent Kazanci ne laissa jamais Petite-Ma prendre la place de sa mère. Au cours des années qui suivirent, il lui résista et la ridiculisa à la moindre occasion, puis quitta l'enfance pour devenir un adulte amer et renfermé – si tant est que l'on puisse jamais quitter l'enfance quand l'amertume l'a si résolument dominée.

À une époque où un mariage sans enfants était considéré comme un sacrilège, ou comme le signe que l'un des époux était frappé d'une maladie incurable, Petite-Ma et Riza Selim Kazanci renoncèrent à en avoir. Au début, parce que la jeune femme n'était pas attirée par la maternité, et ensuite, quand elle changea d'avis, parce que Riza Selim était devenu trop vieux pour cela. Levent Kazanci demeura donc le seul héritier de cette lignée ; titre qui ne lui procurait aucun plaisir.

Bien qu'attristée et offensée par l'acrimonie de son beau-fils, Petit-Ma était trop exubérante, trop imaginative et trop assoiffée de nouvelles expériences pour renoncer à sa joie de vivre. Il y avait en ce monde des choses qui l'intéressaient davantage que de pouponner. Comme apprendre le piano, par exemple. Il ne s'écoula pas longtemps avant qu'un Bentley fabriqué par la Stroud Piano Co. Ltd. de Londres ne trônât dans le salon. C'est sur cet instrument qu'elle prit sa première leçon avec son premier professeur – un musicien russe qui avait fui la révolution bolchevique. Petite-Ma devint sa meilleure élève. Elle possédait le talent et la persévérance nécessaires pour faire de son piano un compagnon de vie plutôt qu'un passe-temps éphémère.

Elle adorait Rachmaninov, Borodine et Tchaïkovski. Chaque fois qu'elle se retrouvait seule à la maison, elle s'asseyait à son piano et, Pasha I sur les genoux, jouait un morceau de l'un de ses trois compositeurs préférés. Pour ses invités, elle choisissait un répertoire plus occidental : Bach, Beethoven, Mozart, Schumann. Et lorsqu'ils recevaient des membres du gouvernement et leurs épouses délicates : Wagner. Après le souper, les hommes se réunissaient devant la cheminée avec leurs verres et discutaient politique internationale. À cette époque, le régime national ne pouvant qu'être encensé (les murs avaient des oreilles), chaque fois que le besoin d'une discussion sérieuse se faisait sentir, la nouvelle élite politique et culturelle de la République de Turquie se tournait vers les gouvernements étrangers dont elle aimait commenter le chaos.

Pendant ce temps, à l'autre bout de la maison, ces dames sirotaient de la liqueur de menthe servie dans de jolis petits verres en cristal et coulaient des regards discrets vers leurs tenues respectives. On pouvait discerner deux groupes de femmes bien distincts : les carriéristes et les épouses.

Les premières, *nouvelles femmes turques* par excellence, étaient idéalisées, glorifiées, et soutenues par l'élite réformiste. Avocates, professeurs, juges, femmes d'affaires, employées, ou universitaires, elles constituaient le renouveau de la population active. À la différence de leurs mères, elles refusaient d'être confinées dans le seul univers familial et avaient une chance de pouvoir gravir l'échelle sociale, économique et culturelle, à condition de rabaisser leur féminité d'autant de barreaux. Le plus souvent, elles étaient vêtues de tailleurs marron, noirs ou gris, couleurs symbolisant la chasteté, la modestie et l'esprit de parti. Elles avaient les cheveux courts, ne portaient pas de bijoux et ne se maquillaient pas. Totalement asexuées, elles resserraient leurs doigts autour des petits sacs en cuir coincés sous leur bras, comme s'ils contenaient des informations ultra-confidentielles à ne divulguer sous aucun prétexte, chaque fois que les épouses poussaient ces petits gloussements si caractéristiques des femmes mariées. Ces dernières arboraient quant à elles des robes du soir en satin blanc, vieux rose ou bleu pastel, nuances distinguées symbolisant l'innocence et la vulnérabilité. Épouses et carriéristes ne s'appréciaient guère, les premières tenant les secondes pour des « camarades », et les secondes regardant les premières comme des « concubines » : au bout du compte, ni les unes ni les autres ne s'estimaient dignes d'être considérées comme des femmes.

Lorsque la tension entre les camarades et les concubines devenait trop palpable, Petite-Ma, qui ne se reconnaissait ni dans un camp ni dans l'autre, adressait un signe discret à la domestique, qui leur apportait la liqueur de menthe et leur servait des douceurs à la pâte d'amande sur des plateaux d'argent. Cette combinaison était l'unique remède efficace pour apaiser les nerfs de toutes les Turques assemblées dans la pièce.

Plus tard dans la soirée, Riza Selim Kazanci appelait son épouse et lui demandait de jouer du piano pour leurs invités, ce qu'elle acceptait toujours de bonne grâce. En plus des compositeurs occidentaux, elle les charmait de son interprétation de l'hymne national turc dépouillé de toute ferveur patriotique. En 1933, pour le Dixième Anniversaire, il fut remplacé par « La Marche de la République » qu'elle dut interpréter à s'en user les doigts. On l'entendait partout à tout moment. À tel point qu'il leur résonnait encore dans les oreilles pendant leur sommeil. On l'utilisait même pour endormir les bébés.

Après cela, une série de réformes sociales modifia radicalement les conditions de vie des Turques, mais Petite-Ma savourait déjà sa propre indépendance entre les murs de sa demeure. Sans pour autant se détourner de son piano, au cours des années qui suivirent, elle se consacra à de nouvelles distractions. Elle apprit le français, écrivit des nouvelles vouées à n'être jamais publiées, se perfectionna dans diverses techniques de peinture à l'huile, s'offrit de belles chaussures vernies et des robes en satin pour assister à des bals où elle traîna son mari, organisa de folles soirées, et évita soigneusement toute corvée domestique. Riza Selim Kazanci était toujours prêt à satisfaire aux moindres désirs de son épouse guillerette. Au quotidien, c'était un homme très respectueux des autres et doté d'un sens strict de la justice. Néanmoins, comme tous les hommes issus de ce moule, une fois brisé, rien ne pouvait le réparer. Aussi, il était un sujet qu'il valait mieux ne pas aborder si l'on voulait éviter de faire ressortir son côté sombre : sa première épouse.

Même après de nombreuses années de mariage, chaque fois que Petite-Ma lui posait des questions ayant trait à la mère de son enfant, il s'enfermait dans un silence têtu et son regard s'enténébrait soudain.

– Quel genre de femme peut abandonner son fils ? crachait-il d'un ton venimeux.
– Mais tu n'as pas envie de savoir ce qu'elle est devenue ? insistait-elle, s'asseyant sur ses genoux et lui caressant le visage.
– Je ne m'intéresse pas le moins du monde au destin de cette garce ! répliquait-il, se moquant d'être entendu ou non par Levent.
– Elle s'est enfuie avec un autre homme ? tenta-t-elle une fois.
– Pourquoi faut-il que tu fourres ton nez dans une histoire qui ne te concerne en rien ?! s'emporta Riza Selim. Tu envisages de l'imiter ou quoi ?

C'est ainsi que Petite-Ma connut la limite à ne pas franchir.

En dehors de ces moments, ils coulaient des jours heureux et paisibles. Rares étaient les familles de leur entourage qui pouvaient en dire autant, si bien que ce bonheur leur attirait l'envie et la jalousie de parents, de voisins et d'amis, qui s'immisçaient dans leurs affaires à la première occasion, avec comme thème de prédilection l'absence d'enfants dans leur foyer. Beaucoup tentèrent de persuader Riza Selim d'épouser une autre femme avant qu'il ne fût trop tard. Dans la mesure où les nouvelles lois civiles interdisaient à un homme de posséder plus d'une épouse, il eût fallu qu'il divorçât de la sienne que d'aucuns soupçonnaient d'être stérile ou revêche. Il ne prêta jamais l'oreille à ce genre de conseils.

Comme des générations de Kazanci hommes, il mourut de manière si inattendue que Petite-Ma en vint à croire au mauvais œil. Les regards des jaloux qui les entouraient avaient traversé les murs de leur paisible konak et tué son mari, pensa-t-elle.

Aujourd'hui, elle ne gardait presque aucun souvenir de ce temps-là. Alors que ses doigts osseux caressaient le clavier du vieux piano, ses jours en compagnie de Riza Selim Kazanci miroitaient dans le lointain, tel un vieux phare disparaissant derrière les eaux tumultueuses de l'Alzheimer.

Asya Kazanci était allongée sur le divan d'un appartement rénové qui faisait face à la tour de Galata, dans un quartier animé à toute heure du jour et de la nuit, dont les pavés recouvraient

maints secrets. Les cris des mouettes perçaient le couchant dont les rayons se reflétaient sur les fenêtres des immeubles décrépits. Nue, aussi immobile qu'une statue de marbre exposant le talent de son créateur à tous les regards, la jeune femme se laissait porter vers un monde imaginaire convoqué par l'épaisse fumée qu'elle venait d'aspirer et qui emplissait ses poumons. Elle la relâcha doucement, à contrecœur.
– À quoi penses-tu, ma douce ?
– Je travaille à l'article huit de mon Manifeste Nihiliste Personnel, répondit-elle, rouvrant ses yeux embués.

Article huit : Si un pont branlant enjambe le profond ravin qui sépare ton Moi de la société, brûle-le et reste en sécurité du côté de ton Moi ; à moins que ce ne soit le ravin qui t'intéresse.

– Attends, laisse-moi faire, proposa le Dessinateur Dipsomane, la voyant porter le joint à ses lèvres.
Il le lui prit des mains, tira une longue bouffée, plaqua son torse velu contre la poitrine souple de la jeune femme et lui souffla la fumée dans la bouche, qu'elle aspira, comme un oisillon affamé.

Article neuf : Si le ravin qui se trouve en toi t'attire davantage que le monde extérieur, plonges-y.

Ils répétèrent la manœuvre, jusqu'à ce qu'il ne restât plus de fumée à aspirer.
– Je parie que tu te sens mieux, maintenant, déclara le Dessinateur Dipsomane, d'une voix empreinte de désir. Rien de tel qu'une bonne baise et un bon joint.
Asya se mordit l'intérieur de la joue pour ravaler une remarque acerbe. Elle pointa le menton vers la fenêtre ouverte et écarta les bras comme pour enlacer toute la ville, son chaos et ses splendeurs compris.
De son côté, le dessinateur cherchait à perfectionner sa formule.
– Voyons voir... Il n'est rien de plus surestimé qu'une mauvaise baise et rien de moins sous-évalué qu'un bon...

— ...étron, proposa Asya.

Son amant hocha la tête avec enthousiasme et se leva. Son caleçon en soie tendu sur son début de bedaine, il galopa jusqu'au lecteur de CD et mit sa chanson préférée de Johnny Cash : *«Hurt»*, avant de revenir vers elle, les yeux pétillants de malice.

I hurt myself today
To see if I still feel
I focus on the pain
The only thing that's real [1]...

Asya grimaça comme si elle avait été piquée par une aiguille invisible.

— C'est trop bête...
— Qu'est-ce qui est trop bête, ma douce ?

Ses grands yeux troublés paraissaient trop vieux pour elle.

— Ces managers ou ces régisseurs, ou je ne sais pas comment on appelle les types qui organisent les tournées des chanteurs... Ils les envoient partout en Europe, en Asie, et même en Union soviétique, vive la perestroïka ! Sauf à Istanbul. C'est dégueu. On est coincés dans une fissure géographique. C'est pour ça qu'on n'a pas droit à autant de concerts que les autres : à cause de notre situation géostratégique.

— Ouais, on devrait tous se réunir sur le pont du Bosphore et souffler de toutes nos forces pour pousser cette ville vers l'ouest. Et si ça ne marche pas, on essaiera dans l'autre sens. (Il gloussa.) Ce n'est jamais bon d'être entre deux eaux. La politique internationale ne s'accommode guère de l'ambiguïté.

Planant loin au-dessus des nuages, Asya ne l'écoutait plus. Elle s'alluma un autre joint et le coinça entre ses lèvres. Elle inspira une grande bouffée d'indifférence, et ignora le contact de ses doigts sur son corps et de sa langue contre la sienne.

— Il devait bien y avoir un moyen d'atteindre Johnny Cash

---

1. « Je me suis fait mal, aujourd'hui/ Pour voir si je pouvais toujours ressentir/ Je me suis concentré sur la douleur/ La seule chose qui soit réelle... »

avant sa mort. Il *fallait* qu'il vienne à Istanbul. Il est mort sans savoir qu'il avait des fans irréductibles ici...

Un doux sourire fendit le visage du dessinateur. Il embrassa le petit grain de beauté sur sa joue gauche, lui caressa gentiment le cou, puis ses mains descendirent et se posèrent sur sa poitrine généreuse. Leur baiser fut à la fois lent et féroce. Les yeux brillants, il lui demanda :

– On se revoit quand ?

– La prochaine fois qu'on se croisera au *Café Kundera*.

Elle s'écarta de lui. Il se colla à elle.

– Je veux dire ici, chez moi.

– Tu veux dire ici, dans ton baisodrome ? Nous savons tous les deux que tu n'y vis pas. Tu vis ailleurs, avec ta femme. Cet endroit est juste une garçonnière où tu peux picoler et t'envoyer en l'air à l'insu de ton épouse. C'est là que tu baises tes poules. Et plus elles sont jeunes, bêtes et bourrées, mieux c'est.

Le dessinateur soupira et attrapa son verre de raki. Il en vida la moitié en une gorgée. Son visage s'était empli d'une tristesse si intense que, l'espace d'un instant, Asya craignit qu'il ne se mît à lui hurler dessus ou à sangloter. Finalement, il murmura d'une voix blanche :

– Ce que tu peux être cruelle, parfois.

Un silence presque surnaturel s'abattit sur la pièce. Dehors, des enfants jouaient au foot. Leurs cris suraigus suggéraient que l'un d'eux venait de recevoir un carton rouge. La voix du Dessinateur Dipsomane s'éleva au loin.

– Tu as un côté si noir, Asya. Ton doux visage ne le trahit pas, mais il est bien là. Tu as un potentiel de destruction illimité.

– Peut-être, mais je ne fais de mal à personne. Tout ce que je veux, c'est ma liberté, le droit d'être moi-même, et toutes ces conneries. Je veux juste qu'on me fiche la paix.

– Tu veux juste qu'on te fiche la paix pour pouvoir enfin te détruire en toute tranquillité. Je me trompe ? Tu es attirée par l'autodestruction comme une phalène par la lumière.

Asya laissa échapper un gloussement crispé.

– Quand tu bois, tu t'enivres, quand tu critiques, tu démolis, quand tu coules, tu touches le fond. Je ne sais vraiment pas comment te prendre. Tu es si pleine de rage, ma douce...

– C'est peut-être parce que je suis née bâtarde ? suggéra-t-elle en tirant sur son joint. Je ne sais même pas qui est mon père. Je n'ai jamais posé de question et on ne m'en a jamais parlé. Parfois, quand ma mère me regarde, j'ai l'impression qu'elle le voit, mais nous n'y faisons jamais allusion. Nous vivons toutes comme s'il n'y avait pas de père. Comme s'il n'y avait que le Père avec un grand P. Qui a besoin d'un géniteur quand Allah est là, dans le ciel, à veiller sur nous ? Ne sommes-nous pas tous Ses enfants ? Je ne dis pas que ma mère avale ces conneries. C'est la femme la plus cynique que j'aie jamais rencontrée. Et c'est justement le problème. Nous sommes à la fois si semblables et tellement différentes.

Elle souffla une volute de fumée dans la direction du bureau en acajou où le Dessinateur Dipsomane gardait ses meilleures œuvres, celles qu'il craignait que sa femme ne détruisît lors d'une de leurs fréquentes disputes. Il y conservait également ses premiers croquis du *Politicien amphibie* et du *Rhinocéros Politicus*, deux nouvelles séries dans lesquelles il représentait les groupes du Parlement comme des espèces animales différentes. Il prévoyait de les publier prochainement, encouragé par le report de sa condamnation à une date indéterminée, et même si cet ajournement était bien sûr soumis à la condition qu'il ne s'attaquât plus au gouvernement. À quoi bon lutter pour la liberté d'expression, se disait-il, quand la liberté d'humour n'existait pas ?

Sur un coin du bureau, une lampe tulipe Art déco diffusant un halo ocre reposait sur une énorme sculpture en bois représentant Don Quichotte penché sur un livre. Asya l'aimait beaucoup.

– Je vis dans une maison de dingues. Elles balaient la saleté, elles époussettent les souvenirs. Elles me servent toujours une version épurée du passé. C'est la méthode Kazancı pour résoudre les problèmes. Si quelque chose te dérange, ferme les yeux, compte jusqu'à dix et dis-toi que ça n'est jamais arrivé. Et, ô miracle, c'est oublié ! Chaque jour, j'ai droit à ma nouvelle dose de mensonges...

Que pouvait bien lire Don Quichotte ? se demanda-t-elle soudain. Le sculpteur s'était-il donné la peine de griffonner quelques

lignes sur les pages ouvertes ? Elle bondit du canapé et s'approcha de la sculpture. Non, rien. Elle retourna s'asseoir et se remit à fumer et à geindre.
– Tous ces pseudo-foyers. Ces prétendus cocons familiaux. J'envie Petite-Ma, parfois. Elle a presque cent ans, tu sais ? J'aimerais tellement avoir sa maladie. Ce cher Alzheimer qui atrophie la mémoire.
– Ça n'a rien de gai.
– Peut-être pas pour les autres, mais quel bonheur pour la malade.
– En général, la frustration est mutuelle.
Elle ignora sa réflexion.
– Tu sais quoi ? Petite-Ma a ouvert son piano, aujourd'hui. Elle n'en avait pas joué depuis des années. Je l'ai entendue pianoter un air dissonant. Un peu déprimant quand tu penses que cette femme interprétait du Rachmaninov. À présent, elle serait à peine capable de jouer une berceuse idiote.
Elle se tut. Parfois, elle parlait sans réfléchir.
– Ce que je veux dire, c'est qu'elle ne s'en rend pas compte ! L'Alzheimer n'est pas aussi terrible qu'on l'imagine. Le passé n'est qu'un lien dont il faut savoir s'affranchir. Un fardeau. J'aimerais ne pas avoir de passé. J'aimerais n'être personne. Repartir de zéro. Ne jamais avancer, même. Rester là, aussi légère qu'une plume. Sans famille, sans souvenirs, sans toutes ces conneries…
– Tout le monde a besoin d'un passé, fit le dessinateur, avalant une autre gorgée d'alcool, l'air à la fois déprimé et contrarié.
– Parle pour toi !
Elle attrapa le Zippo posé sur la table basse puis s'amusa à l'allumer et à l'éteindre en rabattant le clapet d'un coup. Elle aimait ce claquement. Clap ! Clap ! Clap ! Elle ignorait qu'il avait tendance à taper sur les nerfs de son amant.
– Bon, il faut que j'y aille.
Elle lui tendit le briquet et rassembla ses vêtements.
– Mes chères tantes m'ont assigné une mission importante. Il faut que j'aille à l'aéroport avec ma mère pour accueillir ma correspondante américaine.

– Tu as une correspondante américaine ?
– Si on veut. Cette fille s'est matérialisée comme par magie. Un matin, je me suis levée, et j'ai trouvé sa lettre au milieu du courrier. Une lettre de San Francisco ! Elle s'appelle Amy. Elle prétend qu'elle est la belle-fille de mon oncle Mustafa. Il doit s'agir d'une enfant issue du premier mariage de sa femme. Il ne nous en a jamais parlé ! Ma grand-mère a failli avoir une attaque : la fiancée de son fils n'était pas vierge quand ils se sont mariés, non, monsieur. Pas vierge et divorcée !

Asya se tut par respect pour la chanson qui venait de débuter. «*It Ain't Me, Babe*».

I'm not the one you want, babe
I'm not the one you need
You say you're lookin' for someone
Who's never weak but always strong
To protect you an defend you
Whether you are right or wrong [1]...

Elle siffla la mélodie puis scanda quelques bribes des paroles avant de reprendre :
– Bref, elle dit qu'elle est étudiante à l'université d'Arizona, qu'elle s'intéresse beaucoup aux autres cultures, qu'elle aimerait nous rencontrer un jour, bla-bla-bla. Et hop ! elle sort son lapin du chapeau : Au fait, je serai à Istanbul dans une semaine, est-ce que vous pourriez m'héberger ?
– Ben mince ! s'écria le Dessinateur Dipsomane, jetant trois glaçons dans son verre à nouveau plein. Est-ce qu'elle explique ce qu'elle vient faire ici ? C'est un séjour touristique ou quoi ?
– Aucune idée, marmonna Asya, cherchant une chaussette sous le canapé. Mais vu qu'elle est étudiante, je parierais qu'elle veut mener quelques recherches sur « L'oppression des femmes par l'islam » ou sur « L'histoire du patriarcat au Moyen-Orient ».

---

1. « Je ne suis pas celui que tu attends, ma douce/ Je ne suis pas celui qu'il te faut,/ Tu dis que tu attends un être/ Sans faiblesses, toujours fort/ Capable de te protéger et de te défendre/ Que tu aies raison ou tort… »

Pourquoi voudrait-elle venir dans notre maison de cinglées alors qu'il y a tant d'hôtels sympas et bon marché dans cette ville ? Je suis certaine qu'elle va nous interviewer sur la condition des musulmanes et sur toutes ces...
– ... conneries.
– Tout juste ! s'exclama-t-elle en attrapant sa chaussette.
En une fraction de seconde, elle enfila sa jupe, son chemisier et se passa un coup de brosse dans les cheveux.
– Amène-la-nous au *Café Kundera*, un de ces quatre.
– Je le lui proposerai, mais je suis sûre qu'elle préférera faire les musées, grogna-t-elle en mettant ses chaussures.
Elle jeta un coup d'œil dans la pièce, pour s'assurer qu'elle n'avait rien oublié.
– Enfin, je vais sans doute devoir lui consacrer un peu de temps, puisqu'on m'a demandé de lui servir de guide et de lui montrer les merveilles d'Istanbul, afin qu'elle en chante les louanges à son retour en Amérique.
Les fenêtres étaient ouvertes et, pourtant, la chambre empestait la marijuana, le raki et le sexe. Johnny Cash rugit :

> *Go lightly from the ledge, babe*
> *Go lightly on the ground*
> *I'm not the one you want, babe*
> *I'll only let you down* [1]...

Asya attrapa son sac et gagna la porte. Elle était sur le point de sortir lorsque le Dessinateur Dipsomane lui bloqua le passage. Il plongea ses yeux dans les siens, la saisit par les épaules et l'attira gentiment à lui. Il avait les yeux cernés des alcooliques et des écorchés par la vie. Avec une douceur inhabituelle, il murmura :
– Malgré tout le venin que tu renfermes, ou peut-être à cause de lui, je me sens incroyablement proche de toi. Tu es mon âme sœur. Je t'aime, Asya. Je suis tombé amoureux de toi dès l'instant où tu m'es apparue au *Café Kundera*, avec ton regard torturé.

---

1. « Va, écarte-toi du précipice, ma douce/ Foule la terre le cœur léger/ Je ne suis pas celui que tu attends/ Je suis celui qui te décevra... »

J'ignore tes sentiments à mon égard, mais avant que tu ne quittes cet appartement, je veux que tu saches que ce n'est pas mon baisodrome et que je n'y ai amené aucune poule. Je me réfugie ici pour boire, pour dessiner, pour déprimer, et encore boire, dessiner et déprimer, c'est tout.

La jeune fille se figea. Ne sachant que faire de ses mains, elle les fourra dans les poches de sa jupe et sentit des miettes se coller à ses doigts. Elle les ressortit et constata qu'il s'agissait de petites graines brunes.

– Regarde ça ! Du blé… Petite-Ma veut me préserver du mauvais œil.

Elle lui en tendit un grain et rougit aussitôt, comme si c'était un geste trop intime.

Déstabilisée, le rose aux joues, elle ouvrit la porte et sortit. Elle hésita une seconde sur le palier, se retourna, le serra fort dans ses bras et s'élança dans l'escalier. Elle descendit les quatre volées de marches en courant, pour échapper aux démons qui la tourmentaient.

VIII

PIGNONS DE PIN

« Comment se peut-il qu'elle dorme encore ? » s'étonna Asya, pointant le menton en direction de sa chambre. De retour de l'aéroport, elle avait découvert consternée que ses tantes avaient ajouté un deuxième lit en face du sien et changé son seul refuge sous ce toit en « chambre pour les filles ». Soit parce qu'elles cherchaient toujours de nouvelles manières de la tourmenter, soit parce que cette chambre bénéficiait de la plus belle vue et qu'elles voulaient impressionner leur invitée, soit parce que ce nouvel agencement servait leur projet de PACI (Promotion de l'Amitié et de la Compréhension Interculturelle). Asya s'était pliée à leur volonté de mauvaise grâce, mais de les voir refuser de commencer leur repas tant que leur invitée ne les aurait pas rejointes mettait à nouveau sa patience à rude épreuve. Les plats attendaient sur la table depuis plus d'une heure et tout le monde, Sultan V compris, était installé à sa place habituelle. Toutes les vingt minutes, l'une de ses tantes se levait pour rapporter la soupe de lentilles et le plat de viande à la cuisine afin de les réchauffer, un Sultan miaulant de désespoir sur les talons. Elles avaient l'air pathétiques, vissées à leur chaise, regardant la télévision le son baissé au minimum, osant à peine chuchoter et piquant une bouchée çà et là, de sorte qu'elles avaient autant mangé que si elles avaient dîné normalement.

– Peut-être qu'elle est réveillée mais qu'elle reste au lit par timidité. Je vais aller voir.

– Reste ici, mademoiselle. Laisse-la dormir, ordonna tante Zeliha.

Un œil sur la télé et l'autre sur la télécommande, tante Feride approuva :

– Oui, il faut qu'elle se repose, à cause du décalage horaire. Elle n'a pas seulement traversé des courants océaniques, il y a les fuseaux horaires, aussi.

– Ça fait plaisir de voir que certaines personnes peuvent dormir tout leur soûl sous ce toit, grommela Asya.

C'est alors que s'éleva le générique enjoué de l'émission que tout le monde attendait : *L'Apprenti*[1]. Dans un silence religieux, elles regardèrent le Donald Trump turc écarter les rideaux de satin d'un vaste bureau offrant une vue panoramique sur le pont du Bosphore. Après un rapide coup d'œil condescendant aux deux équipes prêtes à obéir à ses ordres, l'homme d'affaires exposa le premier défi. Les concurrents allaient devoir concevoir une bouteille d'eau gazeuse, trouver le moyen d'en fabriquer neuf échantillons et les vendre le plus vite et le plus cher possible, dans l'un des quartiers les plus luxueux de la ville.

– Je n'appelle pas ça un défi, moi. S'ils voulaient vraiment leur compliquer la tâche, ils les enverraient vendre du vin rouge dans les quartiers les plus religieux et conservateurs d'Istanbul.

– Oh, tais-toi, Asya, soupira tante Banu, agacée que sa nièce tourne constamment la religion en dérision, tout comme sa mère.

Enfin, si l'impiété se transmettait génétiquement, comme le cancer du sein ou le diabète, à quoi bon lutter ?

– Ben, c'est une bonne idée, non ? s'entêta la jeune fille. Ça demanderait bien plus de créativité de la part des concurrents. Pourquoi chercher à imiter bêtement les Américains, sans tenir compte de nos spécificités locales ? Ils devraient faire du Donald Trump *alla turca*. Demander aux candidats de vendre du porc en barquettes dans un quartier musulman, ça c'est ce que j'appelle du défi marketing.

La porte de la chambre s'ouvrit avec un craquement et Arma-

---

1. *The Apprentice* : émission de téléréalité américaine présentée par le milliardaire Donald Trump, adaptée dans de nombreux pays.

noush Tchakhmakhchian apparut, hésitante et étourdie. Elle portait un jean délavé et un sweat-shirt bleu marine assez large pour masquer les courbes de son corps. En faisant ses bagages, elle avait longuement réfléchi aux vêtements adaptés à la situation et avait opté pour ses tenues les plus modestes ; elle ne voulait pas paraître décalée dans un milieu traditionaliste. D'où son choc lorsque tante Zeliha était apparue à l'aéroport, avec sa jupe incroyablement courte et ses talons incroyablement hauts. Sa rencontre avec tante Banu ne l'avait pas moins déconcertée. Que cette femme vêtue d'une robe longue et coiffée d'un voile rouge, pieuse au point de prier cinq fois par jour, pût être la sœur de la personne qui l'avait accueillie dépassait son entendement.

–*Welcome, welcome!* s'exclama joyeusement l'aînée des Kazanci, se retrouvant aussitôt à court de mots anglais.

Les trois autres sœurs lui adressèrent un large sourire gêné, et Sultan V sauta sur ses pattes pour aller renifler l'étrangère.

– Je suis vraiment désolée, je n'en reviens pas d'avoir dormi si longtemps, s'excusa Armanoush, articulant bien chaque syllabe.

– C'est normal, votre corps a besoin de repos. Vous venez de faire un long voyage, répondit tante Zeliha.

Elle avait tendance à accentuer les mauvaises syllabes, mais parlait un anglais plutôt fluide.

– Vous avez faim ? J'espère que vous apprécierez la cuisine turque.

Capable de reconnaître le mot «cuisine» dans toutes les langues du monde, tante Banu fila chercher la soupe de lentilles, suivie de près par Sultan V.

Armanoush prit place sur la chaise vacante et détailla discrètement le salon, laissant glisser son regard sur la vitrine en bois de rose, avec ses tasses à café dorées, ses services de verres à thé et ses bibelots antiques, sur le vieux piano poussé contre le mur, sur le magnifique tapis, sur les nombreux treillis qui scintillaient sur les tables basses, les fauteuils en velours et le téléviseur, sur le canari qui se balançait dans sa cage ouvragée, près du balcon, sur ce qui décorait les murs – une peinture à l'huile bucolique représentant un paysage trop pittoresque pour être réel, un calendrier illustré de photos de hauts lieux de la Turquie, une amulette contre le mauvais œil, un portrait d'Atatürk en smoking secouant son chapeau en direction d'une foule hors cadre. Tous ces souvenirs et ces nuances vives de bleu, de bordeaux, de vert océan, de turquoise donnaient à la pièce cette atmosphère lumineuse qui ne devait rien aux lampes ni au soleil.

Elle baissa les yeux sur les plats disposés sur la table.

– Quel festin ! Tous mes plats préférés. De l'houmous, du babaganoush, des *yalanci sarma* [1], et même du churek !

– Mais vous parlez turc ! s'exclama Banu, revenant de la cuisine, une marmite fumante dans les mains.

– Non, désolée. Je ne parle malheureusement pas turc, mais je suppose que je parle « cuisine turque ».

Tante Banu se tourna vers sa nièce, mais Asya était trop absorbée par le nouveau défi lancé par le Trump local pour se soucier de remplir son rôle d'interprète. À présent, les concurrents devaient dessiner les nouvelles tenues jaune azur de l'une des plus grandes équipes de football de la ligue nationale. La tenue la plus appréciée par les joueurs l'emporterait. Là encore, Asya envisagea une variante qu'elle décida toutefois de garder pour elle. L'apparition de l'Américaine lui avait coupé toute envie de s'exprimer. À dire vrai, celle-ci était bien plus belle qu'elle ne s'y attendait. Dans le fond, elle avait plus ou moins espéré voir débarquer une blonde stupide.

L'envie de la bousculer un peu la titillait, mais l'énergie lui manquait. À ce stade de leur relation, elle préférait garder ses distances et lui faire comprendre que tous ces salamalecs de bienvenue lui couraient sur le haricot.

– Dites, c'est comment l'Amérique ? demanda tante Feride, quand elle eut fini d'observer la coiffure de leur invitée, qu'elle jugea trop simple.

Asya ne put se retenir de lui adresser un regard peiné, mais si Armanoush trouva, elle aussi, la question ridicule, elle n'en laissa rien paraître. Elle savait y faire avec les tantes, c'était même sa spécialité. La joue légèrement gonflée par une bouchée d'houmous, elle répondit :

---

1. Feuilles de vigne farcies.

– Bien, bien. C'est un grand pays, vous savez. C'est très différent selon l'endroit où vous vous trouvez. Je dirais qu'il y a plusieurs Amériques.

– Demandez-lui des nouvelles de Mustafa, s'impatienta grand-mère Gülsüm, que cette conversation n'intéressait en rien.

– Il va bien. Il travaille dur, répondit la jeune femme, en écoutant la voix mélodieuse de tante Zeliha qui doublait la sienne. Ma mère et lui ont une très jolie maison. Et deux chiens. C'est magnifique, là-bas, dans le désert. Il fait toujours beau...

Quand elles eurent terminé la soupe et les entrées, grand-mère Gülsüm et Feride retournèrent à la cuisine, d'où elles revinrent, marchant comme des Égyptiennes, un immense plateau entre les mains.

– Mmm, du riz pilaf et du turflu... Oh ! Et du *kaburga*[1] ! Dommage que ma grand-mère ne soit pas là pour voir ça, fit Armanoush, s'attirant de nouvelles exclamations émerveillées.

Même Asya daigna lever la tête.

– Beaucoup-restaurants-turcs en Amérique ? questionna Cevriye.

– En fait, je connais ces plats parce qu'ils font également partie de la cuisine arménienne...

Elle s'était présentée sous le nom d'Amy, la belle-fille américaine de Mustafa. Elle comptait leur révéler l'autre partie de son identité graduellement, quand une confiance mutuelle se serait installée, et voilà que sans crier gare elle entrait dans le vif du sujet.

Elle observa les visages de ses hôtesses, en quête de réactions. Devant leurs mines stoïques, elle décida d'être plus claire.

– Je suis arménienne. Enfin, arménienne-américaine.

La traduction ne fut pas nécessaire. Les quatre tantes lui sourirent : l'une poliment, l'autre avec perplexité, la troisième avec curiosité, et la dernière aimablement. La réaction la plus tranchée vint d'Asya, qui se détourna de la télé et se concentra sur leur invitée, manifestant pour la première fois quelque intérêt à son égard. Peut-être qu'elle n'était pas là pour mener des recherches sur la place des femmes dans l'islam, après tout. Asya posa les coudes sur la table.

1. Poitrine d'agneau farcie.

– Ah oui ? Et c'est vrai que les gars de System of a Down nous détestent ?

Armanoush jeta un rapide coup d'œil autour d'elle. Personne ne semblait en mesure de pouvoir l'aider.

– C'est un groupe de rock que j'aime beaucoup. Ils viennent d'Arménie. Le bruit court qu'ils nous haïssent et qu'ils n'ont aucune envie d'avoir des fans turcs. Je me demandais juste si c'était vrai, débita Asya, affligée par tant d'ignorance.

– Jamais entendu parler d'eux...

Tout à coup, Armanoush se sentit minuscule au milieu de ces étrangères.

– Ma famille est originaire d'Istanbul... enfin, ma grand-mère, dit-elle, souriant à Petite-Ma, comme pour mieux illustrer son propos.

– Demande-lui son nom de famille, ordonna la matriarche à Asya, comme si elle possédait tous les registres de l'état civil stambouliote.

La question fut traduite.

– Tchakhmakhchian. Vous pouvez continuer à m'appeler Amy, mais mon véritable prénom est Armanoush.

Le visage de tante Zeliha s'éclaira.

– J'ai toujours aimé cette manie qu'ont les Turcs d'ajouter des suffixes partout et d'inventer toutes sortes de professions bizarres. Je vois que les Arméniens font pareil. Regardez, notre nom de famille est *Kazan-ci*. Nous sommes des « Chaudronniers ». *Çakmak*[1]... *Çakmakçi, Çakmakçi-yan*.

– Ça nous fait un point commun de plus, répondit la jeune femme avec chaleur.

Elle avait d'emblée éprouvé de la sympathie pour tante Zeliha. Sans doute à cause de son piercing au nez, de ses minijupes et de son maquillage. Mais aussi parce qu'elle avait ce regard franc qui suggérait qu'elle était capable de comprendre les gens sans les juger.

– Tenez, j'ai son ancienne adresse. (Armanoush tira un papier de sa poche.) Grand-mère Shushan est née dans cette maison. Si

---

1. Signifie « briquet » en turc.

vous pouviez m'indiquer le chemin, j'aimerais beaucoup m'y rendre.

Pendant que Zeliha lisait l'adresse, Asya remarqua que Feride jetait des regards paniqués vers le balcon. Elle se pencha au-dessus du plat de riz pilaf qui les séparait et lui murmura à l'oreille :
– Hé, qu'est-ce qu'il y a, ça ne va pas ?
– J'ai entendu des histoires sur ces Arméniens qui retournent dans leurs anciennes demeures familiales pour déterrer des coffres que leurs grands-pères avaient cachés juste avant de prendre la fuite, chuchota sa folle de tante – puis elle ajouta, un ton au-dessus : Des coffres pleins d'or et de bijoux !
Voyant que sa nièce ne réagissait pas, elle insista, les yeux illuminés par les richesses qu'elle se représentait déjà :
– Cette fille est à la recherche d'un trésor !
– Oh, mais ça explique tout ! Je ne t'ai pas raconté ? Quand nous sommes allées la chercher à l'aéroport, elle n'avait pas de valise, juste une pelle et une brouette...
– Ah, tais-toi donc !
Sa tante croisa les bras et s'adossa à sa chaise, offensée.
– Donc, vous êtes venue pour voir la maison de votre grand-mère, conclut Zeliha. Pourquoi a-t-elle quitté Istanbul ?
Armanoush hésita à répondre. N'était-il pas trop tôt pour se dévoiler ? D'un autre côté, c'était l'occasion rêvée. Pourquoi attendre ? Elle but une gorgée de thé et lâcha platement :
– On l'y a obligée. Mon arrière-grand-père, Hovhannes Stamboulian, était poète et écrivain. Une personnalité éminente et respectée par la communauté.
– Que dit-elle ? demanda Feride.
– Elle dit que sa famille était très respectée à Istanbul, traduisit sa nièce.
– *Dedim sana altin liralar için gelmiş olmali*[1]...
Asya leva les yeux au ciel puis reporta son attention sur Armanoush.
– Il paraît qu'il adorait lire et s'adonner à la contemplation. Ma grand-mère dit que je lui ressemble beaucoup.

1. « Je t'ai dit qu'elle est sûrement venue pour l'or... »

Son auditoire lui sourit.
– Malheureusement, son nom était sur la liste.
– Quelle liste ? questionna Cevriye.
– La liste des intellectuels arméniens à éliminer. Leaders politiques, poètes, écrivains, membres du clergé... Deux cent trente-quatre personnes au total.
– Mais pourquoi ? s'étonna Banu.
– Le samedi 24 avril, à minuit, des douzaines de notables arméniens d'Istanbul furent arrêtés et conduits de force au quartier général de la police. Ils étaient tous vêtus élégamment, comme s'ils se rendaient à une cérémonie. On les garda longtemps sur place sans leur fournir d'explication, puis on les sépara en deux groupes et ils furent déportés à Ayach et à Çankiri. Un triste sort attendait le groupe d'Ayach. Les déportés de Çankiri furent tués plus graduellement. Mon arrière-grand-père appartenait à ce deuxième groupe. Des soldats turcs les escortèrent dans le train de Çankiri. Là, on les obligea à marcher les cinq kilomètres qui séparaient la gare de la ville. Jusqu'ici, on les avait traités décemment, mais au cours de cette marche, on les battit avec des cannes et des manches de pioche. Komitas, le grand musicien, perdit la raison après avoir vu ce que firent les soldats ce jour-là. Arrivés à Çankiri, ils furent relâchés à une condition : ne pas quitter la ville. Alors, ils louèrent des chambres et vécurent parmi les autochtones. Chaque jour, des soldats venaient pour en emmener deux ou trois en promenade. On ne les revoyait jamais. Un jour, ce fut au tour de mon arrière-grand-père d'aller se promener.

Toujours souriante, Banu tourna la tête vers sa sœur, puis vers sa nièce, mais les interprètes demeurèrent figées et muettes.
– Enfin, c'est une longue histoire. Je vais vous épargner les détails. Grand-mère Shushan avait trois ans, quand son père disparut. Elle avait trois grands frères. Devenue veuve, mon arrière-grand-mère décida de se réfugier chez son père, à Sivas. Mais là-bas aussi les déportations avaient commencé. Bientôt, on les obligea tous à abandonner leur maison et leurs biens et ils se retrouvèrent à marcher au milieu de milliers d'autres familles vers une destination inconnue.

Armanoush fit une pause pour étudier les réactions de ses hôtesses, puis décida d'aller jusqu'au bout.

– Ils marchèrent des jours et des jours. Mon arrière-grand-mère mourut d'épuisement sur cette route, comme beaucoup de personnes affaiblies ou âgées. Devenus orphelins, les enfants s'égarèrent au milieu du chaos. Après des mois de séparation, les frères furent miraculeusement réunis au Liban, avec l'aide d'une mission catholique. Mais ma grand-mère avait disparu : personne ne savait ce qu'était devenue la petite Shushan. Personne ne savait qu'elle avait été ramenée à Istanbul et placée dans un orphelinat.

Du coin de l'œil, Asya vit que sa mère la dévisageait. Essayait-elle de la convaincre de censurer cette histoire en la traduisant ? Non. Tante Zeliha buvait littéralement les paroles de leur invitée, elle semblait plutôt curieuse de voir si sa fille rebelle allait hésiter à les transmettre fidèlement aux autres Kazanci.

– Grand-oncle Varvant, le frère aîné de ma grand-mère, mit dix longues années à la retrouver. Mais il finit par y arriver et il l'emmena rejoindre les siens en Amérique.

Son chapelet d'ambre entre ses doigts osseux, tante Banu murmura :

– *Tout ce qui vit sur cette terre périt : Mais respecte (à jamais) la Face de Ton Seigneur, plein de Majesté, de Miséricorde et d'Honneur.*

– Je ne comprends pas, dit Feride, perplexe. Que leur est-il arrivé ? Ils sont morts d'avoir trop marché ?

Armanoush caressa le médaillon de saint François d'Assise de sa grand-mère et observa le visage ridé de Petite-Ma. À en juger par l'expression compatissante de la vieille dame, soit elle n'avait rien entendu, soit elle l'avait si bien écoutée qu'elle était perdue dans ses pensées.

– On les priva tous d'eau et de nourriture : les femmes, dont certaines étaient enceintes, les enfants, les personnes âgées, les malades... Beaucoup moururent de faim. D'autres furent exécutés.

– Mais qui a pu commettre de telles atrocités ?! gronda Cevriye, comme si elle s'adressait à une classe de lycéens indisciplinés.

Tout aussi choquée, Banu penchait plus vers l'incrédulité que vers la colère. Elle tira sur les pointes de son foulard, comme toujours dans les moments de stress, et marmonna une prière, comme toujours lorsqu'elle constatait que tirer sur son foulard ne lui apportait aucun réconfort.

– Les Turcs, répondit Armanoush.

– Quelle honte ! Quel péché ! Ces gens n'étaient-ils pas humains ? s'indigna Feride.

– Bien sûr que non ! C'étaient des monstres ! affirma Cervriye sans réfléchir.

Depuis vingt ans qu'elle enseignait l'histoire nationale, elle était tellement habituée à tracer une limite infranchissable entre le passé et le présent, entre l'Empire ottoman et la République de Turquie moderne, que, pour elle, ces événements s'étaient déroulés dans un lointain pays. Le nouvel État de Turquie avait été instauré en 1923 et sa genèse ne remontait pas plus loin. Tout ce qui s'était passé avant cette date appartenait à une autre ère. C'était l'histoire d'un autre peuple.

Armanoush les dévisagea les unes après les autres, soulagée, mais surprise, de constater qu'elles ne réagissaient pas trop mal. Elles ne semblaient pas douter de la véracité de ses dires. Elles n'avaient pas cherché à les réfuter par des contre-arguments. Elles l'avaient écoutée avec attention et avaient témoigné de la compassion pour sa famille. Était-ce tout ce qu'elle était en droit d'attendre ? Des intellectuels turcs auraient-ils réagi différemment à son récit ? Et d'ailleurs, qu'attendait-elle vraiment ?

C'est alors qu'elle commença à comprendre qu'elle attendait sans doute un aveu de culpabilité, sinon des excuses. Mais elle n'avait eu droit qu'à leur sincère commisération, comme si elles ne voyaient pas en quoi elles étaient liées à ces criminels. En tant qu'Arménienne, Armanoush se sentait héritière de l'histoire de ses ancêtres. Apparemment, ce n'était pas le cas des Turcs. Ils semblaient évoluer sur un plan temporel bien à eux. Pour les Arméniens, le temps était un cycle au cours duquel le passé s'incarnait dans le présent et le présent donnait naissance au futur. Pour les Turcs, le passé s'arrêtait en un point précis, et le présent repartait de zéro à un autre point. Entre les deux, il n'y avait que du vide.

– Mais vous n'avez rien mangé... Allons, petite, vous avez parcouru des milliers de kilomètres, mangez un peu, fit tante Banu, persuadée qu'un bon repas était le meilleur remède contre la tristesse.

Armanoush attrapa sa fourchette et nota qu'elles avaient cuisiné le riz de la même manière que sa grand-mère : avec du beurre et des pignons de pin grillés.

– C'est excellent.
– Bien, bien ! Mangez !

Le cœur serré, Asya regarda leur invitée goûter poliment au kaburga. Elle baissa la tête, l'appétit coupé. Ce n'était pas la première fois qu'on lui racontait l'histoire de la déportation des Arméniens. Elle avait entendu divers sons de cloche sur ce sujet. Beaucoup de démentis. Mais aucun témoignage d'une personne si intimement concernée. C'était la première fois qu'elle rencontrait un être si jeune possédant une mémoire si ancienne.

Heureusement, son nihilisme ne mettrait pas longtemps à étouffer sa détresse. Elle haussa les épaules. Bah, de toute façon, le monde était pourri. Passé, futur, ici ou là... la même misère où qu'on se tourne. Soit Dieu n'existait pas, soit Il était trop distrait pour voir dans quel marasme Il nous avait tous plongés. Ce monde était décidément mesquin et cruel. Son regard embué glissa vers l'écran de télé où le pseudo-Trump passait au gril les trois concurrents les moins talentueux de l'équipe perdante, qui avait dessiné une tenue si épouvantable que même les athlètes les plus conciliants avaient refusé de la porter. Comprenant que l'un d'eux n'allait pas tarder à être éliminé, ils commencèrent à s'insulter.

Asya se retrancha derrière son sourire dédaigneux. Oui, tel était notre monde. Histoire, politique, religion, société, concurrence, marketing, économie de marché ; lutter pour le pouvoir, s'entre-déchirer pour avoir sa part du gâteau... Elle n'avait vraiment pas besoin de cette...

... merde.

Un œil sur l'écran, elle avança sa chaise vers la table, déposa un gros morceau de kaburga dans son assiette et commença à manger. Quand elle releva la tête, elle croisa le regard intense de sa mère. Elle détourna les yeux.

Après le dîner, Armanoush se retira dans la chambre pour passer deux coups de téléphone. Debout devant le poster de Johnny Cash collé au-dessus du bureau, elle composa d'abord le numéro de San Francisco.

– Grand-mère, c'est moi... C'est quoi ce bruit derrière toi ?

– Oh, ce n'est rien, ma chérie. Ils réparent les canalisations de la salle de bains. Apparemment, ton oncle a tout mélangé la dernière fois. J'ai dû appeler un plombier. Alors, comment tu occupes tes journées ?

Armanoush lui raconta son quotidien en Arizona. Elle détestait avoir à mentir, mais se consola en songeant que ça valait mieux que de lui répondre : « Je ne suis pas chez ma mère, je suis dans la ville où tu es née ! »

Après avoir raccroché, elle attendit quelques minutes, inspira profondément pour se donner du courage et appela chez elle.

– Amy chérie, pourquoi tu n'as pas téléphoné plus tôt ? Comment vas-tu ? Il fait quel temps à San Francisco ? Elles te traitent décemment ?

– Oui, maman, je vais bien. Il fait... (Elle aurait dû consulter la météo sur Internet)... beau, même s'il y a un peu de vent, comme toujours...

– Je n'ai pas arrêté de t'appeler sur ton portable. Tu l'as éteint ? Je me suis fait un sang d'encre !

– Je t'en prie, maman. Tu sais que je n'aime pas trop que tu m'appelles chez ma grand-mère. Je te propose un marché : tu arrêtes de me téléphoner sans cesse, et en échange je te promets de t'appeler tous les jours.

– Ce sont elles qui t'ont demandé de me dire ça ?

– Non, maman, bien sûr que non. Pour l'amour du ciel, c'est moi qui te demande cette faveur.

Rose accepta à contrecœur, puis se plaignit de ne pas avoir assez de temps pour elle, entre le travail et la maison ; mais il y

avait des soldes à Home Depot et Mustafa et elle s'étaient mis d'accord pour aller acheter de nouveaux placards de cuisine !
— Que penses-tu du merisier ? Ça ferait joli, non ?
— Ouais, pourquoi pas...
— Et le chêne foncé ? C'est un peu plus cher mais c'est plus chic. Lequel des deux conviendrait le mieux, à ton avis ?
— Je ne sais pas, m'man. Le chêne foncé irait bien aussi.
— Ouais, ça ne m'aide pas beaucoup.

La communication terminée, Armanoush regarda autour d'elle et, dans ce décor de tapis turcs, de vieilles lampes de chevet, de livres et de journaux écrits dans une autre langue, se sentit décalée, en porte-à-faux. Soudain, une vague de panique la submergea, lui rappelant un épisode de son enfance.

Quand elle avait six ans, sa mère et elle étaient tombées en panne en plein désert. Elles avaient dû attendre près d'une heure avant de voir enfin un camion passer. Rose avait fait signe au conducteur, qui s'était arrêté pour les prendre en stop. Elles s'étaient retrouvées seules dans la petite cabine avec deux costauds aux mines patibulaires. Ils n'avaient pas ouvert la bouche de tout le trajet et les avaient déposées à la première station-service. Quand le camion s'était éloigné, Rose avait serré sa fille dans ses bras en sanglotant : « Oh, mon Dieu ! Ça aurait pu être des crapules. Ils auraient pu nous kidnapper, nous violer, nous tuer, et personne n'aurait retrouvé nos corps ! Comment ai-je pu prendre un tel risque ? »

C'est un peu ce que se disait Armanoush, en ce moment. Comment avait-elle pu se montrer impulsive au point de venir seule à Istanbul, chez des étrangères, à l'insu de ses parents ?

Et si les Kazanci n'étaient pas des gens bien ?

IX

ORANGES PELÉES

Le lendemain, Asya et Armanoush quittèrent la konak de bonne heure pour aller à la recherche de la demeure natale de grand-mère Shushan. Elles trouvèrent facilement la rue, dans un charmant quartier bourgeois de la partie européenne de la ville, mais la maison avait disparu. Un immeuble d'appartements modernes l'avait remplacée. Le rez-de-chaussée était occupé par un restaurant de poisson d'allure chic. Asya jeta un coup d'œil à son reflet dans la vitrine, lissa ses cheveux et grimaça en voyant son opulente poitrine.

Ce n'était pas encore l'heure du repas. Les serveurs balayaient les traces du dîner de la veille et un gros cuisinier aux joues roses préparait les mezes et les plats du jour dans un nuage d'odeurs à vous mettre l'eau à la bouche. Asya les interrogea chacun leur tour sur le passé du bâtiment. Les serveurs ayant émigré de leur village kurde depuis peu, ils ne lui furent d'aucune utilité. Le chef, à Istanbul depuis plus longtemps, ne gardait pour sa part aucun souvenir de l'histoire de la rue.

– Il reste peu de vieilles familles stambouliotes, ici, expliqua-t-il d'un ton autoritaire, en vidant un énorme maquereau. Dans le temps, la ville était si cosmopolite. (Il brisa l'arête centrale du poisson après la tête, puis avant la queue.) Quand j'étais petit, nous avions un poissonnier grec. Le tailleur de ma mère était arménien. Le patron de mon père, juif. Nous étions tous mélangés.

– Demande-lui pourquoi les choses ont changé, dit Armanoush.

– Parce que Istanbul n'est pas une ville. Elle ressemble à une ville, mais en réalité, c'est un navire.

Il saisit le poisson par la tête et commença à remuer l'arête de droite à gauche. Pendant une seconde, Armanoush s'imagina que, tel un objet de porcelaine, le maquereau allait voler en éclats ; mais il ne fallut que quelques secondes à l'homme pour réussir à retirer l'arête centrale. Content de lui, il reprit :

– Nous sommes tous des passagers, ici, nous venons et repartons groupés. Les Juifs s'en vont, les Russes arrivent. Le quartier de mon frère est plein de Moldaves... Demain, ils repartiront et d'autres viendront. C'est ainsi.

Elles le remercièrent, eurent un dernier regard pour le maquereau qui attendait la farce, la bouche ouverte, et sortirent, Asya déçue, Armanoush déprimée.

Le Bosphore scintillait sous un soleil annonciateur du printemps. Elles inspirèrent toutes deux une grande bouffée d'air frais et, faute de meilleur projet, se promenèrent dans le quartier, s'arrêtant à chaque marchand des rues pour s'acheter du maïs bouilli, des moules farcies, des halvas à la semoule, et un grand sachet de graines de tournesol. Chaque friandise leur inspirait un nouveau thème de conversation. Elles discutèrent de tout, sauf des trois sujets habituellement tabous entre deux jeunes femmes encore étrangères l'une à l'autre : le sexe, les hommes et les pères.

– J'aime beaucoup ta famille, déclara Armanoush. C'est si vivant, chez toi.

– À qui le dis-tu... soupira Asya, avec un mouvement de la main qui fit tinter ses nombreux bracelets.

Elle avait une longue jupe hippie vert sauge imprimée de fleurs bordeaux, un sac en patchwork, des colliers en perles de verre, des bracelets, et portait des bagues en argent à presque tous les doigts. Armanoush se sentait fade, avec son jean et sa veste en tweed.

– Tu sais, il n'y a pas que de bons côtés. C'est parfois éprouvant d'être environnée de femmes qui t'adorent au point de t'étouffer, de vivre dans une maison où, en dépit de ton jeune âge, tu dois faire un effort pour te montrer plus mature que les adultes qui t'entourent. Je leur suis reconnaissante de m'avoir permis d'aller dans l'une des meilleures écoles de ce pays, mais je ne peux

pas réaliser tous leurs rêves de jeunesse, je ne peux devenir ce qu'elles auraient voulu être. Tu comprends ?
Oui, Armanoush comprenait.
– J'ai commencé à apprendre l'anglais à six ans, ce qui peut se concevoir, si on s'arrête là, tu vois ce que je veux dire ? L'année d'après, j'ai eu droit à des cours particuliers de français. À neuf ans, j'ai dû me mettre au violon. Expérience qui n'a duré qu'une année parce que je n'avais pas le moindre intérêt ni don pour cela. Ensuite, une patinoire a ouvert près de chez nous et elles ont décidé de faire de moi une grande patineuse artistique. Elles me voyaient déjà virevoltant gracieusement sur l'hymne national dans des robes à paillettes. J'étais censée devenir la Katarina Witt turque. Si tu savais le nombre de mes pirouettes qui se sont terminées par des chutes sur les fesses ! Le crissement des patins sur la glace me donne encore des frissons.
Armanoush se retint de pouffer de rire.
– Et après, elles se sont mis dans la tête que je serais coureuse de fond. En m'entraînant sérieusement, j'avais mes chances de devenir une athlète exceptionnelle et de représenter la Turquie aux Jeux olympiques. Tu m'imagines courir un marathon avec des seins pareils, pour l'amour d'Allah ?
Cette fois, Armanoush éclata franchement de rire.
– Je ne sais pas comment font ces femmes pour être plates comme des limandes. Elles doivent prendre des hormones mâles. En tout cas, il est évident que je n'ai pas un physique d'athlète. Mon corps en mouvement est un défi à la loi de l'accélération qui veut que la prise de vitesse soit inversement proportionnelle à la force exercée sur ton corps. Avec ces lolos qui se baladent dans tous les sens, mes chances de victoire sont nulles. Et je ne te parle pas de l'humiliation. Dieu merci, cette époque fut brève. Après ça, j'ai pris des leçons de peinture, et j'ai fait de la danse classique jusqu'à récemment. Ma mère a découvert que je n'y allais pas, elle a abandonné la partie.
Le récit d'Asya rappelait à Armanoush certains épisodes de sa propre enfance. Oui, elle savait qu'on pouvait être suffoquée par l'amour des siens, mais elle préférait ne pas trop s'étendre sur la question.
– Il y a une chose que je ne comprends pas… La tante avec

laquelle tu es venue me chercher à l'aéroport, celle qui a un piercing au nez... Zeliha. C'est ta mère, n'est-ce pas ? Pourquoi tu ne l'appelles pas « maman » ?

– Je sais, c'est un peu troublant, concéda Asya, allumant sa première cigarette de la journée.

Pour l'instant, elle classait sa camarade dans la catégorie des « filles bien élevées », elle espérait toutefois qu'elle ne se révélerait pas coincée au point de se formaliser de la voir fumer, auquel cas cette oie blanche serait incapable de supporter ses autres manies. Elle souffla la fumée sur le côté, mais le vent la refoula vers leurs visages.

– Je ne me souviens plus quand j'ai commencé à l'appeler comme ça. Peut-être dès le début. Tu comprends, j'étais la seule enfant pour quatre femmes qui voulaient toutes tenir le rôle de mère. Tante Feride, comme tu as pu le constater, est un peu zinzin. Elle ne s'est jamais mariée. Elle a exercé des tas de professions différentes. C'était une vendeuse sensationnelle, dans sa période maniaque. Tante Cevriye a fait un mariage d'amour, mais elle a perdu son mari et sa joie de vivre avec. Après ça, elle s'est vouée à l'enseignement de l'histoire nationale. Entre nous, je crois que le sexe la dégoûte et qu'elle trouve les besoins du corps révoltants. Tante Banu est l'aînée des sœurs, le sel de la terre. Elle est mariée, mais elle voit à peine son mari. Une histoire vraiment tragique. Elle a mis au monde deux garçons adorables, et les a perdus tous les deux. Les hommes de cette famille sont victimes d'une malédiction. Ils meurent tous jeunes.

Armanoush la dévisagea, perplexe.

– Je comprends que tante Banu ait cherché refuge en Allah, ajouta Asya, jouant avec ses colliers. Bref, quand je suis née, j'étais la seule enfant dans une maison pleine de tantes-mères, ou de mères-tantes. Je pouvais décider de toutes les appeler « maman », ou d'appeler ma mère « tante Zeliha ». La deuxième solution a dû me paraître plus simple.

– Ça ne l'a pas offensée ?

Un cargo rouillé voguait sur la mer. Asya aimait regarder les navires glisser sur le Bosphore, s'imaginer leur équipage, se représenter la ville de l'œil d'un marin.

– Offensée ? Non. Elle n'avait que dix-neuf ans quand elle est tombée enceinte de moi. Je suis sûre qu'elle a été soulagée que je ne l'appelle pas « maman ». D'une certaine manière, le fait qu'elles soient toutes mes tantes camoufle son péché. Il n'y a pas de mère célibataire à désigner du doigt dans la rue. Je me demande même si ce n'est pas elle qui m'a encouragée à l'appeler ainsi. Du moins, au début. Ensuite, il était trop tard, je m'étais habituée.

– Je l'aime bien, ta mère... Mais de quel péché parles-tu ?

– De celui d'avoir donné naissance à une fille illégitime. Ma mère a toujours été... le mouton noir de la famille. La guerrière, la rebelle.

Un pétrolier russe traversa le détroit, envoyant des vaguelettes vers la rive.

– J'avais remarqué qu'il n'y avait pas d'homme dans la maison. Je pensais que ton père était mort. Je suis désolée.

– Tu es désolée que mon père ne soit pas mort ?

Armanoush rougit.

– Bah, dans le fond, tu as raison. Si mon père était mort, tout serait plus clair. Ne pas savoir, c'est ce qui me fait le plus enrager. Je ne peux pas m'empêcher de penser que ça peut être n'importe qui. Quelqu'un que je vois à la télé ou que j'entends à la radio tous les jours. Que j'ai déjà croisé dans la rue ou dans un bus. C'est peut-être un de mes professeurs, ou ce photographe dont je viens de voir l'exposition, ou encore ce marchand, là-bas... Qui sait ?

Le vendeur en question était un homme mince, à fine moustache, d'une quarantaine d'années. La vitrine posée devant lui était pleine d'énormes bocaux d'achards qu'il transformait en jus à l'aide d'une centrifugeuse automatique. Se sentant observé, il leva la tête et adressa un sourire aux deux jeunes femmes. Armanoush l'ignora. Asya fronça les sourcils.

– Tu veux dire que ta mère ne t'a pas dit qui est ton père ?

– Ma mère est unique en son genre ! Elle ne me dit que ce qu'elle a envie de me dire. C'est la femme la plus têtue, la plus inflexible que j'aie jamais rencontrée. Je ne crois pas que les autres soient mieux informées que moi. À mon avis, elle n'en a parlé à personne. De toute façon, même si elles connaissaient toutes son identité, elles ne m'en parleraient pas. On ne me raconte jamais rien, à moi. Je suis une exilée de l'histoire familiale. J'ignore ses sombres secrets. On me tient à l'écart sous prétexte de me protéger.

Elle goba une graine de tournesol et en recracha l'écorce.

— Avec le temps, c'est devenu réciproque. Moi aussi je les tiens à l'écart de ma vie.

Elles ralentirent. À environ cinq cents mètres, un homme se tenait debout sur un petit bateau à moteur, au milieu des voyageurs, une cigarette dans une main et dans l'autre un magnifique bouquet de ballons fluorescents jaunes, oranges et violets. Il paraissait inconscient du spectacle époustouflant qu'il offrait, tirant ce nuage multicolore au milieu de la fumée, entre le bleu du ciel et celui de la mer. Sans doute un marchand impatient de retrouver ses nombreux enfants, qui prenait un raccourci après une dure journée de travail.

Elles gardèrent le silence jusqu'à ce que, un à un, les ballons eussent été absorbés par l'horizon.

— Asseyons-nous, veux-tu ? proposa alors Asya, un peu lasse, désignant la terrasse d'un café miteux, à quelques pas de là — puis, dès qu'elles furent installées devant leurs verres (un thé citron pour Asya, un Coca light pour Armanoush), elle reprit : Alors, dis-moi, quel genre de musique tu écoutes ?

Une tentative manifeste de rapprochement, dans la mesure où la musique était pour Asya son lien le plus fort avec le monde.

— J'aime bien les compositeurs classiques, la world, les chansons arméniennes et le jazz. Et toi ?

— Bah, des tas de trucs. J'ai eu une période hard, genre groupes alternatifs. Punk, postpunk, metal indus, death metal, darkwave, psychedelic, ska troisième génération, et gothic, aussi.

Habituée à considérer ces « tas de trucs » comme de la musique pour adolescents décadents et pour adultes plus paumés que révoltés, Armanoush se contenta d'un :

— Vraiment ?

— Ouais, mais ça fait un moment que je suis accro à Johnny Cash. Depuis, je n'écoute plus que lui. Je l'adore. Il me déprime si profondément que ça anesthésie la douleur.

— Mais tu n'écoutes rien de local ? De la pop turque ?

— La pop turque !!! Pas question !

Peut-être que les Turcs traversaient une crise identitaire, se dit l'Arménienne-Américaine.

Asya expédia son thé et ajouta :

— Mais tante Feride aime beaucoup, elle. Enfin, pour être parfaitement honnête, je crois qu'elle s'intéresse plus aux coiffures des chanteuses qu'à leurs chansons.

Armanoush en était à son deuxième Coca quand elle demanda à Asya ce qu'elle lisait. Une tentative manifeste de rapprochement, dans la mesure où la littérature était son lien le plus fort avec le monde.

— Ah, les livres ! Ils m'ont sauvé la vie, tu sais. En dehors des romans, je lis un peu de tout.

Des jeunes gens turbulents s'installèrent à la table voisine et se mirent à glousser pour un rien, dénigrant les chaises en plastique bordeaux, le modeste assortiment de boissons fraîches aligné dans la vitrine du comptoir, les erreurs de traduction du menu en anglais, et les T-shirts I LOVE ISTANBUL des serveurs. Les deux jeunes femmes rapprochèrent un peu leurs chaises.

— Je m'intéresse surtout à la philosophie. Benjamin, Adorno, Gramsci, Žižek. Et Deleuze, bien sûr. J'aime les abstractions. La philo existentielle. (Elle alluma une autre cigarette.) Et toi ?

Armanoush énuméra une longue liste de romanciers russes et d'Europe de l'Est.

— Tu vois ? Toi non plus tu ne t'intéresses pas trop à la littérature des tiens.

— La littérature a besoin de liberté pour s'épanouir. Nous en avons trop manqué pour que la nôtre ne se développe normalement.

Peut-être que les Arméniens traversaient une phase d'autocompassion, se dit la Turque.

À côté, les adolescents jouaient à se mimer des titres de films. Surprenant qu'un jeu basé sur le silence pût provoquer un tel brouhaha.

— N'empêche que tu pourrais t'intéresser un peu à la musique du Moyen-Orient, osa Armanoush, enhardie par le désordre ambiant. Tes goûts sont si occidentaux, si éloignés de tes racines...

— Qu'est-ce que tu entends par là ? Nous *sommes* occidentaux.

— C'est ce dont vous essayez de vous persuader, mais les Turcs sont un peuple du Moyen-Orient. Et nous le serions aussi si vous ne nous aviez pas réduits à la diaspora.

Il y eut un silence.
— Je ne comprends pas, dit Asya.
— Je veux parler des massacres d'Adana de 1909, des déportations de 1915... De l'influence du Sultan Hamid[1], proturc et promusulman. Le génocide arménien, ça ne t'évoque rien ?
— Je n'ai que dix-neuf ans.
Les adolescents applaudirent la rouquine qui venait de réussir à faire deviner le titre du film qu'elle mimait à l'équipe adverse. Un grand gars séduisant à la pomme d'Adam saillante la remplaça. Il leva deux doigts, fit mine de prendre une boule entre ses deux mains, la renifla, puis la pressa. Nouveau concert de ricanements.
— Tu trouves que c'est une excuse ? Comment peux-tu te montrer aussi...
Armanoush employa alors un mot qu'Asya n'avait jamais entendu : «*impervious*[2]». Mieux valait ne pas se formaliser tant qu'elle n'en aurait pas lu la définition dans un dictionnaire anglais-turc. Savourant une brève apparition du soleil, elle demeura silencieuse plusieurs minutes, puis finit par murmurer :
— Tu sembles fascinée par l'histoire.
— Pas toi ?
— À quoi bon s'intéresser au passé ? Les souvenirs sont des boulets trop lourds à traîner.
Armanoush se concentra sur les mimiques du garçon de la table voisine et lança spontanément :
— Une orange !
Les adolescents la regardèrent, hilares. Elle leur sourit. Rouge comme une pivoine, Asya demanda l'addition. Quand elles eurent rejoint le chemin côtier, Armanoush l'interrogea :
— Un film avec le mot « orange », ça te dit quelque chose ?
— *Orange mécanique ?*
— Mais oui ! (Une pause.) Tu sais, en ce qui concerne ma fascination pour l'histoire... Je pense qu'en dépit de toutes les douleurs qu'elle nous cause, c'est grâce à la mémoire que nous avons survécu.

---

1. Abdülhamid II (1842-1918), également appelé le « Sultan Rouge » en raison des massacres qu'il fit perpétrer contre les Arméniens.
2. Imperméable, indifférente, impénétrable.

– Eh bien, vous avez de la chance.
– Pourquoi ça ?
– Parce que ce sentiment d'appartenance à un groupe et ce sens de la solidarité sont rares. Je me rends compte à quel point le passé de ta famille est tragique, et je respecte ton désir de vouloir garder le souvenir de tes ancêtres intact, afin que leur douleur ne soit pas oubliée. Mais c'est là que nos chemins se séparent, car tu mènes une croisade pour le souvenir alors que moi, je voudrais être comme Petite-Ma, perdre totalement la mémoire.
– Qu'est-ce qui t'effraie à ce point dans le passé ?
– Rien...
Le vent capricieux d'Istanbul joua avec sa jupe.
– ... c'est juste qu'il ne m'apporte rien.
– Ça n'a pas de sens.
– Peut-être, mais franchement, qu'est-ce qu'une personne comme moi aurait à gagner à regarder derrière elle ? Tu ne comprends donc pas ? Je ne cherche pas à refouler sciemment un passé traumatisant... Au contraire, je pense qu'il est préférable de connaître les événements qui ont présidé à notre naissance que de ne rien savoir du tout.
– Mais tu as dit que le passé ne t'intéressait pas. Tu te contredis.
– Ah oui ? Bon, disons que j'ai une opinion ambivalente à ce sujet, concéda-t-elle avec une pointe de malice dans la voix. Sérieusement : le problème est que je ne sais rien de ce qui a précédé ma naissance. Je sais que je suis tombée comme un pavé dans la mare, mais j'ignore pourquoi. Pour moi, l'histoire commence le jour où ma mère m'a mise au monde. Je ne me sens pas inscrite dans une lignée. Comment le pourrais-je, alors que je ne peux même pas remonter à mon propre père ? Je préfère arrêter de me poser des questions, plutôt que de devenir dingue à force de ne jamais obtenir de réponses. Et je me dis : pourquoi vouloir à tout prix déterrer les vieux secrets, quand le passé n'est qu'un cercle vicieux qui nous aspire et nous oblige à courir comme un hamster dans sa roue ?

À mesure qu'elles montaient et descendaient les rues sinueuses de ses différents quartiers, Armanoush se mit à considérer Istanbul comme une sorte de labyrinthe urbain, une ville composée de plusieurs villes. Elle se demanda si James Baldwin avait ressenti la même chose lorsqu'il était venu ici.

À trois heures de l'après-midi, épuisées et affamées, elles entrèrent dans un restaurant qu'Asya qualifia de *must* en matière de poulet *döner*. Elles en commandèrent chacune une portion accompagnée d'un grand verre de yaourt à boire mousseux.

– Il faut que je t'avoue qu'Istanbul est assez différente de ce que j'imaginais, lui confia Armanoush. Plus moderne, et moins conservatrice que je ne le craignais.

– Eh bien, tante Cevriye serait ravie d'entendre ça. Elle me décernerait une médaille pour avoir si bien représenté mon pays !

Elles échangèrent un sourire complice pour la première fois depuis le début de leur rencontre.

– Il y a un endroit où j'aimerais t'emmener un jour, reprit Asya. Un petit bistro où je retrouve mes amis. Le *Café Kundera*.

– Un de mes auteurs préférés ! Le café lui est dédié ?

– Oh, c'est une longue histoire. En fait, chaque jour nous développons une nouvelle théorie pour expliquer ce nom.

Sur le chemin de la konak, Armanoush attrapa la main d'Asya et la serra un instant dans la sienne.

– Tu me rappelles un de mes amis... Je ne connais que deux personnes au monde qui soient à la fois si perspicaces, si compatissantes et si provocatrices. Toi et Baron Baghdassarian.

– Ah ouais ? fit Asya, intriguée par ce nom. En tout cas, ça a l'air de t'amuser...

– Pardon, c'est juste que Baron est également l'être le plus anti-Turc que je connaisse.

Ce soir-là, quand les Kazanci furent couchées, Armanoush se glissa hors de son lit, alluma la petite lampe du bureau et démarra son ordinateur portable, le plus discrètement possible. Elle n'avait jamais remarqué à quel point se connecter pouvait être bruyant. Elle composa son code d'accès et entra dans le *Café Constantinopolis*. Les questions fusèrent de toutes parts :

Où étais-tu ?
Je me suis fait un sang d'encre !
Comment vas-tu ?

Je vais bien. Mais je n'ai pas pu voir la maison de ma grand-mère. Ils ont construit un affreux bâtiment moderne à sa place. Il ne reste aucun souvenir des familles arméniennes qui vivaient ici au début du siècle.

Je suis désolée, écrivit Dame Paon/Siramark. Quand rentres-tu ?

Je reste jusqu'à la fin de la semaine. Je me fais un peu l'effet d'une aventurière. La ville est splendide. Elle ressemble assez à San Francisco avec ses rues pentues, son brouillard permanent, sa brise marine et ses hippies qui traînent un peu partout. C'est un véritable labyrinthe. On dirait une ville faite de plusieurs villes. Et la cuisine est fantastique. Tous les Arméniens seraient au paradis ici !
Elle s'arrêta net.
Je veux dire, pour ce qui est de la nourriture…
Dis donc, miss Âme en Exil, tu étais censée être notre reporter de guerre, et voilà que tu parles comme une Turque ! Tu n'as pas déjà subi un lavage de cerveau ?

C'était Anti-Khavurma. Armanoush soupira.

Au contraire. Je ne me suis jamais sentie aussi arménienne de ma vie. Il fallait que je vienne ici et que je rencontre des Turcs pour ressentir pleinement mon identité arménienne.
La famille qui m'accueille est étonnante. Un brin dingue, mais c'est un peu le cas de toutes les familles. J'ai l'impression de me retrouver dans un roman de Gabriel Garcia Marquez. L'une des tantes est tatoueuse, et une autre complètement siphonnée, comme dirait Asya.

Asya ? tapa Dame Paon/Siramark.

Une fille de mon âge qui a quatre mères et pas de père. Un sacré numéro. Elle est pleine de rage et d'ironie. Un vrai personnage de Dostoïevski.

Armanoush se demanda si Baron Baghdassarian était dans le coin.

Tu as parlé du génocide ? s'enquit Triste Coexistence.

Oui, plusieurs fois. Je leur ai raconté l'histoire des miens. Elles m'ont écoutée avec intérêt. Elles m'ont même témoigné une compassion sincère. Mais le passé semble appartenir à une autre dimension pour les Turcs. C'est étrange.

Si même les femmes sont incapables de voir plus loin que le bout de leur nez, c'est sans espoir… commenta Fille de Sappho.

Je n'ai pas encore eu l'opportunité de discuter avec des hommes, mais Asya devrait bientôt m'emmener dans le café où elle retrouve ses amis, tapa Armanoush, alias Âme en Exil.

Fais attention de ne pas t'enivrer avec eux. L'alcool fait ressortir le pire de chacun de nous, tu sais.

C'était Alex le Stoïque.

Ça m'étonnerait qu'ils boivent. Ils sont musulmans. Cela dit, Asya fume comme une cheminée.

En Arménie aussi les gens fument énormément, déclara Dame Paon/Siramark. J'étais à Erevan il y a peu. Les cigarettes sont un véritable fléau pour la nation.

Armanoush se tortilla sur sa chaise. Où était-il? Pourquoi n'écrivait-il rien? Était-il contrarié? La ligne suivante mit un terme à ses doutes.

Alors, chère Âme en Exil, as-tu réfléchi au Paradoxe Janissaire depuis que tu es en Turquie?

Enfin!

Oui… répondit-elle.

Sentant son hésitation, il continua :

C'est bien que tu t'entendes avec cette famille. Et je te crois quand tu dis que ce sont des femmes de cœur. Mais tu ne vois donc pas que tu ne peux être leur amie qu'à condition de nier ton identité ?

Armanoush se mordit les lèvres. À l'autre bout de la chambre, Asya se retourna dans son lit et murmura des paroles incompréhensibles, comme si elle faisait un cauchemar.

Tout ce que nous réclamons des Turcs, c'est qu'ils reconnaissent que nous avons souffert et que nous souffrons encore. Sans cela, aucune relation sincère n'est possible. Nous leur disons : Écoutez, nous sommes en deuil depuis près d'un siècle maintenant, parce que nous avons perdu des êtres chers, parce qu'on nous a expulsés de nos demeures, bannis de notre pays ; nous avons été traités comme des animaux, massacrés comme des moutons ; on nous a dénié le droit à une mort digne, mais la douleur infligée à nos grands-parents n'est rien comparée à la dénégation systématique dont nous sommes depuis les victimes. Et tu sais ce qu'ils répondent ? Absolument rien ! Il n'y a qu'un seul moyen de se lier d'amitié avec les Turcs, c'est de se montrer aussi ignorants et amnésiques qu'eux.

Elle sursauta en entendant un petit coup frappé à la porte et éteignit machinalement l'écran de l'ordinateur. On frappa à nouveau.
– Oui ? murmura-t-elle.
La porte s'entrouvrit et tante Banu apparut. Elle s'était à la vavite noué un foulard rose autour de la tête et portait une longue chemise de nuit blanc terreux. Alors qu'elle se préparait pour la prière, elle avait remarqué que la chambre des filles était allumée.
Frustrée de ne pouvoir s'exprimer en anglais, elle secoua un doigt en fronçant les sourcils, telle une mime. « Tu étudies trop », comprit Armanoush.
Puis elle lui sourit, lui tapota l'épaule et déposa une assiette près de l'ordinateur – deux oranges pelées –, avant de refermer la porte derrière elle.
Armanoush ralluma son écran, prit deux quartiers d'orange et réfléchit avant de répondre à Baron Baghdassarian.

X

AMANDES

Au matin du cinquième jour, Armanoush s'était déjà bien adaptée à la routine de la konak Kazanci. Les jours de semaine, le petit déjeuner était disposé sur la table à six heures et y demeurait jusqu'à neuf heures trente. Le samovar bouillait en permanence et on préparait du thé frais toutes les heures. Les membres de la famille se succédaient à table, plus ou moins tôt, en fonction de leur activité ou de leur humeur. À la différence du dîner, grande cérémonie parfaitement synchronisée, ces petits déjeuners figuraient une sorte de train omnibus où s'enchaînaient montées et descentes des voyageurs, chacun sa station.

Première levée en raison de la prière du matin, c'était presque toujours tante Banu qui dressait la table. Elle se glissait hors de son lit en marmonnant « Oui, oui » dès le deuxième « La prière est meilleure que le sommeil ! » beuglé par le muezzin de la mosquée la plus proche. Puis elle se rendait à la salle de bains pour se laver le visage, les avant-bras et les pieds à l'eau froide, en songeant : *L'âme a besoin qu'on la secoue un peu pour se réveiller.* Que toutes les autres occupantes de la maison fussent profondément endormies ne la gênait pas le moins du monde. Au contraire, elle redoublait de ferveur dans ses prières pour que le pardon leur fût accordé.

Ce matin-là, quand résonna : « Allah est le plus grand ! Allah est le plus grand ! », elle tendait déjà la main vers sa chemise de nuit et son foulard, cependant, à la différence des autres jours, elle se sentait lourde, très lourde. Le muezzin appela : « J'atteste qu'il n'y a de divinité qu'Allah », mais elle était toujours incapable de se lever. À « Venez à la prière », puis « Venez à la félicité », elle n'avait réussi qu'à poser un pied par terre. La partie inférieure de son corps était engourdie, comme vidée de son sang. « La prière est meilleure que le sommeil. La prière est meilleure que le sommeil. »

– Qu'est-ce qui ne va pas, vous deux ? Pourquoi vous m'empêchez de bouger ? demanda-t-elle aux djinn assis sur ses épaules.

Ils échangèrent un bref regard.

– Ce n'est pas moi qu'il faut interroger. C'est lui qui fait le mal, répondit Mme Douce.

C'était un djinni au visage serein, rayonnant sous une auréole prune, rose et violet. Son cou délicat, au lieu de s'unir au torse, s'achevait en un ruban de fumée, de sorte qu'on aurait dit une tête montée sur un piédestal, ce qui lui allait parfaitement bien.

Banu avait toute confiance en Mme Douce. Ce n'était pas une renégate mais une dévote au grand cœur. Elle avait renoncé à son athéisme – maladie commune à de nombreux djinn – pour se convertir à l'islam. Elle fréquentait régulièrement la mosquée et les lieux de pèlerinage, et était instruite du Saint Coran. Au fil des ans, Banu et elle étaient devenues très proches. Elle ne pouvait pas en dire autant de M. Amer, fait sur un moule très différent, originaire de contrées où le vent hurlait en continu. Il était vieux, très vieux, même à l'échelle temporelle d'un djinni. Et puissant, en dépit des apparences. Nul n'ignorait que les djinn les plus anciens étaient dotés des plus grands pouvoirs.

L'unique raison de la présence de M. Amer au domicile Kazanci était que tante Banu l'avait emprisonné des années auparavant, au matin de son quarantième jour de pénitence. Depuis qu'il était sous son contrôle, elle n'avait jamais ôté le talisman qui le maintenait captif. Enchaîner un djinni n'était pas chose facile. D'abord, vous deviez deviner son nom avant qu'il ne devinât le vôtre : un jeu dangereux puisque, s'il y parvenait avant vous, il devenait le maître et vous l'esclave. Puis, une fois que vous l'aviez sous votre contrôle, il fallait éviter de commettre la folle erreur de tenir votre autorité pour un fait acquis. Le seul être, dans toute l'histoire de l'humanité, à avoir réussi à régner sur des armées de djinn était le grand Salomon ; et encore, il n'y serait pas arrivé sans l'aide de son anneau d'acier magique. Il fallait être stupide ou narcissique pour s'enorgueillir d'avoir capturé un djinni, or tante Banu n'était ni l'un ni l'autre. M. Amer avait beau la servir depuis plus de six années, elle considérait leur relation comme un contrat temporaire à renouveler de temps en temps. Elle n'avait jamais abusé de son pouvoir et ne l'avait jamais traité avec brutalité ou condescendance, sachant qu'à la différence des humains, les djinn n'oubliaient jamais une injustice commise à leur encontre. Ils gravaient soigneusement l'incident dans leur mémoire afin de se venger le moment venu.

Elle aurait pu user de son autorité pour obtenir de lui des faveurs matérielles – argent, bijoux, gloire –, mais elle s'y était refusée. Toutes ces choses n'étaient qu'illusions ; sans compter que les fortunes acquises subitement par les uns avaient nécessairement été volées à d'autres, les destins des êtres étant tous reliés, telles les lignes d'un treillis. La seule chose que Banu exigeait de son mauvais djinni était la connaissance.

Elle lui demandait de lui raconter des événements oubliés, de lui communiquer les noms de certains individus, de l'informer sur des conflits familiaux, de lui révéler des secrets mal enfouis, des mystères non résolus. Le strict nécessaire pour l'aider à répondre aux attentes de ses nombreuses clientes. Pour leur conseiller de chercher tel document précieux dans tel endroit, par exemple. Ou dénoncer l'auteur d'un sort dont elles étaient victimes. Une fois, on lui avait amené une femme enceinte qui était tombée subitement malade et dont l'état empirait de manière alarmante de jour en jour. Après avoir consulté son djinni, Banu demanda à la femme d'aller récupérer une bourse de velours noir au pied du citronnier stérile qui poussait dans son jardin ; celle-ci contenait un pain de savon à l'olive incrusté de ses ongles : une voisine jalouse lui avait jeté un mauvais sort. Banu ne lui révéla toutefois pas le nom de son ennemie, pour éviter l'escalade de représailles. Quelques jours plus tard, elle apprit que la femme avait recouvré la santé. Tels étaient les services que Banu demandait à M. Amer. Elle n'avait jamais exigé de faveur personnelle... à une exception près. Lorsqu'elle avait voulu connaître le nom du père d'Asya. Au début, elle lui avait fait l'affront de ne pas le croire. Pourtant elle n'ignorait pas qu'un djinni esclave ne mentait jamais à son maître. Puis elle avait cessé de nier ce que son cœur savait depuis longtemps. Et sa vie n'avait plus jamais été la même. Elle se demandait souvent s'il n'aurait pas mieux valu demeurer dans l'ignorance et s'éviter les affres de la malédiction du sage. Et voilà qu'après des années de précaution, Banu envisageait à nouveau de solliciter une faveur de M. Amer. D'où sa faiblesse, ce matin. Les pensées contradictoires qui l'assaillaient l'affaiblissaient vis-à-vis de son esclave, qui, à chaque dilemme de sa maîtresse, pesait un peu plus lourd sur son épaule.

Devait-elle le questionner, alors qu'elle avait tant souffert de sa réponse précédente ? N'était-il pas temps de mettre un terme à ce jeu dangereux et d'ôter le talisman une bonne fois pour toutes ? Mme Douce l'aiderait à accomplir ses devoirs de voyante. Ses pouvoirs seraient un peu amoindris, mais elle se débrouillerait. Une part d'elle se recroquevillait à l'idée d'être frappée à nouveau par la malédiction du sage, et l'autre brûlait d'en apprendre toujours davantage. Se délectant de ses tourments, M. Amer pesait de tout son poids sur son épaule gauche.

– Descends de là, lui ordonna-t-elle, récitant alors la prière conseillée par le Coran pour se débarrasser d'un djinni récalcitrant.

L'esclave sauta à terre.

– Vas-tu me relâcher ou utiliser mes pouvoirs pour obtenir une information précise ? lança-t-il, perfide.

Banu poussa un petit gémissement, incapable de se décider. Elle se sentait si minuscule, coincée entre cette vaste terre et l'immensité du ciel et de l'univers.

– Pose-moi la question qui te brûle les lèvres depuis que cette Américaine t'a raconté l'histoire de sa famille. Tu ne veux pas savoir si elle a dit la vérité ? Tu ne veux pas lui venir en aide ? Tu préfères réserver tes pouvoirs à tes clientes ? la provoqua le mauvais génie, ses yeux noirs comme du charbon luisant de malice.

Devant son silence, il se radoucit.
– Je sais tout. J'étais présent.
– Tais-toi ! s'emporta Banu, d'une voix grinçante.
Elle sentit de la bile lui remonter de l'estomac.
– Ça ne m'intéresse pas. Je regrette tant le jour où je t'ai interrogé sur le père d'Asya. Mon Dieu, comme je regrette ! À quoi bon savoir ce qu'on ne peut changer ? C'est se laisser injecter du venin qui vous empoisonne la vie sans vous offrir la délivrance de la mort. Je ne veux pas de ça... Et puis d'abord, qu'est-ce que tu sais de cette histoire ?

Pourquoi avait-elle laissé échapper cette dernière question ? Elle était bien placée pour savoir que M. Amer était un *gulyabani*, le djinni le plus dangereux et le mieux informé des tragédies humaines.

Soldats maudits pris en embuscade et massacrés à des kilomètres de leurs foyers, vagabonds morts de froid dans les montagnes, pestiférés exilés dans les profondeurs du désert, voyageurs dévalisés et poignardés par des bandits, explorateurs égarés, criminels envoyés sur des îles lointaines pour y être exécutés... les gulyabani les avaient tous vus agoniser. Ils étaient là, quand des bataillons complets avaient été exterminés sur des champs de bataille ensanglantés, quand des villages entiers avaient succombé à la famine, quand des caravanes avaient été réduites en cendres par le feu ennemi. Ils avaient assisté à la bataille de Yarmuk et vu l'imposante armée de l'empereur byzantin Héraclius se faire écraser par les musulmans. Ils étaient là lorsque le général berbère Tariq gronda à ses soldats : « Ô mes guerriers, derrière vous se trouve la mer, devant il y a l'ennemi, allez-vous fuir maintenant ? » avant d'envahir l'Espagne wisigothe et de tuer tout le monde sur son passage ; ou quand Charles, connu sous le nom de Martel, fit périr trois cent mille Arabes lors de la bataille de Tour ; ou quand l'illustre vizir Nizam al-Mulk fut tué par la secte des Assassins, intoxiquée au haschich, qui répandit ensuite la terreur jusqu'à ce que le Mongol Hulagu détruisît leur forteresse. Les gulyabani avaient assisté en personne à chacune de ces calamités. Ils étaient réputés pour rôder dans le sillage des pauvres bougres perdus dans le désert, sans nourriture ni eau. Chaque fois qu'un être gisait sans sépulture, ils étaient là, déguisés en plantes, en rochers ou en vautours. Ils guettaient les catastrophes, de haut, hantaient les caravanes, volaient les derniers vivres des miséreux, effrayaient les pèlerins sur leur parcours sacré, attaquaient les processions, faisaient mourir de peur les condamnés aux galères en leur chuchotant des airs sinistres à l'oreille. Ils avaient assisté à tous les drames dont les annales de l'humanité ne gardaient plus aucune trace, avaient connaissance de tout ce que des humains avaient pu infliger à d'autres humains.

Si l'arrière-grand-mère d'Armanoush avait été contrainte à cette marche de la mort en 1915, M. Amer ne pouvait pas l'ignorer.

– Alors ? Vas-tu m'interroger ? susurra la voix sinistre du djinni. J'avais pris la forme d'un vautour. Je volais au-dessus d'eux. Je les ai vus marcher pendant des jours et des jours. Des femmes et des enfants. Je dessinais des cercles dans le ciel bleu, en attendant qu'ils tombent à genoux.

– La ferme ! brailla Banu. Je ne veux pas savoir. N'oublie pas que tu me dois l'obéissance.

– Oui, maîtresse. Vos désirs sont des ordres, et il en sera ainsi tant que vous porterez le talisman. Mais s'il vous prenait l'envie de savoir ce qu'il est advenu de la famille de cette fille en 1915, faites-le-moi savoir. Ma mémoire est la vôtre.

Banu se redressa et se mordit les lèvres de toutes ses forces pour s'endurcir. Soudain, une odeur de poussière et de putréfaction envahit l'atmosphère de la chambre. Elle soupçonna l'instant présent de se décomposer rapidement, ou le passé de s'infiltrer dans le présent. Les grilles du temps attendaient d'être déverrouillées. Pour les maintenir fermées, elle sortit du tiroir de sa table de nuit le Saint Coran qu'elle gardait dans une pochette perlée. Elle l'ouvrit au hasard et lut : « Nous sommes plus près de lui que sa veine jugulaire[1] »[50 : 16].

– Allah, soupira-t-elle. Toi qui es plus proche de moi que ma veine jugulaire, aide-moi à résoudre ce dilemme. Maintiens-moi dans la béatitude de l'ignorant ou donne-moi la force de supporter le savoir. Quoi que Tu décides, je t'en rendrai grâce, mais je

---

1. Traduit par Kasimirski (1840).

t'en supplie, ne me plonge pas à la fois dans la connaissance et dans l'impuissance.

Sur cette prière, elle enfila sa chemise de nuit et se rendit à la salle de bains sur la pointe des pieds. Elle vérifia l'heure à l'horloge du buffet : sept heures quarante-cinq. Était-elle restée au lit si longtemps, à débattre avec M. Amer et sa propre conscience ? Elle se hâta de se laver le visage, les mains et les pieds, retourna à sa chambre, son foulard en gaze sur la tête, étala son petit tapis, et se releva pour prier.

Tante Banu dressa la table en retard ce matin-là, ce dont Armanoush ne fut pas en mesure de s'apercevoir. Elle était restée connectée jusque tard dans la nuit et éprouvait des difficultés à se lever. Elle se retournait dans son lit et malmenait ses couvertures dans l'espoir de parvenir à se rendormir. Elle finit par soulever une paupière lourde. Asya était assise à son bureau. Elle lisait, des écouteurs sur les oreilles.

– Qu'est-ce que tu écoutes ?
– Hein ? Johnny Cash !
– Évidemment ! Et qu'est-ce que tu lis ?
– *L'Homme irrationnel : Une étude de la philosophie existentielle*.
– N'est-ce pas un peu irrationnel, ça aussi : d'écouter de la musique en lisant de la philosophie existentielle ?
– Johnny Cash et la philo se marient parfaitement bien. Ils triturent tous deux l'âme humaine pour voir ce qu'elle contient, puis, déçus de leurs découvertes, ils l'abandonnent sans se donner la peine de la refermer.

Armanoush n'eut pas le temps de ruminer cette réflexion, on frappa à la porte pour leur annoncer que le petit déjeuner omnibus n'allait pas tarder à marquer son dernier arrêt.

La table n'était plus mise que pour deux personnes. Grand-mère et Petite-Ma étaient allées rendre visite à une parente, Cevriye était au lycée, Zeliha au travail et Feride séchait ses cheveux roux dans la salle de bains. La seule tante présente dans le salon était d'une humeur étrangement morose.

– Quel est le problème ? Tes djinn t'ont laissée choir ? lança Asya.

Banu gagna la cuisine sans daigner lui répondre. Durant les deux heures qui suivirent, elle réorganisa les bocaux de céréales alignés sur les étagères, lessiva les sols, prépara des galettes aux raisins et aux noix, lava les fruits en plastique posés sur le comptoir et s'évertua à faire disparaître une tache de moutarde séchée dans un coin de la cuisinière. Quand elle revint au salon, les filles étaient toujours attablées. Elles gloussaient devant *La Malédiction du lierre de la passion*, le soap-opera le plus ancien de l'histoire de la télé turque. Elle aurait pu leur en vouloir de se moquer de son feuilleton préféré, mais elle n'éprouva que de la surprise : c'était la première fois qu'elle en manquait un épisode depuis sa période de pénitence. Et même alors, puisse Allah lui pardonner, elle n'avait pu se retenir d'y penser. Donc, aujourd'hui, elle était manifestement très préoccupée...

Toute à ses réflexions, elle remarqua soudain que les deux filles lançaient des œillades dans sa direction, en quête de nouvelles distractions à présent que la série était terminée.

– Armanoush se demandait si tu pourrais lui lire les tarots...

– Pour quoi faire ? Dis-lui qu'elle est belle, intelligente et promise à un avenir brillant. Seules les jeunes femmes sans avenir ont besoin de connaître leur destinée.

– Dans ce cas, lis-lui les noisettes grillées, insista Asya, se dispensant de traduire la réponse de sa tante.

– Je ne fais plus ce genre de chose. Ça n'était pas très efficace.

– Tu vois, ma tante est une voyante positiviste. Elle mesure scientifiquement les marges d'erreur de chaque méthode de divination, expliqua Asya à Armanoush avant de reprendre plus sérieusement en turc : Alors, lis-nous le marc de café.

– Ça, d'accord, concéda tante Banu. Le marc, je peux le lire n'importe quand.

On prépara un café sans sucre pour Armanoush et un très sucré pour Asya – laquelle était avide de caféine, pas de connaître son destin. Quand leur invitée eut terminé sa tasse, Banu la couvrit de la soucoupe et la retourna à trois reprises avant de la reposer sur la table, à l'envers. Ensuite elles attendirent, car le marc devait maintenant descendre lentement sur les parois de la tasse pour former des motifs. Une vingtaine de minutes plus tard, la devineresse la prit entre ses mains et commença à lire dans le sens des aiguilles d'une montre.

– Je vois une femme très inquiète...
– Sans doute ma mère.
– Elle se ronge les sangs. Elle pense à toi en permanence. Elle t'aime énormément, mais son esprit est tourmenté. Je vois une ville avec des ponts rouges. De l'eau, la mer, le vent... et du brouillard. Et une famille... de nombreuses têtes. Beaucoup de gens, beaucoup d'amour, beaucoup de nourriture, aussi...

Armanoush acquiesça, un peu embarrassée.

– Et là... (Banu vit des fleurs éparpillées sur une tombe, très loin d'ici ; elle fit silencieusement tourner la tasse.) Et là... il y a un jeune homme à qui tu es chère. Mais... on dirait qu'il est voilé.

Le cœur d'Armanoush fit un bond dans sa poitrine.

– Est-ce que ça pourrait être un écran d'ordinateur ? s'enquit Asya, taquine, alors que Sultan V sautait sur ses genoux.

– Il n'y a jamais d'ordinateurs dans mon marc de café, grommela tante Banu, comme si la technologie était incompatible avec son univers psychique.

Elle marqua une pause solennelle, fit pivoter la tasse de deux centimètres et fronça les sourcils.

– Je vois une fille de ton âge. Avec des cheveux noir corbeau... et une forte poitrine...

– Merci, chère tante, message reçu ! Mais tu sais, tu n'es pas obligée de glisser un membre de ta famille dans toutes les tasses que tu lis. Ça s'appelle du népotisme.

– Il y a une corde... Une grosse corde très solide, avec une boucle au bout... comme un lasso. Un lien puissant va vous unir. Un lien spirituel.

À la grande déception des filles, tante Banu reposa alors la tasse sur la soucoupe et la remplit d'eau froide pour faire disparaître les motifs avant que quiconque ne pût y jeter un œil. C'était le bon côté du marc de café : à la différence du destin écrit par Allah, celui-là pouvait toujours être effacé.

Sur le chemin du *Café Kundera*, elles prirent le ferry afin qu'Armanoush pût admirer la ville dans toute son étendue et sa splendeur. À l'image du bateau, les passagers semblaient fatigués. Mais bientôt, l'énorme vaisseau vira vers la mer azurée et une rafale de vent balaya la lassitude ambiante. Le brouhaha des voix s'amplifia et se mêla au ronronnement du moteur, au clapotis des vagues et aux cris des mouettes qui les suivaient, quémandant quelques morceaux de simit.

Une grosse femme vêtue de manière classique et un adolescent étaient assis sur le banc, face aux filles. À en juger par sa grimace, la mère n'appréciait guère les transports collectifs. Armanoush l'imagina jetant à la mer toutes les personnes mal fagotées. Retranché derrière ses épaisses lunettes de soleil, le fils paraissait vaguement embarrassé. Des personnages de Flannery O'Connor, songea-t-elle.

– Parle-moi encore de ce Baron, dit inopinément Asya. À quoi ressemble-t-il ? Quel âge a-t-il ?

Armanoush rougit. Dans la lumière vive du soleil hivernal qui perçait les nuages, son visage était celui d'une jeune femme amoureuse.

– Je ne sais pas. Je ne l'ai jamais rencontré. C'est un cyberami, en fait. Son intelligence et son enthousiasme m'attirent.

– Et de le voir en chair et en os, ça te tenterait ?

Armanoush s'acheta un simit au petit buffet bondé avant de répondre :

– Oui, et non.

Elle s'appuya au bastingage et attendit, un bout de simit en main, qu'une mouette pointât son bec.

– Lance ton morceau en l'air, il sera tout de suite saisi au vol ! lui conseilla Asya.

Et effectivement, sitôt le bout de simit lancé, une mouette jaillit du ciel et piqua droit dessus.

– J'ai bien envie d'en apprendre davantage sur lui, mais dans le fond, je n'ai pas envie de le rencontrer. Chaque fois que je sors avec un homme, la magie disparaît. Je ne veux pas que cela arrive avec lui. Sortir, coucher, ça complique tout…

Elles avaient brisé l'un des trois tabous. Elles se rapprochaient.
– La magie ! Qui a besoin de magie ? Les contes de Layla et Majnun, Yusuf et Zulaykha, le Papillon de nuit et la bougie, le Rossignol et la rose... L'amour platonique. L'échelle qu'on grimpe barreau après barreau, les transports du Moi. Tout contact physique est corrompu et ignoble car le but véritable de l'Éros est la beauté. N'y a-t-il aucune beauté dans le sexe ? Si tu veux mon avis, le problème de Platon, c'est qu'il ne s'était jamais envoyé somptueusement en l'air.

– Je croyais que tu aimais la philo...

– J'admire les philosophes, ça ne veut pas dire que je sois d'accord avec eux.

– J'en déduis que tu n'as rien d'une adepte de l'amour platonicien.

Asya s'en voulut d'avoir trop parlé. L'Américaine était si polie, si bien élevée... comment lui avouer qu'elle avait déjà connu les caresses de bien des mains, sans se sentir coupable pour autant ? Ne risquait-elle pas de porter préjudice à la réputation de chasteté des jeunes Turques ?

Elle n'avait jamais éprouvé de sentiment d'appartenance à une quelconque collectivité, et voilà qu'elle se sentait le devoir de museler la pécheresse pour faire honneur à son identité nationale. Elle n'arrivait pas à confier à Armanoush son intime conviction qu'on ne pouvait être sûre de ses sentiments pour un homme tant qu'on n'avait pas couché avec lui. Que la plupart des complexes idiots, imperceptibles en société, n'apparaissaient qu'à ce moment-là. Que l'acte était bien plus sensuel que physique, quoi qu'on en dise. Elle n'osait pas lui avouer qu'elle s'était trop souvent servi du sexe pour se venger des hommes, sans savoir pourquoi. Qu'elle avait multiplié les aventures, qu'il lui était même arrivé d'avoir deux amants à la fois, qu'elle avait accumulé des douleurs et des secrets insoupçonnés. Armanoush serait-elle capable de la comprendre sans la juger, elle qui était perchée si haut dans sa tour d'ivoire ?

Pouvait-elle lui parler de ce suicide manqué dont elle avait tiré deux enseignements : qu'avaler les pilules de votre tante cinglée n'était pas le meilleur moyen de se supprimer, et qu'il valait toujours mieux préparer une explication par avance, car en cas d'échec vous deviez affronter l'embarrassant POURQUOI ? Pouvait-elle lui avouer qu'à ce jour, elle était toujours incapable d'expliquer son acte ? Qu'il lui semblait juste qu'elle était trop jeune et trop furieuse envers le monde ? Que penserait Armanoush si elle apprenait qu'Asya ne s'était jamais sentie plus stable et plus sereine que depuis qu'elle entretenait une liaison avec un homme marié deux fois plus vieux qu'elle, en compagnie de qui elle aimait fumer du haschich ?

Asya sortit son walkman de son sac à dos et demanda si elle pouvait juste écouter une chanson ; une seule. Elle avait besoin d'une dose de Johnny Cash. Elle offrit un écouteur à Armanoush, qui l'accepta.

– Et laquelle des chansons de Cash vas-tu nous passer ?
– « Dirty Old Egg-Suckin' Dog ».
– C'est le titre ? Ça ne me dit rien.
– Tiens, écoute...

Après un prélude nonchalant, la mélodie country s'amalgama aux cris des mouettes et aux vocalises des conversations turques.

> *Egg-suckin' dog*
> *I'm gonna stomp your head in the ground*
> *If you don't stay out of my hen house*
> *You dirty old egg-suckin' hound* [1]...

Armanoush était trop saisie par le contraste entre les paroles et le cadre où elles évoluaient pour apprécier la chanson, et elle songea qu'elle ressentait la même chose vis-à-vis de la jeune Turque, dont la fougue et les contradictions détonnaient tout autant dans son environnement : sensible et réactive, elle semblait prête à exploser d'un instant à l'autre. Armanoush s'adossa au banc et se laissa porter par le bourdonnement monotone en regardant les bouts de simit disparaître dans les airs. Il y avait une certaine magie dans la lente progression du ferry sur la mer profonde, hantée de toutes les créatures qui l'avaient peuplée.

---

1. « Clébard bouffeur d'œufs/Tu vas finir piétiné/Si tu entres encore dans mon poulailler/Sale clébard bouffeur d'œufs... »

Now if he don't stop eatin' my eggs up
Though I'm not a real bad guy
I'm gonna get my rifle and send him
To that great chicken house in the sky [1]...

Elles atteignirent la rive au moment où la chanson se terminait. Certains passagers sautèrent à terre avant que le ferry ne rejoignît l'appontement. Armanoush admira leurs acrobaties, émerveillée devant les nombreux talents développés par les Stambouliotes pour s'adapter à leur ville.

Quinze minutes plus tard, elles poussaient la porte grinçante du *Café Kundera*. Le groupe était attablé dans son coin habituel.

– Salut, tout le monde ! lança Asya. Je vous présente Amy, une amie américaine.

– Bienvenue à Istanbul, Amy ! répondirent-ils en chœur, avant de l'assaillir de questions, du genre : C'est la première fois que tu viens en Turquie ? Comment trouves-tu la ville ? Tu aimes la cuisine turque ? Tu restes combien de temps ? Tu comptes revenir ?

Toutefois, comme rien ne pouvait perturber bien longtemps l'atmosphère languide du lieu, ils eurent tôt fait de replonger dans leur torpeur. Les amateurs de mouvement n'avaient qu'à sortir, les rues en étaient pleines. Entre ces murs, l'indolence était de mise. On contemplait, on se répétait, on se soustrayait au monde – du moins, on essayait.

Armanoush regarda autour d'elle. La tension constante entre réalité et fantasme, l'opposition entre gens du dehors et gens de l'intérieur, l'atmosphère onirique, l'expression maussade d'hommes ployant sous le fardeau de liaisons bancales, ou trop légers pour s'incarner dans le réel... tout ici évoquait une scène d'un roman de Kundera. Et pourtant, tel le poisson dont la vue est si troublée par les courants marins qu'il ignore l'immensité de l'océan, cette évidence leur échappait.

---

1. « S'il n'arrête pas tout de suite de manger mes œufs/J'ai beau être un faux dur/Je vais sortir mon fusil et l'envoyer/Dans l'immense poulailler du ciel... »

Fascinée, elle nota également que tous les amis d'Asya passaient sans effort du turc à l'anglais, apparemment peu inhibés par leurs fautes grammaticales. Toutefois, après avoir passé un peu plus de temps en leur compagnie, elle soupçonna cette aisance d'être moins due à leur confiance en leur anglais qu'à leur méfiance envers le langage en général. Ils agissaient et s'exprimaient comme si les mots étaient impuissants à rendre la complexité de leur pensée, comme si le langage n'était qu'une carcasse creuse.

Toutes les photos accrochées aux murs représentaient des routes de pays occidentaux ou de contrées exotiques – sans doute plus stimulants pour l'imagination turque, se dit Armanoush, ne sachant trop que déduire de cette observation.

Un marchand basané se glissa discrètement dans le café. Il portait un énorme plateau d'amandes fraîches entassées sur des glaçons.

– Amandes ! cria-t-il, comme s'il appelait désespérément quelqu'un.

– Ici ! répondit le Dessinateur Dipsomane.

Les amandes se marieraient parfaitement avec sa bière. Cette fois, il avait définitivement quitté les Alcooliques anonymes. Moins pour des questions d'addiction que par souci d'honnêteté : il ne voyait aucune raison de se faire passer plus longtemps pour un alcoolique. C'était de l'imposture. Il avait décidé d'être son propre superviseur. Aujourd'hui, par exemple, il ne s'autoriserait que trois bières. Il venait d'en finir une, il lui en restait donc deux. Après ça, il arrêterait. Car, assura-t-il aux autres, il était parfaitement capable de se discipliner sans cette aide pitoyable. Sur quoi, il acheta trois louches d'amandes qu'il déposa au centre de la table, afin que tout le monde pût se servir.

Armanoush regarda un serveur élancé prendre une commande, l'air égaré, et se rappela son commentaire de l'autre nuit sur les musulmans et l'alcool. Allait-elle avouer à ses copains du *Café Constantinopolis* qu'en réalité, les Turcs étaient de grands amateurs d'alcool ?

Quelques minutes plus tard, le serveur s'approcha de leur table avec une grande bière mousseuse et une carafe de vin rouge. Elle profita de ce qu'il remplissait les élégants verres à pied de liquide grenat pour observer ses compagnons. Le gros type au nez bulbeux et son épouse crispée, le Chroniqueur Crypto Gay, le Poète Singulièrement Médiocre, le Scénariste Internationaliste de Films Ultranationalistes. Son regard s'attarda sur la jeune brune sexy assise en face d'elle, dont l'attitude contrastait avec celle des autres, et qui pourtant paraissait à son aise parmi eux. Totalement absorbée par son téléphone portable pailleté, elle n'arrêtait pas de l'ouvrir sans raison apparente et de pianoter sur son clavier pour lire ou envoyer des messages. De temps en temps, elle se penchait vers le barbu assis à côté d'elle et frottait son nez contre son oreille.

– L'autre jour, je me suis fait tatouer, lança-t-elle de but en blanc.

Armanoush fut surprise de constater que c'était bien à elle que s'adressait la jeune femme – par pur ennui, ou pour sympathiser avec la seule autre personne extérieure au groupe.

– Tiens, regarde.

Une orchidée sauvage rouge sang s'enroulait autour de son nombril.

– Joli, fit Armanoush.

La Petite Amie sourit.

– Merci, dit-elle, se tamponnant machinalement les lèvres de sa serviette de table.

Beaucoup moins complaisante envers les femmes, Asya venait de trancher quant à l'attitude à adopter avec celle-ci en particulier. Les deux possibilités étant d'attendre de la haïr ou de sauter les étapes pour la détester d'emblée, elle avait choisi la deuxième. Elle se carra dans son siège et leva son verre devant ses yeux.

– En fait, si l'on remonte aux origines du tatouage...

Elle laissa sa phrase en suspens et opta pour une autre tactique.

– Au début des années 1990, des explorateurs découvrirent un corps parfaitement conservé dans les Alpes italiennes. Il avait plus de cinq mille ans et arborait cinquante-sept tatouages. Les tatouages les plus vieux du monde !

– Vraiment ? s'étonna Armanoush. Je me demande quel genre de motifs on tatouait, à l'époque.

– Des totems. Des animaux, le plus souvent. Des ânes, des daims, des hiboux, des béliers, des serpents. Je suis sûre que les serpents étaient très demandés.
– Plus de cinq mille ans ? Ben mince ! fit la Petite Amie.
– Mais je parie que personne ne se faisait tatouer autour du nombril, gloussa le scénariste.
Les amoureux roucoulèrent et s'embrassèrent.
Il y avait quelques tables disséminées sur le trottoir. Un couple à la mine maussade s'assit à l'une d'elles, puis un autre, genre citadins stressés. Des personnages de Fitzgerald.
– On a tendance à associer le tatouage aux notions d'originalité, d'inventivité, voire de modernité ; alors qu'en réalité, se faire tatouer le pourtour du nombril est l'une des coutumes les plus anciennes de l'histoire de l'humanité. À la fin du dix-neuvième siècle, une momie fut découverte par un groupe d'archéologues occidentaux. Il s'agissait d'une princesse égyptienne. Elle s'appelait Amunet. Et vous savez quoi ? (Asya se tourna vers le scénariste.) Elle était tatouée autour du nombril !
– Comment tu le sais ? demanda la Petite Amie.
– Sa mère possède un salon de tatouage, lui précisa le Dessinateur Dipsomane, résistant aux désirs d'embrasser Asya à pleines lèvres, de commander sa troisième bière et d'arrêter de se faire passer pour un autre.
Seule Armanoush remarqua son regard enfiévré. Pas de doute, cet homme était amoureux de son amie. Asya, quant à elle, était prête à lancer une nouvelle attaque.
– Le problème, c'est que les tatouages peuvent se révéler très dangereux, dit-elle en s'appuyant sur la table. Les instruments utilisés par l'artiste tatoueur sont soigneusement désinfectés, mais quand on considère que la technique la plus courante consiste à injecter l'encre à l'aide d'aiguilles, il est difficile de réduire à zéro les risques de contamination…
Son ton menaçant les fit tous frissonner, à l'exception du dessinateur qui savourait pleinement son numéro.
– Le tatouage s'effectue au rythme de trois mille injections minute.
Elle illustra ses propos en tirant une cigarette de son paquet,

puis en la repoussant à l'intérieur à plusieurs reprises. La Petite Amie s'apprêtait à sourire de la connotation sexuelle de son geste, quand l'expression d'Asya l'en dissuada.

– On peut contracter toutes sortes de maladies dans un salon de tatouage, dont certaines mortelles, comme la septicémie ou l'hépatite. C'est pourquoi, à chaque séance, l'artiste doit se servir d'une aiguille stérile neuve, se laver les mains à l'eau chaude, utiliser un gel désinfectant et porter des gants en latex... En théorie, bien sûr. Parce que, franchement, qui s'embarrasse de toutes ces précautions ?

– Ils ont fait tout ça pour moi, affirma la Petite Amie, vaguement paniquée.

– Ouais, c'est bien. Et l'encre ? Tu sais qu'elle doit être renouvelée à chaque séance, et pour chaque client, comme les aiguilles ?

– L'encre ?

– Oui ! L'encre aussi peut causer toutes sortes d'infections, la plus commune étant le staphylocoque doré, réputé pour causer des troubles cardiaques sérieux.

Cette fois, la Petite Amie pâlit. Elle n'accorda aucun regard à son téléphone qui bipait.

– Tu as consulté un médecin avant de te faire tatouer ?
– Non...
– Bah, ça n'est pas si grave. Il y a de fortes chances pour qu'il ne t'arrive rien, conclut Asya, s'adossant à nouveau à sa chaise.

Armanoush et le Dessinateur Dipsomane échangèrent un sourire.

– Est-ce qu'elle pourra le faire effacer, si un jour elle le désire ? demanda ce dernier.

– Oui, bien sûr. Seulement, le procédé est douloureux et plutôt décourageant. En fait, il y a trois méthodes : la chirurgie, le traitement au laser et la desquamation.

Elle prit une amande et la pela délicatement, sous les regards horrifiés de ses compagnons, avant de l'envoyer dans sa bouche et de la mâcher goulûment.

– Personnellement, je ne recommande pas la troisième méthode ; même si les deux autres présentent elles aussi de nombreux désavantages : pas facile de trouver des dermatologues et des chirurgiens plasticiens compétents. Sans compter que ça coûte très cher et que ça ne marche pas du premier coup. Et une fois que le tatouage est effacé, il reste des cicatrices et des zones de dépigmentation. Pour se débarrasser de ça, il faut repasser sur le billard et là, encore, les résultats ne sont pas garantis.

Armanoush se pinça pour ne pas éclater de rire.

– Bon, et si on buvait un coup ? intervint la femme du Dessinateur Dipsomane, lassée par cette conversation. Ça fait longtemps qu'on n'a pas trinqué à la santé du gars des pointes. C'est quoi son nom, au fait ? Cecche…?

– Cecchetti, corrigea Asya, agacée.

– Oui, oui, Cecchetti, gloussa le Poète Singulièrement Médiocre en se tournant vers Armanoush. Sais-tu que, sans lui, les ballerines ne s'useraient pas les pieds à marcher sur des pointes ?

– Quelle mouche a bien pu le piquer ? s'éleva une autre voix, déclenchant un éclat de rire général.

– Alors, Amy, d'où viens-tu ? s'enquit le poète.

– En fait, Amy est le diminutif d'Armanoush, signala Asya, d'humeur provocatrice. Elle est d'origine arménienne.

Être arménien n'avait rien de choquant pour les habitués du *Café Kundera*, cela signifiait juste : même culture, mêmes problèmes. Mais être américaine-arménienne sous-entendait : haine des Turcs. Ils se tournèrent tous vers l'étrangère, à la fois intéressés et méfiants. Armanoush se redressa, prête à encaisser les coups.

Craignant que leur naturel désinvolte ne reprît vite le dessus, Asya attisa le feu.

– La famille d'Armanoush vivait à Istanbul, précisa-t-elle avant de gober une amande. Les siens ont subi toutes sortes de tortures en 1915… Beaucoup sont morts au cours des déportations. De faim, d'épuisement, à la suite de brutalités…

Aucun commentaire. Elle en rajouta une couche, sous le regard inquiet du Dessinateur Dipsomane.

– Mais son arrière-grand-père a été tué bien avant ça. C'était un intellectuel.

Elle sirota un peu de vin.

– Les membres de l'intelligentsia arménienne furent les premiers à être exécutés, dans le but de priver la communauté de ses leaders.
– C'est un tissu de mensonges, s'insurgea le Scénariste Internationaliste de Films Ultranationalistes. Si c'était vrai, ça se saurait. Il tira sur sa pipe, répandant un voile de fumée entre Armanoush et lui.
– Je suis vraiment désolé pour ta famille, toutes mes condoléances, dit-il gentiment à Armanoush. Mais il faut que tu comprennes que tout cela est arrivé en temps de guerre. Il y a eu des victimes dans les deux camps. Sais-tu combien de Turcs ont été massacrés par les rebelles arméniens ? As-tu déjà envisagé les choses sous leur angle historique ? Je parie que non ! Et la souffrance des familles turques, qui en parle ? Quoi qu'il en soit, cette tragédie date de 1915. C'était une autre époque. Un autre État. Tout cela s'est passé sous l'Empire ottoman, pour l'amour du ciel ! Une ère prémoderne avec ses tragédies prémodernes.

Armanoush serra les dents. Que répondre à cela ? Comme elle aurait aimé que Baron Baghdassarian fût ici en ce moment…

– Dis donc, je croyais que tu n'étais pas nationaliste ! fit remarquer Asya.

– Je ne le suis pas ! Mais je respecte les vérités historiques.

– Ces gens ont subi un lavage de cerveau, renchérit sa petite amie, échauffée par la discussion sur son tatouage.

Le serveur apparut et remplaça la carafe vide par une carafe pleine.

– Ah ouais ? Qu'est-ce que tu en sais ? Que sais-tu vraiment des événements de 1915 ? Combien de livres as-tu lus sur le sujet, pour être si sûre de toi ? Combien de points de vue différents as-tu confrontés ? Quelles recherches as-tu menées ? Je parie que tu ne t'es jamais intéressée à la question ! Tu te contentes d'avaler docilement les pilules qu'on te tend. Tes petites doses quotidiennes de désinformation.

– Oui, le système capitaliste annihile nos sentiments et notre capacité à réfléchir, intervint le poète. Il est responsable du désenchantement mondial. À présent, seule la poésie peut encore nous sauver.

— En ce qui me concerne, j'ai mené de nombreuses recherches sur le sujet, protesta le scénariste. Ce qui est loin d'être le cas de la plupart des Turcs. J'ai écrit des scénarios de films historiques. J'ai chaque jour le nez plongé dans les livres d'histoire. Je parle en connaissance de cause. (Il but une gorgée de vin.) L'exagération et la déformation des faits, voilà sur quoi se fondent les revendications des Arméniens. Sans blague ! Certains vont même jusqu'à prétendre que nous en avons éliminé deux millions. Aucun historien doué de raison ne prendrait ça au sérieux.

— Un mort, c'est déjà un de trop, rétorqua Asya.

Le serveur revint, avec à la main une nouvelle carafe et sur son visage une expression de gravité. Il fit un signe au dessinateur :

— Je continue à servir ?

Un pouce levé lui donna le feu vert. Ayant terminé ses trois bières depuis longtemps, et loyal envers sa décision, il décida de passer au vin.

— Tu connais l'histoire des infâmes procès de Salem, n'est-ce pas, Asya ? continua le scénariste, tout en remplissant son verre. Tu sais ce qu'il y a de plus intéressant dans cette histoire ? C'est que presque toutes les femmes accusées de sorcellerie ont fait la même confession, montré les mêmes symptômes et se sont évanouies en même temps. Tu crois qu'elles mentaient ? Non ! Tu crois qu'elles simulaient ? Non ! Elles souffraient d'hystérie collective.

— Ce qui signifie ? demanda Armanoush, à peine capable de contenir sa colère.

— Que l'hystérie collective existe, répondit le scénariste, un sourire las aux lèvres. Entendons-nous bien : je ne dis pas que les Arméniens sont tous hystériques, je dis juste qu'il a été scientifiquement prouvé que les collectivités sont capables de s'automanipuler dans leurs croyances, leurs pensées, et même dans leurs réactions physiques. On vous répète une histoire des milliers de fois, et vous finissez par vous l'approprier. Au point que ce n'est même plus une histoire, c'est la réalité, *votre* histoire !

— C'est comme être sous l'effet d'un envoûtement, commenta le poète.

Asya tira quelques taffes de sa cigarette avant de répondre :

— Je vais te dire où se trouve l'hystérie, moi. Dans tous les scé-

narios que tu as commis. Dans tes aventures de *Timur Cœur de Lion*, le Turc herculéen qui casse du crétin byzantin. Ce n'est pas fabriquer de l'hystérie collective que de pousser des millions de personnes à *s'approprier* ton message débile ?
Le Chroniqueur Crypto Gay ne put s'empêcher d'intervenir.
– Oui, tous ces héros turcs d'un machisme grossier que tu opposes à un ennemi efféminé, c'est vraiment de la manipulation.
– Mais qu'est-ce qui vous prend à tous ? Vous savez parfaitement que je ne crois pas à ces conneries ! Vous savez bien que ces séries ne servent qu'à distraire…!
À la place d'Armanoush, Baron aurait sûrement enfoncé le clou. Mais la jeune femme, qui pensait que se quereller n'aiderait pas à la reconnaissance du génocide, préféra créer une diversion.
– Cette photo, là-bas… Vous voyez ? Dans le cadre orange… C'est une route d'Arizona que ma mère et moi empruntions souvent quand j'étais petite.
– Ah, l'Arizona ! soupira le poète, comme s'il s'agissait d'un lieu utopique, d'une sorte de Shangri-La.
Mais Asya n'avait pas l'intention d'en rester là.
– Justement, c'est encore pire ! lança-t-elle au scénariste. Si tu croyais en ce que tu faisais, s'il y avait la plus petite once de sincérité dans tes films, je remettrais peut-être en cause ton point de vue, mais pas ton intégrité. Seulement, tu écris pour les masses, tu en retires d'énormes bénéfices, et tu te pointes dans ce café d'intellos pour cracher dans la soupe. C'est de l'hypocrisie pure !
– Qui crois-tu être pour me parler d'hypocrisie, mademoiselle la Bâtarde ! éructa le scénariste, livide. Pourquoi tu ne pars pas à la recherche de ton papa au lieu de m'asticoter ?
Il tendit la main vers son verre mais c'était un geste bien inutile car un autre verre vint à lui : le Dessinateur Dipsomane s'était levé d'un bond et lui avait envoyé le sien au visage. Le projectile manqua sa cible de peu pour aller heurter un cadre du mur et rebondir sans se briser. Le dessinateur remonta alors ses manches.
D'une taille de moitié inférieure à celle de son agresseur et tout aussi soûl que lui, le scénariste réussit néanmoins à esquiver le premier coup en se repliant prestement dans un coin de la salle.

Il jetait un œil vers la sortie quand le Chroniqueur Crypto Gay sauta sur lui armé de la carafe. À terre, blessé au front, le Scénariste Internationaliste de Films Ultranationalistes dévisagea un instant les deux hommes, une serviette plaquée sur sa coupure ; puis il détourna les yeux.

Mais le *Café Kundera* était un lieu vieillot, cosy, propice aux échanges intellectuels – non pas aux querelles d'ivrognes. On ne brisait pas facilement son rythme de vie propre. Avant même que le scénariste n'eût cessé de saigner, tout le monde avait regagné sa place devant son café ou son vin, et s'était remis à discuter tranquillement ou à contempler les murs.

XI

ABRICOTS SECS

L'aube approche. Elle n'est plus qu'à quelques pas de cette zone étrange qui sépare la nuit du jour. Ce moment où il est encore possible de tirer du réconfort des rêves mais trop tard pour s'y replonger.

S'il existe bien un œil au Septième Ciel, un Regard Céleste qui observe chacun de nous de là-haut, veuille-t-il surveiller un instant Istanbul pour voir ce qui se passe derrière les portes fermées, qui fait quoi et qui s'autorise quel blasphème. Pour les résidents du ciel, cette ville doit ressembler à un amas de taches fluorescentes orange, rousses et ocre, qui s'étire dans toutes les directions, un peu comme un feu d'artifice dans la nuit. Une constellation dont chaque point trahit la présence d'un être éveillé. Vues du poste d'observation du Regard Céleste, toutes ces loupiotes paraissent clignoter en parfaite harmonie, comme pour adresser un message codé à Dieu.

Entre les points lumineux, le noir est dense. Le long des ruelles tristes qui sillonnent la vieille ville, dans les immeubles modernes, serrés les uns contre les autres, des quartiers rénovés, ou dans les jolies demeures des banlieues, tout le monde dort à poings fermés. Presque tout le monde.

Certains Stambouliotes se réveillent plus tôt que les autres. Les imams, par exemple. Qu'ils soient jeunes ou vieux, qu'ils aient la voix douce ou rugueuse, les imams des nombreuses mosquées sont les premiers à se lever pour appeler les fidèles à la prière. Les marchands de simits les suivent de près pour prendre le chemin de leurs boulangeries respectives et s'approvisionner en anneaux au sésame croustillants qu'ils vendront toute la journée. Les boulangers sont déjà prêts. La plupart d'entre eux ne dorment que quelques heures par nuit, certains jamais. Les boulangers doivent allumer leurs fours au milieu de la nuit pour que se répande la délicieuse odeur de pain qui parfume la ville au petit matin.

Les femmes de ménage aussi sont debout. Quel que soit leur âge, elles se lèvent de bonne heure et prennent deux ou trois bus avant d'arriver aux belles maisons qu'elles récurent, lessivent et cirent jusqu'au soir. C'est là un monde différent du leur. Les femmes fortunées sont toujours maquillées et ne font pas leur âge ; leurs maris travaillent en permanence et sont d'une politesse étonnante, presque efféminée – toutes choses que les femmes de ménage ne connaissent pas avec leurs époux. Le temps n'est pas une denrée rare en banlieue. On s'y baigne avec délices aussi librement que dans un bain chaud.

C'est l'aube. En ce moment, la ville est une sorte d'entité gluante et gélatineuse, mi-liquide mi-solide.

Pour le Regard Céleste, le domicile Kazanci n'est, parmi ce qui subsiste des ombres de la nuit, qu'une bulle diaphane où luisent de petites flammes de cierges. La plupart des chambres sont éteintes et silencieuses. La plupart, mais pas toutes.

Armanoush est l'une des occupantes du logis Kazanci à être éveillée à cette heure. Elle est déjà devant son ordinateur. Elle était impatiente de raconter l'incident de la veille aux membres du *Café Constantinopolis*. Elle leur a parlé du groupe d'intellos bohèmes rencontrés dans l'étrange bistro, leur a dressé un rapide portrait des différents personnages, puis leur a résumé la dispute. Présentement, elle leur décrit l'usage singulier qu'a fait le Dessinateur Dipsomane de son verre de vin.

Il a l'air marrant, ce type, répond Anti-Khavurma. Tu dis qu'il risque de faire de la prison parce qu'il a caricaturé le Premier ministre ? Ça ne rigole pas en Turquie !

Ouais, sympa, ce dessinateur, renchérit Dame Paon/Siramark. Parle-nous encore de lui.

Mais une autre opinion se manifeste.

Il n'a pas l'air plus sympa ni plus intéressant que les autres artistos branchés de ce café miteux. L'avant-garde intello d'un pays du tiers-monde et qui est écœurée par elle-même.

Armanoush frissonne en lisant ce message de Baron Baghdassarian. Elle regarde autour d'elle. Asya dort à l'autre bout de la chambre, Sultan V enroulé sur sa poitrine, une paire d'écouteurs sur les oreilles et un livre ouvert dans les mains : *Totalité et Infini : essai sur l'extériorité*, d'Emmanuel Levinas. Par terre il y a une boîte de CD. Dessus, on voit Johnny Cash tout de noir vêtu, debout devant un ciel brumeux, flanqué d'un chien d'un côté et d'un chat de l'autre, le regard perdu dans l'horizon. Asya s'est passé le disque en boucle toute la nuit. Encore un point commun avec sa mère : elle est capable de supporter un brouhaha infâme, mais pas le silence.

Les paroles de la chanson sont indistinctes, mais le timbre grave de baryton du chanteur s'échappe du casque. Armanoush aime cette voix qui envahit l'espace. Tout comme elle aime écouter les sons qui circulent à l'intérieur et à l'extérieur de la maison : la prière du matin, le cliquetis des bouteilles que le laitier dépose devant l'épicerie d'en face, les respirations étrangement cadencées de Sultan V et d'Asya, mélange de ronflements sifflants et de ronronnements, le bruit de ses doigts caressant le clavier, alors qu'elle cherche quoi répondre à Baron. Le matin est déjà là, et bien qu'elle n'ait presque pas dormi, elle se sent légère et éprouve un sentiment de triomphe à l'idée d'avoir vaincu le sommeil.

La chambre de grand-mère Gülsüm est juste en dessous. Oui, elle a peut-être été Ivan le Terrible dans une vie antérieure, mais sa dureté n'est pas injustifiée. Comme tant de personnes aigries, elle aussi a son histoire. Son enfance dans une petite ville de la côte égéenne, où la vie était idyllique en dépit des privations. Son mariage avec un Kazanci, issu d'une riche famille citadine frappée par le destin. La difficulté d'être la jeune épouse peu sophistiquée de l'unique héritier mâle d'une lignée favorisée mais malchanceuse. Le poids du devoir de donner naissance à des fils, beaucoup de fils, afin qu'il en survive quelques-uns. L'angoisse de mettre au monde fille après fille et de voir son mari s'éloigner un peu plus à chaque nouvelle déception.

Levent Kazanci était un homme tourmenté qui n'hésitait pas à faire usage de sa ceinture pour discipliner sa femme et ses enfants. *Un garçon, si seulement Allah nous accordait un fils, tout serait différent.* Trois filles naquirent avant que le miracle ne se produisît enfin. Ils espérèrent donc que la chance continuerait de leur sourire et ils essayèrent à nouveau. Encore une fille. Tant pis, ils avaient Mustafa, ils avaient l'héritier du nom – leur fils préféré, chouchouté, dorloté et gâté, dont les moindres désirs étaient satisfaits... Jusqu'au jour où le silence et le désespoir étouffèrent la mélodie du bonheur : Mustafa partit pour les États-Unis et ne revint jamais.

Grand-mère Gülsüm avait toujours donné plus d'amour qu'elle n'en avait reçu. Comme ces femmes qui vieillissent d'un coup, elle s'était couchée jeune fille pour se réveiller ridée. Elle n'avait jamais eu la chance de savourer les âges intermédiaires. Elle s'était entièrement dévouée à son unique fils, aux dépens de ses filles, espérant qu'il comblerait tous les vides. Et voilà que son existence se résumait à une poignée de lettres et de cartes postales. Il n'avait jamais remis les pieds à Istanbul. Depuis, elle enfouissait son amertume au plus profond de son cœur et s'endurcissait. Aujourd'hui, elle avait le regard d'une femme sévère et ne comptait pas s'en départir.

Au fond du couloir à droite, Petite-Ma ronfle paisiblement, les joues rouges et la bouche entrouverte. Sur le petit placard en merisier qui lui sert de chevet, sous le halo vert sauge d'une très jolie lampe, on peut distinguer le Saint Coran, un livre sur les saints musulmans, un chapelet ocre d'où pend un gros ambre, et le verre à moitié plein dans lequel baigne son dentier.

Le temps pour elle a perdu sa linéarité. Il n'y a plus aucun panneau, aucun feu, aucune flèche pour lui indiquer la direction à suivre sur l'autoroute de la vie. Elle est libre d'aller où bon lui semble, de changer de voie sans prévenir, ou de s'arrêter au milieu de la route, de refuser de continuer, puisqu'il n'y a plus rien à atteindre, plus rien à attendre en dehors de l'éternelle récurrence de moments isolés.

Depuis quelques jours, des souvenirs d'enfance lui reviennent en mémoire, aussi vivaces que si elle les revivait. Elle se revoit fillette blonde aux yeux bleus, à Thessalonique, avec sa mère. Elles pleurent silencieusement la mort de son père, tombé lors de la guerre des Balkans. Puis, la voilà à Istanbul. Le mois d'octobre s'achève sur la proclamation de la République de Turquie. Il y a des drapeaux partout. Des drapeaux rouge et blanc avec une étoile et un croissant. Ils flottent dans le vent, tels des vêtements fraîchement lavés. Le visage barbu de Riza Selim apparaît derrière l'un d'eux. À présent, elle est assise devant son Bentley. Elle joue des airs entraînants pour ses invités distingués.

Dans la petite chambre, juste au-dessus, tante Cevriye fait un cauchemar. Le même qui hante ses nuits depuis des années. Elle est écolière. Elle porte un horrible uniforme gris. La maîtresse l'appelle au tableau pour l'interroger. Elle avance d'un pas mal assuré, en sueur. Elle ne comprend aucune des questions. Elle s'aperçoit qu'elle n'a pas vraiment obtenu son diplôme de fin d'études. Il y a eu une erreur dans le report des notes. Si elle ne réussit pas cet examen, elle ne pourra pas devenir enseignante. Elle se réveille toujours au moment où la maîtresse sort la feuille de notation et inscrit un énorme zéro en rouge sur son nom.

Elle fait ce cauchemar depuis qu'elle a perdu son mari. Vingt ans déjà. Elle n'avait jamais voulu croire à cette histoire de corruption. Il était mort un mois avant sa libération. À cause d'un stupide câble électrique. Alors qu'il regardait d'autres prisonniers se bagarrer. Cevriye revoyait souvent cette scène en rêve, et à chaque fois, le câble meurtrier était déposé là par une main ennemie. Il fallait qu'il y eût un coupable. Elle rêvait qu'elle l'attendait devant les grilles de la prison. La fin changeait souvent : soit elle lui crachait au visage, soit elle le regardait s'éloigner, soit elle sortait une arme et lui tirait dessus sitôt qu'il apparaissait dans la lumière du soleil.

Après la mort de son mari, elle avait vendu leur maison et rejoint ses sœurs. Les premiers mois, elle avait pleuré du matin au soir. Elle commençait la journée en parlant à des photos du défunt, qu'elle trempait de ses larmes, et la finissait épuisée par ses sanglots, les yeux bouffis et le nez rouge. Et puis un jour, à son retour du cimetière, les photos avaient disparu.

— Où sont-elles ? avait-elle demandé à sa mère, ne doutant pas de sa culpabilité. Rends-les-moi !

— Pas question, avait répondu grand-mère Gülsüm. Tu ne passeras pas une journée de plus à te lamenter dessus. Pour que ton cœur guérisse, tes yeux ne doivent plus les voir pendant un moment.

Mais son cœur n'avait jamais guéri. Elle s'était juste habituée à se le représenter sans photos. Parfois, elle dessinait son visage, lui ajoutant ici une moustache grisonnante, là quelques nouvelles touffes de cheveux blancs. La disparition des photos coïncida avec sa nomination au poste de professeur d'histoire nationale turque. Tâche qu'elle continuait à remplir avec loyauté.

Tante Feride dort dans la chambre d'en face. C'est une femme intelligente et créative, à multiples facettes. Si seulement elle pouvait les maintenir ensemble. Une telle sensibilité est inhabituelle, fabuleuse, effrayante. Elle sait que tout peut arriver à tout moment. Elle n'est jamais sûre que le sol ne va pas se dérober sous ses pieds. La sécurité et la continuité n'existent pas. Tout lui parvient par éclats qui ne demandent qu'à s'assembler mais résistent à la notion d'unité. De temps en temps, Feride s'imagine qu'elle a un amant. Elle aimerait tant être totalement absorbée par un être qui l'accepterait avec ses angoisses, ses excentricités, son anormalité. Un homme qui adorerait tout ce qu'elle est, qui ne fuirait pas devant son côté sombre. Qui la supporterait grosse ou maigre, saine ou démente. Elle se dit que c'est pour cette raison que les fous ont tant de mal à trouver un conjoint : parce qu'ils sont si multiples que nul n'est capable d'aimer tant de personnes à la fois.

Mais ce ne sont que des rêveries. Ses véritables rêves sont des collages abstraits, des patchworks multicolores composés d'une infinité de formes géométriques. Le vent souffle, entraîne les courants océaniques, et le monde devient une sphère modulable au gré d'incommensurables possibilités. Tout ce qui se bâtit peut être détruit dans le même mouvement. Les médecins qui ont conseillé à Feride de se détendre et de prendre ses pilules régulièrement sont étrangers à cette dialectique. Faire et défaire, faire et défaire, faire et défaire. Son esprit est un incroyable collage.

La porte suivante ouvre sur la salle de bains, qui jouxte la chambre de Zeliha. Zeliha qui ne dort pas. Assise sur son lit, elle regarde autour d'elle, comme une intruse tirant un maximum d'informations de tout ce qu'elle voit, afin de se rapprocher de l'étrangère qui vit en ces lieux.

Des vêtements. Des dizaines de minijupes aux couleurs vives : sa manière de refuser les codes moraux qu'on lui a inculqués. Les photos et les affiches représentant des tatouages. Elle a plus de trente-huit ans, mais sa chambre ressemble à celle d'une adolescente. Peut-être est-ce sa colère qui l'empêche de grandir. Cette colère qu'elle a involontairement transmise à sa fille. Peut-être qu'elle ne s'en débarrassera jamais. Seulement, pour Zeliha, vivre c'est être capable de se rebeller, de se lever pour protester. Le reste du monde se répartit en deux camps : les légumes et les verres à thé. Les uns s'accommodent de tout, les autres subissent mais sont trop fragiles pour résister. Les verres à thé sont ceux qu'elle plaint le plus. Elle a inventé une règle pour eux, quand elle était jeune.

Règle de Fer de la Prudence Féminine Stambouliote :
Si vous êtes aussi fragile qu'un verre à thé, évitez de vous approcher de l'eau bouillante et épousez l'homme idéal, ou envoyez-vous en l'air et brisez-vous le plus vite possible. Autre possibilité : cessez d'être un verre à thé.

Elle-même avait opté pour la troisième solution. Zeliha abhorrait la fragilité. C'était, à ce jour, la seule Kazanci capable de se mettre en colère quand un verre se brisait.

Tante Zeliha tend la main vers le paquet de Marlboro Light

posé sur sa table de nuit et s'allume une cigarette. Le temps n'a pas modéré ses excès. Elle sait qu'Asya fume, elle aussi. Une bonne illustration pour une brochure du ministère de la Santé. *Les enfants des parents dépendants de la cigarette ont trois fois plus de risques de fumer plus tard.* Zeliha s'inquiète pour sa fille, mais elle est assez sage pour se retenir de trop intervenir dans sa vie. Elle doit lui montrer qu'elle a confiance en elle si elle veut éviter les retours de manivelle. C'est si dur de dissimuler son inquiétude. Aussi dur que de s'entendre appeler « tante Zeliha ». Ça la ronge. Mais elle pense que c'est mieux ainsi. D'une certaine manière, ça les a aidées à couper le cordon. À se libérer l'une de l'autre. Allah seul sait que c'était nécessaire. Le problème est qu'elle ne croit pas en Allah.

Elle tire une grosse taffe, retient la fumée un moment, et exhale un nuage plein de fureur. S'Il existe, et s'Il détient la véritable Connaissance, pourquoi n'en a-t-Il rien fait ? Pourquoi n'a-t-Il rien empêché ? Non, décidément, Zeliha demeurera et mourra agnostique. Sincère et pure face à son sacrilège. Si Allah existe et l'observe de là-haut, Il appréciera cette intégrité digne de la poignée d'élus qui ne se laissent pas amadouer par les fanatiques religieux.

À l'autre bout du couloir du deuxième étage, se trouve la chambre de tante Banu. Troisième personne réveillée de la maisonnée. Ce matin n'est pas un matin comme les autres. Elle est pâle et ses grands yeux de biche trahissent son inquiétude. Le miroir lui renvoie l'image d'une femme plus vieille qu'elle ne l'est en réalité. Pour la première fois depuis des années, ce mari qu'elle a quitté sans vraiment l'abandonner lui manque.

C'est un homme bon. Il méritait une meilleure épouse. Il l'a toujours traitée avec gentillesse, n'a jamais élevé la voix. Mais elle n'a pas pu rester auprès de lui après la mort de leurs deux fils. Elle lui rend visite régulièrement dans leur ancienne maison, où elle est désormais une étrangère. Elle lui achète des abricots secs sur le chemin. Il les adore. Une fois là-bas, elle lave un peu de linge, recoud ses boutons arrachés, lui cuisine quelques-uns de ses plats préférés et range le peu qu'il y a à ranger. C'est un homme soigneux. Il la couve du regard pendant qu'elle s'active. Puis, à la fin de la journée, il lui demande :

– Tu ne veux pas rester ?
Elle répond invariablement :
– Pas ce soir.
Avant de partir, elle lui dit :
– Les repas sont dans le frigo. Il n'y a qu'à réchauffer la soupe. Mange le pilaki dans les deux jours. N'oublie pas d'arroser les violettes, je les ai mises à côté de la fenêtre.
Il hoche la tête et murmure, comme pour lui-même :
– Ne t'inquiète pas. Je sais prendre soin de moi. Merci pour les abricots...
Après quoi, Banu regagne le domicile Kazanci. Cela fait des années que ça dure.
Elle a toujours pensé que vieillir d'un coup était le prix à payer pour exercer sa profession. Les voyantes ne vieillissent pas jour après jour, mais histoire après histoire. Elle aurait pu demander à son djinni de lui offrir la beauté et la jeunesse, mais jusqu'ici, elle s'y était refusée. Elle le ferait peut-être un jour. Pour l'instant, Allah lui donnait la force de continuer ainsi.
Toutefois, aujourd'hui, Banu attend davantage de Lui.
Allah, donne-moi la force de supporter la connaissance, car je ne peux résister au besoin de savoir. Amen.
Elle sort un chapelet en jade de son tiroir et en caresse les perles.
– Bien, je suis prête, allons-y. Puisse Allah me venir en aide !
Assise sur l'étagère, à côté de la lampe à gaz, Mme Douce se sent impuissante. Elle est triste car elle devine ce qui va suivre. M. Amer, lui, sourit amèrement ; il ne sait pas sourire autrement. Il est satisfait d'avoir réussi à vaincre les résolutions de Banu. Il n'a usé d'aucun stratagème de djinni, c'est à sa curiosité de mortelle qu'il doit cette victoire. Cette soif de savoir inextinguible à laquelle personne ne peut résister.
À présent, tante Banu et M. Amer vont remonter le temps. Quitter l'année 2005 pour se rendre en 1915. Un long voyage qui ne représente qu'une poignée de marches pour un gulyabani.
Entre le djinni et sa maîtresse se trouve une coupe d'argent pleine d'eau bénite de La Mecque. C'est dans cette eau argentée que se dessine l'histoire.

XII

GRAINS DE GRENADE

Hovhannes Stamboulian caressa le bureau en noyer ciselé, devant lequel il était assis depuis le début de l'après-midi, et savoura le doux contact de la surface cirée. L'antiquaire juif lui avait expliqué que c'était une pièce d'une grande rareté car très difficile à fabriquer. Le bureau avait été sculpté dans des noyers des îles de la mer Égée, puis agrémenté de petits tiroirs munis de compartiments secrets. En dépit de la délicatesse de ses ciselures, il était assez solide pour traverser plusieurs générations.

– Ce bureau vous survivra, et survivra à vos enfants ! s'était-il esclaffé.

C'était sans doute sa plaisanterie préférée pour vanter la qualité de ses marchandises, mais Hovhannes avait ressenti un pincement au cœur.

En même temps que le bureau, il avait acheté une petite broche en forme de grenade qui s'ouvrait sur des rubis. Elle avait été adroitement gravée par un artisan arménien de Sivas, lui avait-on dit. Il avait prévu de l'offrir à son épouse, ce soir. Après dîner. Ou mieux, dès qu'il aurait terminé ce chapitre.

Le plus difficile de tous les chapitres jamais écrits. S'il avait su par avance le travail exténuant qui l'attendait, il aurait sûrement renoncé à son projet. À présent, il était trop tard, le seul moyen de se libérer de ce livre était de le terminer. Poète et chroniqueur réputé, il s'était lancé dans l'écriture d'un texte très différent de ses œuvres habituelles. Il risquait d'être critiqué, ridiculisé, voire vilipendé. À une époque où l'Empire ottoman bouillonnait d'entreprises grandioses, de mouvements révolutionnaires et de divisions nationalistes, et où la communauté arménienne avait soif d'idéologies nouvelles et de débats, il travaillait en secret sur un livre pour enfants.

Il n'existait aucun recueil de contes rédigé en arménien. Il s'était toujours demandé pourquoi. Parce que la communauté arménienne était incapable de laisser le temps à ses enfants de grandir ? Parce que l'enfance était un luxe que ne pouvait pas s'autoriser une minorité ? Parce que les lettrés stambouliotes s'étaient détournés de la tradition orale et que ces contes se transmettaient de grands-mères à petits-enfants ?

Il avait intitulé son livre : *Le Petit Pigeon égaré et la Contrée paisible*. Le héros était un jeune pigeon qui perdait la trace de sa famille et de ses amis alors qu'ils survolaient une charmante contrée. Il allait de bourgs en villages et de villages en villes, à la recherche des siens, écoutant une nouvelle histoire à chaque étape.

Dans ce livre, Hovhannes Stamboulian avait rassemblé tous les contes traditionnels arméniens qu'on se transmettait de génération en génération, et certains autres qui avaient sombré dans l'oubli. Par souci d'authenticité, il avait fait un effort pour restituer ces histoires telles qu'on les lui avait racontées. Mais ce dernier chapitre était le plus exigeant, car Hovhannes avait décidé de clore son livre sur un conte inventé de toutes pièces. Ensuite, il ne resterait plus qu'à le faire publier à Istanbul et à s'assurer de sa diffusion à Adana, Harput, Van, Trébizonde et Sivas – villes à forte concentration d'Arméniens. Les musulmans avaient beau avoir commencé à utiliser l'imprimerie deux siècles auparavant, la minorité arménienne possédait des textes imprimés plus anciens encore.

Hovhannes Stamboulian espérait que, chaque soir, des parents liraient ces histoires à leurs enfants. Le plus ironique dans tout cela était que ce livre l'avait tant accaparé au cours des treize derniers mois, qu'il n'avait guère consacré de temps à ses propres enfants. Il passait tous ses après-midi dans cette pièce d'où il n'émergeait que le soir, alors qu'ils dormaient déjà. Le besoin d'écrire était plus fort que tout. Enfin, il était sur le point de terminer. Ce soir, il écrirait le dernier chapitre. Et quand tout serait achevé, il attacherait le manuscrit avec un ruban, cacherait la broche en or dans le nœud et tendrait le paquet à son épouse. C'est à elle qu'il dédierait ce texte.

« Lis-le, s'il te plaît, lui dirait-il. Et s'il n'est pas assez bon, brûle-le jusqu'à la dernière page. Je te promets que je ne te demanderai même pas pourquoi. Mais si tu penses qu'il est bon, je veux dire assez bon pour être vendu et lu, alors apporte-le à Garabed Effendi, des éditions Dawn, s'il te plaît. »

Hovhannes respectait l'opinion de son épouse plus que celle de quiconque. Elle avait un goût sûr en littérature et en art. Grâce à son sens de l'hospitalité, cette konak crayeuse plantée sur la rive du Bosphore était depuis des années un lieu où les intellectuels, les artistes et les hommes de lettres connus ou en passe de le devenir aimaient se retrouver pour boire, lire, s'adonner à la contemplation ou discuter avec ferveur de leurs travaux respectifs.

Après avoir volé de nombreuses heures, épuisé et assoiffé, le petit pigeon égaré se percha sur la branche alourdie par la neige d'un grenadier bourgeonnant. Il remplit son petit bec de flocons, et, ayant étanché sa soif, versa des larmes sur ses parents.

« Cesse de pleurer, petit pigeon, lui dit le grenadier. J'ai une histoire à te raconter. Celle d'un petit pigeon égaré. »

Hovhannes s'arrêta soudain, incapable de dire ce qui avait brisé sa concentration. Il poussa un soupir exaspéré. Depuis une heure, son esprit était peuplé de pensées moroses sur lesquelles sa volonté n'avait aucun contrôle. Quelle que fût la raison de ce malaise, il fallait qu'il s'en débarrassât au plus vite. Ce dernier conte devait clore l'opus en beauté. Il fronça les sourcils et se remit à écrire.

« *Mais c'est mon histoire que tu veux me raconter ! C'est moi le petit pigeon ! piailla le volatile surpris.*
— *Ah, tu crois ? Dans ce cas, écoute ton histoire... Tu ne veux pas connaître ton avenir ?* lui demanda le grenadier.
— *Seulement s'il est heureux. Il ne m'intéresse pas, s'il est triste »*, déclara le petit pigeon.

Le fracas d'un bris de verre déchira soudain le silence. Hovhannes se tourna instinctivement vers la fenêtre et se figea, l'oreille tendue. Rien. Juste le hurlement du vent, qu'il trouva étrangement moins menaçant que le calme de la maison. Il faisait nuit noire. Dehors, le monde semblait attendre patiemment que la colère de Dieu s'apaisât. Dedans, il régnait un silence inhabituel. Si inhabituel que Hovhannes fut soulagé lorsqu'il entendit des bruits de pas : en bas, quelqu'un courait tout en raclant le sol des pieds.

Sans doute Varvant, songea-t-il soucieux. Son aîné avait toujours été turbulent et difficile, mais ces derniers temps, il dépassait les bornes. Hovhannes savait qu'il ne s'occupait pas assez de lui et qu'il manquait à son fils. Comparés à lui, ses trois autres enfants – deux garçons et une fille – étaient si dociles qu'on aurait dit que l'énergie frénétique de leur aîné avait un effet soporifique sur eux. Les deux plus jeunes garçons avaient trois ans d'écart. La petite Shushan, seule fille de la famille, était la benjamine.

« *Ne t'inquiète pas, petit oiseau,* le rassura le grenadier *en secouant la neige de ses branches. L'histoire que je vais te conter est une histoire heureuse.* »

Les bruits de pas se multiplièrent de manière alarmante, comme si une dizaine de Varvant désobéissants couraient d'un bout à l'autre de la maison, piétinant furieusement le sol. Au milieu du brouhaha, il lui sembla entendre un éclat de voix. Une voix dure et cassante. Mais il avait peut-être rêvé, car à présent, tout n'était que silence.

En temps normal, il aurait bondi de sa chaise et serait descendu voir si tout allait bien. Mais ce soir n'était pas un soir ordinaire. Il ne pouvait pas se permettre d'être dérangé, pas alors qu'il était sur le point d'achever un travail commencé treize mois auparavant. Refoulant son angoisse, tel un plongeur descendu trop bas mais incapable de remonter à la surface, Hovhannes se laissa à nouveau porter par le vertige de l'écriture, tout aussi caverneux, mais tout aussi séduisant. Les mots coulaient sur le papier rugueux, impatients de mettre un terme à ce dernier chapitre et d'accomplir enfin leur destinée.

«*Dans ce cas, c'est d'accord, piailla l'oiseau. Raconte-moi l'histoire du petit pigeon égaré. Mais je te préviens, si tu dis quoi que ce soit de triste, je m'envole.*»

Le grenadier s'apprêtait à commencer son récit lorsqu'un fracas résonna dans la maison, suivi d'un bruit étouffé, que l'écrivain identifia immédiatement comme étant des sanglots – ceux de sa femme. Remontant d'un coup des abysses de l'écriture, il bondit sur ses pieds.

Il jetait un coup d'œil dans l'escalier quand il se rappela sa querelle du matin avec Kirkor Hagopian, un éminent juriste membre du Parlement ottoman.
 « Nous vivons des temps troublés. Très troublés. Prépare-toi au pire » furent ses premiers mots, lorsqu'ils s'étaient croisés chez le barbier. « Ils ont commencé par enrôler des Arméniens, clamant : " Ne sommes-nous pas tous égaux ? tous ottomans ? Musulmans et non-musulmans, nous vaincrons l'ennemi ensemble ! " Puis ils les ont tous désarmés, comme des ennemis, pour les rassembler en bataillons de travailleurs. Et maintenant, mon ami, des rumeurs courent… Certains disent que le pire est sur le point de se produire. »
 Hovhannes n'avait pas été particulièrement secoué par les nouvelles. Il était trop vieux pour être incorporé, et ses fils trop jeunes. Le seul homme de la famille en âge d'intégrer l'armée était Levon, le jeune frère de son épouse ; mais il avait déjà échappé à la guerre des Balkans grâce au sceau « rejeté » appliqué

sur son dossier lors des sélections. Les hommes dont dépendait leur famille pour vivre se voyaient dispensés de leurs devoirs militaires. Cette vieille règle ottomane pouvait néanmoins être modifiée. De nos jours, on n'était plus sûr de rien. Au début de la Première Guerre mondiale, ils avaient annoncé qu'ils ne recruteraient que les garçons de vingt à vingt-cinq ans, mais quand la guerre avait pris de l'ampleur, les hommes de trente et même quarante ans avaient été appelés.

Hovhannes Stamboulian n'était pas taillé pour le combat. Pas plus que pour le dur labeur. C'était un poète. Il adorait les mots. Chaque lettre de l'alphabet arménien était incrustée dans sa chair. Il pensait que ce n'était pas de bras dont la communauté arménienne manquait le plus, comme le prétendaient les révolutionnaires, mais de livres. Certes, de nouvelles écoles avaient vu le jour après les Tanzimat [1], cependant on manquait encore cruellement de professeurs compétents et ouverts d'esprit, ainsi que de bons ouvrages. Après la révolution de 1908, la population arménienne s'était ralliée aux Jeunes-Turcs qui, dans leur déclaration, promettaient de traiter décemment les non-musulmans.

Tout citoyen jouira d'une liberté et d'une égalité totales, indépendamment de sa nationalité ou de sa religion, et sera soumis aux mêmes obligations. Tous les Ottomans, égaux devant les lois en droits et en devoirs aux yeux de l'État, seront éligibles à des postes gouvernementaux, en fonction de leurs qualités individuelles et de leur éducation.

Mais, à nouveau, leurs espoirs avaient été déçus. Ils s'étaient empressés de renoncer à l'ottomanisme multinational pour le turquisme. Heureusement, les pouvoirs européens veillaient. Ils ne manqueraient pas d'intervenir en cas de drame. Pour l'heure, Hovhannes Stamboulian jugeait que l'ottomanisme était le meilleur choix pour les Arméniens. Que les idées radicales ne leur apporteraient rien de bon. Turcs, Grecs, Arméniens et Juifs cohabitaient

---

1. Signifie « réorganisation » en turc. Série de réformes qui s'étalèrent de 1839 à 1876.

depuis des siècles : il leur faudrait bien trouver un moyen de s'abriter sous le même parapluie.
— Tu ne comprends rien à rien ! s'était emporté Kirkor Hagopian. Tu vis dans tes contes de fées !
C'était la première fois qu'il voyait son ami si furieux. Il insista néanmoins :
— Le zèle ne nous aidera en rien.
Il était convaincu que le nationalisme ne servirait qu'à remplacer une misère par une autre et travaillerait inévitablement contre les plus démunis et les déshérités. Au bout du compte, les minorités s'entre-déchireraient, perdraient leur entité et causeraient leur propre oppression. D'ailleurs, selon lui, le nationalisme était plus qu'un appel à la tyrannie extérieure, il finissait par encourager les dissensions au sein d'une même ethnie.
— Le zèle ! s'était exclamé Kirkor avec cynisme. Des nouvelles nous parviennent de nombreuses villes d'Anatolie. As-tu entendu parler des incidents à Adana ? Ils s'introduisent dans des demeures arméniennes, sous prétexte de chercher des armes, et ils les pillent. Tu ne comprends donc pas que tous les Arméniens vont être exilés ? Toi, moi, nous tous ! Tu es en train de trahir ton peuple.
Hovhannes avait mâchonné un instant les pointes de sa moustache, puis il avait déclaré d'une voix douce mais ferme :
— Nous devons travailler ensemble. Juifs, chrétiens et musulmans. Cela fait des siècles que nous nous partageons cet empire dans des proportions inégales. À présent, tous ensemble, nous avons la possibilité de rétablir l'équilibre.
— Réveille-toi, mon ami, la séparation a déjà eu lieu. Les grains de la grenade sont éparpillés aux quatre vents, il n'y a plus aucun moyen de les ressouder.
Et voilà que Hovhannes se tenait immobile, en haut de l'escalier, incapable de refouler l'image de la grenade éclatée.
— Armanoush ! Armanoush, où es-tu ? appela-t-il, inquiet.
Il dévala les marches, espérant tous les trouver dans la cuisine.
Quand la Première Guerre mondiale s'était étendue, la mobilisation générale avait été déclarée. On en avait peu parlé à Istanbul, mais les petites villes en avaient durement ressenti les effets.

Les soldats avaient battu le tambour dans les rues, hurlant : *Seferberliktir! Seferberliktir!* Et les jeunes Arméniens avaient été incorporés en nombre. Plus de trois cent mille. Au début, on les avait équipés comme leurs pairs musulmans, mais très vite, on leur avait repris leurs armes pour les envoyer dans des bataillons de travailleurs. À en croire les rumeurs, Enver Pasha se cachait derrière cette décision. « Il nous faut des bras pour construire des routes à nos soldats », avait-il déclaré.

Et puis, les sinistres nouvelles étaient arrivées des bataillons : les Arméniens étaient cantonnés aux travaux les plus ingrats, et même ceux qui avaient payé leur *bedel*[1] n'étaient pas exemptés. Et ce n'étaient pas des routes qu'ils creusaient, mais des fosses profondes... leur propre tombe.

– Les autorités turques ont déclaré que, cette année, les Arméniens peindraient leurs œufs de Pâques avec leur propre sang ! avait conclu Kirkor Hagopian, avant de quitter l'échoppe du barbier.

Hovhannes n'avait guère accordé de crédit à ces rumeurs, même s'il était conscient que les Arméniens traversaient une période difficile.

Arrivé en bas, il appela sa femme une fois de plus. Pas de réponse. Il sortait sur le patio et longeait la longue table en merisier où la famille prenait ses petits déjeuners par beau temps, quand une nouvelle scène du conte s'imposa :

« *Voici ton histoire, fit le grenadier, secouant à nouveau ses branches. Il fut, et ne fut pas, un temps où les créatures de Dieu abondaient comme le grain, et où trop parler était un péché.*
– Pourquoi ça ? demanda le petit pigeon égaré. Pourquoi était-ce un péché de trop parler ? »

La cuisine était fermée. Étrange, à cette heure. Armanoush devait être en train de préparer le dîner avec Marie, leur domestique depuis cinq ans ; or elles ne fermaient jamais la porte.

---

1. « Prix », « valeur », en turc.

Hovhannes tendit la main vers la poignée. Il n'eut pas le temps de la tourner que la vieille porte en bois fut ouverte de l'intérieur et qu'il se retrouva nez à nez avec un sergent turc. Tout aussi surpris l'un que l'autre, ils se dévisagèrent, les yeux écarquillés. Le soldat fut le premier à sortir de sa stupeur. Il recula d'un pas et toisa Hovhannes de la tête aux pieds. C'était un homme hâlé au visage doux et enfantin mais au regard dur.

– Qu'est-ce qui se passe, ici ? s'écria l'écrivain.

Sa femme, ses enfants et Marie étaient alignés, dos au mur de la cuisine.

– Nous avons l'ordre de fouiller la maison, répondit l'officier.

Il n'y avait pas d'hostilité dans sa voix, mais pas d'empathie non plus. Il semblait las et décidé à exécuter sa mission pour s'en aller au plus vite.

– Pouvez-vous nous conduire à votre bureau, s'il vous plaît ?

Ils retournèrent dans le hall et grimpèrent le grand escalier courbe. Hovhannes ouvrait la marche. Sitôt dans son bureau, les soldats se dispersèrent comme des abeilles dans un champ de fleurs sauvages. Ils fouillèrent les placards, les tiroirs et toutes les étagères de la bibliothèque. Ils feuilletèrent des centaines de livres, à la recherche de documents dissimulés, s'attardant sur certains de ses ouvrages préférés – *Les Fleurs du mal* de Baudelaire, *Les Chimères* de Gérard de Nerval, *Les Nuits* d'Alfred de Musset, *Les Misérables* et *Notre-Dame de Paris* de Victor Hugo. Voyant un soldat examiner *Du contrat social* de Rousseau avec un air soupçonneux, le poète ne put s'empêcher de s'en remémorer le début.

L'homme est né libre, et partout il est dans les fers. Tel se croit le maître des autres, qui ne laisse pas d'être plus esclave qu'eux.

Quand ils en eurent terminé avec les livres, ils passèrent au crible les nombreux tiroirs du bureau. C'est alors que l'un des soldats remarqua la broche en or posée dessus. Il la tendit au sergent qui la prit dans le creux de sa main et la soupesa avant de la porter à ses yeux pour observer les rubis.

— Vous ne devriez pas laisser traîner un bijou aussi précieux à la vue de tous, lui recommanda-t-il courtoisement en rendant la broche à son propriétaire.
— Oui, merci. C'est un cadeau pour mon épouse.

L'officier lui adressa un sourire complice, mais reprit presque aussitôt sur le ton du reproche :
— Dites-moi ce que signifie cela.

Il désignait une liasse de feuilles découverte dans un tiroir.

Hovhannes reconnut immédiatement le poème qu'il avait écrit l'automne dernier, lorsqu'il s'était relevé d'une forte fièvre. Il avait passé trois jours au lit, tremblant de tout son corps et suant comme un tonneau percé de toutes parts. Armanoush était restée à son chevet. Elle lui avait posé sur le front des serviettes froides trempées dans du vinaigre et lui avait frotté le torse avec des glaçons. Au soir du troisième jour, quand la fièvre avait fini par tomber, un poème avait jailli dans son esprit. Il l'avait accueilli avec reconnaissance. Hovhannes n'était pas un homme religieux, mais il croyait fermement en la compensation divine, qui selon lui opérait moins bien à grande échelle qu'à travers des petits dons de la sorte.

— Lisez ! fit le sergent en poussant les pages vers lui.

Hovhannes Stamboulian chaussa ses lunettes et obtempéra d'une voix tremblante.

L'enfant sanglote durant son sommeil sans savoir pourquoi,
Un long sanglot étouffé et languissant
Impossible à consoler
C'est ainsi que tu me manques

— C'est de la poésie ? l'interrompit le sergent, visiblement dépité.
— Oui, répondit le poète, ne sachant comment interpréter l'étincelle qui éclairait son regard.

Était-il en colère ? Ou bien avait-il apprécié ses vers ? Allaient-ils partir, à présent ?

— Hov-han-nes Stam-bou-li-an, martela-t-il. Vous êtes un homme érudit, un homme de savoir. Vous êtes connu et respecté.

Pourquoi un être aussi raffiné que vous conspire-t-il avec un groupe d'ignobles insurgés ?

Hovhannes détacha ses yeux du poème et regarda l'officier, ahuri. Qu'était-il censé répondre ? De quoi l'accusait-on ?

– Ces insurgés arméniens lisent vos poèmes et se rebellent contre le sultanat ottoman. C'est vous qui les encouragez à se mutiner.

Soudain, Hovhannes mesura la gravité de la situation. Il soutint le regard du soldat, craignant de rompre le contact établi.

– Écoutez, sergent… vous êtes vous aussi un homme instruit, vous devez comprendre dans quelle position délicate je suis. Mes poèmes ne sont que l'écho de mon imagination. Certes, je les écris et les publie, mais je n'ai aucun pouvoir de contrôle sur les personnes qui les lisent avec l'intention particulière que vous avez citée.

Le sergent fit claquer ses phalanges une à une puis s'éclaircit la voix.

– Je comprends parfaitement votre dilemme. Néanmoins, vous avez le pouvoir de contrôler vos propres mots. C'est vous qui écrivez. C'est vous le poète…

Dans un effort désespéré pour refouler la panique qui montait en lui, Hovhannes fouilla la pièce du regard. C'est alors qu'il aperçut son fils aîné, dans l'entrebâillement de la porte. Comment avait-il fait pour s'échapper de la cuisine ? Depuis combien de temps les observait-il ainsi ? La rougeur du visage de Varvant trahissait sa colère à l'égard des soldats, mais quelque chose dans ses traits évoquait aussi une forme de sagesse. Son père lui sourit, comme si tout allait bien, et lui fit signe de rejoindre sa mère. Le garçon ne bougea pas.

– Je suis désolé mais vous allez devoir nous suivre, reprit le sergent.

– C'est que… Je ne peux pas…

Sur le point de répondre : *Je dois terminer le dernier chapitre de mon livre*, il se ravisa et demanda à voir son épouse.

Jusqu'à son dernier souffle, il n'oublierait jamais l'expression de celle-ci. Son visage pâle, ses yeux exorbités mais secs, comme si elle était trop épuisée pour pleurer, comme si le simple fait de se tenir debout lui réclamait toute son énergie. Il aurait tellement voulu lui prendre les mains, la serrer dans ses bras, lui dire d'être forte, pour leurs enfants et leur bébé – Armanoush était enceinte de quatre mois.

Ce n'est que lorsqu'il se retrouva dans la nuit noire, flanqué de deux soldats, qu'il se souvint qu'il avait oublié de lui offrir la broche. Il fouilla ses poches et fut soulagé de ne pas sentir le contact de la petite grenade sous ses doigts. Il l'avait laissée dans un tiroir du bureau. Il sourit à l'idée du plaisir qu'elle éprouverait quand elle la découvrirait.

Sitôt que les soldats furent partis, des pas précipités résonnèrent sur le perron. C'était leur voisine turque. Une femme toute en rondeurs au tempérament ordinairement doux et joyeux. Son expression terrifiée tira Armanoush de sa transe. Elle attira Varvant à elle et, les lèvres tremblantes, murmura :

– Va, mon fils, va chez ton oncle Levon... Demande-lui de venir immédiatement. Raconte-lui ce qui s'est passé.

L'oncle Levon habitait à quelques pas de là. À l'angle de la place du marché. Il vivait seul, au-dessus de son atelier. Depuis qu'il s'était vu refuser la main d'une belle Arménienne dont il était épris depuis l'enfance, il passait son temps à travailler, décidé à ne pas se marier. Oncle Levon était chaudronnier. Il fabriquait les meilleurs chaudrons de l'empire.

Soudain, Varvant s'immobilisa puis se mit à courir dans la direction opposée. Il remonta toute la rue, mais son père et les soldats turcs avaient disparu, s'étaient comme volatilisés.

Il revint sur ses pas et ne tarda pas à frapper à la porte de l'oncle Levon. Personne au premier. Il y avait peu de chances pour qu'il le trouvât dans son atelier à cette heure tardive, mais il essaya tout de même. C'est son apprenti, Riza Selim, un adolescent turc peu loquace mais efficace, qui lui ouvrit.

– Où est mon oncle ? demanda Varvant.

– Maître Levon est parti. Des soldats sont venus et l'ont emmené cet après-midi, répondit Riza Selim, incapable de retenir plus longtemps ses sanglots.

Il était orphelin. Ces dix dernières années, l'oncle Levon avait été un père pour lui.

– Je ne sais pas quoi faire... J'attends...

Varvant se remit à courir à travers les rues sinueuses, d'est en ouest, à la recherche d'un signe, de n'importe quoi. Il passa devant des cafés déserts, des places malpropres, des maisons délabrées d'où s'échappaient des odeurs de *türlü* [1] et des cris de bébés. Rien. Aucune créature vivante, à part un chat fauve qui miaulait de douleur près d'un caniveau nauséabond, léchant la plaie profonde et suppurante qui lui barrait le flanc.

Des années plus tard, lorsqu'il repenserait à son père, Varvant ne pourrait s'empêcher de revoir ce chaton abandonné dans la ruelle sombre. Et même à Sivas, quand ils se rendirent dans le petit village arménien de Pirkinik pour trouver refuge chez ses grands-parents ; même quand ils furent expulsés de la maison en pleine nuit par des soldats et qu'ils se retrouvèrent sur la route, au milieu de milliers d'Arméniens épuisés, affamés, battus, cernés par des soldats à cheval, et qu'il se traîna péniblement sur l'interminable tapis de boue, de vomi, de sang et d'excréments ; même quand il chercha un moyen de calmer les sanglots de sa petite sœur et qu'à la suite d'un mouvement de foule il lâcha sa main et la perdit de vue ; même quand il vit les pieds ensanglantés de sa mère et qu'elle tomba en silence, légère comme une feuille de saule desséchée ; même quand il regarda les corps gonflés et puants gisant le long de la route et les écuries en flammes ; même quand il ne leur resta plus rien à manger et que ses frères et lui broutèrent l'herbe comme des moutons dans le désert syrien ; même quand ils furent sauvés par le groupe de missionnaires américains qui récupéraient les orphelins arméniens égarés sur la route de l'exil, et qu'on les ramena au collège américain de Sivas avant de les envoyer aux États-Unis ; même quand des années plus tard il retrouva enfin Shushan à Istanbul et la fit venir à San Francisco ; même après de nombreux dîners heureux, entouré de ses enfants et de ses petits-enfants, il conserva gravée dans son esprit la vision de ce chaton.

1. Potée au mouton.

– Ça suffit ! coupa tante Banu – elle retira son voile et en couvrit la coupe d'argent. Je ne veux plus voir ça. J'ai appris ce que je voulais savoir…
– Mais tu n'as rien vu du tout, objecta M. Amer de sa voix caverneuse. Je ne t'ai pas encore parlé des poux.
– Quels poux ?
Elle hésita, puis découvrit la coupe.
– Oui, les poux, maîtresse, c'est un détail important. Tu te souviens du moment où Shushan lâche la main de son grand frère et se retrouve perdue au milieu de la foule ? C'est là qu'elle a attrapé les poux d'une famille dont elle s'était approchée dans l'espoir d'obtenir de quoi se nourrir. Ces gens n'avaient pas grand-chose à manger eux-mêmes, alors ils l'ont rejetée. Quelques jours plus tard, Shushan était brûlante de fièvre. Elle avait attrapé le typhus !
Tante Banu poussa un long soupir.
– J'étais là. J'ai tout vu. Shushan est tombée à genoux. Personne n'était en mesure de l'aider. On l'a laissée là, par terre, le front couvert de sueur et les cheveux pleins de poux !
– Assez !
Banu se leva.
– Tu ne veux pas entendre le meilleur de l'histoire ? Tu ne veux pas apprendre ce qu'il est advenu de la petite Shushan ? Je croyais que tu voulais savoir ce qui était arrivé à la famille de ton invitée… Eh bien, vois-tu, la petite Shushan de mon histoire est la grand-mère d'Armanoush.
– Oui. J'avais compris. Continue !
– Bien ! Après avoir été laissée pour morte sur la route, la petite Shushan fut découverte par deux femmes d'un village voisin. Une mère et sa fille. Elles portèrent l'enfant malade chez elles, la baignèrent avec des restes de savon de daphné et débarrassèrent ses cheveux des poux à l'aide d'une potion à base de plantes de la vallée. Puis, elles la nourrirent et la soignèrent. Trois semaines plus tard, un haut gradé et ses soldats s'arrêtèrent au village et interrogèrent les habitants pour savoir s'il se trouvait des orphelins arméniens dans la région. La mère cacha Shushan dans le

coffre à dot de sa fille jusqu'au départ des soldats. Un mois plus tard, la petite était sur pied, même si elle ne parlait presque pas et pleurait pendant son sommeil.
– Tu as dit qu'elle avait été ramenée à Istanbul...
– Oui. Plus tard. Durant les six mois suivants, la mère et la fille prirent soin de Shushan comme si elle faisait partie de la famille, et elles l'auraient sans doute gardée auprès d'elles si une horde de bandits n'avait pas mis à sac toutes les maisons turques et kurdes de la région. Les pillards ne tardèrent pas à découvrir qu'une petite Arménienne se cachait dans ce village. Indifférents aux pleurs de la mère et de la fille, ils leur enlevèrent l'enfant. Ils avaient pour ordre de déposer tous les orphelins arméniens de moins de douze ans dans les orphelinats des alentours. Shushan se retrouva à Alep, puis, quand il n'y eut plus de place là-bas, on l'envoya dans une école d'Istanbul où elle fut placée sous la tutelle de plusieurs *hocahanim*[1], certaines bienveillantes et aimantes, d'autres froides et strictes. Elle était vêtue d'une robe blanche et d'un manteau noir sans boutons, comme tous ses camarades. C'était une école mixte. Les garçons furent circoncis et tous les enfants rebaptisés. Elle devint Shermin 626.
– C'en est trop !
Banu couvrit à nouveau la coupe de son voile et foudroya son djinni du regard.
– D'accord, maîtresse, tes désirs sont des ordres. Mais tu te prives de la partie la plus importante. Si tu changes d'avis, fais-le-moi savoir. Nous autres gulyabani avons tout vu. Nous étions là. À présent tu connais mieux le passé de Shushan, grand-mère d'Armanoush, que sa propre petite-fille. Vas-tu lui parler ? Ne crois-tu pas qu'elle a le droit de connaître la vérité ?
Banu ne répondit pas. Elle ignorait si un jour elle raconterait tout cela à Armanoush. D'ailleurs, même si elle décidait de le faire, comment lui expliquer que grâce à un gulyabani, elle avait vu les siens dans une coupe d'argent remplie d'eau ? La jeune fille la croirait-elle ? Et même si elle la croyait, ne valait-il pas mieux qu'elle ignorât ces pénibles détails ?

---

1. Surveillantes.

Tante Banu se tourna vers Mme Douce, en quête de réconfort. Son bon djinni lui adressa un sourire timide sous son auréole chatoyante qui semblait clignoter, comme les questions qui taraudaient la devineresse : était-il vraiment souhaitable pour les humains de chercher à en savoir toujours plus sur leur passé ? Ne valait-il pas mieux en connaître le moins possible et espérer l'oublier ?

L'aurore est là. À présent, nous avons dépassé d'un pas cette zone étrange qui sépare la nuit du jour. Le seul moment de la journée où il est encore assez tôt pour espérer réaliser ses rêves mais trop tard pour rêver, le pays de Morphée étant déjà loin.

L'œil d'Allah est omnipotent et omniscient. Il ne se ferme ni ne cligne jamais. Et pourtant, personne ne peut affirmer que la Terre est omni-observable. Si le monde est une scène sur laquelle se relaient des spectacles joués pour le Regard Céleste, il se trouve forcément des moments où le rideau retombe, où un voile recouvre la surface de la coupe d'argent.

Istanbul est un salmigondis de dix millions d'âmes. Un livre ouvert sur lequel sont griffonnées des millions d'histoires. Istanbul se réveille d'un sommeil perturbé, prête à affronter le chaos de l'heure d'affluence. À partir de maintenant, il y a trop de prières à exaucer, trop de blasphèmes à relever, trop de pécheurs et trop d'innocents à surveiller.

Le jour s'est levé sur Istanbul.

XIII

FIGUES SÉCHÉES

Sur les douze mois de l'année, onze savent à quelle saison ils appartiennent et respectent leurs promesses. Un seul résiste. Mars est le mois le plus versatile, à Istanbul. Il peut se faire printanier, chaud et odorant, puis changer d'avis le lendemain et souffler des vents glacials ou faire pleuvoir de la neige fondue sur toute la ville. En ce dimanche dix-neuf mars, le soleil brillait et les températures dépassaient allégrement les normales saisonnières. Asya et Armanoush ôtèrent leurs pulls et continuèrent à avancer sur la grande route balayée par le vent qui menait d'Ortaköy à la place Taksim. Asya portait une robe longue en batik aux motifs beige et caramel peints à la main. À chaque pas, ses rangs de colliers et de bracelets cliquetaient. Fidèle à son style sobre, Armanoush avait enfilé un jean et un grand T-shirt UNIVERSITY OF ARIZONA rose ballerine. Elles se rendaient au salon de tatouage de Zeliha.

– Tu vas enfin faire la connaissance d'Aram, dit Asya, changeant son sac en toile d'épaule. Tu verras, il est très sympa.
– Tu as déjà mentionné son nom. Qui est-ce ?
– Oh, c'est...
Le terme « petit ami » semblait trop léger, « mari » était inexact, « futur mari » peu plausible, « fiancé » plus adapté mais prématuré.
– C'est le *partenaire* de tante Zeliha.
De l'autre côté de la rue, sous une arche ottomane aux ciselures

élégantes, elles aperçurent deux gitans. L'un d'eux récupérait des canettes dans une poubelle et les empilait dans un chariot délabré. L'autre, assis au bord du chariot, les triait, faisant de son mieux pour avoir l'air de travailler dur tout en prenant un bain de soleil. Quelle vie idyllique, songea Asya. Elle aurait donné n'importe quoi pour échanger sa place contre celle du trieur. D'abord, elle irait s'acheter le cheval le plus nonchalant qu'elle pourrait trouver, puis, chaque jour, elle conduirait sa charrette à travers les rues d'Istanbul pour ramasser toutes sortes de détritus. Elle réunirait de bon cœur les objets les plus disgracieux de la terre, caresserait leurs surfaces polies sans se soucier de ce qu'ils contiendraient de pourri. Elle était convaincue que les éboueurs d'Istanbul menaient une existence bien plus sereine que ses compagnons du *Café Kundera*.

Elle s'imagina allant de poubelle en poubelle, sifflant des airs de Johnny Cash, laissant la brise la décoiffer et le soleil réchauffer ses os. Si quiconque s'aventurait à déranger sa béatitude, il lui suffirait de le menacer des foudres de son clan gitan – dont tous les membres tremperaient plus ou moins dans des affaires louches – pour lui causer une peur de tous les diables. En dépit de sa pauvreté, elle serait plutôt heureuse tant que l'hiver ne pointerait pas le bout de son nez, conclut-elle. Elle se promit de garder cette idée à l'esprit, au cas où ses études universitaires ne déboucheraient sur aucune profession plus satisfaisante, et se mit à chantonner.

Up in the mornin', out on the job,
Work like the devil for my pay.
But that lucky old sun has nothin' to do
But roll around heaven all day [1].

Ce n'est que lorsqu'elle arriva à la fin du couplet qu'elle remarqua qu'Armanoush attendait une réponse plus précise à sa question.

---

1. « Levé au petit matin, déjà au boulot/À trimer comme une bête pour mériter mon écot./Et ce bon vieux soleil qu'a rien d'autre à faire/Que se prélasser dans le ciel toute la sainte journée. »

– Ah, ouais, tante Zeliha et Aram sortent ensemble depuis Allah sait combien de temps. C'est un peu comme mon beau-père, je dirais. Ou mon bel-oncle... Peu importe.
– Pourquoi ne se marient-ils pas ?
– À quoi bon ?
Elles étaient maintenant au niveau des gitans. Asya constata avec surprise qu'il s'agissait de filles, et non de garçons. Encore mieux ! Briser les frontières entre hommes et femmes : une raison de plus de choisir ce métier. Elle plaça une cigarette entre ses lèvres et en suça un instant l'extrémité, comme si c'était une friandise.
– Cela dit, je suis certaine qu'Aram n'aurait rien contre ; mais tante Zeliha ne veut pas en entendre parler.
– Pourquoi ?
La brise tourna, et une âcre bouffée d'air marin parvint aux narines d'Armanoush. Cette ville était un fouillis d'odeurs, certaines fortes et rances, d'autres douces et stimulantes. Presque chacune d'elles lui rappelait un aliment, à tel point qu'elle commençait à considérer Istanbul comme un grand festin. Elle était ici depuis huit jours et plus le temps passait, plus la ville lui paraissait complexe et protéiforme. Peut-être s'habituait-elle à être une étrangère dans ce cadre, à défaut de s'y sentir chez elle.
– Je dirais que c'est à cause de mon père. Je pense qu'elle ne fait plus tellement confiance aux hommes.
– Je comprends ça.
– Tu ne trouves pas qu'il y a une énorme différence entre les deux sexes quand il s'agit de se remettre d'une liaison ? À savoir que quand les femmes se séparent de leur mari ou de leur amant, elles mettent un certain temps à se lancer dans une autre aventure. Alors que les hommes, eux, font tout le contraire, ils préfèrent rebondir d'échec en échec, plutôt que de rester seuls.
Armanoush acquiesça, bien que peu convaincue par cette théorie que démentait l'histoire de ses parents. Sa mère s'était remariée sitôt le divorce prononcé, alors que son père était encore seul à ce jour.

– Et d'où vient-il, cet Aram ?
– D'ici, pourquoi ?
Asya comprit soudain ce à quoi il venait d'être fait allusion. Elle alluma sa cigarette et en tira une taffe. Comment avait-elle pu manquer de faire le rapprochement ? Aram était un nom arménien, bien sûr. C'est juste qu'elle ne l'avait jamais envisagé autrement que comme Aram. Pour elle, il n'était ni turc, ni arménien, ni d'aucune autre nationalité. Il était unique en son genre. Un professeur de sciences politiques charmeur et romantique qui avait toujours été attiré par la vie de marin et aurait voulu couler des jours heureux dans un village perdu au bord de la Méditerranée. Un cœur tendre, un esprit crédule, un utopiste sanguin et un enthousiaste irresponsable qui ne respectait pas toujours ses promesses. Bref, un homme exceptionnellement chaotique et brillant. Elle aurait aimé le décrire ainsi à Armanoush, mais elle se contenta de préciser :
– Ah oui, c'est vrai, il est arménien.
Cinq minutes plus tard, elles pénétrèrent dans le salon de tatouage.
– Soyez les bienvenues ! lança tante Zeliha, les serrant dans ses bras chacune leur tour.
Son parfum était fort. Un mélange épicé et boisé avec une touche de jasmin. Ses boucles noires cascadaient sur ses épaules, certaines teintées d'une substance si lumineuse que chaque fois qu'elle bougeait la tête sous les lampes à halogène, sa chevelure semblait scintiller. Armanoush la dévisagea, le souffle coupé, intimidée comme avait dû l'être Asya, imaginait-elle, quand elle était petite.
Le salon ressemblait à un petit musée. Sur le mur du fond, une immense photo encadrée montrait un dos de femme tatoué d'une miniature ottomane sophistiquée : une scène de banquet que dominait un acrobate qui marchait sur un fil tendu entre les deux épaules. Ce motif traditionnel tatoué sur le dos d'une jeune femme moderne offrait un contraste des plus vifs. Une légende disait : LE TATOUAGE, UN MESSAGE QUI TRANSCENDE LE TEMPS !
Il y avait des vitrines pleines de modèles et de bijoux pour

piercings. Les différents motifs étaient rassemblés en collections : « Roses et épines », « Cœurs sanglants », « Cœurs poignardés », « Le Chemin du chaman », « Créatures poilues effrayantes », « Dragons non poilus mais tout aussi effrayants », « Pour les patriotes », « Noms et nombres », « Simurg et la famille oiseau » et « Symboles soufis ».

Armanoush était sidérée que si peu de gens dans une pièce pussent produire autant de bruit. En dehors d'elles et de tante Zeliha, il y avait un type aux cheveux orange armé d'une aiguille, un adolescent accompagné de sa mère (pas vraiment décidée à rester), et deux hommes aux cheveux longs et à barbe naissante, aussi vifs que des musiciens hippies redescendant d'un mauvais trip. L'un d'eux se faisait tatouer un moustique violet à la cheville, assis dans un grand fauteuil confortable et mâchant bruyamment un chewing-gum. L'autre lui tenait le crachoir. Le tatoueur était l'assistant de tante Zeliha, un artiste talentueux dans son domaine. Armanoush le regarda travailler, surprise qu'une si petite aiguille pût générer de tels sons.

– Ne t'inquiète pas, ça fait plus de bruit que de mal, lui expliqua Zeliha – elle lui fit un clin d'œil avant d'ajouter : Ce client est un habitué… quelque chose comme son vingtième tatouage. Pour certains, c'est une vraie drogue. Il leur en faut toujours un de plus. Le centre de réhabilitation devrait inclure cette addiction à son programme.

Armanoush garda discrètement le musicien dans sa ligne de mire ; son expression ne trahissait aucune douleur.

– Pourquoi se faire tatouer un moustique violet à la cheville ?

– *Pourquoi* ? Voilà bien une question qui n'a pas droit de cité ici. Entre ces murs, nous refusons la tyrannie de la normalité. Le client peut demander le motif qui lui chante. Je ne cherche jamais à comprendre *pourquoi*. Je sais qu'il a une raison, même s'il l'ignore encore lui-même.

– Et les piercings ?

– Idem, fit-elle en désignant sa narine. Celui-ci est vieux de dix-neuf ans. Je me le suis fait toute seule quand j'avais l'âge d'Asya.

– Ah oui ?

– Je me suis enfermée dans la salle de bains, armée d'une carotte baby, d'une aiguille stérilisée, de glaçons pour anesthésier la peau, et de ma rage. J'en voulais au monde entier, et à ma famille en particulier. C'était ma manière de me révolter. Au début, je tremblais tellement que j'ai piqué dans le septum. J'ai beaucoup saigné. Du coup, la deuxième fois, j'ai visé pile sur la narine. Ici ! – elle tapota fièrement l'endroit. J'ai placé et vissé un anneau dans le trou, puis je suis sortie de la salle de bains, ravie à l'idée de la tête qu'allait faire ma mère. J'adorais la rendre chèvre.

Asya lui lança un regard amusé.

– Ce que j'essaie de te dire, c'est que je me suis percé le nez parce que c'était interdit. Parce qu'il était inconcevable qu'une jeune fille issue d'un milieu turc traditionaliste se balade avec un anneau dans le nez. Mais les temps ont changé. C'est pour cette raison que ce salon existe. Ici, nous conseillons nos clients, nous en refusons certains, mais nous ne les jugeons jamais. Nous ne demandons jamais *pourquoi*. Quand tu juges les gens, ils s'en vont et font tout de même ce qu'ils veulent. C'est une leçon que j'ai apprise très tôt.

Le regard de l'adolescent glissa de la vitrine à Zeliha.

– Est-ce que vous pourriez rallonger la queue du dragon ? Je voudrais qu'elle aille de mon coude à mon poignet, vous savez, comme s'il rampait sur mon bras.

– Tu es fou ? s'interposa sa mère. Pas question ! On s'était mis d'accord. Quelque chose de simple et de petit. Comme un oiseau, ou une libellule. Je ne t'ai jamais donné la permission de te faire tatouer des queues de dragons...

Pendant les deux heures qui suivirent, Asya et Armanoush observèrent le train-train du salon. Cinq lycéens entrèrent, décidés à se faire percer un sourcil, et se dégonflèrent sitôt que l'aiguille pénétra l'arcade sourcilière du premier. Un fan de football demanda à se faire tatouer l'emblème de son équipe sur le torse ; un ultranationaliste, le drapeau turc sur le majeur, afin de pouvoir le dresser tout en affichant son patriotisme ; et un chanteur travesti, le nom de son amant sur les premières phalanges.

Enfin, un homme d'une quarantaine d'années, et d'une apparence anormalement normale pour le lieu, fit son entrée.

Aram Martirossian était grand et séduisant en dépit de son léger embonpoint. Avec sa barbe noire, ses cheveux poivre et sel et les profondes fossettes qui apparaissaient chaque fois qu'il souriait, il avait l'air d'un chic type. Derrière des lunettes à grosses montures, ses yeux brillaient d'une intelligence teintée de lassitude. À sa manière de couver Zeliha du regard, on devinait à quel point il l'aimait et la respectait. Ces deux-là semblaient sur la même longueur d'onde. Elle mettait des gestes sur ses paroles, et lui des paroles sur ses gestes. Deux individus complexes parvenus à une parfaite harmonie.

Armanoush se présenta dans un anglais articulé, presque enfantin, comme elle le faisait chaque fois qu'elle s'adressait à un inconnu depuis son arrivée à Istanbul. Elle fut étonnée de s'entendre répondre dans une langue limpide nuancée d'un léger accent british.

– Ton anglais est excellent ! ne put-elle s'empêcher de s'exclamer. Où as-tu attrapé cet accent britannique, si ce n'est pas indiscret ?

– J'ai fait toutes mes études à Londres. Mais nous pouvons parler arménien, si tu préfères ?

– Non, merci. Ma grand-mère m'en a appris quelques mots quand j'étais petite, mais comme mes parents étaient divorcés et que j'ai pas mal vadrouillé de l'un à l'autre, je n'ai jamais pu progresser. Par la suite, j'ai passé plusieurs étés dans un camp de jeunesse arménien, mais c'était il y a longtemps, j'ai oublié tout ce que j'y ai appris.

– La connaissance de l'arménien me vient aussi de ma grand-mère, dit-il en souriant. Ma mère et elle voulaient que je sois bilingue. Seul problème : elles étaient en désaccord quant aux langues elles-mêmes. Maman pensait qu'il vaudrait mieux pour moi que je parle turc à l'école et anglais à la maison, puisque j'étais destiné à étudier à l'étranger. Mais grand-mère était têtue, elle voulait que je parle turc à l'école et arménien à la maison.

Charmée par sa modestie, Armanoush échangea avec lui

quelques réflexions sur les grands-mères arméniennes; celles de la diaspora, celles de Turquie et celles d'Arménie.

À six heures trente, Zeliha confia la boutique à son assistant et ils prirent le chemin d'une taverne du quartier.

– Avant que tu ne quittes Istanbul, Aram et tante Zeliha aimeraient que tu passes une soirée stambouliote typique, lui expliqua Asya.

À un moment, ils pénétrèrent dans une ruelle mal éclairée et longèrent un immeuble dont les fenêtres étaient ouvertes sur des prostituées travesties lourdement maquillées. L'une d'elles, une femme robuste à grosses lèvres avec des mèches rouge fluo, les interpella.

– Qu'est-ce qu'elle dit? demanda Armanoush.

– Elle dit que mes bracelets sont fantastiques et que j'en ai bien trop pour moi toute seule.

Sur quoi, Asya ôta un de ses bracelets et le tendit à la travestie. Elle l'accepta joyeusement, le passa et, d'une main aux ongles rouges parfaitement manucurés, leva son Coca light pour porter un toast à la jeune fille.

Armanoush se demanda ce que Jean Genet aurait fait de ce Coca light vanille-cerise, de ces bracelets de perles et de la joie enfantine qui se dégageait de la scène, en dépit de l'acide odeur de sperme imprégnant cette ruelle malfamée d'Istanbul.

Ils entrèrent dans un bar stylé mais convivial, à deux pas du passage des Fleurs. Sitôt qu'ils furent installés, deux serveuses apparurent avec la carte des mezes.

– Pourquoi ne pas nous impressionner à nouveau par tes connaissances culinaires, Armanoush? proposa tante Zeliha.

– Voyons voir... il y a des yalanci sarma, des *tourshi*[1], du patlijan, du *topik*[2], des *enginar*[3]... énuméra-t-elle, à mesure qu'on déposait les plats sur la table.

1. Pickles arméniens.
2. Spécialité arménienne. Hors-d'œuvre fait de pâte d'oignon et de pois chiches, parfumé à la cannelle.
3. Artichauts en salade.

Les clients affluaient par petits groupes. Vingt minutes plus tard, la taverne était pleine. Au milieu de tous ces visages étrangers, de ces bruits et de ces odeurs, Armanoush perdit tous ses repères. Elle aurait aussi bien pu se trouver en Europe qu'au Moyen-Orient ou en Russie. Zeliha et Aram commandèrent du raki, Asya et elle, du vin blanc. Regardant sa mère fumer ses cigarettes et Aram son cigare, Asya se mordait l'intérieur de la joue.

– Tu ne fumes pas, ce soir ? lui murmura Armanoush.
– Chut ! Tante Zeliha n'est pas au courant.

Comment pouvait-elle, à la moindre occasion, montrer un esprit si rebelle, presque sadique parfois, et à présent faire preuve d'autant de docilité ?

Ils se mirent à discuter nonchalamment en dégustant les mets que les serveurs déposaient régulièrement sur la table. Les « plats tièdes » suivraient les mezes ; après, ils auraient droit aux « plats chauds », aux desserts et aux cafés. *Ça doit être le style de l'endroit*, songea Armanoush, *ils choisissent le menu à notre place.*

Enhardie par le bruit et l'atmosphère enfumée, elle se rapprocha d'Aram et trouva le courage de lui poser la question qui lui brûlait les lèvres :

– Je vois que tu adores Istanbul, mais tu n'as jamais envisagé de vivre en Amérique ? Il y a une grande communauté arménienne en Californie, tu sais…

Il la dévisagea un instant, puis éclata de rire, au grand dam de la jeune femme. Elle avait dû mal s'exprimer. Elle tenta d'être plus claire :

– Je veux dire que si ici tu te sens opprimé, tu peux toujours venir en Amérique. Il y a sur place de nombreuses communautés arméniennes qui seraient plus qu'heureuses de t'accueillir, toi et les tiens.

– Qu'est-ce que je ferais en Amérique, chère Armanoush ? lui répondit-il, plus sérieux. Je suis né à Istanbul. Ma famille y vit depuis cinq cents ans. Les Stambouliotes arméniens sont ici chez eux, au même titre que les Turcs, les Kurdes, les Grecs et les Juifs. Nous avons longtemps réussi à cohabiter avant de nous entre-déchirer. Nous ne pouvons pas nous permettre d'échouer à nouveau.

Un serveur apparut avec les « plats tièdes » : des calamars frits, des moules frites et de la pâte frite.

— Je connais toutes les rues et les ruelles de cette ville. (Il but une autre gorgée de raki.) J'adore m'y promener à toute heure du jour et le soir, lorsque je suis joyeux et ivre... J'adore prendre mes petits déjeuners dominicaux au bord du Bosphore en compagnie de mes amis. J'adore marcher au milieu de la foule. Je suis amoureux de la beauté chaotique de cette ville, de ses ferries, de sa musique, de ses contes, de sa tristesse, de ses couleurs, de son humour noir...

Un silence malaisé s'abattit sur la table alors qu'ils prenaient conscience de tout ce qui les séparait, en plus de la distance géographique. Pour lui, elle était trop américanisée, pour elle, il était trop turquifié. Le fossé infranchissable entre ceux qui étaient partis et ceux qui avaient réussi à rester.

— Les Arméniens de la diaspora n'ont pas d'amis turcs. Leurs seuls liens avec la Turquie sont les histoires que leur ont racontées leurs grands-parents. Des histoires terriblement douloureuses. Mais crois-moi, comme dans toutes les nations du monde, il y a aussi des êtres au grand cœur dans ce pays. Certains de mes amis me sont plus chers que mon propre frère. Et la Turque que tu vois là – il leva son verre en direction de Zeliha – est le fol amour de ma vie.

Cette dernière lui adressa un clin d'œil et leva également son verre :

— Şerefe [1] !

Ils trinquèrent tous et reprirent en chœur :

— Şerefe !

Ce mot était une sorte de leitmotiv qu'on se répétait environ toutes les dix minutes. Sept « Şerefe » plus tard, les yeux brillant d'un nouvel éclat, Armanoush regarda béatement un serveur albinos déposer devant eux les « plats chauds » : des filets de perche grillés sur un lit de poivre vert, du poisson-chat mariné au basilic et aux épinards crémeux, du saumon grillé au charbon de bois accompagné de légumes verts et des crevettes sautées dans une sauce à l'ail épicée.

---

1. « À votre santé ! »

— Avoue… lança-t-elle à Aram en gloussant. Tu as sûrement plein de tatouages, toi aussi.

— Détrompe-toi. Zeliha refuse de me tatouer, répondit-il, en partie dissimulé par le nuage de fumée de son cigare.

— Pareil pour moi, ajouta Asya.

— Pourquoi ça ? fit Armanoush, se tournant vers Zeliha. Je pensais que tu adorais les tatouages…

— Ce n'est pas au tatouage que je suis opposée, c'est au motif qu'il me demande.

— Je voudrais qu'elle me tatoue un magnifique figuier la tête en bas. Les racines incrustées dans le ciel. Déplacé mais tout de même enraciné.

Il y eut un silence au cours duquel ils observèrent la flamme vacillante de la bougie placée au centre de la table. Zeliha alluma sa dernière cigarette et souffla involontairement la fumée dans la direction d'Asya.

— C'est juste que le figuier est un arbre qui porte malheur. S'il m'avait demandé de lui tatouer un cerisier ou un chêne à l'envers, ce serait déjà fait.

C'est alors que quatre musiciens gitans, tous vêtus de chemises en soie blanches et de pantalons noirs, entrèrent dans la taverne, déclenchant une vague d'euphorie parmi les dîneurs rassasiés, prêts à chanter.

Armés d'un *ud* [1], d'une clarinette, d'un *kanun* [2] et d'une *darbouka* [3], ils approchèrent de leur table. Armanoush et Asya n'étant pas très disposées à chanter, c'est tante Zeliha qui accompagna les musiciens. Elle avait une voix de contralto étrangement douce pour une fumeuse. Sa fille ne manquait pas de s'en étonner.

La chanson terminée, le meneur du groupe leur demanda s'ils voulaient entendre un air particulier. Zeliha poussa Aram du coude.

— Allez, mon rossignol. À ton tour de chanter !

Rougissant, Aram se pencha vers l'homme et lui murmura un

---

1. Luth à manche court.
2. Instrument à cordes d'origine arabe ou perse. Sorte de cithare sur table.
3. Instrument à percussion dont le corps en terre cuite est couvert d'une peau tendue.

titre à l'oreille. La musique s'éleva aussitôt pour accompagner un chant non pas turc, non pas anglais, mais arménien.

> *Chaque matin à l'aube*
> *Oh... Je demande à mon amour,*
> *Où vas-tu ?*

Les paroles commencèrent par couler lentement, tristement, puis la darbouka accéléra le tempo et la clarinette imita les ondulations mélodieuses de la voix de moins en moins timide d'Aram.

> *Elle est la chaîne dorée*
> *De mes souvenirs,*
> *Elle est le chemin qui mène*
> *À l'histoire de ma vie.*

Armanoush retint son souffle, profondément émue. Elle ne comprenait pas les paroles, et pourtant, son cœur était comme frappé par un deuil. Quand elle releva la tête, elle fut intriguée par l'expression de Zeliha : elle trahissait la crainte mêlée de bonheur que ressentent les êtres tombés amoureux par mégarde.

Quand le silence revint et que les musiciens passèrent à la table suivante, elle s'attendit à ce que Zeliha embrassât Aram, mais, à la place, elle serra tendrement la main d'Asya, comme si son amour pour cet homme l'aidait à mieux comprendre celui qu'elle éprouvait pour sa fille.

– Ma chérie... souffla-t-elle.

Elle sembla sur le point de lui dire quelque chose, puis se ravisa, sortit un nouveau paquet de cigarettes et lui en offrit une. Voir les sentiments de sa mère affleurer ainsi était bien plus surprenant pour Asya que cette cigarette tendue. Elles échangèrent un sourire dans un nuage de fumée, et tout à coup elles parurent incroyablement semblables. Deux visages façonnés par le même passé, dont l'un ignorait tout et que l'autre avait décidé d'oublier.

Pour la première fois depuis son arrivée, Armanoush sentit battre dans ses propres veines le pouls d'Istanbul, et elle comprit pourquoi tous ces gens étaient amoureux de leur ville, en dépit des douleurs qu'elle pouvait leur causer. Songeant qu'elle aurait du mal à quitter toute cette beauté, elle leva son verre.

– Şerefe !

XIV

EAU

– Est-ce que je peux leur demander de faire moins de bruit ? dit tante Feride, debout devant la porte de la chambre des filles.
– Oh, laisse-les donc tranquilles ! lança tante Zeliha, écroulée sur le canapé. Elles sont un peu pompettes. Et quand on est pompette, on aime bien écouter de la musique à fond. À FOND !
– Pompettes ! gronda grand-mère Gülsüm. Et je peux savoir pourquoi elles le sont ? Tu n'en as pas assez d'attirer sans cesse le déshonneur sur cette famille ? Regarde-moi cette jupe. Mes torchons de cuisine sont plus longs ! Tu as une fille, tu m'entends ? Je n'ai jamais vu de mère divorcée avec un anneau dans le nez. Tu devrais avoir honte !

Zeliha leva sa tête du coussin où elle était enfoncée.

– Pour être divorcée, maman, il faut avoir été mariée. On ne peut me qualifier de « divorcée », ni de « séparée », ni d'aucun de ces termes nauséabonds soigneusement réservés aux infortunées. Ta fille est une pécheresse qui adore ses minijupes, son piercing au nez et l'enfant à laquelle elle a donné naissance hors mariage. Que ça te plaise ou non !

– Cela ne te suffit pas de corrompre ta fille et de l'obliger à boire ? Il faut aussi que tu t'en prennes à notre pauvre invitée ? Comment oses-tu pervertir cette petite ? Elle est sous la responsabilité de ton frère. Elle est l'invitée de Mustafa dans cette maison.

– La responsabilité de mon frère ? Tu parles !

Dans la chambre, Johnny Cash à plein volume, les filles étaient assises au bureau, côte à côte, Sultan V pelotonné entre elles, les yeux mi-clos. Elles étaient trop absorbées par l'écran de l'ordinateur pour entendre la dispute qui opposait la mère et la fille dans le salon. Armanoush venait d'entrer au *Café Constantinopolis*, décidée à présenter Asya à ses camarades.

> Salut, tout le monde ! Âme en Exil ne vous a pas manqué ? tapa-t-elle.

> Notre reporter à Istanbul est de retour. Où es-tu ? Les Stambouliotes t'ont dévorée toute crue ? écrivit Anti-Khavurma.

> Il y en a justement une avec moi en ce moment. J'aimerais que vous fassiez sa connaissance.

Il y eut une pause.

> Laissez-moi vous présenter : Une Fille Nommée Turquie.

> C'est quoi ce nom ? questionna Alex le Stoïque.

> C'est inspiré d'une chanson de Johnny Cash. Mais tu peux l'interroger toi-même, si tu veux.

> Bonjour d'Istanbul ! les salua Asya.

Pas de réponse.

> J'espère que la prochaine fois, vous viendrez avec Arman... (Armanoush lui donna une tape sur la main)... Âme en Exil.

> Merci. Mais, franchement, je ne me sens pas le courage de jouer les touristes dans un pays qui a causé tant de souffrances à ma famille, lui assena Anti-Khavurma.

Ce fut au tour d'Asya de ne savoir que répondre.

Comprends-nous bien : nous n'avons rien contre toi, intervint Triste Coexistence. Et je suis certaine qu'Istanbul est une très belle ville ; mais à vrai dire, nous nous méfions des Turcs. Mesrop se retournerait dans sa tombe si, Aramazt [1] nous en préserve, j'oubliais mon passé comme ça.

– Qui est Mesrop ? demanda furtivement Asya à Armanoush, comme si les autres pouvaient l'entendre.

Bon, commençons par les faits. Si nous arrivons à nous mettre d'accord sur les faits, nous pourrons envisager de discuter plus avant, décréta Dame Paon/Siramark. Commençons par ces magnifiques mosquées que vous vantez aux touristes avec fierté. À quel architecte les devez-vous ? À Sinan ! Il a dessiné des palais, des hôpitaux, des auberges, des aqueducs... Vous avez exploité son intelligence, mais totalement occulté le fait qu'il était arménien.

Mais Sinan est un nom turc, écrivit Asya, déconcertée.

Vous êtes excellents pour turquifier les noms des minorités, rétorqua Anti-Khavurma.

OK, je vois où vous voulez en venir. C'est vrai : l'histoire nationale turque est fondée sur la censure, mais c'est le cas de l'histoire de toutes les nations. Elles créent leurs propres mythes et s'y accrochent. La Turquie est peuplée de Kurdes, de Circassiens, de Géorgiens, de Pontiens, de Juifs, d'Abazas, de Grecs... Ce genre de généralisation est simpliste et dangereux, à mon avis. Nous ne sommes pas de vulgaires barbares. Et puis, des tas d'érudits qui se sont penchés sur la culture ottomane vous diront que c'était une grande culture à bien des égards. Les années 1910 ont été une période particulièrement difficile, mais c'était il y a cent ans.

---

1. Dieu du Ciel et de la Terre, comparable à Zeus chez les Grecs et à Jupiter chez les Romains. Père des déesses Anahide et Nanée.

Dame Paon/Siramark riposta aussitôt : Je ne crois pas que les Turcs aient changé. Si c'était le cas, ils auraient reconnu le génocide.

Le terme « génocide » est lourd de sens, écrivit en retour Une Fille Nommée Turquie. Il implique une philosophie de l'extermination systématique et bien organisée. Honnêtement, je ne crois pas qu'on puisse porter de telles accusations sur le gouvernement ottoman de l'époque. Mais je reconnais l'injustice qui a été faite aux Arméniens. Je ne suis pas historienne. Mes connaissances sont limitées et altérées. Mais les vôtres aussi.

Sauf qu'il y a une différence importante, vois-tu, intervint Fille de Sappho. L'oppresseur n'a que faire du passé, alors que l'opprimé, lui, n'a rien d'autre.

Si tu ne connais pas l'histoire de ton père, comment peux-tu espérer créer la tienne propre ? ajouta Dame Paon/Siramark.

Armanoush sourit. Pour l'instant, tout se passait comme prévu. Sauf que Baron Baghdassarian n'avait pas encore participé à la discussion.

Je reconnais votre perte et votre douleur, répondit Une Fille Nommée Turquie. Je ne nie pas que des atrocités ont été commises. C'est mon propre passé que je refoule : je ne connais ni mon père ni son histoire. Si l'on m'offrait l'opportunité d'en savoir plus sur mon passé, si triste fût-il, est-ce que je déciderais de m'y intéresser ? C'est le dilemme de ma vie.

Tu es pleine de contradictions, nota Anti-Khavurma.

Ce n'est pas Johnny Cash qui lui jetterait la pierre ! fit remarquer Âme en Exil.

Dites-moi ce qu'une Turque ordinaire de mon âge peut faire aujourd'hui pour apaiser votre douleur ?

C'était une question qu'aucun Turc n'avait jamais posée aux Arméniens du *Café Constantinopolis*. Par le passé, ils avaient eu deux visiteurs turcs. Tous deux ultranationalistes. Le premier avait prétendu que ses compatriotes n'avaient jamais rien fait de mal aux Arméniens, alors que ces derniers s'étaient rebellés contre le régime ottoman et avaient tué de nombreux Turcs. Et le deuxième était allé jusqu'à déclarer que si le gouvernement ottoman avait réellement décidé un génocide, il ne resterait plus d'Arméniens pour en parler, et que le fait qu'il s'en trouvait toujours pour diffamer les Turcs était une preuve qu'ils n'avaient jamais été persécutés.

À ce jour, les brefs échanges entre les habitués du cybercafé et les intrus s'étaient cantonnés à des répliques furieuses et à des soliloques diffamatoires. Cette fois, le ton était radicalement différent.

Ton gouvernement pourrait nous présenter des excuses, proposa Triste Coexistence.

Mon gouvernement ? Mais je n'ai rien à voir avec lui, écrivit Asya, songeant au Dessinateur Dipsomane poursuivi pour avoir représenté le Premier ministre en loup. Je suis nihiliste, moi !

Elle faillit mentionner son Manifeste Nihiliste Personnel, mais elle se ravisa.

Alors tu pourrais t'excuser, écrivit abruptement Anti-Khavurma.

Tu veux que je m'excuse pour des actes dont je ne suis pas responsable ?

C'est toi qui le dis, tapa Dame Paon/Siramark. Nous nous inscrivons tous dans la continuité du temps. Le passé s'insère dans le présent. Nous sommes les héritiers d'une lignée, d'une culture, d'une nation. Tu ne penses tout de même pas que le passé est mort et enterré ?

Asya fixa l'écran, incrédule. Elle caressa la tête de Sultan V avant de reposer ses mains sur le clavier.

Suis-je responsable des crimes de mon père ?

En tout cas, tu as la responsabilité de les reconnaître, répondit Anti-Khavurma.

La dureté de la déclaration la laissa pantoise. N'avait-elle pas toujours tenté d'inscrire la plus grande distance possible entre le passé et son présent, nourrissant l'espoir que les sombres secrets de jadis jamais ne parviendraient à la consumer et à influer sur son avenir ? Elle détestait avoir à l'admettre, mais il y avait du vrai dans tout cela : le passé n'était pas mort et enterré.

Toute ma vie, j'ai essayé de vivre sans regarder derrière moi. Être née bâtarde signifie moins l'absence d'un père que l'absence d'histoire... et voilà que vous me demandez d'assumer un passé que j'ignore et de m'excuser à la place d'un père mythique !

Elle n'obtint aucune réponse. Mais elle n'en attendait pas vraiment. Ses doigts se remirent à taper, comme si elle ne les commandait plus.

Et néanmoins, je crois que c'est ce trou béant qui m'aide à comprendre votre attachement à l'histoire, à reconnaître l'importance de la continuité de la mémoire humaine. Oui... je m'excuse pour toutes les souffrances que mes ancêtres ont infligées aux vôtres.

Excuse-toi à voix haute devant le gouvernement turc, répliqua Anti-Khavurma, que sa réponse n'avait pas satisfait.

Tu veux rire !

Armanoush arracha le clavier des mains de son amie.

Ici Âme en Exil. Cela ne nous apporterait rien, et ça lui attirerait des ennuis.

Elle serait capable de les affronter si elle était sincère ! lui opposa Anti-Khavurma.

C'est alors que s'inséra un commentaire des plus inattendus.

À vrai dire, chère Âme en Exil et chère Fille Nommée Turquie, parmi les Arméniens de la diaspora, il s'en trouve qui n'ont aucun intérêt à ce que les Turcs reconnaissent le génocide. Car si ces derniers le faisaient, ils nous tireraient le tapis de sous les pieds et briseraient le lien le plus fort qui nous unit. Tout comme les Turcs ont pris l'habitude de nier leurs crimes, les Arméniens se sont accoutumés à leur statut de victimes. Il semble qu'une remise en question s'impose, dans les deux camps.

Dixit Baron Baghdassarian.

— Elles ne dorment toujours pas, s'impatienta tante Feride qui allait et venait devant la porte des filles. J'espère qu'elles vont bien...

Les doyennes de la maison étaient allées se coucher, de même que Cevriye, en bonne enseignante disciplinée. Tante Zeliha dormait sur le canapé.

— Ce n'est pas la peine de rester ici, ma sœur. Je vais garder cette porte et m'assurer que tout va bien, lui promit Banu, posant une main sur son épaule.

Dans ses moments de crise, Feride paniquait à l'idée de tous les dangers qui menaçaient les siens.

– Je prends le tour de garde, Feride. Va te coucher. N'oublie pas que la nuit, ton esprit est un étranger. N'écoute pas les étrangers.

– D'accord, répondit Feride, avec un air de petite fille rassurée par un conte de fées.

Armanoush regarda sa montre. Il était temps de téléphoner à sa mère. Elle soupira, songeant que, comme tous les soirs à la même heure, Rose allait lui reprocher de ne pas l'avoir appelée plus souvent. Essayant de ne pas se laisser gagner par le découragement, elle composa le numéro.

– Amy!!! C'est toi, ma chérie? fit sa mère, presque hystérique.

– Oui, maman. Comment vas-tu?

– Comment je vais? Comment je vais? – sa voix se brisa. Il faut que je raccroche, mais promets-moi, promets-moi de me rappeler dans dix... non, non, ce n'est pas assez... dans quinze minutes exactement. Je raccroche, je me calme, et j'attends ton appel, d'accord? Dans quinze minutes, promis?

– Oui, maman, c'est promis. Qu'est-ce qui ne va pas? Qu'est-ce qui se passe?

Mais Rose avait déjà raccroché.

Armanoush regarda Asya, les yeux écarquillés.

– Ma mère m'a demandé de la rappeler au lieu de m'incendier parce que je ne lui ai pas téléphoné plus tôt. C'est bizarre. Vraiment bizarre.

Asya se redressa dans son lit.

– Bah, détends-toi, elle était peut-être au volant.

Armanoush secoua la tête, la mine sombre.

– Mon Dieu, il est sûrement arrivé quelque chose de grave!

Les yeux gonflés et le nez rouge, Rose prit une autre serviette en papier et éclata à nouveau en sanglots. Elle achetait toujours les mêmes serviettes dans le même magasin. Des Sparkle épaisses et absorbantes. Il en existait plusieurs modèles, mais le préféré de Rose s'appelait *Ma Destination*. Le papier était imprimé de coquillages, de poissons et de bateaux bleus, autour desquels ondulaient les mots : JE NE PEUX PAS CHANGER LA DIRECTION DU VENT, MAIS JE PEUX AJUSTER MES VOILES POUR TOUJOURS ATTEINDRE MA DESTINATION.

Rose aimait ce slogan. Et puis, le bleu azur se mariait parfaitement avec le carrelage de la cuisine, la pièce de la maison qu'elle préférait. Elle l'avait complètement remodelée quand ils s'étaient installés ici avec Mustafa. Elle avait ajouté des étagères coulissantes, un casier laqué pouvant contenir trente-six bouteilles (même s'ils ne buvaient guère) et des tabourets pivotants en chêne. Elle était perchée sur l'un d'eux en ce moment, en proie à une panique incontrôlable.

– Oh, mon Dieu, nous n'avons que quinze minutes ! Qu'allons-nous lui dire ? Nous n'avons qu'un quart d'heure pour nous décider !

Mustafa se leva de l'une des deux chaises en pin couleur de miel qui lui étaient réservées. Il n'aimait pas les tabourets.

– Calme-toi un peu, Rose chérie, dit-il en lui prenant la main. Tout va bien se passer, d'accord ? Tu vas commencer par lui demander calmement où elle se trouve. C'est la première question à lui poser.

– Et si elle ne me répond pas ?

– Elle te répondra. Si tu lui demandes gentiment de te dire la vérité, elle le fera. Ne la gronde pas. Reste calme. Tiens, bois un peu d'eau.

Rose prit le verre entre ses mains tremblantes.

– Tu te rends compte ? Ma petite fille... Elle m'a menti ! Et j'ai été assez stupide pour la croire. Pendant tout ce temps, je pensais qu'elle était à San Francisco avec son père, et voilà que je découvre qu'elle a trompé tout le monde... et maintenant, sa grand-mère... Oh, mon Dieu, comment vais-je trouver la force de lui annoncer...

La veille, alors qu'elle faisait des crêpes et que Mustafa lisait l'*Arizona Daily Star*, la sonnerie du téléphone avait retenti. Rose avait décroché, sa spatule à la main. C'était son ex-mari, Barsam Tchakhmakhchian.

Ils ne s'étaient pas parlé depuis des années. Après le divorce, ils avaient été obligés de communiquer régulièrement à cause de leur fille, mais quand Armanoush avait grandi, leurs échanges s'étaient raréfiés, jusqu'à ce qu'ils finissent par rompre tout contact. Un ressentiment mutuel et une fille, voilà ce qu'il restait de leur mariage.

– Je suis désolé de te déranger, Rose, lui dit Barsam d'une voix lasse, mais c'est important. Il faut que je parle à ma fille.

– *Notre* fille, corrigea-t-elle bêtement, s'en voulant aussitôt.

– S'il te plaît, Rose, j'ai une mauvaise nouvelle à annoncer à Armanoush. Tu veux bien me la passer ? Elle ne répond pas sur son portable. Je n'ai pas eu d'autre choix que de l'appeler chez toi.

– Attends un peu... elle n'est pas à San Francisco ?

– Quoi ?

– Elle n'est pas avec toi, en Californie ? répéta-t-elle, les lèvres tremblantes.

Barsam se demanda s'il ne s'agissait pas d'un nouveau jeu pervers de son ex-femme.

– Non, Rose, répondit-il, essayant de maîtriser son irritation. Elle est rentrée en Arizona pour y passer ses vacances de printemps.

– Oh, mon Dieu !! Mais c'est faux, elle n'est pas ici ! Où est mon bébé ?! s'écria Rose, soudain envahie par la panique.

– Calme-toi, veux-tu ? Je ne sais pas ce qui se passe, mais je suis certain qu'il y a une explication. J'ai une totale confiance en Armanoush. Je suis sûr qu'elle n'a rien fait de mal. Quand lui as-tu parlé pour la dernière fois ?

– Hier. Elle m'appelle tous les jours... de San Francisco !

Barsam s'abstint de lui dire qu'Armanoush l'appelait également, mais d'Arizona.

– C'est bon signe, cela signifie qu'elle va bien. Il faut lui faire confiance. C'est une fille intelligente et sensée, tu le sais. La prochaine fois que tu l'auras au bout du fil, dis-lui de me téléphoner. Dis-lui que c'est urgent. Tu as compris ? Tu veux bien faire ça pour moi ?

– Oh, mon Dieu ! sanglota Rose.

Tout à coup, quelque chose lui revint à l'esprit.
– Barsam ? Tu as dit que tu avais de mauvaises nouvelles à lui annoncer ?
– Oui... C'est ma mère... Dis à Armanoush que grand-mère Shushan est morte pendant son sommeil. Elle ne s'est pas réveillée ce matin.

Au bout des quinze minutes les plus longues de sa vie, Armanoush, qui allait et venait dans la chambre sous le regard inquiet d'Asya, put enfin rappeler sa mère. Cette fois, Rose décrocha au premier coup.
– Amy, je vais te poser une question, et tu y répondras par la vérité, d'accord ?
Armanoush sentit son cœur se serrer.
– Où es-tu ? Tu nous as menti ! Tu n'es pas à San Francisco. Où es-tu ?
– Je suis... à Istanbul, maman.
– Quoi ?!
– Je vais tout te raconter, mais je t'en prie, calme-toi.
Comme Rose détestait que tout le monde s'évertuât à lui demander de se calmer !
– Je suis affreusement désolée du souci que je t'ai causé, maman. Je n'aurais jamais dû faire ça. Mais tu n'as aucune raison de t'inquiéter, crois-moi.
Rose couvrit le combiné de sa main.
– Mon bébé est à Istanbul ! dit-elle à son mari, avec une touche de reproche dans la voix – puis, hurlant dans le combiné : Qu'est-ce que tu fais là-bas, nom de Dieu ?
– Je... je suis chez ta belle-mère. La famille de Mustafa est merveilleuse.
Sidérée, Rose se tourna à nouveau vers son mari.
– Elle est dans *ta* famille.
Avant que Mustafa, livide, n'eût eu le temps de placer un mot, elle lança à sa fille :
– Ne bouge pas d'où tu es. Nous arrivons. Et n'éteins plus ton téléphone !

Et elle raccrocha.
– Qu'est-ce que tu as dit ? articula Mustafa, lui serrant le bras plus fort qu'il ne l'aurait voulu. Je ne vais nulle part, moi.
– Si, tu viens. Nous y allons tous les deux. Ma fille unique est à Istanbul ! hurla-t-elle, comme si Armanoush était retenue en otage.
– Je ne peux pas quitter mon travail.
– Tu peux prendre quelques jours de congé. Si tu ne le fais pas, je partirai seule. Je veux juste m'assurer qu'il ne lui est rien arrivé et la ramener à la maison.

Un peu plus tard, ce même soir, le téléphone des Kazanci sonna.
– *Inch Allah*, pourvu que ce ne soit rien de grave, murmura Petite-Ma dans son lit, son chapelet à la main.
Elle attrapa le verre où trempait son dentier et, priant toujours, but une gorgée d'eau. Rien de tel pour noyer la peur.
Ce fut tante Feride, la plus bavarde des sœurs, qui décrocha.
– Allô ?
– Feride ? Bonsoir, c'est moi... Mustafa... d'Amérique.
Elle sourit, ravie d'entendre la voix de son frère.
– Mustafa ! Pourquoi tu ne nous appelles pas plus souvent ? Comment vas-tu ? Quand viens-tu nous rendre visite ?
– Dis-moi, est-ce qu'Amy... Armanoush est là ?
– Oui, oui, bien sûr, c'est toi qui nous l'as envoyée. Nous l'aimons beaucoup. Pourquoi n'êtes-vous pas venus avec elle, ta femme et toi ?
Il se figea, le front plissé. Derrière lui, la fenêtre encadrait un carré de désert, immuable et muet. Il avait appris à aimer son immensité et sa tranquillité. Quand il y plongeait son regard, il n'avait plus peur du passé, il ne craignait plus la mort. Dans des moments tels que celui-ci, il sentait le destin des hommes de sa famille le rattraper. Dans des moments tels que celui-ci, le suicide lui apparaissait comme une solution. Il préférait aller au-devant de la mort, plutôt que d'attendre qu'elle vînt à lui. Il avait mené deux existences parallèles. Celle de Mustafa et celle de Mostapha

Parfois, il se disait que le seul moyen de les relier était de mettre un terme aux deux en même temps. Un soupir troubla le silence. Le sien, ou celui du désert.

– Nous allons venir. Nous récupérerons Amy et nous en profiterons pour passer quelques jours avec vous... Nous arrivons.

Les mots s'étaient agencés sans effort. Comme si le temps était un fil continu, flexible mais incassable. Comme s'il ne s'était pas écoulé vingt longues années depuis son départ.

XV

RAISINS DE SMYRNE

La nouvelle miraculeuse de l'arrivée de Mustafa et de sa femme américaine provoqua une série de réactions en chaîne au domicile Kazanci. La première consista en un recours massif à la lessive, aux détergents et autres paillettes de savon. En deux jours, toute la maison fut nettoyée de fond en comble, on astiqua les fenêtres, on briqua les étagères, on lava et repassa les rideaux, on lessiva et lustra chaque centimètre de carrelage des trois étages. Tante Cevriye avait essuyé une à une les feuilles de toutes les plantes du salon – géranium, campanules, romarin, reine des bois, et même celles de la balsamine. Tante Feride surprit tout le monde en sortant le treillis le plus précieux de sa dot. Mais ce fut sans conteste grand-mère Gülsüm que la nouvelle réjouit le plus. Passé un moment d'incrédulité, elle s'était enfermée dans la cuisine avec ses casseroles et ses ustensiles, pour s'atteler ensuite à mitonner les plats préférés de son enfant chéri. La maison embaumait les pâtisseries fraîchement sorties du four. Elle avait déjà cuit deux sortes de böreks – un aux épinards et un à la feta –, fait mijoter une soupe aux lentilles et un ragoût de côtes d'agneau, préparé le mélange du köfte pour le faire frire à l'arrivée des invités. Elle était déterminée à confectionner une demi-douzaine de plats avant la fin de la journée, mais pour l'heure, la priorité de grand-mère Gülsüm était le dessert : du *aşure*.

Depuis tout petit, Mustafa Kazanci adorait le aşure. Si ces terribles fast-foods américains ne lui avaient pas gâté le goût, il serait ravi de trouver des ramequins de son dessert favori dans le frigo, comme si la vie avait poursuivi son cours.
Le aşure était le symbole de la continuité et de la stabilité. Il était temps de préparer la moelle des jours heureux qui balaierait les années de tristesse. Elle ouvrit un placard et en sortit un énorme chaudron. Impossible de préparer du aşure sans chaudron.

Ingrédients
1/2 tasse de pois chiches
1 tasse de blé concassé
1 tasse de riz blanc
1 tasse 1/2 de sucre
1/2 tasse de noisettes grillées
1/2 tasse de pistaches
1/2 tasse de pignons de pin
1 cuillère à café de vanille en poudre
3 tasses d'eau
1/3 de tasse de raisins de Smyrne
1/3 de tasse de figues sèches
1/3 de tasse d'abricots secs
1/2 tasse d'écorce d'orange
2 cuillères à soupe d'eau de rose

Garniture
2 cuillères à soupe de cannelle
1/2 tasse d'amandes blanchies et effilées
1/2 tasse de grains de grenade

Préparation
La veille de la préparation, il faut faire tremper comme suit la plupart des ingrédients, dans des récipients séparés :
Dans une terrine, couvrez les pois chiches d'eau froide et laissez-les macérer toute la nuit. Le blé et le riz doivent être soigneusement rincés puis couverts d'eau dans une autre terrine. Faites tremper les figues, les abricots et l'écorce d'orange dans de l'eau

chaude pendant une demi-heure, puis filtrez et réservez l'eau ; hachez les fruits, mélangez-les aux raisins de Smyrne et réservez.

Cuisson
Couvrez les pois chiches de quatre litres d'eau froide. Portez à ébullition puis faites cuire à feu moyen environ une heure, jusqu'à ce qu'ils soient tendres. Pendant que les pois chiches cuisent, faites bouillir trois litres d'eau, versez-y le blé et le riz, faites frémir à feu doux en remuant fréquemment, environ une heure, jusqu'à ce que le blé et le riz soient tendres.
Ajoutez l'eau, le sucre, les noisettes grillées et les pignons de pin puis portez le tout à ébullition à feu moyen en remuant constamment. Laissez frémir en remuant encore 30 minutes au moins. Le mélange doit épaissir jusqu'à ce qu'il ait une consistance crémeuse. Ajoutez la vanille, les raisins, les figues et les abricots et laissez cuire encore 20 minutes, en remuant constamment. Éteignez le feu et ajoutez l'eau de rose. Laissez le aşure refroidir à température ambiante au moins une heure. Saupoudrez de cannelle et garnissez d'amandes effilées et de grains de grenade.

Dans la chambre des filles, Armanoush était pensive depuis son réveil. Elle n'avait goût à rien. Asya avait sorti le tablier du tavla et mis un disque de Johnny Cash.
– Double six ! Veinarde !
Armanoush regarda ses pions tristement, comme si elle espérait qu'ils se déplaceraient seuls.
– J'ai l'affreux pressentiment qu'il est arrivé quelque chose de grave.
– Ne t'inquiète pas, dit Asya qui, en manque de nicotine, mâchonnait le bout de son crayon. Ta mère avait l'air d'aller bien, quand tu lui as parlé. Grâce à toi ils vont nous rendre visite. Tu vas bientôt rentrer chez toi...
Bizarrement, ses mots résonnèrent comme un reproche. En réalité, elle était triste à l'idée de leur prochaine séparation.
– Je ne sais pas, c'est juste une sensation dont je ne parviens

pas à me débarrasser. Ma mère ne quitte jamais l'Arizona. Pas même pour se rendre au Kentucky. Qu'elle puisse prendre l'avion pour Istanbul me paraît surréaliste. Et en même temps, c'est tout elle. Elle ne supporte pas de perdre le contrôle sur ma vie. Elle traverserait le globe pour m'espionner.

En attendant qu'Armanoush choisisse où placer son pion sur le tablier, Asya replia ses jambes sous elle et rédigea mentalement un nouvel article de son Manifeste Nihiliste Personnel.

Article dix : Si tu te trouves une amie sincère, arrange-toi pour oublier que tôt ou tard la solitude l'emporte sur l'amitié et que vous finirez votre existence chacune de votre côté.

Armanoush avait beau être déprimée, elle menait brillamment la partie. Son double six lui permit d'entrer dans le territoire d'Asya et de lui prendre trois pions d'un coup.

Article onze : Même si tu t'es trouvé une amie sincère à laquelle tu es suffisamment attachée pour ignorer l'Article dix, n'oublie jamais qu'elle peut toujours te filer une raclée dans des tas de domaines. Devant un tablier de tavla, comme à ta naissance et le jour de ta mort, tu es toujours seule.

Ayant encore trois pions à sortir, et seulement deux portes ouvertes, Asya devait faire un double cinq ou un double trois pour espérer encore l'emporter. Elle postillonna dans ses mains, comme font les joueurs pour solliciter la chance, et adressa une prière au djinni du tavla – qu'elle s'était toujours représenté comme un ogre mi-blanc mi-noir avec deux dés roulants à la place des yeux.
– Trois et deux.
Mince, bloquée !
Elle posa ses pions sur la barre centrale. Un marchand des rues cria : « Raisins ! Des bons raisins de Smyrne pour les enfants, les mamies édentées, de beaux raisins dorés pour tout le monde ! »
– Je suis certaine que ta mère va bien, reprit Asya, couvrant la

voix du vendeur. Elle n'entreprendrait pas un si long voyage, sinon.

— Oui, tu as sans doute raison, dit Armanoush en lançant les dés. Encore un double six.

— C'est dingue ! Tu as l'intention d'en faire beaucoup des comme ça ? Les dés sont pipés ou quoi ?

— Tout juste ! gloussa son amie.

Elle allait avancer encore deux pions blancs quand sa main se figea.

— Oh, mon Dieu ! s'exclama-t-elle, livide. Comment n'y ai-je pas pensé plus tôt ? Ce n'est pas ma mère, c'est mon *père* ! C'est exactement la manière dont ma mère réagirait s'il était arrivé quelque chose à mon père... ou à la famille de papa...

— Ce ne sont que des spéculations. Quand lui as-tu parlé pour la dernière fois ?

— Il y a deux jours. Je l'ai appelé d'Arizona. Il semblait bien. Il avait sa voix habituelle.

— Attends un peu. Qu'est-ce que tu entends par : « Je l'ai appelé d'Arizona » ?

— J'ai menti, dit-elle en haussant les épaules, comme pour signifier à Asya qu'elle n'avait pas le monopole des mauvaises actions. J'ai menti à toute ma famille pour pouvoir entreprendre ce voyage. Si je leur avais dit que je partais seule pour Istanbul, ça aurait été la panique générale et ils m'en auraient empêchée. Alors j'ai décidé de venir quand même et de ne leur avouer la vérité qu'à mon retour. Mon père me croit en Arizona avec maman et ma mère me pense en Californie avec papa. Du moins, c'est ce qu'elle imaginait jusqu'à hier.

Asya la dévisagea, mi-incrédule mi-admirative. Finalement, ce n'était pas l'oie blanche qu'elle paraissait être. Il y avait des zones d'ombre dans son univers lumineux. Armanoush pouvait faire preuve de duplicité. Ne l'en estimant que davantage, Asya referma le tablier du tavla et le colla sous son bras, en signe de reconnaissance de sa défaite — geste typiquement turc dont son amie ignorait sans doute le sens.

— À mon avis, tu n'as aucune raison de t'inquiéter, mais pourquoi ne pas appeler ton père ?

Comme si elle attendait ces mots pour agir, Armanoush sortit son téléphone. Il était encore tôt à San Francisco.

Ce n'est pas grand-mère Shushan qui répondit, mais son père, et à la première sonnerie.

– C'est toi, ma chérie ?

Barsam Tchakhmakhchian laissa échapper un soupir de joie en entendant la voix de sa fille. Un drôle de brouhaha en fond sonore leur fit prendre conscience de la distance qui les séparait.

– J'allais t'appeler dans la matinée. Je sais que tu es en Turquie. Ta mère m'a prévenu... Nous étions si inquiets pour toi. Rose et ton beau-père sont en route pour Istanbul. Ils devraient atterrir demain vers midi.

Armanoush n'osait pas bouger. Il était arrivé quelque chose de grave. Son père et sa mère s'étaient parlé. Pire, ils avaient échangé des informations.

– Que s'est-il passé, papa ?

Barsam sentit une boule lui obstruer la gorge. Une image de l'enfance s'imposa à son esprit.

Quand il était petit, chaque année, un homme vêtu d'une cape noire à capuche pointue frappait à toutes les portes du quartier, accompagné du diacre de la paroisse locale. C'était un prêtre du vieux pays à la recherche de jeunes garçons brillants qu'il souhaitait ramener en Arménie pour en faire des hommes d'Église.

– Papa ? Tu vas bien ? Que s'est-il passé ?

– Je vais bien, ma chérie. Tu m'as manqué – ce fut tout ce qu'il parvint à dire.

Dans son jeune âge, Barsam, que la religion fascinait, était le meilleur élève au catéchisme. C'est pourquoi l'homme à la capuche noire frappait souvent à leur porte pour parler de l'avenir du garçon avec Shushan. Un jour que Barsam, sa mère et le prêtre étaient assis devant un thé chaud, à la table de la cuisine, l'homme leur annonça que le temps était venu de prendre une décision.

Il n'oublierait jamais la peur qu'il avait lue dans le regard de sa mère. En dépit de son profond respect pour l'homme pieux, en dépit de sa joie à l'idée qu'un jour, son fils porterait la robe ecclésiastique, en dépit de son désir de voir son enfant unique servir le

Seigneur, Shushan se recroquevilla de terreur, comme si un bandit voulait kidnapper son enfant. Ses mains tremblaient tant qu'elle renversa un peu de thé sur sa robe. Devinant qu'un passé obscur se cachait derrière la frayeur de cette femme, le prêtre lui tapota la main et la bénit, avant de quitter la maison. Il ne réitéra jamais sa proposition.

Ce jour-là, Barsam éprouva un sentiment singulier : la certitude rampante que seule une mère qui avait déjà souffert de la perte d'un enfant pouvait réagir ainsi. Shushan s'était déjà vu enlever un fils.

À présent, elle n'était plus de ce monde, et il n'avait pas le courage de l'annoncer à sa fille.

– Parle-moi, papa.

Tout comme celle de sa mère, la famille de son père avait été déportée en 1915. Sarkis Tchakhmakhchian et Shushan Stamboulian partageaient un passé que leurs enfants ne pourraient jamais complètement comprendre. Tant de non-dits ponctuaient leurs récits. Arrivés en Amérique, ils avaient fait une croix sur leur pays et sur certains souvenirs.

Barsam se souvint de son père dansant un *Hale* autour de sa mère, ses bras dessinant des cercles, comme s'il voulait prendre son envol, lentement d'abord, puis de plus en plus vite, sous les yeux des enfants émerveillés par cette danse orientale qu'ils observaient de loin. La musique avait tenu un rôle important dans son éducation. Pendant des années, il avait joué de la clarinette dans un groupe arménien et dansé en culotte bouffante noire et chemise jaune. Il se souvint aussi du regard moqueur des voisins quand il sortait de chez lui en costume traditionnel. Il pensait que leurs moqueries finiraient par se tarir. Il se trompait.

Mais, au plus profond de son cœur, tout ce qu'il désirait, c'était être comme eux. Un Américain au teint clair, comme les autres. Un jour, il alla même jusqu'à demander aux locataires néerlandais du dessus quel savon ils utilisaient pour avoir la peau si blanche. Sa mère lui avait souvent rappelé cet épisode sur le ton du reproche. Alors que tous ces souvenirs l'assaillaient, il ressentit un pincement de culpabilité en songeant qu'il ne lui restait presque rien de l'arménien qu'il avait appris dans sa jeunesse. Il

s'en voulait d'avoir si peu sollicité sa mère, et d'avoir si peu transmis à sa fille.
— Papa ? Pourquoi tu ne dis rien ? insista Armanoush, folle d'angoisse.
— Tu te souviens du camp de jeunesse où tu allais quand tu étais adolescente ?
— Bien sûr que je m'en souviens.
— Tu m'en as voulu d'avoir arrêté de t'y envoyer ?
— C'est moi qui ne voulais plus y aller, papa, tu as oublié ? C'était amusant au début, mais j'ai fini par me sentir trop grande pour ça.
— Oui, c'est vrai... Mais j'aurais pu te chercher un autre camp pour adolescents arméniens plus âgés.
— Pourquoi tu te poses ces questions maintenant, papa ? fit Armanoush, au bord des larmes.
Il n'avait pas le cœur de le lui dire. Pas comme ça. Pas au téléphone. Il ne voulait pas qu'elle apprît la mort de sa grand-mère alors qu'elle se trouvait seule, à des milliers de kilomètres de chez elle. Il marmonna quelques mots anodins, essayant de couvrir le brouhaha. Un brouhaha de voix, comme si toute la famille était réunie, avec les amis et les voisins ; cette sorte de bruit confus qu'Armanoush savait spécifique à deux événements : un mariage ou un décès.
— Qu'est-ce qui ne va pas ? Où est grand-mère Shushan ? Je veux parler à grand-mère.
Alors Barsam trouva le courage de parler à sa fille.

Il était tard. Zeliha faisait les cent pas dans sa chambre, incapable de se calmer. Elle ne pouvait se confier à personne. Elle avait l'impression d'étouffer. Elle avait envisagé de se préparer une infusion aux plantes, mais l'odeur de tous ces plats lui avait soulevé le cœur. Elle s'était alors réfugiée au salon pour regarder la télé, mais y avait trouvé deux de ses sœurs en train de tout astiquer en discutant du grand jour avec excitation.
Elle avait fini par s'enfermer dans sa chambre, où elle fumait comme un pompier et descendait la bouteille de vodka qu'elle

gardait sous son matelas pour des occasions comme celle-là. Quatre cigarettes et six verres d'alcool finirent par venir à bout de son angoisse. À présent, elle avait juste faim. Tout ce qu'elle avait à grignoter dans sa chambre se résumait au sachet de raisins de Smyrne qu'elle avait acheté un peu plus tôt au marchand ambulant famélique qui hurlait devant la maison.

Elle avait vidé la moitié de la bouteille et mangé presque tous les raisins quand son téléphone sonna.

– Je ne veux pas que tu restes dans cette maison ce soir – telles furent les premières paroles d'Aram. Ni demain ni le jour d'après. En fait, je ne veux plus que tu passes une seule minute loin de moi, jusqu'à la fin de mes jours.

Zeliha gloussa.

– Je t'en prie, mon amour, viens me rejoindre. Quitte cette maison. Je t'ai acheté une brosse à dents. J'ai même une serviette propre pour toi ! se risqua-t-il à plaisanter. Ou bien, reste jusqu'à ce qu'il soit reparti, au moins.

– Comment expliquer mon absence à ma bien-aimée famille ? grommela-t-elle.

– Tu n'as aucune explication à leur donner. C'est l'un des avantages d'être le mouton noir du clan. Quoi que tu fasses, ça ne choquera personne. Viens, s'il te plaît.

– Qu'est-ce que je vais dire à Asya ?

– Rien. Tu n'as rien à lui dire… Tu le sais très bien.

Zeliha se recroquevilla dans la position fœtale et ferma les yeux, le téléphone collé à l'oreille.

– Tu crois que ça s'arrêtera un jour, Aram ? souffla-t-elle. Cette amnésie compulsive… ce silence ?

– N'y pense pas pour l'instant. Offre-toi un moment de répit. Tu es trop dure avec toi-même. Viens demain à la première heure.

– Oh, mon amour… comme j'aimerais…

Elle détourna le visage, comme s'il pouvait la voir par le récepteur.

– Elles veulent que j'aille les accueillir à l'aéroport. Je suis la seule à avoir mon permis, tu l'as oublié ?

Aram ne sut que répondre.

– Ne t'inquiète pas, mon cœur... Je t'aime... je t'aime tellement... laisse-moi dormir, maintenant, marmonna-t-elle.

Elle raccrocha et sombra instantanément dans un profond sommeil. Le lendemain matin, quand elle se réveilla avec un mal de crâne épouvantable, elle fut incapable de se souvenir comment elle avait coupé son téléphone portable, rangé sa bouteille de vodka, écrasé sa cigarette dans le cendrier et éteint la lumière ; ni pourquoi il lui manquait une couverture.

– Il fait froid à Istanbul ? J'aurais dû prendre des vêtements plus chauds, non ? demanda Rose pour la énième fois, alors que sa valise était bouclée et qu'ils étaient déjà en route pour l'aéroport de Tucson.

Renonçant à lui rappeler ces évidences, Mustafa garda les yeux sur la route.

Ils avaient quitté leur maison à quatre heures du matin. Deux vols les attendaient, un court et un long. Ils devaient faire escale à San Francisco. Rose était dans tous ses états. C'était la première fois qu'elle se rendait dans un pays où on ne parlait pas anglais et où on ne mangeait pas de pancakes imbibés de sirop d'érable au petit déjeuner. Elle n'était pas du genre exploratrice, et s'ils n'avaient pas eu ce rêve de visiter Bangkok, Mustafa et elle n'auraient même pas eu de passeports valides. Tout ce qu'elle connaissait du monde, c'était ce qu'en montraient les six DVD de sa collection *À la découverte de l'Europe*. Mustafa lui avait si peu parlé de son pays que c'était surtout grâce à la partie sur la Turquie qu'elle avait pu se faire une vague idée de l'endroit où son mari avait grandi. Malheureusement, comme elle avait visionné les six disques d'affilée, et que cet épisode arrivait après « Les îles Britanniques », « La France », « L'Espagne », « Le Portugal », « L'Allemagne », « L'Autriche », « La Suisse », « L'Italie », « La Grèce » et « Israël », les images se mélangeaient un peu dans sa tête. C'était une collection fort utile pour les Américains qui n'avaient ni le temps ni le désir de traverser les océans, mais les producteurs auraient dû insérer une note conseillant de ne visionner qu'un pays par séance.

Quand ils furent arrivés à l'aéroport international de Tucson,

Rose voulut faire tous les magasins, à savoir le kiosque à journaux et le stand de souvenirs. En dépit de l'enseigne ostentatoire : AÉROPORT INTERNATIONAL (justifiée par des vols pour Mexico, qui n'était qu'à une heure de voiture de là), l'endroit tenait plus du terminus d'autobus que de l'aéroport. Même Starbucks ne s'était pas donné la peine d'y ouvrir un de ses cafés. Rose trouva néanmoins son bonheur dans la boutique de cadeaux. Elle avait beau se poser des tas de questions sur la présence de sa fille à Istanbul et sur la manière dont elle allait lui annoncer la mort de sa grand-mère, plus l'heure du départ approchait, et plus elle s'abandonnait à une sorte d'hébétude touristique. Décidée à apporter un cadeau à chaque membre de sa belle-famille, elle examina soigneusement les étagères regorgeant de carnets en forme de cactus, de porte-clefs en forme de cactus, d'aimants en forme de cactus, de verres à tequila à motif de cactus – tout un lot de babioles et de colifichets qui, s'ils n'étaient pas décorés de cactus, s'ornaient de lézards ou de coyotes peints. Par souci d'équité, elle choisit pour chaque femme Kazancı le même assortiment d'articles : un crayon multicolore I LOVE ARIZONA en forme de cactus, un T-shirt blanc avec la carte de l'Arizona imprimée sur le devant, un calendrier illustré de photos du Grand Canyon, une énorme tasse portant l'affirmation : MAIS C'EST UNE CHALEUR SÈCHE, et un magnet pour frigo contenant un véritable bébé cactus. Elle acheta également deux shorts à fleurs du genre de celui qu'elle portait, au cas où ils plairaient à l'une ou l'autre de ses belles-sœurs.

Après avoir vécu plus de vingt ans à Tucson, cette fille du Kentucky était une publicité ambulante pour l'Arizona. Pas tant à cause de sa tenue – T-shirt léger, short en jean, chapeau de paille, et lunettes de soleil – qu'en raison de ses postures physiques. À quarante-six ans, Rose se déplaçait avec la légèreté d'une greffière de procureur à la retraite trop heureuse de pouvoir enfin porter des robes à fleurs. Il y avait tant de souhaits qu'elle regrettait de ne pas avoir vus se réaliser. À commencer par celui de donner naissance à un autre bébé. Mustafa n'avait pas particulièrement envie d'en avoir, et pendant longtemps, ça ne lui avait pas posé de problème. Sans doute parce que, étant entourée d'élèves toute la journée, elle n'avait pas ressenti le manque d'enfant. Néanmoins, ils étaient heureux ensemble. Leur mariage était davantage fondé sur le confort de l'habitude que sur la passion, mais leur lien s'avérait nettement plus solide que celui qui unissait bien des couples soi-disant follement amoureux. Plutôt ironique quand on pensait qu'elle était sortie avec Mustafa pour se venger des Tchakhmakhchian. Mais, plus elle avait appris à le connaître, plus elle s'était sentie attirée par lui. Certes, il lui était arrivé de rêver de liaisons plus romantiques, mais la plupart du temps, elle était satisfaite de son sort.

– Tu n'auras pas besoin de ça à Istanbul, Rose, crois-moi, lui dit Mustafa en la voyant saisir une bouteille de sauce mexicaine en forme de cactus.

– Tu es sûr? La cuisine turque est assez épicée?

Comme toujours lorsqu'elle lui posait une question douloureusement idiote, il marmonna une réponse vague. Après tant d'années passées loin de son pays, la Turquie et ses anciennes habitudes lui apparaissaient comme un vieux parchemin usé par le soleil et le vent, à peine lisible. Istanbul était devenue une ville fantôme qui ne s'imposait plus que dans ses rêves. Depuis qu'il s'était installé aux États-Unis, il s'était peu à peu détaché de ses origines et de sa culture.

Finalement, il n'avait pas eu trop de mal à faire le deuil de sa patrie et à cesser de regarder en arrière pour aller de l'avant. Le plus dur avait été de devenir étranger à sa chair et à son sang. De se transformer en homme sans ancêtres et sans enfance. Au début, il avait souvent été tenté de retourner vers les siens et d'affronter le Mustafa d'antan; mais avec le temps, son courage s'était étiolé et il avait fini par abandonner l'idée. C'était mieux ainsi. Pour lui, et pour ceux qu'il avait fait souffrir. L'Amérique était son foyer, désormais; même si, en réalité, plus que dans l'Arizona ou n'importe où ailleurs, c'était dans le futur qu'il avait élu domicile – un domicile dont la porte d'accès au passé était condamnée.

Il bougea à peine lorsque l'avion décolla et atteignit son altitude de croisière. Le voyage ne faisait que commencer, et il se sentait déjà exténué.

Rose, elle, ne tenait pas en place. Elle but des litres de mauvais café, grignota les petits bretzels offerts par les hôtesses, feuilleta les magazines gratuits, regarda *Bridget Jones : l'Âge de raison*, qu'elle avait déjà vu, bavarda longuement avec la vieille dame assise à côté d'elle (celle-ci se rendait à San Francisco pour voir sa fille aînée qui venait d'accoucher d'un petit garçon), et, quand Mustafa s'endormit, tenta de répondre à un test diffusé sur l'écran vidéo, juste devant elle.

Quel pays a essuyé les plus grosses pertes humaines au cours de la Seconde Guerre mondiale ?

a. Le Japon
b. La Grande-Bretagne
c. La France
d. L'Union soviétique

Quel est le nom du personnage principal du roman *1984* de George Orwell ?

a. Winston Smith
b. Akaky Akakievich
c. Sir Francis Drake
d. Grégoire Samsa

Pour la première question, Rose choisit la réponse « b » sans hésiter. Pour la deuxième, elle se fia au hasard et tenta la « a ». Elle fut surprise de découvrir que sa première réponse était fausse, et la deuxième exacte. *Amy aurait répondu correctement aux deux sans compter sur sa chance*, se dit-elle. Et songeant à sa fille elle sentit son cœur se serrer. Malgré leurs disputes et les faux pas qu'il lui arrivait de commettre, Rose était persuadée que le lien qui les unissait était très fort. Cela étant, elle était également persuadée que la Grande-Bretagne avait subi les plus grosses pertes humaines au cours de la Seconde Guerre mondiale.

Ils atterrirent bientôt à San Francisco et, à l'aéroport, Rose fut occupée par un nouvel impératif : faire des provisions pour le second vol. Affreusement déçue par ce qu'on leur avait servi dans le premier avion – des miettes –, elle avait décidé de se charger de cet aspect de leur voyage. Mustafa tenta de l'en dissuader, lui expliquant que la compagnie d'aviation turque leur proposerait toutes sortes de douceurs, mais ce fut peine perdue. Elle n'allait pas prendre le risque de passer douze heures en l'air sans ravitaillement.

Rose acheta donc un sachet de cacahuètes, des crackers au fromage, des cookies aux pépites de chocolat, deux paquets de chips goût barbecue, plusieurs barres de céréales au miel et aux amandes, et des chewing-gums. Elle avait depuis longtemps renoncé aux produits allégés. L'envie de se surveiller était classée dans la catégorie des souvenirs datant de l'époque où elle était assez naïve pour croire qu'en cherchant à s'améliorer, elle prouverait aux Tchakhmakhchian qu'elle n'était pas une vulgaire odar, mais une personne tout à fait digne d'eux. Aujourd'hui, cette idée la faisait sourire.

S'il subsistait un peu d'amertume dans son cœur, elle avait fini par accepter ses limites et ses défauts, ce qui incluait son incapacité à contrôler le volume de ses hanches et de son ventre. Elle avait suivi tellement de régimes qu'elle ne se rappelait plus quand elle avait renoncé à maigrir une bonne fois pour toutes. À un moment, faute de se débarrasser de ses kilos superflus, elle s'était débarrassée de son désir de les perdre. Mustafa l'aimait telle qu'elle était. Il n'avait jamais critiqué son physique.

Ils faisaient la queue au *Wendy's* pour récupérer deux menus Big Bacon et une patate au four farcie à la crème de ciboulette, quand on leur annonça que l'embarquement pour le vol Turkish Airlines allait débuter. Ils arrivèrent juste à temps pour se plier au rituel de contrôle supplémentaire réservé aux voyageurs en partance pour le Moyen-Orient. Crispée, Rose regarda un agent poli mais renfrogné fouiller dans ses sacs de cadeaux, examiner à la lumière un des crayons en forme de cactus et le brandir tel un doigt soupçonneux prêt à la désigner.

Une fois à bord de l'avion, elle se détendit rapidement et s'émerveilla de chaque détail de cette nouvelle expérience – les minuscules kits de voyage comprenant un oreiller, une couverture et un bandeau pour les yeux, le service continu de boissons et de sandwiches à la dinde, puis, bientôt, le dîner composé d'une petite salade et de poulet rôti au riz et aux légumes sautés, accompagné de la notice : IL N'Y A PAS DE PORC DANS LES PRODUITS QUE NOUS SERVONS.

– Tu avais raison pour la nourriture, dit-elle à son mari, la mine contrite. C'est très bon – elle fit tourner un ramequin dans sa main : Qu'est-ce que c'est ?

– Du aşure, répondit Mustafa d'une voix étranglée, en regardant les raisins de Smyrne qui décoraient la préparation. C'était mon dessert préféré. Je suis sûr que ma mère en a préparé un grand saladier quand elle a appris que j'arrivais.

Il avait beau tout faire pour refouler son enfance, comment effacer l'image des dizaines de petits bols alignés sur les étagères du frigo, prêts à être distribués aux voisins ? À la différence des autres desserts, le aşure, symbole de la survie, de la solidarité et de l'abondance, était toujours préparé en grande quantité et profitait autant à la famille qu'aux voisins et amis. Mustafa avait sept ans lorsque sa passion pour cette douceur s'était manifestée : il avait englouti le contenu de tous les ramequins qu'il était censé distribuer dans l'immeuble d'à côté. Caché dans un coin du hall de l'immeuble, il avait commencé par picorer les grains de grenade et les amandes grillées qui les décoraient. Quelques minutes plus tard, les six ramequins étaient vides. La famille avait mis un certain temps à découvrir son méfait, car les voisins gardaient souvent les bols jusqu'à ce qu'eux-mêmes les remplissent à nouveau de aşure. À compter de ce jour, sa mère avait augmenté les proportions de la recette afin qu'il restât toujours des bols supplémentaires pour son fils dans le frigo.

– Voulez-vous boire quelque chose, monsieur ? lui demanda une hôtesse en turc.

Elle avait des yeux bleu saphir et portait une veste de la même couleur, au dos de laquelle étaient imprimés de petits nuages ronds.

Il hésita à répondre. Après toutes ces années, il avait perdu l'habitude de parler dans sa langue maternelle. Jusqu'ici, il s'était toujours débrouillé pour éviter de communiquer avec les autres Turcs vivant aux États-Unis. Mais, cette fois, il avait l'impression

que répondre en anglais passerait pour de l'arrogance. Il jeta un coup d'œil autour de lui, comme s'il cherchait une sortie de secours, puis finit par demander en turc :
— Du jus de tomate, s'il vous plaît.
— Je n'ai pas de jus de tomate, fit l'hôtesse tout sourire — une de ces employées dévouées qui gardait foi en l'entreprise en toutes circonstances, et couvrait toutes ses faiblesses avec cet air joyeux. Puis-je vous proposer un bloody mary ?
Il accepta l'épaisse mixture écarlate et s'adossa à son fauteuil, le front plissé, ses yeux noisette embués. Ce n'est qu'à cet instant qu'il remarqua que Rose le dévisageait, perplexe.
— Qu'y a-t-il, mon chéri ? Tu as l'air nerveux. C'est parce que tu vas revoir ta famille ?
Ils avaient déjà longuement discuté de ce voyage. Il n'y avait pas grand-chose à ajouter. Rose savait que Mustafa n'avait aucune envie de retourner à Istanbul et qu'il ne l'accompagnait que parce qu'elle avait beaucoup insisté. De son côté, elle lui était reconnaissante d'avoir accepté de venir, mais estimait qu'après dix-neuf ans de mariage, une épouse était en droit d'attendre de son mari un acte de pure gentillesse.

Elle lui serra tendrement la main. Il se rapprocha d'elle, submergé par une immense vague de mélancolie. Rose lui avait enseigné deux vérités fondamentales sur l'amour : qu'à l'inverse de ce que prétendaient les romantiques pompeux, l'amour ne frappait pas d'un coup mais s'épanouissait graduellement ; et que même lui, Mustafa, était capable d'aimer.

Au fil du temps, il s'était habitué à chérir son épouse et la tranquillité d'esprit qu'elle lui apportait. Bien que très exigeante dans les moments difficiles, Rose était toujours d'humeur égale, toujours transparente et prévisible. Il devinait quelle réaction allait provoquer chaque situation, et n'était jamais pris au dépourvu. Rose n'avait rien d'une écorchée vive, elle possédait un talent naturel pour s'adapter à son environnement. C'était un mélange de forces contradictoires mais complémentaires sur lequel le temps et la généalogie n'avaient aucun impact. Depuis qu'il vivait avec elle, leur bonheur tiède mais confortable avait peu à peu refermé les blessures du passé. Quoi qu'il en soit, il ne se sentait pas capable d'aimer davantage. Rose n'avait pas été l'épouse qu'attendait son premier mari parce qu'elle n'avait pas réussi à s'adapter à sa famille arménienne ; pour Mustafa, qui avait tourné le dos à sa famille turque, elle était la femme idéale.

– Est-ce que tu vas bien ? insista-t-elle, inquiète.

L'angoisse étreignait si fort sa poitrine qu'il n'arrivait plus à respirer. Il n'avait rien à faire dans cet avion. Il n'avait rien à faire à Istanbul. Rose aurait dû s'y rendre seule, récupérer sa fille et rentrer à la maison... *la maison*. L'Arizona lui manquait déjà affreusement.

– Je vais me dégourdir les jambes, dit-il en lui tendant son verre. Ce n'est pas bon de rester assis pendant des heures.

Il gagna la queue de l'avion, regardant défiler les visages des autres passagers originaires de Turquie, d'Amérique et d'ailleurs. Des hommes d'affaires, des journalistes, des photographes, des diplomates, des reporters, des étudiants, des mères avec leurs nouveau-nés, des étrangers avec lesquels il pourrait partager le même destin. Certains lisaient des livres ou des journaux, d'autres regardaient le roi Arthur assommer ses ennemis sur l'écran de jeux vidéo ou remplissaient des grilles de mots croisés. Dix rangs derrière, une brune hâlée d'une trentaine d'années le dévisagea. Il détourna les yeux. Il savait qu'il n'attirait pas tant par sa taille et ses épaules carrées que par son air doux et ses vêtements chic. La vie s'était montrée ironique avec lui : plus il s'était éloigné des femmes, plus elles s'étaient intéressées à lui. Mais il n'avait jamais trompé Rose.

Quand il arriva au niveau de la passagère brune, il remarqua qu'elle portait une minijupe et avait croisé les jambes de manière suggestive. L'image qu'il refoulait le plus s'imposa alors à lui. Celle de sa jeune sœur, Zeliha, courant sur les pavés d'Istanbul, comme pour échapper à son ombre. Il regarda droit devant lui et accéléra le pas. À quarante ans, il se demandait encore s'il avait jamais été vraiment attiré par les femmes. En dehors de Rose, bien sûr. Mais Rose n'était pas une femme, Rose était Rose.

Il n'était sans doute pas le meilleur mari du monde, mais il pensait avoir été un beau-père convenable pour Armanoush, même s'il n'avait jamais désiré avoir d'enfant. Il ne l'avait jamais avoué à personne, mais il estimait qu'il ne méritait pas d'en avoir. Qu'il ne possédait pas les qualités requises pour faire un bon père. Un père meilleur que le sien.

Il se souvint du jour de sa rencontre avec Rose, dans un supermarché, alors qu'il avait une boîte de pois chiches dans chaque main. Depuis, ils avaient tant parlé et ri de ce moment tout sauf romantique... Et pourtant, il restait des non-dits. Rose se contentait d'évoquer la timidité de Mustafa, et lui de reconnaître la nervosité que la jeune blonde intrépide qu'elle était avait fait naître en lui. Ayant tôt fait de découvrir qu'elle n'avait rien d'intimidant, bien au contraire, il n'avait pas tardé à succomber au charme de sa prévisibilité.

Il aimait la regarder s'affairer dans la cuisine, avec ses serviettes en papier assorties au carrelage, ses tasses assez nombreuses pour servir le thé à un régiment, cette tache de sauce au chocolat qu'elle faisait tous les matins et qui durcissait sur le plan de travail. Rien ne pouvait l'apaiser autant que d'observer ses mains trancher, émincer, découper, préparer des crêpes. Il était reconnaissant à la vie de lui accorder ces petits moments de paix.

Après son départ, sa mère et ses sœurs aînées lui avaient écrit régulièrement pour prendre de ses nouvelles et lui demander quand il comptait leur rendre visite. Sa mère s'était montrée la plus insistante, multipliant ses envois, dans lesquels elle glissait des cadeaux. Il ne l'avait revue qu'une fois en vingt ans. Lors d'un voyage à Francfort pour assister à une conférence sur la géologie et la gemmologie. Il lui avait proposé de prendre l'avion pour le rejoindre en Allemagne et ils avaient passé un moment ensemble, comme des réfugiés politiques bannis de leur pays.

Sa mère était si heureuse de le revoir qu'elle n'avait pas cherché à savoir pourquoi il ne voulait pas venir à Istanbul. Il était émerveillé par la capacité des humains à s'habituer aux situations les plus anormales.

Mustafa fit la queue devant la porte des toilettes en songeant à sa soirée de la veille. Rose ignorait qu'après son travail, sur le chemin du retour et comme souvent au cours des dix dernières années, il s'était rendu à la chapelle d'El Tiradito, nichée dans un quartier modeste de Tucson.

C'était la seule chapelle d'Amérique dédiée à l'âme d'un pécheur. Il ne connaissait pas les détails de cette histoire qui remontait au dix-neuvième siècle – qui était le pécheur, quel péché il avait commis, et pourquoi cette chapelle lui avait été consacrée. Les immigrés mexicains auraient sans doute pu le renseigner à ce sujet, mais ils étaient peu enclins à communiquer avec les étrangers. Quoi qu'il en soit, il lui suffisait de savoir qu'El Tiradito était un homme bien ou, du moins, guère pire que le commun des mortels, même s'il avait commis des actes terribles par le passé.

Mustafa se rendait à cette chapelle chaque fois que ses souvenirs le tourmentaient. Il aurait pu se réfugier dans une mosquée – ce n'étaient pas les lieux de culte qui manquaient à Tucson –, mais, en réalité, il n'avait rien d'un homme pieux. Il n'avait jamais eu besoin de temples ni de livres sacrés. Il n'allait pas à El Tiradito pour prier, mais parce que c'était le seul lieu saint où il pouvait pénétrer sans masque et se sentir le bienvenu. Parce qu'il aimait l'atmosphère et la modestie de cette imposante bâtisse gothique. Le mélange de spiritualité mexicaine et de mœurs américaines, les dizaines de cierges allumés par les visiteurs, les papiers pliés glissés dans les fentes des murs par des pécheurs repentants : tout s'accordait avec son humeur.

– Vous allez bien, monsieur ? lui demanda l'hôtesse, en anglais, cette fois.

Il hocha la tête.

– Oui, merci, je vais bien. Juste un peu le mal de l'air…

Zeliha dormait, une bouteille de vodka appuyée sur le menton, son téléphone dans une main, une cigarette allumée dans l'autre.

Banu entra dans sa chambre sur la pointe des pieds. Elle secoua vivement la couverture déjà fumante, écrasa la cigarette dans le cendrier, éteignit le téléphone portable avant de le déposer sur le placard, replaça la bouteille de vodka sous le matelas et borda sa sœur.

Puis elle alla ouvrir la fenêtre. Une brise marine s'engouffra dans la pièce et, pendant que la fumée et l'odeur de brûlé se dissipaient, Banu observa la figure pâle et fatiguée de sa petite protégée. À la lueur jaunâtre du réverbère, le visage de Zeliha paraissait presque auréolé de tristesse. Le cœur serré, elle déposa un baiser léger sur son front. Perchés sur ses épaules, ses deux djinn surveillaient chacun de ses gestes.

– Que vas-tu faire, maîtresse ? la tourmenta M. Amer, qui ne cachait pas son plaisir de voir la détresse et l'impuissance de celle qui le tenait en son pouvoir.

N'obtenant pas de réponse, il sauta sur le lit et, une étincelle maligne dans le regard, s'enveloppa la tête d'un coin de drap, sans égards pour le sommeil de Zeliha.

– « Bon, écoute-moi bien », déclama-t-il les bras croisés, imitant une voix féminine que Banu reconnut immédiatement pour la sienne. « Il existe des choses en ce monde dont les gens de bonne volonté, bénis soient-ils, n'ont absolument aucune idée. Ce qui n'est pas grave du tout, car leur ignorance est une preuve de leur bonté. Seulement, quand tu te retrouves nez à nez avec le mal, ce ne sont pas ces personnes-là qui peuvent te venir en aide. »

Banu fixa M. Amer, sidérée. Il retira le drap de sa tête, sauta sur son épaule et, afin d'imiter le second personnage devant participer à son dialogue imaginaire, attrapa les raisins abandonnés par Zeliha : il les jeta en l'air de sorte à former un collier et plusieurs bracelets dont il se para, un sourire cynique aux lèvres. Ce n'était pas difficile de reconnaître Asya.

– « Et tu crois, chère tante, que le méchant djinni m'aiderait, lui ! »

M. Amer ôta ses bijoux, sauta sur le lit, et recommença son numéro.

– « Peut-être que oui. Mais espérons que tu n'auras jamais à lui demander de le faire. »

– Ça suffit ! À quoi ça rime ? coupa Banu, furieuse.

M. Amer s'inclina, tel un humble acteur sous un tonnerre d'applaudissements.

– À rien. C'était juste une petite tranche de mémoire, pour te rappeler tes propres paroles, maîtresse ! cracha-t-il, venimeux.

Banu ressentit une terreur si profonde qu'elle se mit à trembler de tous ses membres. Il y avait une telle malveillance dans le regard de cette créature qu'elle se demanda ce qui l'empêchait de lui demander de sortir de sa vie à tout jamais. Pourquoi était-elle incapable de se détacher de ce djinni, comme s'ils étaient liés par un secret ?

Jamais elle n'avait eu autant peur de son mauvais génie. Jamais elle n'avait eu autant peur des actes qu'elle se sentait capable de commettre.

XVI

EAU DE ROSE

– Encore le mauvais œil. Vous avez entendu ce bruit menaçant ? *Crac !* Il a résonné dans mon cœur ! Quelqu'un nous veut du mal ou nous envie. Puisse Allah nous protéger toutes ! s'exclama Petite-Ma le dimanche matin, à la table du petit déjeuner.

Le samovar bouillait dans un coin du salon, Sultan V ronronnait sous la table en attendant un autre bout de feta, et le candidat viré de *L'Apprenti* donnait une interview exclusive pour expliquer pourquoi il n'aurait jamais dû être viré, quand le verre d'Asya s'était fêlé dans ses mains. Elle n'avait rien fait de spécial : elle l'avait rempli de thé brûlant, avait ajouté un peu d'eau chaude pour l'alléger, et s'apprêtait à le porter à ses lèvres quand le *crac* avait retenti, la faisant sursauter. Le verre s'était fendu de haut en bas, en zigzag. La seconde d'après, le liquide s'était mis à fuir et à former une tache brune sur la nappe en dentelle.

– Alors, tu t'es attiré le mauvais œil ? dit à son tour tante Feride, regardant Asya d'un air soupçonneux.

– Pas étonnant ! Tout le monde envie ma beauté dans cette ville, ironisa sa nièce.

– J'ai lu aujourd'hui dans le journal qu'un garçon de dix-huit ans était tombé raide mort sans raison, en traversant la rue. Je ne vois que le mauvais œil pour faire ça.

– Merci de me remonter le moral ! plaisanta Asya.

Son sourire s'effaça lorsque ses yeux tombèrent sur la salière et la poivrière. C'était l'ensemble de table en céramique, figurant un bonhomme et une bonne femme de neige, qu'elle avait caché la veille au fond d'un placard, en espérant que personne ne le retrouverait avant un bon moment. Non seulement les personnages étaient trop kitsch et trop solides à son goût, mais de surcroît ils se ressemblaient au point qu'il était difficile de distinguer le sel du poivre.

– Dommage que Petite-Ma ne se sente pas bien, sinon elle pourrait verser du plomb pour toi, grommela Banu.

Bien qu'étant indiscutablement la plus expérimentée dans le domaine de la divination et du paranormal, tante Banu n'était pas habilitée à verser le plomb. Elle s'était vu refuser l'honneur d'être initiée à cette pratique, qui se transmettait de génération en génération.

Dix ans plus tôt, alors qu'elle entrait dans la première phase de l'Alzheimer et qu'elle avait décidé qu'il était temps de choisir celle à qui transmettre le secret du plomb, Petite-Ma avait surpris tout le monde en désignant Zeliha.

– Tu plaisantes ! avait rétorqué sa petite-fille. Je suis agnostique !

– Je ne sais pas ce que ça veut dire, et cela ne m'intéresse pas. Tu as le don. Je vais t'initier.

– Pourquoi moi ? Pourquoi ne pas choisir une de mes sœurs aînées ? Banu sera plus que contente d'apprendre ce secret. Je suis la dernière personne à qui tu devrais enseigner ta magie.

– Ça n'a rien à voir avec de la magie. Le Coran nous interdit de pratiquer la magie ! Tu es la bonne personne. Tu as la détermination, l'esprit et la colère qu'il faut.

– La colère ? En quoi ce serait une qualité pour le plomb ? Je suis la candidate idéale pour hurler des obscénités à des personnes odieuses, oui, mais pas pour lutter contre le mauvais œil.

– Ne sous-estime pas ta part de bonté.

C'est alors que tante Zeliha avait fait une réflexion qui avait clos le sujet une bonne fois pour toutes :

– Non, je ne suis pas la bonne personne. Je suis peut-être une agnostique tourmentée, mais j'ai assez de couilles pour le demeurer !

– Lave-toi la bouche avec du savon ! l'avait tancée grand-mère Gülsüm.

La famille était composée pour moitié de kémalistes convaincues et pour une autre de musulmanes pratiquantes. Les deux camps étaient en conflit permanent, mais parvenaient néanmoins à cohabiter, si bien que le paranormal n'avait aucune difficulté à se tailler un chemin au milieu de ces divisions idéologiques, et à être accepté comme le pain et l'eau quotidiens. En mouton noir des Kazanci, Zeliha avait choisi de n'appartenir à aucun des deux groupes.

Petite-Ma était donc demeurée la seule verseuse de plomb de la konak – statut auquel elle avait dû renoncer le jour où elle s'était retrouvée avec une casserole pleine de plomb fondu dans les mains, sans savoir quoi faire.

– Qui m'a donné cette casserole bouillante ? avait-elle demandé, paniquée.

On la lui avait gentiment retirée des mains, et on ne l'avait plus jamais laissée accomplir ce rituel.

Toutes les têtes se tournèrent vers la vieille dame pour voir si elle avait suivi la conversation. Cette dernière finit de mâcher un morceau de sucuk, l'avala, rota, et déclara soudain :

– Je vais verser le plomb pour toi, Asya chérie. Je vais m'occuper de ce mauvais œil que tu t'es attiré.

À sa naissance, Asya était un bébé si malingre que, pour faire pencher la balance du côté de la vie, son arrière-grand-mère versait souvent le plomb. Quand elle se mit à marcher, elle trébucha si souvent, s'ouvrant à chaque fois la lèvre inférieure, que la pratique s'installa – le mauvais œil étant certainement plus à blâmer que les jambes instables de la fillette.

Le cérémonial était comme un jeu pour l'enfant qui adorait être au centre de l'attention générale. Elle avait toujours tiré un grand plaisir des exploits paranormaux familiaux quand elle était encore assez jeune pour avoir la foi dans la capacité des adultes qui l'entouraient à maîtriser le destin. Elle adorait s'asseoir en tailleur sur le plus joli tapis de la maison, attendre que l'on tendît une couverture au-dessus de sa tête, se sentir protégée sous cette tente étrange, écouter les prières qui s'élevaient de toutes parts, et enfin, entendre le frémissement du plomb liquide que Petite-Ma versait dans une casserole pleine d'eau en répétant : «*Elemterefiş kem gözlere şiş. Göz edenin gözüne kizgin şiş* [1]. »

Le plomb se solidifiait en une masse alambiquée qui, si vous étiez victime du mauvais œil, était invariablement percée d'une fente oblongue. À ce jour, Asya avait toujours vu apparaître le signe dénonciateur.

Avec le temps, en dépit de son attrait pour le marc de café et le plomb frétillant, Asya avait fini par hériter du scepticisme de sa mère. Elle avait compris que tout était question d'interprétation. Que quand vous croyiez dur comme fer aux licornes violettes, avant longtemps une licorne violette apparaissait devant vos yeux. Que le rapport entre le matériel divinatoire – tasses de café ou plomb fondu – et le processus d'interprétation n'était guère plus tangible que l'espace qui séparait le sable du désert de la lune. La fente qui apparaissait dans la masse de plomb pouvait aussi bien être un œil qu'une licorne violette. Tout était question de foi.

Néanmoins, Asya respectait trop Petite-Ma pour repousser sa proposition. D'autant qu'elle était persuadée que tout cela serait oublié d'ici quelques minutes.

– D'accord, dit-elle en haussant les épaules.

– Bien, je verserai le plomb pour toi après le petit déjeuner, comme au bon vieux temps, conclut la vieille dame.

C'est alors que la porte de la salle de bains s'ouvrit et qu'Armanoush les rejoignit, visiblement exténuée, ses beaux yeux rougis par les larmes. Elle semblait évoluer comme un fantôme, totalement détachée du monde qui l'entourait.

– Nous sommes vraiment désolées pour ta grand-mère, lui dit Zeliha après un bref silence. Accepte nos sincères condoléances.

– Merci, répondit-elle les yeux baissés.

Elle attrapa une chaise vacante et s'assit entre Asya et tante Banu. Son amie lui servit un verre de thé, Banu des œufs, du fromage, de la confiture d'abricots et le huitième simit, car l'habi-

---

[1]. « Que Dieu tout-puissant te préserve du mauvais œil. Que Dieu tout-puissant éloigne le mauvais œil. »

tude d'acheter huit simits tous les dimanches matin était toujours en vigueur.

Armanoush regarda la nourriture, l'air absent. Elle remua son thé quelques secondes, puis se tourna vers Zeliha.

– Est-ce que je peux t'accompagner à l'aéroport ?
– Bien sûr que tu peux.
– Je viens aussi, déclara grand-mère Gülsüm.
– Oui, maman.
– Moi aussi, lança Asya.
– Non, mademoiselle ; toi tu restes ici et tu te fais verser le plomb.

La fille dévisagea la mère, les yeux écarquillés. Pourquoi la tenait-on encore à l'écart ? Pourquoi le régime de cette maison virait-il à la dictature chaque fois qu'elle sollicitait la moindre faveur ? Elle attrapa rageusement la poivrière, hésita une seconde, repoussa l'affreux bonhomme de neige et s'empara de la bonne femme de neige qu'elle renversa sur ses œufs brouillés. C'était le sel, encore raté.

Elle bouda jusqu'à la fin du petit déjeuner.

– Et si on allait faire un peu de shopping, toi et moi ? lui proposa tante Banu, attendrie, en se levant pour gagner la cuisine. On pourrait sortir après manger et passer deux petites heures en ville ? Ce serait amusant, non ? En attendant, viens donc m'aider à répartir l'aşure dans les ramequins.

Asya hocha la tête, songeant : *Bon sang, mais qu'est-ce qui se passe ici ?*...

La cuisine exhalait les parfums d'un dîner dominical traditionnel. Celui de la cannelle l'emportait sur tous les autres. Asya prit une cuillère et se mit à remplir les petits ramequins en verre. Une cuillerée et demie suffisait. Elle ne comprenait pas pourquoi tante Zeliha avait refusé qu'elle les accompagnât à l'aéroport. Il y avait assez de place dans sa voiture. Peut-être voulait-elle la tenir à l'écart de leurs invités ? Il était évident que sa mère n'était pas enchantée du retour de Mustafa après vingt ans d'absence.

– Je peux t'aider ?

Elle se retourna et vit Armanoush.
— Oui, pourquoi pas ? Merci.
Elle lui tendit le bol de noisettes grillées et concassées.
— Tu veux bien en saupoudrer sur les ramequins ?
Elles travaillèrent côte à côte, échangeant de brefs propos sur grand-mère Shushan.

— Je suis venue à Istanbul parce que je pensais qu'en me retrouvant seule dans sa ville, je comprendrais mieux l'histoire de ma famille et pourrais enfin trouver ma place dans le monde. J'étais en quête de mon identité arménienne. Je voulais juste me rapprocher de ma grand-mère. Je voulais lui dire que nous avions cherché sa maison... — elle se mit à pleurer. Et maintenant, elle est partie sans que j'aie pu lui dire au revoir.

Peu habituée à témoigner de la tendresse, Asya la serra maladroitement dans ses bras.

— Je suis désolée. Si tu veux, avant ton départ, on pourra retourner dans son quartier et tenter de discuter avec d'autres personnes...

Armanoush secoua la tête.

— J'apprécie beaucoup ton aide, mais je crois que quand ma mère sera là, je n'aurai plus un moment pour moi.

Elles se turent en entendant des pas approcher. Tante Banu venait voir où elles en étaient.

— Est-ce qu'Armanoush connaît l'histoire du aşure demanda-t-elle, souriante.

Sans attendre la réponse, tandis que les deux jeunes filles écrasaient d'autres noisettes, ouvraient des grenades et saupoudraient de la cannelle sur des dizaines de ramequins alignés sur le comptoir, elle commença son récit :

— Il fut, et ne fut pas, un temps, dans un pays pas si lointain, où des êtres humains aux manières détestables traversaient une époque difficile. Après avoir assisté à leur déchéance suffisamment longtemps, Allah décida de leur envoyer Noé comme messager, afin de corriger leurs manières et de leur offrir une chance de se repentir. Mais Noé eut beau prêcher la parole divine, personne ne l'écouta et ses mots furent couverts de blasphèmes. On le traita de fou, de dément et de lunatique...

Sentant le regard de sa tante sur elle, Asya continua :
– Mais ce fut la trahison de sa femme qui anéantit Noé. Car sa femme se joignit aux païens, pas vrai, chère tante ?
– Tout juste. C'est exactement ce que fit cette vipère ! Durant huit cents ans, Noé lutta pour se faire entendre d'elle et de son peuple... en vain. Ne me demandez pas pourquoi il attendit si longtemps. Qu'il vous suffise de savoir que le temps n'est qu'une goutte dans l'océan, et qu'on ne peut mesurer une goutte à l'aune d'une autre pour savoir laquelle est la plus grosse. Voyant que Noé ne parvenait pas à ramener son peuple dans le droit chemin, Dieu finit par lui envoyer l'ange Gabriel. « Construis un vaisseau, lui murmura l'ange à l'oreille, et emporte avec toi un couple de chaque espèce... »

» Fort heureusement, il se trouvait quelques personnes de bonne volonté, de toutes les confessions, que Noé put prendre dans son arche. David était là, de même que Moïse, Salomon, Jésus, et, la paix soit avec Lui, Mohammed.

» Quand il n'y eut plus ni homme ni bête à embarquer, Allah commanda : « Ô ciel ! Il est temps ! Verse ton eau. Ne te retiens plus. Envoie-leur ta colère ! Ô terre, rejette cette eau, ne l'absorbe pas. » De sorte que personne ne survécut au déluge, en dehors des protégés de Noé.

C'était la partie préférée d'Asya. Elle aimait se représenter ce déluge balayant les villages, les civilisations, et les souvenirs indésirables.

– Ils voguèrent des jours et des nuits. Bientôt, la nourriture vint à manquer. « Apportez-moi tout ce que vous avez », ordonna alors Noé à tous les habitants de l'arche. Et ils le firent ; animaux et humains, oiseaux et insectes, gens de différentes confessions, tous apportèrent le peu de vivres qu'il leur restait. On mélangea le tout dans une énorme marmite et c'est ainsi que le aşure fut inventé, dit Banu en souriant fièrement, comme si le chaudron qui se trouvait sur la cuisinière était le même que celui de la légende.

Selon elle, chaque événement important de l'histoire du monde remontait au jour du aşure.

– C'est ce jour-là qu'Allah accepta le repentir d'Adam. Que

Yunus fut relâché par les dauphins qui l'avaient avalé, que Rumi rencontra Shams, que Jésus monta au ciel, et que Moïse reçut les Dix Commandements... Tiens, demande donc à Armanoush quel est l'événement le plus important pour les Arméniens, poursuivit Banu, persuadée que, là encore, sa théorie se vérifierait.

– Le génocide, répondit Armanoush après que la question eut été traduite.

– Je ne pense pas que cela puisse entrer dans ta liste, dit Asya à sa tante, escamotant la traduction avec un sourire.

À ce moment, tante Zeliha fit son apparition dans la cuisine, armée de son sac à main.

– Les passagers pour l'aéroport, c'est l'heure !

Asya lâcha sa cuillère.

– Je vous accompagne.

– Nous en avons déjà parlé, jeune demoiselle. Tu restes à la maison, répliqua sa mère d'une voix anormalement rauque et inquiétante.

Le plus perturbant dans tout cela était qu'Asya ne comprenait pas ce qu'elle avait bien pu faire pour mériter cette réaction irritée de tante Zeliha – c'était comme si sa mère lui en voulait d'exister.

– Qu'est-ce que j'ai encore fait ? marmonna-t-elle quand elle fut seule avec sa tante.

– Rien, ma chérie. Elle t'aime tant, murmura Banu. Reste avec moi et les djinn. Nous allons tous finir de décorer les ramequins, puis nous irons faire des courses.

Mais Asya n'était pas d'humeur à courir les boutiques. Elle soupira, attrapa une grosse poignée de grains de grenade et les répartit sur les ramequins alignés. On aurait dit une traînée de petits cailloux destinés à guider l'enfant égaré du conte de fées. Ou de petits rubis, songea-t-elle.

– Au fait, tante Banu, qu'est-il arrivé à la broche en or que tu portais avant ? Celle qui avait la forme d'une grenade...

Sa tante pâlit. « *Quand nous rappelons-nous ces choses que nous nous rappelons ? Pourquoi posons-nous les questions que nous posons ?* » lui murmura M. Amer à l'oreille.

Le déluge de Noé débuta doucement, par quelques gouttes de pluie à peine audibles, ondées sporadiques annonciatrices de la catastrophe, signe passé inaperçu. De gros nuages noirs menaçants s'étaient rassemblés dans le ciel, si gris, si lourds qu'ils paraissaient tisser une nappe de plomb percée de fentes oblongues ; des Yeux Célestes clignant leurs paupières et versant une larme par péché commis sur la terre.

Mais le jour où Zeliha fut violée, il ne pleuvait pas. Le jour où Zeliha fut violée, il n'y avait pas un seul nuage dans le ciel. Tant qu'elle vivrait elle n'oublierait jamais le bleu limpide de ce jour maudit. Non parce qu'elle avait levé les yeux vers Allah pour implorer Son aide, mais parce que, alors qu'elle était immobilisée sur le lit, vaincue sous le poids de son agresseur, ses yeux s'étaient posés sur un gros ballon publicitaire qui flottait tranquillement dans le ciel d'azur. Un énorme ballon orange et noir, imprimé des lettres : KODAK.

Elle frissonna à la pensée de la photo prise par le colossal appareil à cet instant précis : un viol dans une konak d'Istanbul.

Elle avait passé la matinée seule dans sa chambre, savourant l'un des rares moments de tranquillité qu'offrait cette maison. Quand son père était en vie, personne n'avait le droit de s'enfermer. Intimité signifiait activités suspectes. Tout devait être visible, exposé aux regards des autres. La seule porte qu'on avait le droit de fermer était celle de la salle de bains. Et même là, on ne tardait jamais à vous déranger. Zeliha avait dû attendre la mort de son père pour pouvoir s'isoler un peu dans sa chambre. Elle s'imaginait avec délices le jour où elle emménagerait dans son propre appartement. Ses sœurs et sa mère n'avaient jamais compris son besoin de se retirer du monde.

Ce matin-là, les femmes Kazanci étaient sorties de bonne heure pour aller sur la tombe de Levent Kazanci. Zeliha n'avait pas voulu les accompagner. Elle préférait se rendre au cimetière seule, afin de s'asseoir sur la terre poussiéreuse et de poser à son père toutes les questions auxquelles il n'avait pas répondu de son vivant. Pourquoi s'était-il montré si dur envers ses enfants ? Se rendait-il compte à quel point sa présence dominatrice les hantait encore aujourd'hui ? Il était mort, et pourtant, personne dans la maison n'osait élever le ton de peur de le déranger. Levent Kazanci détestait le bruit. En particulier les cris d'enfants. L'avoir pour père signifiait avant tout être sous l'autorité du PÈRE : Perpétuel Effort de Report Émotionnel, un principe applicable à chaque instant de leur existence. Quand un enfant se faisait mal à portée d'oreilles de leur père, il devait retenir son cri de douleur, presser sa blessure, descendre à la cuisine ou dans le jardin sur la pointe des pieds, et alors seulement, il pouvait laisser échapper un sanglot. En se conformant à cette règle, il avait une chance de ne pas énerver le patriarche.

Tous les soirs, quand leur père rentrait du travail, ils devaient former un rang devant la table du dîner pour la tournée d'inspection, tel un petit régiment. En général, Levent Kazanci se contentait de les toiser plus ou moins longuement, sans dire un mot. Aînée protectrice, Banu se rongeait les sangs quant au sort de son frère et de ses sœurs. Cevriye se mordait les lèvres pour ne pas pleurer. Feride clignait des yeux nerveusement. Mustafa se flattait de sortir du lot, se sachant le préféré de ses parents. Et Zeliha sentait quelque chose d'acide lui brûler le cœur, centimètre par centimètre. Puis leur père s'asseyait à table et commençait à manger sa soupe. Parfois, il autorisait un ou deux de ses enfants à le rejoindre. À de rares occasions, lorsqu'il était de bonne humeur, ils avaient tous le droit de manger en même temps que lui.

Pour Zeliha, les semonces et les fessées paternelles n'étaient rien comparées à l'inspection quotidienne. Elle avait l'impression que tout ce qu'elle avait fait au cours de la journée était inscrit à l'encre noire sur son front.

– Pourquoi fais-tu tout de travers ? grondait-il chaque fois qu'il lisait une incartade sur le visage d'un de ses enfants, avant de les punir tous.

En dehors de la maison, Levent Kazanci était un autre homme. Ceux qui le croisaient dans la rue le tenaient pour un être respectable, attentif et sympathique. Toutes les amies de ses filles rêvaient d'épouser un jour un homme tel que lui. Mais s'il lui arrivait de témoigner de la gentillesse entre les murs de la konak, c'était toujours envers les étrangers. De même qu'il ôtait ses chaussures pour enfiler ses pantoufles dès qu'il franchissait le seuil de son domicile, il se débarrassait de son air de bureaucrate placide pour adopter son expression autoritaire. Petite-Ma leur avait expliqué un jour que leur père se montrait aussi dur parce qu'il avait souffert d'avoir été abandonné par sa mère, quand il était tout petit.

Parfois, Zeliha ne pouvait s'empêcher de penser que c'était une chance qu'il fût mort si tôt. Un mâle dominant tel que lui n'aurait pas apprécié de vieillir, de tomber malade et de devenir dépendant de ses enfants.

Quand elle se rendrait sur sa tombe, Zeliha savait qu'elle lui parlerait de tout cela et qu'elle ne pourrait sans doute pas se retenir de pleurer. L'idée de se briser comme un verre à thé devant témoins lui était insupportable. Récemment, elle s'était promis de ne jamais devenir une de ces pleurnicheuses qui se donnaient en spectacle. Pour toutes ces raisons, elle avait décidé de rester à la maison, ce jour-là.

Elle avait passé une bonne partie de la matinée au lit, à feuilleter des magazines et à rêvasser. Puis elle s'était rasé les jambes. Sa mère aurait été furieuse si elle l'avait vue. Gülsüm pensait que les femmes devaient s'épiler à la cire. Que le rasoir était réservé aux hommes. L'épilation était un rituel collectif, chez les Kazanci. Deux fois par mois, les femmes de la maison faisaient fondre dans le four un morceau de cire à l'odeur sucrée, s'asseyaient en cercle sur le tapis du salon, et s'appliquaient la substance collante sur les jambes en papotant. Il leur arrivait aussi de se rendre au hammam local et de s'épiler dans la vapeur, sur une immense dalle de marbre. Zeliha détestait cet espace réservé aux femmes, tout comme elle détestait le rituel de l'épilation. Elle préférait se raser. C'était simple, rapide et intime.

Assise sur son lit, elle se regarda dans le miroir d'en face, se versa de la lotion à l'eau de rose dans le creux de la main et se l'appliqua lentement sur la peau, admirant les courbes de son corps, consciente de sa beauté. Sa mère ne cessait de répéter que les jolies filles devaient se montrer deux fois plus modestes que les autres, et deux fois plus méfiantes envers les hommes. Des âneries de femmes que la nature n'avait pas favorisées, se disait Zeliha.

Elle traversa la pièce en ondulant des hanches et glissa une cassette dans son magnétophone. C'était un enregistrement d'une de ses chanteuses préférées : une transsexuelle dotée d'une voix d'ange. Elle avait commencé sa carrière en tant que comédien. Elle avait même tenu des rôles de héros romantiques avant son opération. Elle portait toujours des tenues excentriques agrémentées d'accessoires scintillants. Si Zeliha avait eu autant d'argent, elle se serait offert ce genre de vêtements. Elle possédait tous les albums de la chanteuse et attendait le prochain avec impatience, même si elle savait que, son idole ayant été expulsée du territoire par l'armée – qui contrôlait toujours le pays depuis le coup d'État, trois ans auparavant –, elle allait sans doute devoir se montrer patiente. Zeliha devinait sans peine pourquoi les généraux empêchaient la chanteuse de se produire sur scène.

– Parce qu'ils se sentent menacés par sa présence, expliqua-t-elle à Pasha III, boule de fourrure blanche aux yeux émeraude pelotonnée sur son lit. Elle a une voix si divine et une telle allure qu'ils craignent qu'elle ne leur vole la vedette. Ils ont peur de passer pour de gros crapauds à côté d'elle. Tu imagines le tableau ? Une prise de pouvoir militaire qui passerait totalement inaperçue !

C'est à ce moment qu'on frappa à sa porte.

– Tu parles toute seule, idiote ? lança Mustafa en passant sa tête dans la chambre. Baisse cette musique atroce !

Ses yeux noisette étincelaient de la ferveur de la jeunesse. Ses cheveux brillantinés étaient coiffés en arrière. Il aurait pu être séduisant sans ce tic disgracieux qu'il était allé chercher Allah sait où : ce brusque mouvement de la tête sur la droite, qui passait pour une expression de sa timidité, mais que Zeliha mettait sur le compte de son manque de confiance en lui.

Elle se redressa sur un coude et haussa les épaules.

– J'écoute ce que je veux, et comme je veux.

Au lieu de s'énerver ou de partir en claquant la porte, comme à son habitude, il lui lança de but en blanc :

– Pourquoi tu portes des jupes si courtes ?

Elle le dévisagea, sidérée. *Depuis un an il vire vraiment au connard,* songea-t-elle. Elle prononça le dernier mot à voix haute :
— Connard !
Il se pavana dans la chambre, faisant mine de ne pas avoir entendu.
— C'est mon rasoir, là !
— Oui. J'allais le remettre à sa place.
— Qu'est-ce que tu fais avec mon rasoir ?
— Ce ne sont pas tes affaires…
— Pas mes affaires ? Tu te glisses dans ma chambre, tu me voles mon rasoir, tu te rases les jambes avec pour les exhiber devant tous les hommes du quartier, et tu me dis que ce ne sont pas mes affaires ! Ce sont mes affaires de m'assurer que tu te comportes décemment.
— Va donc te branler dans un coin et laisse-moi tranquille !
Mustafa la foudroya du regard, écarlate.
Récemment, il était devenu évident qu'il avait un problème avec les femmes. Il avait beau avoir grandi dans un milieu quasi exclusivement féminin, ses échanges avec le sexe opposé étaient insignifiants comparés à ceux des autres garçons de son âge. À vingt ans, il se sentait toujours coincé dans l'adolescence. Pas moyen de franchir le pas qui menait à l'âge adulte. Il détestait ce sentiment d'être bloqué sur ce palier. Et il détestait ses besoins charnels. Longtemps, il avait réussi à contrôler ses pulsions, à la différence des garçons de sa classe qui se masturbaient continuellement. Jusqu'à l'année précédente, il était parvenu à réprimer ÇA. Mais après son échec à l'examen d'entrée à l'université, après des années d'autoflagellation et de dégoût de soi, ses pulsions avaient pris le dessus.

Depuis un an, ÇA lui prenait n'importe où et n'importe quand. Dans la salle de bains, dans la cave, dans les toilettes, sous ses draps, dans le salon, et de temps en temps, quand il jetait un œil dans la chambre de sa plus jeune sœur et la surprenait assise à son bureau ou dans son lit… Tel un patriarche tyrannique, le ÇA exigeait de lui une obéissance absolue. Alors il s'exécutait. Mais toujours de la main gauche. Il réservait sa main droite aux choses pures et sacrées. C'était avec sa main droite qu'il touchait le Saint Coran, manipulait son chapelet et ouvrait les portes closes. C'était sa main droite qu'il tendait aux personnes âgées. Il réservait l'abominable à sa seule main gauche.

Une nuit, il avait rêvé qu'il se masturbait devant son père. Aucune expression ne se lisait sur le visage de ce dernier ; il se contentait de le regarder, assis à la table du dîner.

La dernière fois que Levent Kazanci l'avait regardé ainsi, c'était le jour de sa circoncision. Mustafa était allongé sur un immense lit recouvert de satin et entouré de cadeaux. La peur au ventre, il attendait qu'on *le coupe*, environné de parents et de voisins qui discutaient, mangeaient, dansaient ou le taquinaient. Soixante-dix convives rassemblés pour célébrer son passage de l'enfance à l'âge adulte. Ce jour-là, alors qu'il venait de pousser un hurlement de douleur, son père s'était approché de lui, l'avait embrassé sur la joue et lui avait murmuré à l'oreille :

– M'as-tu déjà vu pleurer, fils ?

Mustafa avait fait non de la tête.

– As-tu déjà vu ta mère pleurer, fils ?

Mustafa avait vigoureusement fait oui de la tête. Sa mère pleurait tout le temps.

– Bien. Alors, maintenant que tu es un homme, comporte-toi en homme.

Au début, lorsqu'il se touchait, c'était toujours furtivement, il glissait la main dans son pantalon comme s'il craignait d'être surpris par le fantôme de son père, dont les mots résonnaient sans cesse sous son crâne. Mais ces derniers temps, ses sens avaient vaincu le spectre paternel, et il avait tendance à se masturber avec une frénésie redoublée, comme s'il était atteint d'une maladie. Car c'était forcément une maladie. Deux voix se disputaient dans sa tête, l'une le poussant à continuer, l'autre exigeant qu'il arrête. La nuit, il rêvait qu'il était pris en flagrant délit par ses parents. Son père tambourinait à sa porte, la défonçait et se mettait à le gifler à pleines mains, puis il lui crachait dessus et se remettait à le battre pendant que sa mère le consolait et pansait ses blessures avec du aşure. Il se réveillait en sueur, écœuré et tremblant, et se masturbait pour se calmer.

Mais Zeliha ignorait tout de son calvaire.
– Tu n'as pas honte de parler ainsi à ton frère aîné ? Tu n'as pas honte de te faire siffler dans la rue comme une pute ? Tu crois qu'on mérite le respect quand on s'habille comme toi ?
– C'est quoi ton problème ? cracha sa sœur. Tu as peur des putes, c'est ça ?

Un mois plus tôt, il s'était retrouvé dans la rue la plus infâme d'Istanbul. Il aurait pu aller ailleurs. Il aurait pu s'offrir des ébats moins minables et moins dégradants. Mais il fallait que ce fût le plus cru et le plus moche possible. Les maisons miteuses accolées les unes aux autres, les odeurs, la crasse, les plaisanteries grossières d'hommes qui avaient désespérément besoin de rire, les prostituées qui ne refusaient jamais votre argent mais ne se gênaient pas pour dénigrer vos performances. Il était ressorti de là souillé et honteux.

– Tu m'espionnes, ou quoi ?
– Hein ? fit Zeliha abasourdie. Tu es vraiment trop bête. C'est ton problème si tu vas voir les prostituées. Je m'en tape complètement.

Humilié, il eut soudain envie de la battre. Il fallait qu'elle comprît qu'elle ne pouvait pas se moquer de lui impunément.
– Tu n'as aucun droit de juger ma manière de vivre ou de m'habiller. Pour qui tu te prends, à la fin ? Notre père est mort, et je n'ai pas l'intention de te laisser le remplacer.

Bizarrement, elle se rappela alors qu'elle avait oublié de récupérer sa robe en dentelle au pressing. *Je passerai la prendre demain*, se dit-elle.

– Si père était en vie, tu n'oserais jamais parler ainsi, répondit amèrement Mustafa. Il n'est peut-être plus ici, mais il y a tout de même des règles dans cette maison. Tu as des devoirs envers ta famille. Tu n'as pas le droit d'attirer la honte sur le nom respecté des tiens.

– Oh, la ferme ! C'est toi la honte de cette famille !

Mustafa la dévisagea, déconcerté. Savait-elle qu'il pariait sur le sport et perdait beaucoup d'argent, ou bluffait-elle ? Si son père était encore en vie, homme ou pas, il le battrait. Avec la ceinture à boucle en cuivre. Était-il possible qu'une ceinture fît plus mal que les autres, ou était-ce juste son imagination qui se concentrait sur celle-là et le poussait à éprouver une certaine reconnaissance quand son père optait pour une ceinture moins méchante ?

Mais son père n'était plus là, et il fallait qu'elle comprît qui commandait, à présent.

– Quoi qu'il en soit, père est mort. C'est moi le responsable de cette famille, désormais.

– Toi ? s'esclaffa sa sœur. Tu sais quel est ton problème ? Tu es gâté pourri, précieux phallus ! Sors de ma chambre.

Du coin de l'œil, elle vit sa main s'élever dans les airs, comme dans un rêve. Elle réussit à l'esquiver à la dernière seconde, mais la deuxième tentative de Mustafa lui brûla la joue. Folle de rage, elle le frappa avec une force égale.

La seconde d'après, ils luttaient sauvagement sur le lit, comme deux enfants – sauf qu'ils ne s'étaient jamais battus enfants, la présence de leur père interdisant tout comportement violent. L'espace d'un instant, Zeliha pensa avoir pris le dessus. Elle était grande, musclée, et déterminée à ne pas se laisser dominer. Tel un champion du ring, elle salua son public invisible, savourant son triomphe :

– Je t'ai eu !

C'est alors qu'il lui tordit le bras dans le dos et grimpa sur elle. Cette fois, le ton était différent. Mustafa était différent. Il barra sa poitrine d'un bras pour l'immobiliser et souleva sa jupe de l'autre main.

Au début, elle ne ressentit qu'une violente humiliation. Elle était si mortifiée, si tétanisée par la honte qu'il n'y avait place pour aucune autre émotion. Elle se figea, en état de stupeur, décomposée.

Puis la panique l'emporta sur l'humiliation. Elle se débattit et réussit à redescendre sa jupe, mais il la releva aussitôt. Ils luttèrent. Elle le frappa. Il la frappa plus fort. Elle le mordit. Il lui donna un coup de poing au visage. Elle entendit une voix hurler :

– Arrête !

Cri aigu. Cri inhumain. Cri de bête dans un abattoir.

Elle ne se reconnaît pas, ce n'est pas elle, ce n'est pas sa voix ; ce n'est pas son corps mais une terre étrangère qu'il viole.

C'est alors qu'elle remarque le ballon KODAK.
Elle ferme les yeux. Si elle ne voit rien, il ne se passe rien. Mais elle entend son souffle, elle respire son haleine et elle sent ses mains sur sa poitrine, puis autour de son cou. Elle craint qu'il ne l'étrangle, mais ses doigts finissent par relâcher leur étreinte et le mouvement cesse. Il pousse un gémissement d'animal blessé et s'écroule sur elle. Elle entend le cœur de Mustafa battre à tout rompre, mais le sien s'est arrêté. On lui a ôté la vie.

Elle avait toujours les yeux fermés lorsqu'il roula sur le côté, se releva et traversa la chambre en titubant. Le dos tourné à sa sœur, il inspira profondément, huma l'odeur épicée de sa sueur mêlée au parfum d'eau de rose puis sortit en courant.

Sitôt qu'il se retrouva dans le couloir, il entendit la porte d'entrée s'ouvrir. Il se précipita dans la salle de bains, s'y enferma, ouvrit le robinet de la douche, tomba à genoux et vomit.

– Coucou !!! Où êtes-vous ? lança Banu du salon. Y a personne ?

Zeliha se leva et lissa ses vêtements. Tout s'était passé si vite, peut-être parviendrait-elle à se convaincre que ce n'était pas arrivé. Mais le visage qu'elle vit dans le miroir racontait une tout autre histoire : il était meurtri, elle avait l'œil gauche enflé et que soulignait un arc de cercle violacé. Un affront à son scepticisme habituel devant les films d'action où les acteurs se retrouvaient avec des yeux au beurre noir à la moindre pichenette.

D'accord, son visage avait été endommagé. Mais pas son corps, constata-t-elle. Elle le palpa. Elle sentait qu'elle le touchait, cependant aucun contact ne s'établissait entre ce corps et elle. Leur lien était coupé.

On frappa un coup à sa porte et Banu entra sans attendre de réponse. Elle ouvrit la bouche pour parler, puis se figea en découvrant l'état de sa petite sœur.

– Que t'est-il arrivé ?

Zeliha savait que s'il fallait dire la vérité, c'était maintenant. Elle pouvait tout révéler, ou tout cacher à jamais.

– C'est moins grave que ça en a l'air. Je suis sortie me promener et j'ai vu un homme battre sa femme en pleine rue. J'ai essayé d'intervenir...

On la crut. C'était tout elle de faire ce genre de chose.

Zeliha avait dix-neuf ans le jour où elle fut violée. La majorité selon la loi turque. À cet âge, elle avait le droit de se marier, de passer son permis de conduire, de voter (quand l'armée autoriserait à nouveau des élections libres) et, si nécessaire, de se faire avorter sans autorisation.

Elle avait fait ce rêve si souvent. Elle se voyait, marchant dans la rue, sous une pluie de pavés, alors qu'un gouffre s'élargissait devant ses pieds. Elle paniquait à l'idée d'avancer, d'être avalée par les abysses affamés. « Non ! » hurlait-elle alors que les pierres se dérobaient sous ses pas. « Non ! » ordonnait-elle aux voitures qui arrivaient droit sur elle. « Non ! » lançait-elle suppliante aux piétons qui la bousculaient. « Pitié, non ! »

Le mois suivant, elle n'eut pas ses règles. Elle se rendit dans la clinique privée qui venait d'ouvrir près de la maison. UN TEST DE GROSSESSES GRATUIT POUR UN TEST DE GLUCOSE ! proposait une affiche à l'entrée. Quand les résultats arrivèrent, elle découvrit que son taux de sucre était normal et qu'elle était enceinte.

Il fut, et ne fut pas, un temps.

Dans un pays bien trop lointain vivait un couple avec quatre enfants, deux filles et deux fils. L'une des filles était laide, l'autre belle. Le plus jeune des frères décida d'épouser la belle, mais elle refusa. Elle lava ses vêtements en soie, puis se rendit à la rivière pour les rincer. Elle les rinça et pleura. Il faisait froid. Ses mains et ses pieds étaient glacés. Elle retourna chez elle et frappa à la porte, mais celle-ci était fermée. Elle frappa à la fenêtre de sa mère, mais celle-ci lui répondit : « Je ne te laisserai entrer que si tu m'acceptes pour belle-mère. » Elle frappa à la fenêtre de son père, mais celui-ci lui répondit : « Je ne t'ouvrirai que si tu m'acceptes pour beau-père. » Elle frappa à la fenêtre de son autre frère, mais celui-ci lui répondit : « Je ne te laisserai entrer que si tu m'acceptes pour beau-frère. » Elle frappa à la fenêtre de sa sœur, mais celle-ci lui répondit : « Je ne te laisserai entrer que si tu m'acceptes pour belle-sœur. » Elle frappa à la fenêtre de son jeune frère qui la laissa entrer.

Quand il la serra dans ses bras et l'embrassa, elle s'exclama : « Que la terre s'ouvre et m'avale ! »
Et la terre s'ouvrit et elle s'échappa dans le royaume souterrain [1].

Asya soupira en regardant par la fenêtre de la cuisine l'Alfa Romeo gris métallisé s'éloigner et prit Sultan V à témoin :
– Tante Zeliha n'a pas voulu que je les accompagne à l'aéroport. Elle redevient méchante, tu vois ?
Elle avait été si bête, l'autre soir, de s'autoriser à montrer sa vulnérabilité ! Comme elle avait été stupide de croire que sa mère et elle pourraient franchir le fossé qui les séparait... Cette mère qu'elle avait « tantifiée » demeurerait toujours inaccessible. La compassion maternelle, l'amour filial, la camaraderie familiale, non : elle n'avait pas besoin de ces conneries...

Article douze : N'essaie pas de changer ta mère ou, plus précisément, n'essaie pas de modifier ta relation avec ta mère, cela ne t'apportera que frustration. Accepte les choses telles qu'elles sont. Et si tu n'y arrives pas, retourne à l'Article un.

– Dis-moi, tu ne serais pas en train de parler toute seule ? lui demanda tante Feride en entrant dans la cuisine.
– Si ! reconnut Asya. Je disais juste à mon ami le chat que la dernière fois qu'oncle Mustafa s'était trouvé en ces murs, je n'étais même pas née et Pasha III faisait sa loi dans la maison. Vingt ans. Étrange, non ? Cet homme ne nous rend jamais visite, et voilà que je répartis son aşure dans des ramequins pour qu'il se sente le bienvenu.
– Et que dit le chat ?
– Que j'ai raison, que c'est une maison de dingues. Que je devrais abandonner tout espoir et me concentrer sur mon manifeste.

1. D'après les *Contes folkloriques indo-européens*, « Le frère qui voulut épouser sa sœur », Range, *Lithauische Volksmächen*, n° 28 (*NdA*).

– Bien sûr que ton oncle est le bienvenu. La famille est la famille, que ça te plaise ou non. Nous ne sommes pas comme ces Allemands qui jettent leurs enfants dehors à l'âge de quatorze ans. Pour nous, les liens du sang sont sacrés. Nous ne nous réunissons pas juste une fois l'an pour manger de la dinde...
– De quoi parles-tu ? fit Asya, perplexe. Tu fais bien allusion au Thanksgiving américain ?...
– Peu importe. Ce que je veux dire, c'est que les Occidentaux n'entretiennent pas de liens familiaux forts et que nous sommes différents. Un père est un père pour la vie. Un frère est un frère pour la vie. Le monde est suffisamment bizarre comme ça. C'est pour cette raison que j'aime lire les tabloïds. Je découpe les articles et je les collectionne pour ne pas oublier que nous vivons dans un monde dangereux.

C'était la première fois que sa tante essayait de rationaliser son comportement, s'étonna la jeune fille.

Elles restèrent assises au milieu des odeurs appétissantes, auréolées du soleil de mars, jusqu'à ce que Feride entendît son présentateur préféré annoncer le clip vidéo d'un nouveau groupe. Asya mourait d'envie de s'allumer une cigarette. Ou mieux : un joint. Avec le Dessinateur Dipsomane. Elle fut surprise de constater qu'il lui manquait. Les invités ne seraient pas là avant deux heures. Et quand bien même, qu'elle fût présente ou non, quelle différence cela ferait ?

Quelques minutes plus tard, elle se glissa dehors et ferma doucement la porte derrière elle.

Tante Banu entendit la porte, mais n'eut pas le temps d'appeler sa nièce qu'elle était déjà sortie.
– Que comptes-tu faire, maîtresse ? croassa M. Amer.
– Rien.
Elle ouvrit le tiroir de sa commode et en sortit l'écrin de velours dans lequel reposait la broche en forme de grenade.
Elle lui avait été offerte par son père, qui l'avait héritée de la mère dont il ne parlait jamais, la mère qui l'avait abandonné tout petit, la mère à qui il n'avait jamais pardonné. Une petite grenade

magnifique, mais gorgée de souvenirs douloureux. Banu l'avait lavée dans de l'eau salée pour la débarrasser de sa triste histoire. Sous le regard attentif de son mauvais djinni, elle caressa les rubis. À présent qu'elle savait d'où venait la broche, elle ne savait qu'en faire. Elle était tentée de la donner à Armanoush – elle lui revenait de plein droit –, mais comment lui expliquer son geste ? Pouvait-elle lui raconter que le bijou avait appartenu à sa grand-mère Shushan sans lui révéler le reste de l'histoire ? Avait-elle le droit de partager un savoir qu'elle avait obtenu par la magie ?

Quarante minutes plus tard, à l'autre bout de la ville, Asya poussait les portes grinçantes du *Café Kundera*.
– Ohé, Asya ! lança gaiement le dessinateur. Je suis là ! – il la serra dans ses bras et s'exclama : J'ai trois nouvelles à t'annoncer, une bonne, une mauvaise, et une hors catégorie. Je commence par laquelle ?
– La mauvaise.
– Je vais en prison. Apparemment, mes dessins du Premier ministre déguisé en pingouin n'ont pas été bien reçus. J'ai pris huit mois.
Asya le dévisagea, éberluée.
– Chut, ma douce, murmura-t-il en posant les doigts sur ses lèvres. Tu veux entendre la bonne nouvelle ? J'ai décidé d'écouter mon cœur et de demander le divorce.
Il y eut un silence.
– Et la nouvelle hors catégorie ?
– Ça va faire quatre jours que je n'ai pas bu une goutte d'alcool ! Tu sais pourquoi ?
– Parce que tu es retourné voir les Alcooliques anonymes, je suppose.
– Non ! gémit-il, faussement blessé. Parce que je ne t'ai pas vue depuis quatre jours et que je voulais être sobre pour notre prochaine rencontre. L'amour est mon unique motivation ! (Il rougit.) Je suis amoureux de toi, Asya.
Les yeux noisette de la jeune femme glissèrent vers une photo du mur. Celle d'une route du Trophée Camel 1997, en Mongolie.

Ce serait bien d'être là-bas en ce moment, se dit-elle. De traverser le désert de Gobi en Jeep, des bottes poussiéreuses aux pieds, des lunettes de soleil sur le nez. De fuir le présent et ses soucis. De devenir aussi légère qu'un fantôme, aussi légère qu'une feuille portée par le vent, pour être déposée dans un monastère bouddhiste.

« Ne t'inquiète pas, petit oiseau, le rassura le grenadier en secouant la neige de ses branches. L'histoire que je vais te conter est une histoire heureuse. »

L'esprit de Hovhannes Stamboulian bouillonnait. Il se sentait happé par le tourbillon de l'écriture. Chaque nouvelle ligne faisait ressurgir des générations de leçons, certaines déprimantes, d'autres réjouissantes, toutes intemporelles. Les contes pour enfants étaient la forme de récit la plus ancienne du monde, à travers laquelle des êtres disparus depuis des lustres s'exprimaient encore. Son besoin de terminer ce livre était impérieux, instinctif et irrépressible. Depuis treize mois, son monde était nébuleux, il fallait qu'il achevât son ouvrage sans délai s'il voulait se replonger dans la vie.

« Dans ce cas, c'est d'accord, piailla l'oiseau. Raconte-moi l'histoire du petit pigeon égaré. Mais je te préviens, si tu dis quoi que ce soit de triste, je m'envole. »

Après son arrestation par les soldats, personne n'entra dans son bureau pendant plusieurs jours. La pièce resta fermée, comme s'il travaillait toujours à l'intérieur, jour et nuit. Mais bientôt, la tristesse devint si palpable, si insoutenable qu'Armanoush décida qu'ils seraient mieux à Sivas, chez ses parents. Ce n'est qu'après avoir pris cette décision qu'elle pénétra dans la pièce et découvrit le manuscrit inachevé et la broche en forme de grenade, juste à côté.

Shushan était toute petite lorsqu'elle vit pour la première fois le bijou sur le bureau en noyer de son père. Sans doute parce qu'elle fut émerveillée par les reflets rougeoyants des rubis, cette image se grava dans sa mémoire, alors que tout le reste finirait par s'effacer. Jamais elle ne l'oublia, pas même quand elle tomba à moitié morte sur la route d'Alep; ni quand cette femme turque et sa fille la découvrirent et l'emportèrent dans leur maison pour la soigner; ni quand elle fut enlevée par des bandits qui l'abandonnèrent dans un orphelinat; ni quand elle cessa d'être Shushan Stamboulian pour devenir Shermin 626; ni quand, des années plus tard, Riza Selim Kazanci la remarqua dans un autre orphelinat, découvrit qu'elle était la nièce de son défunt maître Levon et décida d'en faire son épouse; ni quand, le lendemain, elle devint Shermin Kazanci; ni quand elle s'aperçut qu'elle était enceinte alors qu'elle n'était encore qu'une enfant.

La sage-femme circassienne lui révéla le sexe du bébé des mois avant sa naissance, en observant la forme de son ventre et le type de nourriture qu'elle dévorait. Crèmes brûlées achetées dans des pâtisseries de luxe, apfelstrudels de la boulangerie ouverte par des Russes blancs, baklavas, bonbons, sucreries en tous genres... Elle n'eut envie d'aucun aliment acide ou salé durant toute sa grossesse, ce qui eût été le cas s'il s'était agi d'une fille.

Et en effet, ce fut un garçon qu'elle mit au monde en ces temps troublés.

– Puisse Allah accorder à mon fils une vie plus longue que celle des hommes de notre famille, pria Riza Selim Kazanci quand la sage-femme lui tendit le bébé – puis il posa ses lèvres contre l'oreille droite de l'enfant et murmura : Tu t'appelleras Levon.

En prénommant ainsi son enfant, il ne voulait pas seulement honorer celui qui l'avait initié à l'art de la chaudronnerie, il remerciait aussi son épouse de s'être convertie à l'islam.

– Levon! Levon! Levon! s'exclama-t-il en bon musulman alors que, dans le même temps, Shermin Kazanci conservait un silence de marbre.

Le triple écho ne mit pas longtemps à lui revenir comme un boomerang :

– Levon? Ce n'est pas un nom musulman, ça! On ne peut pas donner un tel prénom à un petit musulman! s'insurgea la sage-femme.

– Si, on peut, rétorqua Selim Kazanci. Ma décision est prise. Notre fils s'appellera Levon !

Mais quand vint le moment de déclarer le bébé au bureau des naissances, il dut mettre de l'eau dans son vin.

– Quel est le nom de l'enfant ? demanda l'employé dégingandé, visiblement sur les nerfs, sans lever la tête de son énorme registre recouvert de tissu et relié de cuir bordeaux.

– Levon Kazanci.

Le fonctionnaire souleva ses lunettes de lecture de son nez et adressa un long regard à Riza Selim.

– Kazanci est un nom très bien, mais Levon n'est pas un prénom musulman.

– Ce n'est pas un prénom musulman, mais c'est un nom honorable, répliqua Riza Selim, tendu.

L'homme éleva la voix pour se donner de l'importance :

– Les Kazanci sont des gens respectés. Un nom comme Levon ne fera aucun bien à votre famille. Songez aux problèmes que risque d'avoir cet enfant plus tard. On le croira chrétien, alors qu'il est cent pour cent musulman... C'est bien cela, n'est-ce pas ? Il est cent pour cent musulman ?

– Bien sûr qu'il l'est, *Elhamdülillah*.

L'espace d'un instant, il fut tenté de lui confier que la mère de l'enfant était une orpheline arménienne qu'il voulait remercier de s'être convertie à l'islam en donnant à leur fils le nom de son oncle, mais une petite voix intérieure lui conseilla de garder cette information pour lui.

– Avec tout le respect que je dois à l'homme qui portait ce nom, je vous propose de le modifier légèrement afin de le rendre musulman. Que dites-vous de Levent ? proposa l'employé d'une voix doucereuse, avant d'ajouter : Sinon, je crains de devoir refuser de l'enregistrer.

Ainsi débuta la vie de Levent Kazanci, un enfant né sur les cendres encore chaudes du passé, dont personne ne saurait que son père avait voulu l'appeler Levon, un enfant qui allait être abandonné par sa mère et grandir dans la tristesse et l'amertume ; un enfant qui deviendrait un père tyrannique...

Sans la broche en forme de grenade, Shermin Kazanci aurait-elle trouvé le courage de quitter son époux et son fils ? Difficile à dire. Avec eux, elle avait une nouvelle famille et une nouvelle vie, une seule direction à suivre, même si, pour avoir un avenir, elle avait dû accepter d'être une femme sans passé, de laisser les débris épars de son enfance s'envoler comme des miettes de pain, de renoncer à retrouver le chemin de sa maison. Cependant, si les souvenirs les plus précieux de son enfance finirent par s'effacer, la broche demeura gravée dans son esprit. Et des années plus tard, quand un homme venu d'Amérique apparut à sa porte, c'est elle qui l'aida à reconnaître en lui son frère aîné.

Quand Varvant Stamboulian se présenta devant Shermin, il n'était pour elle qu'un inconnu aux yeux noirs brillants couronnés de sourcils broussailleux, avec un nez pointu et une épaisse moustache qui esquissait sur son visage un sourire permanent. Il dit qui il était d'une voix tremblante et lui expliqua dans un turc mêlé d'arménien qu'il avait parcouru tout ce chemin pour la retrouver. Sachant que sa sœur était devenue une épouse musulmane, il se retint de la serrer dans ses bras et resta sur le palier sans bouger. La brise d'Istanbul, seul signe que le temps ne s'était pas arrêté, dessinait des cercles autour d'eux.

À l'issue de ce bref échange, Varvant Stamboulian lui offrit deux choses : la grenade en or et du temps pour réfléchir.

Shermin referma la porte, hébétée. Levent crapahutait et babillait à ses pieds.

Elle courut dans sa chambre et cacha le bijou dans un tiroir de sa commode. Quand elle revint, son nourrisson se tenait debout. Gloussant d'excitation, il fit un pas, puis un autre, et tomba brusquement sur ses fesses. Passé un moment de surprise, un sourire édenté illumina son visage et il s'écria :

– Ma-ma !

La maison était baignée d'une lumière presque irréelle. « Mama ! » C'était le deuxième mot qui sortait de la bouche du bébé après « ba-ba », qu'il avait réussi à prononcer correctement pour la première fois la veille. Sortant de sa transe, Shermin songea que son fils avait appelé son père en turc et sa mère en arménien. Allait-elle devoir lui interdire cette langue qui lui avait été si chère et à laquelle elle avait dû renoncer ? Elle aimait ce « ma-ma », elle n'avait aucune envie de le troquer contre son équivalent en turc. Les visages flous des siens défilèrent devant ses yeux. Les nouveaux noms, les nouvelles religion, nationalité, famille et personnalité qu'on lui avait plus ou moins imposés n'avaient pas réussi à effacer sa véritable identité. La grenade en or lui avait murmuré un prénom arménien qu'elle avait reconnu.

Pendant les trois jours qui suivirent, Shermin Kazanci berça son enfant et refusa de penser à la broche. Mais à l'issue du troisième jour, elle ouvrit le tiroir de sa commode et déposa la grenade en or dans le creux de sa main, le cœur serré.

Les rubis sont des pierres brutes admirées pour leur belle couleur rouge vif. Un rouge dont on dit qu'il s'assombrit parfois, pour indiquer un danger. Il en existe un genre très précieux que les connaisseurs appellent « sang de pigeon » : une pierre rouge sang dont le cœur sombre paraît presque bleu. Dernière réminiscence du *Petit Pigeon égaré et la Contrée paisible*.

La veille du quatrième jour, Shermin Kazanci profita d'un bref moment de solitude, après dîner, pour s'éclipser dans sa chambre. Quêtant un réconfort que personne ne pouvait lui apporter, elle fixa le sang de pigeon et prit sa décision.

Une semaine plus tard, un dimanche matin, elle gagna le port où son frère l'attendait, le cœur battant la chamade, avec deux billets pour l'Amérique. Elle n'avait pris qu'un petit sac, résolue à abandonner toutes ses possessions derrière elle. Avant de quitter la maison, elle avait glissé la broche dans une enveloppe avec une lettre explicative, où elle demandait aussi à son mari deux choses : de donner la broche à leur fils en souvenir d'elle, et de lui pardonner.

Quand l'avion atterrit à Istanbul, Rose était épuisée. Elle remua doucement ses pieds enflés. Elle avait beau avoir pris ses chaussures confortables DKNY en cuir orange, elle n'était pas sûre de pouvoir les remettre. Comment faisaient les hôtesses avec leurs talons hauts ?

Il leur fallut une demi-heure pour faire tamponner leurs passeports, passer les douanes, récupérer leurs bagages et trouver une agence de location de voitures. Mustafa jugeait préférable de ne pas dépendre de la famille pour leurs déplacements. Après avoir étudié la brochure, Rose choisit un 4X4 Grand Cherokee Laredo, mais son mari lui conseilla une voiture plus petite et plus adaptée aux rues embouteillées et surpeuplées d'Istanbul. Ils optèrent pour une Toyota Corolla.

Alors, seulement, ils gagnèrent la zone d'accueil, poussant leur chariot chargé d'un ensemble de valises assorties. Au milieu de la foule formant un demi-cercle devant eux, ils remarquèrent Armanoush, qui leur faisait signe en souriant. À côté d'elle, grand-mère Gülsüm se pressait le cœur de la main droite, comme si elle craignait de s'évanouir, et un pas derrière se tenait Zeliha, grande et distante, ses yeux dissimulés derrière des lunettes de soleil aux verres violets.

XVII

RIZ BLANC

Rose et Mustafa passèrent leurs deux premiers jours à Istanbul à manger et à répondre à une pléthore de questions du style : Comment vit-on en Amérique ? Est-ce qu'il y a vraiment un désert en Arizona ? Est-il vrai que les Américains se gavent à outrance de fast-food pour participer à des concours de régime télévisés ? Est-ce que la version américaine de *L'Apprenti* est meilleure que la version turque ? Etc.
Suivit un interrogatoire plus personnel : Pourquoi n'avaient-ils pas d'enfants ensemble ? Pourquoi n'étaient-ils pas venus à Istanbul plus tôt ? Pourquoi ne restaient-ils pas plus longtemps ? POURQUOI ?
Si Rose ne sembla pas se formaliser de la curiosité familiale, et parut même apprécier d'être au centre de l'attention générale, Mustafa, lui, tendit à se fermer silencieusement comme une huître. Il parlait peu et passait le plus clair de son temps à lire les journaux turcs – conservateurs et progressistes confondus –, comme pour rattraper le temps perdu. Par moments, il lançait à qui voulait bien lui répondre une question sur tel ou tel politicien.
– On dirait que le parti conservateur s'essouffle. Quelles sont ses chances de remporter les élections ?
– Des voyous ! Un tas de menteurs, voilà ce que c'est, grogna grand-mère Gülsüm.
Elle avait un grand plateau de riz sur les genoux. Elle triait les

grains pour les débarrasser des éventuels petits cailloux et des restes d'enveloppes.

– Ils nous font de belles promesses qu'ils s'empressent d'oublier sitôt qu'ils sont élus.

De son fauteuil près de la fenêtre, Mustafa jeta un œil à sa mère par-dessus son journal.

– Et l'opposition ? Les sociaux-démocrates ?

– Même chanson ! Un tas de menteurs. Tous corrompus.

– S'il y avait davantage de femmes au Parlement, tout serait différent, déclara Feride, qui portait le T-shirt I LOVE ARIZONA offert par Rose.

– Maman a raison. Si tu veux mon avis, la seule institution digne de confiance de ce pays a toujours été l'armée, intervint Cevriye. Dieu merci, l'armée turque existe. Sans elle...

– N'empêche qu'ils devraient autoriser les femmes à défendre le pays, l'interrompit Feride. Je m'engagerais sur-le-champ.

Asya cessa de traduire la conversation à Rose et à Armanoush et se contenta de résumer :

– L'une de mes tantes est féministe et l'autre une ardente militariste. Et pourtant elles s'entendent comme larrons en foire. Une vraie maison de dingues !

Grand-mère Gülsüm se tourna vers son fils, l'air inquiet.

– Et toi, mon chéri ? Quand vas-tu faire ton service militaire ?

Rose regarda son mari avec une expression interrogative.

– Ne t'inquiète pas pour moi. Il suffira que je leur verse une certaine somme d'argent et que je leur prouve que je vis et travaille en Amérique pour qu'ils me laissent tranquille. Je devrais m'en tirer avec quelques semaines d'entraînement de base. Un mois, tout au plus...

– Mais n'y a-t-il pas pour cela une date limite ?

– Si. Il me semble qu'il faut se présenter avant l'âge de quarante et un ans.

– Tu vas devoir le faire cette année, dans ce cas, conclut grand-mère Gülsüm. Tu as quarante ans...

Assise en bout de table, Zeliha se vernissait les ongles en rouge cerise.

– L'âge fatidique, marmonna-t-elle perfidement. Celui où notre

père est mort, où notre grand-père et notre arrière-grand-père sont morts... – elle jeta un coup d'œil à Mustafa. Ça ne te rend pas nerveux, mon frère, d'être si proche de la fin de ta vie ?
Un silence assourdissant s'ensuivit.
Asya se recroquevilla instinctivement.
Grand-mère Gülsüm bondit sur ses pieds.
– Comment peux-tu lui parler ainsi ? gronda-t-elle, le plateau de riz dans les mains.
– Je dis ce que je veux à qui je veux.
– J'ai honte de toi ! Sors d'ici. Sors immédiatement de ma maison !
Zeliha repoussa sa chaise et, abandonnant son flacon de vernis sur la table, quitta la pièce.

Mustafa passa le troisième jour de leur séjour enfermé dans sa chambre. Il couvait une fièvre qui l'avait beaucoup affaibli et rendu extrêmement silencieux. Il avait les traits tirés et les yeux injectés de sang. Il était resté des heures au lit, immobile et apathique, à étudier les motifs indiscernables dessinés au plafond par la crasse et la poussière. De leur côté, Rose, Armanoush et les trois tantes arpentaient les rues commerçantes d'Istanbul.
Le soir, tout le monde se coucha plus tôt que de coutume.
– Rose chérie, murmura Mustafa à sa femme en lui caressant la tête.
La douceur de ses cheveux blonds l'avait toujours apaisé. Ils étaient comme un antidote aux mèches noires du passé. Le corps de Rose était si souple, si soyeux.
– Rentrons, s'il te plaît, Rose. Repartons demain.
– Tu es fou ? Je ne me suis même pas encore remise du voyage.
Elle bâilla et étira ses membres douloureux. Elle paraissait pâle et fatiguée dans la chemise de nuit en satin brodé qu'elle venait d'acheter au Grand Bazar. Son engouement frénétique pour le shopping était sans doute plus à blâmer que le décalage horaire.
– Pourquoi veux-tu repartir si vite ? Tu n'es pas capable de supporter ta famille quelques jours de plus ?
Elle remonta les couvertures moelleuses sous son menton, se

pressa contre lui et l'embrassa gentiment dans le cou. Quand elle essaya de s'écarter en lui tapotant la main comme à un enfant, il l'étreignit passionnément.
— Tout va bien se passer, lui dit-elle. Je suis si fatiguée, mon cœur, pas ce soir... Encore cinq jours et nous serons à la maison.
Elle éteignit la lampe et s'endormit en quelques secondes.
Mustafa resta allongé dans la pénombre, frustré et tendu. Il avait les paupières lourdes mais il n'arrivait pas à dormir. Il était immobile depuis un long moment, quand on frappa un petit coup à la porte.
— Oui ?
Banu jeta un œil dans la chambre.
— Je peux entrer ? chuchota-t-elle.
Il grommela une réponse qu'elle prit pour un oui. Enveloppée d'un voile d'un rouge si lumineux qu'elle semblait une apparition dans son mystérieux halo, elle pénétra dans la chambre, savourant le contact de l'épais tapis sous ses pieds nus. Ses grands cernes sous les yeux ajoutaient encore à son allure fantomatique.
— Tu n'es pas descendu de la journée. Je voulais prendre de tes nouvelles, murmura-t-elle, jetant un coup d'œil à Rose, endormie à côté de lui.
— Je ne me sentais pas bien, fit-il en évitant son regard.
— Tiens, mon frère, dit-elle en lui tendant un ramequin de aşure. Maman en a préparé un plein chaudron pour toi — elle sourit. C'est elle la cuisinière, mais c'est moi qui me suis occupée de la décoration.
— Merci. C'est très gentil à toi, répondit-il, sentant un frisson lui parcourir la colonne vertébrale.
Il perdait toujours ses moyens quand sa grande sœur le dévisageait. Banu paraissait lire en vous à livre ouvert, alors qu'elle-même demeurait impénétrable. Exactement aux antipodes de Rose, elle était une sorte de parchemin occulte rédigé dans un alphabet obscur. Il était incapable de la percer à jour. Masquant son malaise, il accepta le aşure avec reconnaissance.
Un silence lourd s'installa. Une véritable torture. Rose se retourna, comme si, même endormie, elle était sensible au changement d'atmosphère.

Bien des fois au cours de sa vie, il avait éprouvé le besoin soudain d'avouer à son épouse qu'elle ignorait tout un pan de sa personnalité. Jusqu'ici, son désir de continuer à jouer le rôle de l'homme sans passé, de l'amnésique satisfait de son sort, l'avait toujours emporté. Mais à présent qu'il était de retour dans la demeure familiale et qu'il sentait peser sur lui le regard scrutateur de Banu, il comprenait qu'il serait bientôt obligé de se souvenir. Dès l'instant où il avait mis le pied dans la konak, le charme qui l'avait protégé durant toutes ces années avait cessé d'agir.

– Il faut que je te parle, souffla-t-il douloureusement, comme un enfant entre deux fessées.

La ceinture avec la boucle en cuivre... Adolescent, Mustafa s'enorgueillissait de ne jamais verser une larme quand son père sortait la ceinture. Et pourtant, il n'avait jamais réussi à réprimer son souffle rauque quand il s'abandonnait à sa main gauche. Comme il détestait ce halètement avide d'air, d'espace et d'affection.

– Il y a quelque chose qui me perturbe depuis un moment...

Un rayon de lune traversait les rideaux et dessinait un petit cercle sur le précieux tapis turc. Il se concentra dessus.

– Où est le père d'Asya ?

Il leva les yeux à temps pour apercevoir la grimace qui altéra fugitivement le visage de Banu.

– Quand nous nous sommes retrouvés en Allemagne, maman m'a dit que Zeliha avait eu un bébé avec un homme auquel elle avait été fiancée, et qu'il avait fini par la quitter.

– Maman t'a menti. Bah, quelle différence ça peut faire, à présent ? Asya a grandi sans père. Elle ignore qui il est. Personne ne sait qui il est. En dehors de Zeliha, bien sûr.

– Et toi ? J'ai entendu dire que tu étais une authentique devineresse. Feride prétend que tu as un mauvais djinni pour esclave qui te donne tous les renseignements dont tu as besoin. Des femmes semblent venir de partout pour te consulter. Tu ne peux pas manquer de détenir une information aussi cruciale. Ton djinni ne t'a rien révélé ?

– Si. Et j'aurais préféré qu'il se taise.

Le cœur de Mustafa se mit à battre plus vite. Il ferma les yeux, pétrifié, mais en vain ; car même les paupières closes, il sentait le regard perçant de sa sœur. Il y avait une autre paire d'yeux qui luisaient dans la pénombre, si vides, si terrifiants – ceux de son mauvais djinni ? Non, il avait dû rêver tout cela, car lorsqu'il rouvrit les paupières, il était seul dans la chambre avec sa femme.

Et pourtant, il y avait bien un bol de aşure à côté du lit. Il le fixa un instant et comprit soudain pourquoi il avait été déposé là et ce qu'on attendait de lui. Il avait le choix. La main droite ou la main gauche.

Il pouvait prendre le bol ou le repousser. S'il optait pour la deuxième solution, il se réveillerait et verrait un autre jour se lever sur Istanbul. Il saluerait Banu à la table du petit déjeuner, mais ils ne reparleraient pas de leur échange. Ils prétendraient que ce ramequin n'avait jamais existé. S'il choisissait la première solution, la boucle serait bouclée. De toute façon, il avait atteint l'âge limite d'espérance de vie des hommes Kazanci. La fin était proche. Un jour de plus ou de moins… Une vieille histoire résonna dans les limbes de sa mémoire : celle d'un homme qui avait parcouru le monde pour fausser compagnie à l'Ange de la Mort, et n'avait fait qu'aller au-devant de lui.

C'était moins un choix entre la vie et la mort qu'entre une mort subite et une mort décidée. Sa main gauche avait le pouvoir de choisir quand et comment.

Il se souvint du petit bout de papier qu'il avait coincé dans une faille du mur de la chapelle d'El Tiradito. « Pardonne-moi. Pour continuer d'exister, il fallait que le passé fût effacé », avait-il écrit.

Toutes ces années, le remords l'avait grignoté de l'intérieur, même s'il n'avait pas entamé son apparence lisse. Peut-être que le moment était venu de mettre un terme à la bataille entre l'amnésie et le souvenir. Telle une grande étendue de sable exposée par la marée descendante, son passé trouble refaisait surface, malgré lui. Il prit le bol de aşure et se mit à manger, savourant chaque ingrédient, chaque cuillerée.

Quel soulagement d'échapper au passé et à l'avenir en même temps. C'était si bon de quitter l'existence.

Quelques secondes après qu'il eut terminé le ramequin, il fut saisi d'une crampe abdominale si aiguë qu'elle lui coupa le souffle. Deux minutes plus tard, il s'arrêta définitivement de respirer.

Ainsi mourut Mustafa Kazanci, à l'âge de quarante ans et neuf mois.

XVIII

CYANURE DE POTASSIUM

Le corps fut lavé avec un pain de savon de daphné, aussi parfumé, pur et vert que les pâturages du paradis, disait-on. Il fut frotté, tamponné, rincé puis laissé nu sur la pierre plate de la cour de la mosquée pour sécher au soleil avant d'être enveloppé dans un linceul de coton en trois parties [1], placé dans un cercueil, et, en dépit du conseil catégorique des anciens de l'enterrer le jour même, mis dans un corbillard et conduit directement au domicile des Kazanci.

– Vous ne pouvez pas le ramener chez vous ! s'était insurgé l'homme chargé de la toilette des morts, leur barrant la sortie du jardin de la mosquée. Il va puer, pour l'amour d'Allah ! Vous allez l'embarrasser.

Quelque part entre « Allah » et « l'embarrasser », il s'était mis à bruiner. Des gouttes fines et éparses, comme si la pluie hésitait à choisir son camp. En ce mardi d'un mois de mars plus versatile que jamais, le ciel semblait avoir décidé de se tourner vers l'hiver.

– Mais, frère laveur de morts, avait argumenté tante Feride (qui avait instantanément intégré l'homme émacié dans le cosmos

---

1. Dans la religion musulmane, le linceul est généralement découpé en trois parties pour les hommes et cinq parties pour les femmes, l'usage du nombre impair étant essentiel.

égalitaire de la schizophrénie hébéphrénique), il faut que nous le ramenions chez lui, afin que tout le monde puisse le voir une dernière fois. Vous comprenez, mon frère vivait à l'étranger depuis si longtemps que nous avions presque oublié son visage. Après vingt ans, il rentre enfin à Istanbul et, trois jours plus tard, il pousse son dernier soupir. Sa disparition est si inattendue, nos voisins et nos parents éloignés ne voudront jamais croire qu'il est mort s'ils n'ont pas une chance de le voir une dernière fois.

– As-tu perdu l'esprit, femme ? Nous sommes musulmans ! Nous n'exhibons pas nos morts dans des vitrines, nous autres. Si vos voisins veulent le voir, qu'ils aillent se recueillir sur sa tombe au cimetière.

Tandis que Feride pesait cette suggestion, Cevriye avait toisé l'homme, comme un étudiant qui venait de lui fournir une mauvaise réponse.

– Mais, frère laveur de morts, avait repris sa sœur, comment pourront-ils le voir s'il est six pieds sous terre ?

L'homme avait haussé les épaules, comprenant qu'il était vain de discuter avec ces femmes.

Feride s'était teint les cheveux en noir, ce matin-là.

– Ne vous inquiétez pas. Vous pouvez être assuré que nous ne le présenterons pas comme le font les chrétiens dans les films.

L'homme l'avait dévisagée, ennuyé, comme s'il venait de comprendre qu'il avait affaire à une folle furieuse. Il avait regardé autour de lui, en quête d'une improbable aide extérieure, puis ses yeux avaient navigué du corps aux deux sœurs.

Cevriye lui avait versé un pourboire généreux et elles avaient récupéré leur mort.

Un convoi composé de quatre véhicules se forma bientôt. Le corbillard vert sauge (la couleur noire était réservée aux funérailles des minorités arméniennes, grecques et juives) prit la tête. Asya se porta volontaire pour accompagner le cercueil, et comme Armanoush n'arrivait pas à lui lâcher la main, elle prit place à côté d'elle.

– Je ne veux pas de femmes dans mon corbillard, déclara le chauffeur, qui ressemblait étonnamment au laveur de morts.

Peut-être étaient-ils frères ? L'un lavait la dépouille, l'autre

la transportait et un troisième attendait au cimetière pour l'enterrer.
— Vous n'avez pas le choix. Désormais, il n'y a plus d'homme dans notre famille, répondit Zeliha, glaciale.

Songeant qu'il était sans doute préférable de faire la route avec ces deux jeunes filles qu'en compagnie de cette femme intimidante, avec sa minijupe et son anneau dans le nez, il démarra sans un mot.

La Toyota Corolla de Rose prit la deuxième position. Paniquée, elle ne cessait d'accélérer et de freiner, comme si elle était prise de hoquets.

Difficile de l'imaginer au volant d'un 4x4 Grand Cherokee cinq portes équipé d'un moteur à 8 cylindres. La femme qui descendait à toute allure les boulevards de Tucson était une tout autre conductrice dans les rues bondées et sinueuses d'Istanbul. À vrai dire, Rose était totalement sonnée, anesthésiée par la douleur. En à peine soixante-douze heures, son monde s'était écroulé. Elle avait basculé dans un trou du cosmos. Elle se retrouvait dans une autre dimension, laquelle répondait à une logique si déroutante que même la réalité de la mort de Mustafa était absorbée dans le surréel.

Assise à côté d'elle, grand-mère Gülsüm était incapable de communiquer avec cette belle-fille américaine qu'elle ne connaissait pas. Elle ressentait de la pitié pour la veuve, mais jugeait sa peine incomparable à celle d'une mère qui venait de perdre son seul fils.

Petite-Ma était assise sur la banquette arrière. Elle portait un foulard vert sarcelle bordé de noir. Lors de sa première journée à Istanbul, Rose avait passé beaucoup de temps à essayer de comprendre pourquoi certaines Turques portaient le foulard et d'autres non. Elle n'avait réussi à résoudre l'énigme ni au niveau local ni au niveau familial.

Zeliha suivait la Toyota en compagnie de ses trois sœurs et de Sultan V qui, couché dans un panier sur les genoux de Cevriye, restait singulièrement tranquille, comme si son tempérament de félin était sensible à la mort humaine.

Aram roulait à côté de l'Alfa Romeo, au volant de sa Coccinelle jaune. Il avait du mal à comprendre pourquoi les Kazanci remportaient le corps chez elles, mais il savait qu'il eût été vain d'essayer de leur faire entendre raison dans un moment pareil. Il voulait juste s'assurer que sa tendre Zeliha tenait le coup au cœur de ce cataclysme.

Aux feux du carrefour bondé de Şişli, à quelques centaines de mètres du cimetière musulman où elles auraient dû se rendre directement, les voitures se retrouvèrent côte à côte, telle l'avant-garde d'une armée invincible. Feride passa la tête par sa vitre ouverte et fit signe à sa mère et à Rose, qui toutes deux l'ignorèrent.

Au feu suivant, assise entre Armanoush et le chauffeur du corbillard, Asya observa les véhicules avoisinants et fut soulagée de constater qu'aucune Kazanci ne se trouvait dans son champ de vision. Le seul membre de sa famille qu'elle pouvait encore voir était dans son dos, or elle regardait droit devant elle. Tout à coup, une camionnette Coca-Cola slaloma entre les voitures stationnées et se glissa devant eux.

Le feu passa au vert et ils furent soudain entourés de véhicules pleins de supporters de football équipés de casquettes, d'écharpes, de drapeaux, de bannières et de bandanas aux couleurs de leur équipe. Certains étaient allés jusqu'à se teindre les cheveux en rouge et jaune. Visiblement découragés par la lenteur du trafic, ils discutaient en secouant mollement leurs bandanas par les vitres ouvertes.

Quelques minutes plus tard, quand la circulation se fluidifia un peu, ils recouvrèrent leur bonne humeur et se mirent à chanter et à crier. Un taxi jaune couvert d'autocollants les doubla pour s'insérer dans l'espace qui séparait le corbillard de la camionnette Coca-Cola. Alors que le chauffeur pilait en pestant, le regard d'Asya fut attiré par un autocollant scintillant qui disait : NE ME TRAITEZ PAS D'ÉPAVE ! LES ÉPAVES ONT AUSSI UN CŒUR.

Le conducteur du taxi était un type basané d'une soixantaine d'années avec une moustache grise à la Zapata. Trop vieux pour apprécier de se retrouver au milieu d'une bande de hooligans. Il y avait un contraste évident entre son apparence traditionaliste et sa conduite frénétique. Mais ses clients – ou amis – étaient plus intéressants encore. L'homme assis à côté de lui avait passé presque tout son buste dehors. Son visage était peint à moitié en rouge, à moitié en jaune. Il agitait un fanion d'une main et se retenait au siège de l'autre. On aurait dit un homme-tronc. Même de loin, Asya remarqua que son nez était tellement couperosé que le rouge l'emportait sur le jaune. *Raki ou bière ?* se demanda-t-elle. Sans doute les deux. La vitre latérale arrière était également abaissée et un autre supporter était penché dehors avec un tambour.

Saisi d'une idée soudaine, l'homme bicolore disparut un instant et réapparut avec une baguette qu'il entreprit d'utiliser sur le tambour de l'autre. Enthousiasmés par la difficulté de leur tâche, ils se mirent à entonner leur hymne. Plusieurs piétons s'arrêtèrent pour les applaudir ou chanter avec eux.

Que la terre, le ciel, l'eau entendent nos voix
Que le monde entier tremble sous nos pas...

– Que disent-ils ? questionna Armanoush.

Mais son amie était trop concentrée sur un piéton pour remplir son rôle d'interprète. À quelques pas de là, un jeune gars vêtu de loques sniffait de la colle dans un sac en plastique tout en avançant pieds nus au rythme de l'hymne. De temps en temps, il écartait le sac de son nez, et répétait les dernières paroles entendues, tel un vague écho.

Les fêtards des autres voitures sortirent leurs drapeaux et leurs bandanas et se mirent également à chanter. Enhardi par ce spectacle, le batteur bicolore éleva sa baguette et dessina des serpents imaginaires, comme un chef d'orchestre dirigeant le brouhaha urbain.

Quand ils arrivèrent à la fin du premier couplet, il y eut un temps d'hésitation : apparemment, personne ne connaissait la suite de la chanson. Décidés à ne pas se laisser décourager pour si peu, ils entonnèrent à nouveau le premier couplet avec un enthousiasme redoublé.

Que la terre, le ciel, l'eau entendent nos voix
Que le monde entier tremble sous nos pas...

La marée rouge et jaune continua à s'écouler le long de l'avenue. Le corbillard collait le taxi de si près qu'Asya voyait les canettes de bière rouler de gauche à droite sur sa plage arrière.

– Regardez-les ! Est-ce ainsi que des adultes doivent se comporter ? s'indigna leur chauffeur. Régulièrement, un de ces fanatiques trouve la mort dans l'émeute et ses amis écervelés veulent envelopper son cercueil du drapeau de leur équipe. Et c'est moi qui dois transporter ces bières sacrilèges au cimetière ! Si vous voulez mon avis, c'est du pur blasphème ! Il devrait y avoir une loi pour interdire cette hérésie. Seul le manteau de prière vert devrait être autorisé. Rien d'autre. Pour qui se prennent-ils ? Ont-ils oublié qu'ils sont musulmans ? Pour l'amour d'Allah, que peut faire un mort d'un drapeau d'équipe de foot ? Est-ce que le ciel est un stade ? Est-ce qu'on y dispute des championnats ?

Asya se tortilla sur son siège, mal à l'aise. Le chauffeur reporta son attention sur le taxi. Une mélodie électronique arriva jusqu'à leurs oreilles. Toujours accroché à son siège d'une main et tenant sa baguette de l'autre, le supporter penché dehors tira son téléphone portable de sa poche, oubliant qu'il ne possédait pas de troisième main. Il perdit l'équilibre et laissa échapper son téléphone et sa baguette, qui churent sur la chaussée, juste devant eux.

Le corbillard pila à un cheveu du taxi, projetant Armanoush et Asya vers le pare-brise. Elles jetèrent machinalement un coup d'œil au cercueil. Il n'avait pas bougé.

Le propriétaire du téléphone bondit hors du taxi, toujours souriant et chantant, balaya des yeux, comme pour s'excuser, la file de voitures, et se figea en découvrant le sinistre véhicule vert sauge. Une voiture pleine de fans le doubla en sifflant et son ami tapa sur son tambour pour le tirer de sa transe. Il ramassa alors son téléphone et sa baguette, accorda un dernier regard au corbillard, grimpa dans le taxi et resta sagement assis sur son siège.

Les deux amies ne purent se retenir de sourire.

– Vous avez sans doute la profession la plus respectée de la ville, déclara Asya. La simple vue de votre corbillard suffit à refroidir le hooligan le plus exalté.

— Loin s'en faut ! C'est un travail mal payé, sans protection sociale, ni droit de grève, rien. Avant, je conduisais des semi-remorques. Je faisais du transport sur longues distances. Charbon, pétrole, gaz butane, eau industrielle... tout ça.
— C'était mieux ?
— Vous plaisantez ? Bien sûr que c'était mieux ! Je récupérais mon chargement à Istanbul, et je prenais la route. Je n'avais ni patron ni surveillant à qui lécher les bottes. J'étais mon propre maître. Je pouvais traîner autant que je voulais. Sauf quand le boss me donnait des délais de livraison trop courts. Dans ce cas, je devais faire la route sans dormir. Mais c'était un bon boulot. Propre et respectable. Pas besoin de faire de courbettes à personne.
Bientôt le trafic se fluidifia, et les voitures des supporters s'éloignèrent en direction du stade.
— Pourquoi avoir arrêté, alors ?
— Je me suis endormi au volant. À un moment, j'accélérais sur la route, et j'ai entendu une terrible explosion. On aurait cru le Jour du Jugement. J'ai ouvert les yeux, et je me suis retrouvé dans la cuisine d'une baraque au bord de la route.
— Que dit-il ? murmura Armanoush.
— Je doute que tu sois intéressée de le savoir, répondit Asya.
— Alors, demande-lui combien de morts il transporte par jour.
Le chauffeur haussa les épaules.
— Tout dépend de la saison. Le printemps est la plus mauvaise ; peu de gens meurent au printemps. Mais ensuite vient l'été, qui est la saison la plus chargée. Quand il fait plus de trente degrés, c'est joliment mouvementé ! Les gens tombent comme des mouches. Les vieux surtout... Oui, en été, les Stambouliotes meurent par parquets !
Il se mit à ruminer en silence, laissant Asya se démêler du poids sémantique de sa dernière réplique. Puis, remarquant un piéton en smoking qui criait des ordres dans son téléphone portable, il grogna :
— Ces foutus richards ! Ils accumulent de l'argent toute leur vie, pour quoi faire ? C'est stupide ! Est-ce que les linceuls ont des poches ? Car nous finirons tous dans le même linceul de

coton. Pas de vêtements chic, pas de bijoux. Ils pensent pouvoir emporter leurs smokings ou leurs belles robes de soirée dans leur tombe ? Qui dirige les cieux, selon eux ? Personne ? Dans ce cas, pourquoi le ciel ne nous tombe-t-il pas sur la tête ? Je ne vois aucune colonne pour le retenir, moi. Et vous ? Comment pourrait-on jouer au foot dans ces stades si Allah renonçait à maintenir le ciel au-dessus de nos têtes ?

Sur cette question délicate, ils tournèrent le coin de la rue et se garèrent devant la konak Kazanci.

La Volkswagen, l'Alfa Romeo et la Toyota Corolla étaient déjà alignées le long du trottoir. Tante Zeliha échangea quelques mots avec le chauffeur et lui tendit un pourboire.

La maison était pleine d'invités attendant de voir le défunt.

En pénétrant dans la konak, Asya et Armanoush s'étonnèrent de ne tomber exclusivement que sur des femmes. Il y en avait partout. Dans le salon, au premier étage, et même dans les chambres, où des mamans changeaient leurs bébés, cancanaient ou priaient. C'était l'heure de la prière de l'après-midi. Les deux amies décidèrent de se replier sur la cuisine, où les tantes préparaient des plateaux de aşure en chuchotant.

– Pauvre maman, elle est anéantie. Qui aurait pensé que son aşure servirait à la veillée funèbre de son fils chéri ? se lamenta Cevriye, postée devant le four.

– L'épouse américaine aussi est dans tous ses états, fit remarquer Feride, qui regardait fixement une drôle de tache sur le sol. La pauvre. Elle vient à Istanbul pour la première fois de sa vie et elle repart sans son mari. C'est terrible.

Assise à table en train de fumer, Zeliha lança :

– Bah, elle trouvera un autre mari. Vous savez bien qu'avec Allah, tout va par trois. Je me demande ce qu'elle choisira, après un Arménien et un Turc.

– Cette femme est en deuil, comment peux-tu te montrer aussi dure ? s'indigna Cevriye.

– Le deuil, c'est comme la virginité. On l'accorde à celles qui le méritent le plus.

Ses sœurs la dévisageaient bouche bée quand Asya et Armanoush entrèrent dans la pièce, suivies de Sultan V, qui miaulait encore de faim.

— Allons, mes sœurs, donnons à manger à ce chat avant qu'il ne dévore tout le aşure, fit tante Zeliha.

C'est alors que Banu, qui préparait du thé, tranchait des citrons et écoutait ses sœurs depuis une vingtaine de minutes devant le plan de travail, se tourna vers la benjamine.

— Il y a plus urgent.

Elle ouvrit un tiroir, en sortit un énorme couteau et coupa un oignon en deux. Elle en colla une moitié sous le nez de Zeliha qui bondit de sa chaise.

— Qu'est-ce que tu fais ?

— Je t'aide à pleurer, ma chérie. Tu ne veux pas que nos invitées te voient ainsi, n'est-ce pas ? Tu as beau être un esprit libre, il faut tout de même que tu verses une larme ou deux dans une maison endeuillée.

L'oignon sous le nez, Zeliha cligna des yeux et leur offrit sa version de *La Femme qui ne pouvait pas pleurer et l'Oignon*.

— Bien ! fit Banu satisfaite. Allons, il est temps de nous rendre au salon. Nos amies doivent se demander où sont leurs hôtesses et comment elles osent laisser leur mort seul !

Ainsi parla la sœur qui jadis avait joué les mamans pour Zeliha, lui chantant des berceuses, fabriquant au pied levé de petites tables en carton pour y déposer des biscuits, lui racontant des histoires de jolies filles épousant des princes, la dorlotant, la chatouillant, la faisant rire comme personne.

— Oui, allons-y, approuva Zeliha.

Les quatre tantes devant et les deux jeunes filles derrière, elles quittèrent la cuisine pour gagner le salon du même pas.

Assise sur un coussin posé à même le sol, ses cheveux blonds couverts d'un voile, ses yeux bouffis par les pleurs, son corps rond tentant de se faire une place parmi toutes ces étrangères, il y avait Rose. D'un geste elle appela aussitôt Armanoush.

— Où étais-tu, Amy ? Je ne comprends rien à ce qui se passe ici. Tu peux essayer de découvrir ce qu'elles vont faire du corps ? Quand comptent-elles l'enterrer ?

Sa fille lui prit la main.

— Je suis sûre qu'elles savent ce qu'elles font, maman.

— C'est que... je suis sa f... femme... bégaya-t-elle, comme si elle commençait à en douter.

On avait allongé le mort sur le divan.

Ses mains étaient placées sur sa poitrine, les deux pouces croisés sur la lourde lame en acier censée empêcher le corps de gonfler. Deux grandes pièces en argent couvraient ses yeux et on lui avait versé quelques cuillerées d'eau de la Sainte Mecque dans la bouche. À côté de sa tête, de l'encens brûlait dans une assiette en cuivre. Les fenêtres étaient fermées, et pourtant, régulièrement, comme sous l'effet d'un courant d'air, la fumée descendait d'un coup sur le corps, tel un rapace sur sa proie, puis disparaissait dans l'atmosphère. L'odeur âcre et piquante du bois de santal était si forte qu'elle aurait à elle seule suffi à faire pleurer tout le monde.

Dans un coin, un imam handicapé scandait le Coran à voix haute, balançant son buste en rythme. Il paraissait si faible et diminué, au milieu de toutes ces femmes robustes, que c'en était presque choquant. Il ne lui restait plus qu'un doigt. Armanoush se demanda s'il était né ainsi ou s'il avait perdu les neuf autres. Quoi qu'il en soit, son apparence était certainement pour beaucoup dans le respect qu'il inspirait à celles qui l'entouraient. Il se dégageait de lui l'aura de sainteté des êtres mi-humains mi-esprits. Ses doigts ne lui manquaient en rien pour lire le Coran. Il en connaissait chaque ligne par cœur.

Après avoir récité les versets de circonstance, il s'arrêta quelques secondes pour déglutir, puis se remit à se balancer et à chantonner dans cet arabe qui touchait si profondément les cœurs endeuillés. Les femmes prenaient soin de ne pleurer ni trop fort ni trop doucement, de sorte à ne pas couvrir la voix de l'imam tout en respectant l'*ölüevi*[1].

À côté de l'imam, à la deuxième place la plus respectée, se tenait Petite-Ma, ridée comme une prune desséchée par le soleil. Chaque nouvelle arrivante baisait sa main et lui exprimait ses

---

1. La demeure du défunt.

condoléances. Difficile de dire si elle les entendait. Tantôt elle leur adressait un regard vide, tantôt elle leur répondait : « Qui êtes-vous, ma chère ? », « Où étais-tu pendant tout ce temps ? » ou « Reste ici, vilaine fille ! ». Parfois, son visage se refermait et elle clignait les yeux, paniquée, comme si elle se demandait ce que toutes ces femmes faisaient dans son salon, et pourquoi elles pleuraient.

Autour du divan blanc immobile et silencieux, tout n'était que mouvements de silhouettes noires et murmures ; comme si les vivants devaient absolument avoir le comportement inverse du mort. Bientôt, tante Banu escorta l'imam vers la sortie, au milieu des invitées qui s'inclinèrent avec déférence sur son passage. Elle lui baisa les mains, le remercia plusieurs fois, et lui versa un pourboire.

Dès qu'il eut quitté la maison, le cri perçant d'une inconnue déchira l'air et s'éleva crescendo, sous les regards sidérés d'Armanoush et de Rose. Le visage violet, la pleureuse professionnelle poussa alors un gémissement si touchant que les sanglots et les cris de douleur redoublèrent dans la pièce.

Désorientée par ce rituel, et étouffée par la présence de toutes ces étrangères qui continuaient d'affluer dans la pièce et de se poser un peu partout comme une nuée d'oiseaux, Armanoush se leva et se tint à l'écart. Elle commençait à comprendre certains de ces rites mortuaires. Elle avait observé que personne n'avait cuisiné dans la maison et que toutes les invitées étaient arrivées chargées de casseroles et de marmites qui encombraient à présent la cuisine. Il n'y avait ni sel, ni viande, ni liqueur en vue. Aucun hors-d'œuvre ni plat cuit au four. Tout comme les odeurs, les bruits étaient maîtrisés. La radio et la télé étaient éteintes. Elle regarda Asya, songeant qu'elle aurait sans doute apprécié un peu de Johnny Cash.

Son amie était assise sur le canapé, entourée de voisines. Elle jouait distraitement avec une boucle de ses cheveux en observant le mort. Armanoush allait la rejoindre quand tante Zeliha prit place à côté de sa fille et lui murmura quelque chose à l'oreille.

Le corps gisait sur le divan.

Asya se figea au milieu de femmes pleurant et gémissant sans discontinuer.

– Je ne te crois pas, dit-elle, livide.

– Tu n'es pas obligée de me croire, murmura Zeliha. Mais j'ai fini par comprendre que je te devais une explication. Et que c'était le moment ou jamais. Il est mort, à présent.

Asya se leva lentement, incapable de détacher les yeux du défunt, comme si elle n'arrivait pas à croire que ce corps lavé au savon de daphné vert et enveloppé d'un linceul en coton, ce corps figé sous une lame d'acier et deux pièces d'argent noircies, ce corps abreuvé d'eau bénite de La Mecque et auréolé de fumée de bois de santal, était celui de son père.

Son oncle... son père... son oncle... son père...

Elle fouilla la pièce du regard et vit tante Zeliha, maintenant assise au fond du salon, trop détachée pour qu'un oignon fraîchement coupé eût le moindre effet sur elle. Bouche bée, elle comprit pourquoi sa mère n'avait jamais vu d'objection à ce qu'elle l'appelât « tante ».

Sa mère... sa tante... sa mère... sa tante...

Elle fit un pas vers son père. Puis un autre. La fumée s'épaissit. Elle entendit le gémissement de Rose, qui provoqua une réaction en chaîne, comme si toutes les histoires étaient tissées du même fil, que les silences qui s'intercalaient çà et là n'étaient que des mailles perdues.

– *Baba*... murmura Asya.

Au début, il y eut la parole, précédant toute forme d'existence, disait l'islam. Avec son père, c'était tout le contraire. Au début, il y eut l'existence, précédant toute forme de parole.

Il fut, et ne fut pas, un temps, dans un pays pas si lointain, où le tamis était dans la paille, l'âne était le crieur du village et le chameau était le barbier... où j'étais plus vieux que mon père et balançais son berceau lorsqu'il pleurait... où le monde était à l'envers et le temps était un cycle qui tournait et tournait de sorte que le futur était plus vieux que le passé et le passé aussi jeune que les champs fraîchement ensemencés...

Il fut, et ne fut pas, un temps. Les créatures abondaient comme le grain et trop parler était un péché, car on pouvait dire ce que l'on devait oublier et se souvenir de ce que l'on devait taire.

Le cyanure de potassium est un composé incolore de sel de potassium et d'hydrogène de cyanure. Il ressemble au sucre et se dissout très bien dans l'eau.

Il sent l'amande amère.

On aurait beaucoup de mal à détecter sa présence dans un bol de aşure décoré de grains de grenade, puisque les amandes entrent dans la composition du dessert.

– Qu'as-tu fait, maîtresse ? croassa M. Amer. Tu es intervenue dans la marche du monde !

Banu pinça les lèvres.

– Oui, répondit-elle, des larmes ruisselant sur ses joues. C'est vrai. Je lui ai donné le aşure, mais c'est lui qui a choisi de le manger. Nous avons tous deux décidé que ce serait mieux ainsi, bien plus digne que de vivre avec le poids du passé. Mieux que de ne rien faire de cette connaissance. Allah ne me pardonnera jamais. Je suis désormais bannie du monde des vertueux. Je n'irai pas au paradis. Je serai précipitée dans les flammes de l'enfer. Mais, Allah m'est témoin, il n'y a que peu de place pour le regret dans mon cœur.

– Peut-être auras-tu droit au purgatoire, dit Mme Douce, désolée, pour tenter de la consoler. Et la jeune Arménienne ? Vas-tu lui confier le secret sur sa grand-mère ?

– Je ne peux pas. J'en suis incapable. D'ailleurs, elle ne me croirait pas.

– La vie est une coïncidence, maîtresse, déclara M. Amer.

– Non, je ne peux pas lui raconter cette histoire. Mais je lui donnerai ceci, dit-elle en ouvrant un tiroir d'où elle sortit la petite grenade d'or et de rubis.

Grand-mère Shushan, autrefois la propriétaire de cette broche, fut l'une de ces âmes expatriées condamnées à changer de nom à chaque nouvelle étape de son existence. Née Shushan Stamboulian, elle devint Shermin 626, puis Shermin Kazanci, et enfin Shushan Tchakhmakhchian. Avec chaque nom, elle perdit quelque chose à jamais.

Riza Selim Kazanci était un homme d'affaires habile, un citoyen dévoué et un bon mari, à sa manière. Il avait été suffisamment astucieux pour abandonner la chaudronnerie au profit de la fabrication de drapeaux à l'ère républicaine, au moment où la nation en avait le plus besoin pour décorer le pays tout entier. C'est ainsi qu'il devint l'un des hommes les plus fortunés d'Istanbul. C'est à peu près à cette époque qu'il se rendit dans un orphelinat dont il devait rencontrer le directeur pour conclure un marché. Là, dans la faible lumière du couloir, il remarqua une petite Arménienne de quatorze ans à peine. Il ne mit pas longtemps à découvrir qu'il s'agissait de la nièce de celui qu'il avait le plus aimé en ce monde : maître Levon, l'homme qui l'avait recueilli et lui avait enseigné l'art de la chaudronnerie. À présent, il avait un moyen de le payer de retour, se dit-il. Quelques visites plus tard, quand il demanda Shermin en mariage, ce n'est pas la reconnaissance qui l'y poussa, mais l'amour.

Il était convaincu qu'elle finirait par oublier. Que s'il la traitait avec douceur et tendresse, s'il lui donnait un enfant et une magnifique demeure, peu à peu, elle finirait par oublier son passé et guérirait. Que ce n'était qu'une question de temps. Les femmes ne pouvaient pas continuer à porter le fardeau de leur enfance lorsqu'elles devenaient mères, tel fut son raisonnement. Aussi, quand il découvrit que son épouse l'avait abandonné pour suivre son frère en Amérique, il avait d'abord refusé d'y croire. Puis il l'avait bannie de son esprit. Et Shushan disparut des annales de la famille Kazanci, ainsi que de la mémoire de son propre fils.

Qu'on le prénommât Levon ou Levent ne fit guère de différence. Il devint un homme renfrogné, doux et aimable en société, cruel et inflexible envers ses quatre filles et son fils.

Les histoires de familles s'entremêlent de telle sorte que des événements survenus il y a plusieurs générations peuvent influer sur le présent. Le passé n'est jamais mort et enterré. Est-ce que Mustafa aurait été différent si Levent Kazanci n'avait pas été si amer ? Asya serait-elle née bâtarde, si Shushan n'avait pas perdu ses parents en 1915 ?

La vie est une coïncidence, même si parfois, il vous faut un djinni pour vous en rendre compte.

En fin d'après-midi, Zeliha sortit dans le jardin où Aram l'attendait depuis des heures. Il avait fumé tous ses cigares depuis longtemps.

– Je t'ai apporté du thé, dit-elle.

La brise caressa leurs visages, charriant des effluves de mer, d'herbe fraîche et d'amandiers en fleur.

– Merci, mon amour. Quel magnifique verre...

– Il te plaît ?

Elle le fit tourner dans sa main et son visage s'éclaira.

– Tu sais quoi ? J'ai acheté ce service il y a vingt ans. C'est étrange...

– Qu'est-ce qui est étrange ? demanda Aram, qui venait de sentir une goutte de pluie.

– Rien. C'est juste que je n'ai jamais misé lourd sur leur durée de vie. Je trouvais qu'ils se brisaient trop vite. Mais apparemment, même les verres à thé peuvent durer pour raconter leur histoire.

Bientôt, Sultan V sortit de la maison, le ventre plein et l'œil somnolent. Il dessina un cercle devant leurs pieds avant de se coller à Zeliha. Il se lécha une patte, l'air concentré, puis s'interrompit, regardant alarmé autour de lui et cherchant ce qui avait pu déranger sa sérénité. Une goutte atterrit sur sa truffe, puis une autre, sur sa tête cette fois. Mécontent il se leva, étira ses membres et retourna dans la maison.

Il ne connaissait sans doute pas la Règle d'Or. Il ignorait qu'on ne doit jamais maudire ce qui tombe du ciel.

Pas même la pluie.

Remerciements

J'ai écrit ce roman entre l'Arizona, New York et Istanbul. Je tenais à exprimer ma profonde gratitude aux nombreuses familles arméniennes et turques qui m'ont hébergée, nourrie, et qui ont partagé avec moi leur histoire, en dépit de leur difficulté à convoquer un passé douloureux. Je me sens particulièrement redevable envers les grands-mères arméniennes et turques, qui ont cette faculté quasi naturelle de transcender les barrières nationalistes que chaque camp accepte comme allant de soi.

Ma gratitude va aussi à Marly Rusoff et Michael Radulescu, mes agents littéraires et amis, pour leur aide précieuse, leur travail et leur amitié. Merci à Paul Slovak pour ses conseils éditoriaux, sa foi et ses encouragements. Merci à Muge Gocek, Anne Betteridge, Andrew Wedel et Diane Higgins pour leur généreuse contribution.

Entre l'édition turque et l'édition anglaise de ce roman, en 2006, j'ai été amenée devant la justice turque, au titre de l'Article 301 du Code pénal turc, pour avoir « insulté l'identité nationale ». Je dois cette accusation à des propos tenus par certains de mes personnages arméniens dans ce roman. J'encourais une sentence de trois ans de prison, mais j'ai finalement été acquittée. Durant cette période, j'ai eu la chance d'être soutenue par une foule de personnes, amis et étrangers de toutes nationalités et religions. Je leur dois plus que je ne saurais l'exprimer.

Et enfin, comme toujours, je remercie Eyup, pour sa patience et son amour... et pour être l'homme qu'il est...

TABLE

	Préface, par Amin Maalouf	7
I	Cannelle	15
II	Pois chiches	45
III	Sucre	59
IV	Noisettes grillées	69
V	Vanille	83
VI	Pistaches	97
VII	Blé	124
VIII	Pignons de pin	151
IX	Oranges pelées	164
X	Amandes	177
XI	Abricots secs	199
XII	Grains de grenade	208
XIII	Figues séchées	224
XIV	Eau	237
XV	Raisins de Smyrne	250
XVI	Eau de rose	271
XVII	Riz blanc	298
XVIII	Cyanure de potassium	305
	Remerciements	321

PARUTIONS RÉCENTES
AUX ÉDITIONS PHÉBUS

(extrait du catalogue)

LITTÉRATURE FRANÇAISE

CONSTANCE DE SALM
Vingt-quatre heures d'une femme sensible, roman
Postface de Claude Schopp

JEANNE CORDELIER
La Dérobade, récit

GUILLAUME LEBEAU
Pentagone, roman policier

TERESKA TORRÈS
Une Française libre, 1939-1945, journal
en collection « Libretto »

KIM LEFÈVRE
(France – Vietnam)
Moi, Marina la Malinche, roman
Préface de Gérard Chaliand
en collection « Libretto »

BERNARD OLLIVIER
L'Allumette et la bombe :
Jeunes : l'horreur carcérale, document

CHRISTOPHE MERCIER
Garde à vue, récit

JEAN CHARDIN
Voyages en Perse, récit

ÉMILE GUIMET
Huit jours aux Indes, récit

ZILA RENNERT
Trois wagons à bestiaux
D'une guerre à l'autre à travers
l'Europe centrale, 1914-1946
document

INGRID THOBOIS
Le Roi d'Afghanistan ne nous a pas mariés, roman

PIERRE D'OVIDIO
Les Enfants de Van Gogh, roman

CATHERINE REY
Une femme en marche, roman

LITTÉRATURE ÉTRANGÈRE

HUGO HAMILTON
(Irlande)
Le Marin de Dublin, roman

JINCY WILLETT
(États-Unis)
Gloire, honneur et mauvais temps, roman

WALTER SCOTT
(Écosse)
Le Talisman, roman

CARLOS VICTORIA
(Cuba)
Un pont dans la nuit, roman

D.H. LAWRENCE
(Angleterre)
L'Étalon, roman
en collection « Libretto »

KAREL SCHOEMAN
(Afrique du Sud)
En étrange pays, roman

« MISSIE » VASSILTCHIKOV
(Russie)
Journal d'une jeune fille russe à Berlin, 1940-1945
en collection « Libretto »

COURTNEY ELDRIDGE
(États-Unis)
Des filles de la côte Est, nouvelles

EDUARDO GALLARZA
(Espagne)
La Vérité comme un songe, roman
Le Soviet des Fainéants, roman
en collection « Libretto »

RUTH PRAWER JHABVALA
(Angleterre)
Chaleur et poussière, roman
en collection « Libretto »

ELIZABETH BOWEN
(Grande-Bretagne)
Les Petites Filles, roman
en collection « Libretto »

LYDIA DAVIS
(États-Unis)
C'est fini, roman

CLARENCE DAY
(États-Unis)
Nous les singes

NANCY REISMAN
(États-Unis)
Désirs humains, roman

MARC BUHL
(Allemagne)
Courir le monde, roman

NEIL BISSOONDATH
(Canada)
La Clameur des ténèbres, roman

HERMAN MELVILLE
(États-Unis)
Moby Dick, roman
en collection « Libretto »

BENJAMIN MARKOVITS
(États-Unis)
De l'autre côté de l'hiver, roman

HITONARI TSUJI
(Japon)
La Promesse du lendemain, nouvelles

KEITH RIDGWAY
(Irlande)
Animals, roman

ALEXANDER KENT
(Angleterre)
Par le fond, roman

NINA REVOYR
(États-Unis)
Southland, roman policier

VICKI BAUM
(Autriche)
Grand Hôtel, roman
en collection « Libretto »

ELIZABETH GOUDGE
(Angleterre)
Le Pays du Dauphin Vert, roman
en collection « Libretto »

JACK LONDON
(États-Unis)
Une fille des neiges, roman
Préface de Noël Mauberret
en collection « Libretto »

Histoire des Îles, nouvelles
Préface de Claude Pujade-Renaud
en collection « Libretto »

JOSEPH O'CONNOR
(Irlande)
Redemption Falls, roman

À PARAÎTRE

septembre 2007

ABD EL-KADER
(Algérie)
Lettre aux Français
Préface par Antoine Sfeir
Introduction de René R. Khawam
en collection « Libretto »

ALEXANDRE DUMAS
(France)
La Guerre des femmes, roman
Texte établi, annoté et préfacé par Claude Schopp
en collection « Libretto »

REBECCA HARDING-DAVIS
(États-Unis)
De ses mains, roman

octobre 2007

LEON ROOKE
(Canada)
Le mieux est l'ennemi du chien, nouvelles

W. WILKIE COLLINS
(Angleterre)
Passion et repentir, roman

CLAUDE ANET
(France)
La Révolution russe, document

JACK LONDON
(États-Unis)
Construire un feu, nouvelles
Préface de Kenneth White
en collection « Libretto »

PRINCESSE CATHERINE SAYN-WITTGENSTEIN
(Russie)
La Fin de ma Russie, journal
(en collection « Libretto »)

NELLY DELAY
(France)
Soleil rouge
Chefs-d'œuvre de la peinture japonaise,
Livre d'art

TIZIANA & GIANNI BALDIZZONE
(Italie)
Tibet
D'oubli et de mémoire
Livre d'art

REED FARREL COLEMAN
(États-Unis)
Angle obscur, roman policier

Cet ouvrage
réalisé pour le compte des Éditions Phébus
a été reproduit et achevé d'imprimer
en septembre 2007
dans les ateliers de Normandie Roto Impression s.a.s.
61250 Lonrai
N° d'imprimeur : 07-2682

Imprimé en France

Dépôt légal : août 2007
I.S.B.N. : 978-2-75-290278-8
I.S.S.N. : 1157-3899